CB134162

SUA RESPOSTA VALE UM BILHÃO

VIKAS SWARUP

Sua resposta vale um bilhão

Tradução
Paulo Henriques Britto

2ª edição
2ª reimpressão

COMPANHIA DAS LETRAS

Título original
Q & A

Capa
Fabio Uehara

Preparação
Cacilda Guerra

Revisão
Roberta Vaiano
Marise Simões Leal

Dados Internacionais de Catalogação na Publicação (CIP)
(Câmara Brasileira do Livro, SP, Brasil)

Swarup, Vikas
Sua resposta vale um bilhão / Vikas Swarup; tradução Paulo Henriques Britto. — 2ª ed. — São Paulo : Companhia das Letras, 2009.

Título original : Q & A
ISBN 978-85-359-1413-9

1. Ficção indiana (Inglês) I. Título.

09-00820 CDD-813.6

Índice para catálogo sistemático:
1. Ficção : Literatura indiana em inglês 813.6

[2009]

EDITORA SCHWARCZ LTDA.
Rua Bandeira Paulista, 702, cj. 32
04532-002 — São Paulo — SP
Telefone: (11) 3707-3500
Fax: (11) 3707-3501
www.companhiadasletras.com.br

Para meus pais, Vinod e Indra Swarup,
e meu falecido avô, Shri Jagadish Swarup

Sumário

Prólogo

Estou preso. Por ter ganhado num programa de perguntas e respostas da TV.

Vieram me pegar ontem à noite bem tarde, quando até os cães sem dono já tinham ido dormir. Arrombaram minha porta, me algemaram e me carregaram para um jipe, que aguardava com uma luz vermelha piscando.

Não houve confusão. Nenhum morador saiu de seu barraco. Apenas a velha coruja do tamarindeiro piou quando me levaram preso.

Em Dharavi, é tão comum ocorrer uma prisão quanto alguém ser vítima dos batedores de carteira no trem. Não há dia em que algum infeliz morador não seja levado para a delegacia. Uns são arrastados pelos policiais, gritando e esperneando. Outros vão embora em silêncio. Acham natural a vinda da polícia, talvez até a esperem. Para eles, a chegada do jipe com a luz vermelha piscando é de fato um alívio.

Olhando para trás, talvez tivesse sido melhor se eu tivesse esperneado e gritado. Protestado que era inocente, criado caso, mobilizado os vizinhos. Não que isso fosse mudar alguma coisa. Mesmo que eu conseguisse acordar alguns dos moradores, eles não teriam movido um dedo para me defender. Com os olhos pesados de sono, teriam assistido ao espetáculo fazendo algum comentário banal, como "lá vai mais um", bocejando e voltando para a cama na mesma hora. O fato de eu ser levado embora da maior favela da Ásia não alteraria suas vidas em absoluto. De manhã, haveria a mesma fila na bica de água, a mesma luta cotidiana para não perder o trem das sete e meia.

Nem sequer se dariam ao trabalho de tentar descobrir o motivo da minha prisão. Pensando bem, quando os dois policiais invadiram meu barraco, nem eu mesmo tentei. Quando toda a sua existência é "ilegal", quando você vive a um passo da miséria num panorama de devastação urbana em que cada centímetro quadrado de espaço é disputado, em que é necessário entrar em fila até para cagar, ser preso parece inevitável. Você é condicionado a acreditar que um dia chegará um mandado de prisão com seu nome nele, e que mais cedo ou mais tarde virá um jipe com uma luz vermelha piscando para pegá-lo.

Alguns dirão que a culpa foi minha. Que eu não tinha nada que me meter num programa de perguntas e respostas. Vão me apontar o dedo e lembrar o que dizem os velhos de Dharavi: nunca se deve cruzar a linha que separa os ricos dos pobres. Ora, onde já se viu um garçom sem um tostão participar de um teste de inteligência? O cérebro não é um dos órgãos que temos permissão de utilizar. Nós só devemos usar as mãos e as pernas.

Ah, se eles me vissem respondendo àquelas perguntas! Tendo testemunhado meu desempenho, passariam a me encarar com mais respeito. É uma pena o programa ainda não ter ido ao ar. Mas assim mesmo espalhou-se a notícia de que eu havia ganhado alguma coisa. Como numa loteria. Quando os outros garçons ficaram sabendo, resolveram dar uma grande festa para mim no restaurante. Cantamos, dançamos e bebemos até altas horas. Pela primeira vez, nosso jantar não foi a comida rançosa de Ramzi. Pedimos *biryani* de frango e *seekh kebabs* do hotel cinco estrelas da Marine Drive. O barman, um velho encarangado, me ofereceu a filha dele em casamento. Até o gerente mal-humorado sorriu para mim, tolerante, e finalmente me pagou os salários que estava me devendo. Naquela noite, não me chamou de vagabundo. Nem de cachorro danado.

Agora é Godbole que me xinga, e de coisas ainda piores. Estou sentado de pernas cruzadas dentro de uma cela de três metros por dois, com uma porta de metal enferrujada e uma janelinha quadrada com uma grade, pela qual entra um raio de sol empoeirado. A cadeia é quente e úmida. Moscas zumbem em torno dos restos de uma manga madura demais, esmigalhada no chão de pedra. Uma barata tristonha se arrasta até minha perna. Começo a sentir fome. Meu estômago ronca.

Fui avisado de que seria conduzido em breve à sala de interrogatórios, para ser questionado pela segunda vez desde que me prenderam. Após uma espera interminável, vem alguém para me levar. É o inspetor Godbole em pessoa.

Godbole não é muito velho, deve ter quarenta e tantos anos. Está ficando calvo, e o rosto redondo é dominado por um bigode espesso de pontas retorcidas. Ele anda com passos pesados, e o barrigão fornido cai por cima da calça cáqui. "Moscas desgraçadas", ele reclama, e tenta agarrar uma que está voando em círculos diante de seu rosto. Não consegue.

O inspetor Godbole não está de bom humor hoje. As moscas o incomodam. O calor o incomoda. Riachos de suor escorrem de sua testa. Ele os enxuga com a manga da camisa. Acima de tudo, o que o incomoda é meu nome. "Ram Mohammad Thomas — que diabo de nome maluco, que mistura todas as religiões! Será que a sua mãe não sabia direito quem era o seu pai?", diz ele, não pela primeira vez.

Ignoro o insulto. Já me habituei.

À porta da sala de interrogatório, dois policiais estão em posição de sentido, sinal de que há alguém importante lá dentro. Hoje de manhã os dois estavam mascando *paan* e trocando piadas cabeludas. Godbole literalmente me empurra para dentro da sala, onde há dois homens em pé diante de um gráfico afixado à parede, que representa o número total de seqüestros e assassinatos ocorridos durante o ano. Reconheço um deles. É o mesmo homem com cabelão de mulher — ou de roqueiro — que estava presente durante a gravação do programa de perguntas e respostas, dando instruções ao apresentador pelo ponto eletrônico. Não sei quem é o outro, que é branco e completamente careca. Usa um terno roxo e uma gravata de um laranja bem vivo. Só mesmo um branco usaria terno e gravata nesse calor sufocante. Ele me faz pensar no coronel Taylor.

O ventilador de teto está na velocidade máxima, e no entanto o ambiente é abafado, por não haver janela. O calor se desprende das paredes brancas e é capturado pelo teto baixo, de madeira. Uma viga comprida e fina divide a sala em duas partes iguais. Os únicos móveis são uma mesa enferrujada e três cadeiras em torno dela. Uma luminária de metal pende da viga de madeira, diretamente sobre a mesa.

Godbole me apresenta ao homem branco como um apresentador de circo faz com seu leão amestrado. "Este aqui é Ram Mohammad Thomas, senhor."

O branco enxuga a testa com um lenço e olha para mim como se eu fosse uma nova espécie de macaco. "Então este é o nosso famoso vencedor! Sabe, ele parece mais velho do que eu imaginava." Tento localizar o sotaque dele. O homem tem uma fala nasalada como a dos turistas ricos que já vi em bandos em Agra, gente que vem de lugares longínquos como Baltimore e Boston.

O americano acomoda-se numa cadeira. Tem olhos de um azul escuro, e o nariz é rosado. As veias esverdeadas da testa parecem ramos pequenos de uma árvore. "Olá", me diz. "Meu nome é Neil Johnson. Eu represento a NewAge Telemedia, a companhia responsável pelo programa de perguntas. Este aqui é Billy Nanda, o produtor."

Permaneço em silêncio. Macaco não fala. Muito menos em inglês.

Ele se vira para Nanda. "Ele compreende o inglês, não é?"

"Você está maluco, Neil?", Nanda retruca. "Como você acha que ele pode falar inglês? Ele é um bocó, um garçom de um restaurante miserável, pelo amor de Deus!"

O som de uma sirene que se aproxima perfura o ar. Um policial entra correndo e cochicha alguma coisa no ouvido de Godbole. O inspetor sai apressado e volta com um homem baixo e corpulento, de uniforme de patente superior da polícia. Godbole sorri para Johnson, exibindo os dentes amarelados. "Senhor Johnson, o chefe de polícia *sahib* chegou."

Johnson levanta-se. "Obrigado por vir, senhor. Creio que o senhor já conhece Billy."

O chefe de polícia faz que sim com a cabeça. "Vim para cá assim que recebi o comunicado do ministro do Interior."

"Ah, sim... Ele é um velho amigo do senhor Mikhailov."

"Pois bem, em que posso ajudá-lo?"

"*Sahib*, preciso da sua ajuda no caso do SRVB."

"SRVB?"

"Abreviação de *Sua Resposta Vale um Bilhão*."

"E o que é isso?"

"É um programa de perguntas e respostas que acaba de ser lançado — em trinta e cinco países — pela nossa companhia. Talvez o senhor tenha visto os nossos anúncios espalhados por toda Mumbai."

"Acho que não vi, não. Mas por que um bilhão?"

"Por que não? O senhor assistia a *Quem Quer Ser Milionário?*"

"*Kaun Banega Crorepati*? Esse programa foi uma obsessão nacional. Na minha família, assistir era obrigatório."

"E por que o senhor assistia?"

"Bom... porque era muito interessante."

"Teria sido tão interessante assim se o prêmio máximo fosse dez mil e não um milhão?"

"Bom... acho que não."

"Pois é. Como o senhor vê, o que mais chama a atenção no mundo não é sexo, é dinheiro. E, quanto maior a quantia, maior o atrativo."

"Entendi. Quem é o mestre-de-cerimônias do seu programa?"

"Quem apresenta é o Prem Kumar."

"Prem Kumar? Aquele ator de filme B? Mas a fama dele não chega aos pés da fama do Amitabh Bachchan, que apresentava o *Crorepati*."

"Não se preocupe, ele chega lá. Claro, em parte fomos obrigados a escolhê-lo porque ele tem vinte e nove por cento das ações da subsidiária indiana da NewAge Telemedia."

"O.k. Já entendi. Agora, onde é que esse sujeito, sei lá como ele se chama, Ram Mohammad Thomas, se encaixa nessa história?"

"Ele participou do nosso episódio número quinze na semana passada."

"E...?"

"E respondeu a todas as doze perguntas corretamente, ganhando assim um bilhão de rupias."

"O quê? O senhor deve estar brincando!"

"Não, não estou brincando. Ficamos tão surpresos quanto o senhor. Esse rapaz ganhou o maior prêmio da história. O programa ainda não foi ao ar, e assim poucas pessoas estão sabendo."

"O.k. Se o senhor diz que ele ganhou um bilhão, então ele ganhou um bilhão. Qual é o problema?"

Johnson fez uma pausa. "Será que eu e Billy podemos falar com o senhor em particular?"

O chefe de polícia faz sinal para que Godbole saia da sala. O inspetor me dirige um olhar feroz e sai. Eu permaneço na sala, mas todos ignoram a minha presença. Sou apenas um garçom. E os garçons não entendem inglês.

"Está bem. Agora me explique", diz o chefe de polícia.

"O problema, *sahib*, é que o senhor Mikhailov não tem condições de pagar um bilhão de rupias no momento", diz Johnson.

"Então por que é que ele foi oferecer esse valor?"

"Foi... uma jogada comercial."

"Olha, eu continuo sem entender. Mesmo sendo uma jogada comercial, o seu programa não vai fazer ainda mais sucesso agora que alguém já ganhou o primeiro prêmio? Eu me lembro que, sempre que alguém ganhava um milhão no *Quem Quer Ser Milionário?*, a audiência dobrava."

"É uma questão de timing, *sahib*, timing. Um show como o SRVB não pode ser comandado pelo acaso, por um lance de dados. Tem que seguir um roteiro. De acordo com nosso roteiro, ninguém deveria ganhar pelo menos durante os primeiros oito meses, quando então já teríamos recuperado a maior parte do nosso investimento graças aos comerciais. Mas agora esse tal de Thomas estragou todos os nossos planos."

O chefe de polícia assente com a cabeça. "Está bem. O que é que o senhor quer que eu faça?"

"Quero que me ajude a provar que Thomas não jogou limpo. Que seria impossível ele acertar todas as respostas das doze perguntas sem um cúmplice. Imagine só. Ele nunca cursou a escola. Nunca nem mesmo leu um jornal. Não tem como ele ganhar o primeiro prêmio."

"Bom... Eu não sei, não." O chefe de polícia coça a cabeça. "Já aconteceu de um rapaz de origem muito humilde se revelar um gênio. O Einstein não foi um que nem terminou o colegial?"

"Olha aqui, *sahib*, podemos provar agora mesmo que esse cara não é nenhum Einstein", diz Johnson, fazendo um gesto dirigido a Nanda.

Nanda aproxima-se de mim passando os dedos pelo cabelão. Diz ele, em híndi: "Senhor Ram Mohammad Thomas, se o senhor é mesmo tão brilhante que conseguiu ganhar no nosso programa, gostaríamos que provasse sua inteligência participando de um outro questionário, agora. As perguntas são muito simples. Qualquer um que tenha inteligência mediana vai saber responder". Ele me conduz a uma cadeira. "Está pronto? Eis a primeira pergunta: Qual é a moeda da França? As opções são: a) o dólar, b) a libra, c) o euro, e d) o franco."

Permaneço calado. De repente, a mão espalmada do chefe de polícia me acerta com força no rosto. "Você é surdo, seu cachorro? Responda, senão eu lhe quebro a cara", ele ameaça.

Nanda começa a pular de um lado para outro como um louco — ou como um roqueiro. "Por favor, não dá para fazer isso de maneira civilizada?", pergunta ele ao chefe de polícia. Então olha para mim. "E aí? Qual é a sua resposta?"

"Franco", respondo, aborrecido.

"Errado. A resposta correta é euro. Vamos para a segunda pergunta. Quem foi o primeiro homem a pisar na Lua? Foi: a) Edwin Aldrin, b) Neil Armstrong, c) Iuri Gagárin, ou d) Jimmy Carter?"

"Não sei."

"Foi Neil Armstrong. Terceira pergunta: As pirâmides ficam em: a) Nova York, b) Roma, c) Cairo, ou d) Paris?"

"Não sei."

"Cairo. Quarta pergunta: Quem é o presidente dos Estados Unidos? a) Bill Clinton, b) Colin Powell, c) John Kerry, ou d) George Bush?"

"Não sei."

"George Bush. Lamento dizer, senhor Thomas, que nenhuma das suas respostas está certa."

Nanda vira-se para o chefe de polícia e volta a falar em inglês. "Está vendo? Eu disse que o cara é um idiota. Se ele respondeu àquelas perguntas na semana passada, foi porque ele armou algum esquema."

"Que espécie de esquema?", pergunta o chefe de polícia.

"Isso eu não sei. Fiz duas cópias do programa em DVD. Os nossos peritos passaram um pente fino na gravação, mas até agora não encontramos nada. Mais cedo ou mais tarde vamos achar alguma coisa."

A fome sobe da minha barriga para a garganta, deixando-me tonto. Tenho um acesso de tosse que me faz me dobrar.

Johnson, o americano careca, olha para mim fixamente. Então dirige-se ao chefe de polícia: "O senhor se lembra do caso do major do Exército que ganhou um milhão de libras em *Quem Quer Ser Milionário*? Aconteceu na Inglaterra, uns anos atrás. A companhia se recusou a pagar. A polícia abriu uma investigação e conseguiu incriminar o major. Descobriram que ele tinha um cúmplice na platéia, um professor universitário, que indicava qual era a resposta correta através de tosses codificadas. Não tenho dúvida de que o que aconteceu foi alguma coisa desse tipo".

"Então a gente devia procurar alguém tossindo na platéia?"

"Não. Ninguém estava tossindo. Ele deve ter usado outro método."

"E se ele estava com um pager ou celular?"

"Não. Temos certeza de que ele não tinha nenhum aparelho eletrônico. E naquele estúdio nem pager nem celular iam funcionar."

O chefe de polícia tem uma idéia. "Será que ele tem um chip de memória implantado no cérebro?"

Johnson suspira. "Acho que o senhor andou vendo muito filme de ficção científica. Olhe, seja o que for, o senhor precisa nos ajudar a descobrir. Não sabemos quem foi o cúmplice. Não sabemos qual foi o sistema usado. Mas tenho certeza absoluta de que esse garoto é um vigarista. O senhor precisa nos ajudar a provar."

"Já pensaram na possibilidade de comprar o sujeito?", sugere o chefe de polícia, animado. "Ele nem deve saber quantos zeros tem um bilhão. Imagino que ele ficaria muito satisfeito se vocês dessem a ele umas duas mil rupias."

Tenho vontade de dar um soco na cara do chefe de polícia. É bem verdade que antes desse programa eu não sabia quanto valia um bilhão. Mas isso são águas passadas. Agora eu sei. E estou decidido a receber meu prêmio. Com todos os nove zeros.

A resposta de Johnson me tranqüiliza. "Isso a gente não pode fazer", diz. "Corremos o risco de ser processados. A questão é a seguinte: ou bem ele ganhou de verdade ou bem é um vigarista. Assim, ou bem ele ganha um bilhão ou bem vai para cadeia. Não tem meio-termo possível. O senhor precisa nos ajudar a pôr esse sujeito na cadeia. Se o senhor Mikhailov tiver que pagar um bilhão agora, ele vai ter um infarto."

O chefe de polícia olha Johnson bem nos olhos. "Compreendo perfeitamente", responde, falando devagar. "Mas o que é que eu ganho com isso?"

Como se estivesse esperando por essa deixa, Johnson segura-o pelo braço e leva-o para um canto. Falam em voz baixa. Ouço apenas três palavras: "dez por cento". O chefe de polícia fica visivelmente entusiasmado com o que ouve. "Está bem, está bem, senhor Johnson, pode considerar o problema resolvido. Agora deixe eu chamar o Godbole."

O inspetor é chamado. "Godbole, o que é que você já conseguiu arrancar dele até agora?", pergunta o chefe de polícia.

Godbole me dirige um olhar ameaçador. "Nada, *sahib*. O filho-da-puta só faz repetir a mesma coisa: que ele simplesmente 'sabia' as respostas. Diz que foi uma questão de sorte."

"Sorte, é?", retruca Johnson, sarcástico.

"Sim, senhor. Até agora não utilizei nenhum método de pressão, senão ele já estaria cantando que nem um canário. Se o senhor me der permissão, *sahib*, eu consigo o nome de todos os cúmplices dele em três tempos."

O chefe de polícia olha para Johnson e Nanda. "Vocês aprovam?"

Nanda sacode a cabeça vigorosamente, agitando o cabelão. "De jeito nenhum. Nada de tortura. Os jornais estão sabendo que ele foi preso. Se descobrem que ele foi maltratado, estamos liquidados. Já estou cheio de preocupações; só me faltava agora uma porcaria de uma ONG de direitos humanos cair em cima de mim."

O chefe de polícia dá tapinhas em suas costas. "Billy, você ficou igualzinho aos americanos. Não se preocupe. O Godbole é um profissional. Não vai ficar nenhuma marca no corpo do garoto."

A bile sobe no meu estômago como se fosse um balão. Tenho ânsia de vômito.

O chefe de polícia se prepara para ir embora. "Godbole, até amanhã de manhã quero que você descubra o nome do colaborador e todos os detalhes do golpe. Pode usar todo e qualquer meio que for necessário para extrair as informações. Mas tenha cuidado. Não esqueça que a sua promoção depende disso."

"Obrigado, *sahib*. Obrigado." Godbole exibe um sorriso plástico. "Não se preocupe. Depois que esse garoto passar pelas minhas mãos, ele vai estar pronto para confessar até o assassinato do Mahatma Gandhi."

Tento me lembrar do nome do assassino do Mahatma Gandhi, que teria dito "Ei, Ram!" logo antes de morrer. Lembro-me disso porque, quando me contaram a história, exclamei: "É o meu nome!". E o padre Timothy, com todo o jeito, me explicou que era o nome do Senhor Ram, o deus hinduísta que havia sido expulso para a selva por catorze anos.

Enquanto isso, Godbole, tendo despachado o chefe de polícia e os dois homens, já voltou. Ele entra na sala de interrogatório e fecha a porta com força. Então estala os dedos diante de meu rosto. "O.k., seu moleque. Tire a roupa!"

Uma dor lancinante verte de todos os poros de meu corpo. Minhas mãos estão amarradas na viga de madeira com uma corda grosseira. A viga fica a três metros de altura, e assim minhas pernas não tocam no chão; minhas mãos e meus pés parecem estar sendo arrancados. Estou nu. Minhas costelas se destacam no peito, como naquelas crianças africanas vitimadas pela fome.

Godbole está me castigando há mais de uma hora, mas ainda não terminou. A cada trinta minutos, mais ou menos, ele inventa um novo instrumento de tortura. Primeiro inseriu um bastão de madeira no meu ânus. Antes, passou pimenta no bastão. Era como se um ferro em brasa estivesse sendo enfiado no meu traseiro. Eu me engasgava de dor. Depois enfiou minha cabeça num balde de água e a segurou lá dentro até meus pulmões quase estourarem. Eu cuspia, arfava; quase morri afogado.

Agora Godbole tem nas mãos um fio desencapado, como se segurasse um fogo de artifício no Diwali. Ele dança ao meu redor como um boxeador embriagado, e de repente avança. Encosta o fio nu na sola do meu pé esquerdo. A corrente elétrica se alastra pelo meu corpo como veneno quente. Eu me contorço e sofro convulsões violentas.

Godbole grita. "Seu filho-da-puta, você não vai me dizer o que foi que você aprontou naquele programa? Quem lhe passou as respostas? Se você falar, essa tortura acaba. Você vai ganhar uma boa refeição, comida quente. Você pode até voltar para casa."

Mas neste momento minha casa me parece um lugar muito longínquo. E uma refeição agora me faria vomitar. Quando você fica muito tempo sem comer, a fome vai encolhendo até morrer, deixando apenas uma dor difusa no fundo do estômago.

A primeira onda de náusea começa a me atacar agora. Estou desmaiando. Em meio a uma névoa espessa, vejo uma mulher alta, de cabelos negros, lisos e soltos. Um vento forte sopra atrás dela, e os cabelos de azeviche encobrem seu rosto. A mulher usa um sári branco de um tecido leve que flutua e vibra como um papagaio de papel. Ela abre os braços e exclama: "Meu filho... meu filho... o que estão fazendo com você?".

"Mamãe!", eu grito, e estendo meus braços em direção a ela, do outro lado desse abismo de névoa, porém Godbole me agarra com força pelo pescoço. Tenho a impressão de que estou correndo sem sair do lugar. Ele me dá um tabefe com força, e a escuridão se dissipa.

Godbole mais uma vez está segurando a caneta. Ela é preta, e tem uma pena dourada reluzente. Na ponta da pena, uma tinta azul brilha. "Assine a confissão", ele ordena.

A confissão é um documento bem simples. "Eu, Ram Mohammad Thomas, venho por meio desta declarar que em 10 de julho participei do programa de perguntas e respostas *Sua Resposta Vale um Bilhão*. Confesso que agi com desonestidade. Eu não sabia as respostas de todas as perguntas. Assim sendo, não faço jus ao prêmio principal nem a qualquer outro prêmio. Peço perdão. Faço a presente declaração em pleno gozo de minhas faculdades mentais e sem estar sofrendo nenhuma forma de pressão. Assinado, Ram Mohammad Thomas."

Sei que vou acabar assinando esse documento; é apenas uma questão de tempo. Minha resistência está nas últimas. Sempre nos disseram que jamais devíamos brigar com a polícia. Garotos de rua como eu se situam na base da cadeia alimentar. Acima de nós vêm os pequenos delinqüentes, como os batedores de carteira. Acima deles, os chantagistas e agiotas. Depois vêm os chefões de gangues. Depois, os donos das grandes empresas comerciais. Mas acima de todos vem a polícia. Ela detém os instrumentos da força bruta. E ninguém pode detê-la. Quem pode policiar a polícia? Assim, vou assinar o documento. Depois de dez, talvez quinze, tabefes. Depois de cinco, talvez seis, choques elétricos.

De repente, ouço uma barulheira do outro lado da porta. Policiais gritam. Outras vozes se levantam. A porta estremece e se abre de súbito. Uma moça entra na sala. É de estatura mediana e franzina. Tem bons dentes e belas sobrancelhas arqueadas. No meio da testa tem um *bindi* redondo azul, bem grande. Traja um *salwar kameez* branco, um *dupatta* azul e sandálias de couro. Os cabelos, pretos e longos, estão soltos. Leva uma bolsa marrom pendurada no ombro esquerdo. É uma pessoa de presença marcante.

Godbole fica tão desconcertado que encosta o fio em sua própria mão e dá um grito de dor. Está prestes a agarrar o invasor pelo colarinho quando se dá conta de que é uma mulher. "Quem é você? Que história é essa de entrar assim, sem mais nem menos? Não vê que estou ocupado?"

"Meu nome é Smita Shah", diz a mulher, tranqüila. "Sou a advogada do senhor Ram Mohammad Thomas." Então olha para mim, no estado em que estou, e mais que depressa desvia a vista.

Godbole está estupefato. Tanto que não se dá conta de que estou tão estupefato quanto ele. Nunca vi essa mulher mais gorda. Não tenho dinheiro nem para pegar um táxi, quanto mais para contratar um advogado.

"Como é que é?", resmunga Godbole. "A advogada dele?"

"Isso mesmo. E o que o senhor está fazendo com meu cliente é completamente ilegal e inadmissível. Quero que o senhor pare com isso agora mesmo. Ele tem o direito de processá-lo nos termos das seções 330 e 331 do Código Penal Indiano. Exijo que me apresentem os documentos referentes à detenção de meu cliente. Não vejo nenhum sinal de que tenha sido feito um relatório de inspeção. O motivo da detenção não foi comunicado, violando o artigo 22 da Constituição. Além disso, o senhor está desrespeitando a seção 50 do Código de Procedimentos Criminais. A menos que o senhor apresente o mandado de prisão, vou retirar meu cliente desta delegacia para ter uma reunião com ele em particular."

"Ah... humm... eu... eu vou ter que falar com... o chefe de polícia. Queira aguardar." Isso é tudo que Godbole consegue dizer. Olha para a mulher com uma expressão de impotência, sacode a cabeça e sai da sala de fininho.

Estou abismado. Não sabia que os advogados tinham tamanho poder sobre a polícia. A cadeia alimentar terá de ser revista.

Não sei quanto tempo Godbole leva para voltar à sala, o que ele diz à advogada ou o que a advogada diz a ele, porque desmaio. De dor, fome e felicidade.

Estou sentado num sofá de couro com uma xícara de chá fumegante nas mãos. Uma mesa retangular está coberta de papéis. Sobre ela há também um peso de papel de vidro e uma luminária vermelha. As paredes da sala são pintadas de rosa. As prateleiras estão cheias de grossos livros pretos com letras douradas nas lombadas. Nas paredes há certificados e diplomas emoldurados. Uma violeta-da-lua num vaso cresce para o lado num canto da sala.

Smita volta com um prato e um copo nas mãos. Sinto cheiro de comida. "Sei que você deve estar com fome, por isso trouxe *chapattis*, uns legumes mistos e uma Coca-Cola. Era tudo que tinha na minha geladeira."

Seguro a mão dela. A mão é quente e úmida. "Obrigado", agradeço. Ainda não sei como foi que essa advogada chegou à delegacia, nem por quê. Tudo que ela me disse é que leu a respeito da minha prisão nos jornais e foi até lá assim que pôde. Agora estou em sua casa, em Bandra. Não vou lhe perguntar quando ela me trouxe aqui, nem por quê. Não se questiona um milagre.

Começo a comer. Devoro todos os *chapattis*. Não sobra nenhum legume. Bebo toda a Coca-Cola. Como até arrebentar.

É noite agora. Já comi e dormi. Smita continua comigo, mas agora estou no quarto dela, sentado numa cama grande coberta com uma colcha azul. O quarto dela é diferente do quarto da minha antiga patroa, a estrela de cinema Neelima Kumari.

Em vez de espelhos enormes e troféus e prêmios nas estantes, vejo livros e um urso de pelúcia marrom bem grande, com olhos de vidro. Porém, tal como Neelima, ela tem uma televisão Sony e até um aparelho de DVD.

Smita está sentada a meu lado na beira da cama com uma caixa de disco na mão. "Olha, consegui uma cópia em DVD da sua participação no programa de televisão. Agora a gente pode passar um pente fino nela. Quero que você me explique exatamente como conseguiu responder a todas aquelas perguntas. E quero que me diga a verdade."

"A verdade?"

"Mesmo que você tenha feito alguma coisa desonesta, eu estou aqui para protegê-lo. Nada do que você me disser pode ser usado contra você num tribunal."

A primeira dúvida começa a insinuar-se em minha cabeça. Será que essa mulher é boa demais para ser verdade? Será ela agente daquele careca, Johnson, e estará tentando arrancar de mim informações incriminadoras? Será que posso confiar nela?

É hora de tomar uma decisão. Pego no bolso uma moeda de uma rupia, minha moeda da sorte. Se der cara, eu colaboro com ela. Se der coroa, nada feito. Jogo a moeda. Dá cara.

"A senhora conhece o Albert Fernandes?"

"Não. Quem é?"

"É o dono de uma fábrica clandestina em Dharavi, que produz fivelas para pulseiras de relógios."

"E...?"

"Ele joga *matka*."

"*Matka*?"

"Um jogo de cartas ilegal."

"Sei."

"Pois o tal do Albert Fernandes, jogando *matka*, conseguiu uma coisa extraordinária na terça-feira passada."

"O que foi que aconteceu?"

"Ele tirou cartas vencedoras quinze vezes seguidas. Dá para acreditar? Quinze vezes seguidas. Ganhou cinqüenta mil rupias numa noite."

"E daí? Não vejo nenhuma ligação."

"Não? Ele teve sorte nas cartas. Eu tive sorte no programa."

"Você está me dizendo que adivinhou aquelas respostas, que por pura sorte você deu doze respostas corretas?"

"Não, eu não adivinhei as respostas, não. Eu já sabia."

"Você *sabia* as respostas?"

"Sabia. As respostas de todas as perguntas."

"Então por que é que você diz que foi uma questão de sorte?"

"Foi ou não foi sorte eles só fazerem perguntas que eu sabia responder?"

A expressão de total incredulidade no rosto de Smita diz tudo. Não agüento mais. Tenho uma explosão de tristeza e raiva. "Sei o que a senhora está pensando. Como o Godbole, a senhora não sabe o que eu fui fazer naquele programa. Como ele, a senhora acha que eu só sirvo para servir galinha frita e uísque no restaurante. Que eu nasci para viver como um cachorro e morrer como um inseto. Não é?"

"Não, Ram." Ela segura minha mão. "Nunca vou achar isso. Mas você precisa compreender que só posso ajudá-lo se souber como foi que você ganhou aquele bilhão. E confesso que acho difícil de entender. Meu Deus, nem eu saberia responder a metade daquelas perguntas."

"Pois é, madame, a gente que é pobre também sabe responder a perguntas e cobrar respostas. E aposto que, se um pobre fizesse um programa desse tipo, os ricos não iam acertar nenhuma resposta. Eu não sei qual é a moeda da França, mas sei quanto o Shalini Tai deve ao agiota do nosso bairro. Não sei quem foi o primeiro homem que pisou na Lua, mas sei quem foi o primeiro que produziu DVDs piratas em Dharavi. A senhora saberia responder a essas perguntas no meu programa?"

"Olha, Ram, não fique nervoso. Eu não quis ofender. Eu realmente quero ajudá-lo. Mas, se não houve desonestidade, preciso saber como é que você sabia as respostas."

"Não sei como responder."

"Por quê?"

"A senhora repara quando respira? Não. A senhora simplesmente sabe que está respirando. Eu não fui à escola. Nunca li livro nenhum. Mas a verdade é que eu sabia aquelas respostas."

"Então preciso saber como foi toda a sua vida para entender a origem das suas respostas?"

"Talvez."

Smita assente com a cabeça. "Acho que essa é a chave. Afinal, um teste como esse testa menos o conhecimento do que a memória." Ela endireita o *dupatta* azul e me olha nos olhos. "Quero que você me conte as suas memórias. Você pode começar do início?"

"A senhora quer dizer o ano em que eu nasci? O ano número um?"

"Não. Quero que você comece com a pergunta número um. Mas antes de começar, Ram Mohammad Thomas, prometa que você vai me dizer a verdade."

"Que nem no cinema — 'a verdade, toda a verdade, nada mais que a verdade'?"

"Isso mesmo."

Respiro fundo. "Prometo, sim. Mas onde está o Livro dos Juramentos? O Gita, o Corão ou a Bíblia, tanto faz."

"Eu não preciso de livro. Sou sua testemunha. Tal como você é a minha."

Smita tira da caixa o disco reluzente e o coloca no aparelho de DVD.

1000 — A morte de um herói

Soou o terceiro sinal. A cortina de veludo roxo está prestes a ser levantada. As luzes diminuem progressivamente, até só restarem os avisos de SAÍDA em luz vermelha, brilhando como brasas no salão escurecido. Os vendedores de pipoca e refrigerantes começam a sair. Eu e Salim nos acomodamos em nossas poltronas.

A primeira coisa que é preciso saber a respeito de Salim é que ele é meu melhor amigo. A segunda coisa é que ele é louco por filmes indianos. Mas não todos os filmes indianos. Só os filmes em que trabalha Armaan Ali.

Dizem que primeiro foi Amitabh Bachchan. Depois veio Shahrukh Khan. Agora é Armaan Ali. O maior de todos os heróis de filmes de ação. O deus grego indiano. A paixão das multidões.

Salim ama Armaan. Para ser mais exato, ele venera Armaan. Seu quartinho minúsculo no *chawl* é um santuário. As paredes são cobertas de cartazes de todos os tipos que representam o herói em diversas poses. Armaan com uma jaqueta de couro.

Armaan numa motocicleta. Armaan sem camisa, exibindo o peito cabeludo. Armaan com uma arma na mão. Armaan montado num cavalo. Armaan numa piscina, cercado de beldades.

Estamos ocupando as poltronas de números A21 e A22 na primeira fileira do balcão nobre do cinema Regal Talkies de Bandra. Na verdade, não devíamos estar sentados aqui. Nos ingressos que tenho no bolso da frente não está escrito BALCÃO RS. 150, e sim PLATÉIA RS. 25. O lanterninha estava de bom humor hoje e nos fez um favor. Ele nos disse que podíamos ir para o balcão, porque a platéia estava praticamente vazia. Até o balcão está quase vazio. Tirando Salim e eu, deve haver no máximo umas vinte e poucas pessoas nas fileiras à nossa frente.

Quando eu e Salim vamos ao cinema, normalmente ficamos na primeira fileira da platéia. De lá a gente pode vaiar e assobiar. Salim acha que, quanto mais perto a gente fica da tela, mais a gente se aproxima da ação. Ele diz que quando se estica para a frente quase consegue tocar em Armaan. Dá para contar as veias no bíceps de Armaan, ver o branco dos olhos verdes de Armaan, os restos de barba no queixo furado de Armaan, o pequeno sinal de nascença negro no nariz cinzelado de Armaan.

Eu não sou muito chegado no Armaan Ali, não. A meu ver, o desempenho dele é sempre igual em todos os filmes. Mas também gosto de ficar nas primeiras fileiras, o mais perto possível da tela gigantesca. De lá, os seios da heroína parecem mais voluptuosos.

A cortina sobe e a tela se ilumina. Primeiro, os anúncios. Quatro são de empresas privadas e um é do governo. Para ser o primeiro aluno na escola e tornar-se campeão no críquete, devemos comer Corn Flakes no café-da-manhã. Quem usa a colônia Spice anda em carrões espetaculares e conquista garotas sensacionais. ("É esse o perfume que o Armaan usa", exclama Salim.) Quem usa sabonete Roma é promovido no trabalho e ganha roupas brancas reluzentes. Quem toma uísque Red & White vive uma vida de rei. E quem fuma cigarro morre de câncer no pulmão.

Depois dos anúncios, faz-se uma pequena pausa enquanto o projecionista troca o rolo de filme. Tossimos e pigarreamos. Em seguida aparece na tela de cinemascope o certificado da censura. Segundo ele, o filme foi classificado para maiores de doze anos, tem dezessete rolos e o comprimento de 4639,15 metros. O certificado é assinado por uma certa sra. M. Kane, presidente do Conselho de Censura. É ela que assina todos os certificados de censura. Salim me pergunta muito a respeito dessa senhora. Ele tem muita inveja do trabalho dela. Ela assiste aos filmes de Armaan antes de todo mundo.

Começam os créditos de abertura. Salim sabe quem foram todas as pessoas que trabalharam nesse filme. Sabe quem é o figurinista, quem é o cabeleireiro, quem é o maquiador. Sabe os nomes do gerente de produção, do contador, do técnico de som e de todos os assistentes. Embora não fale inglês muito bem, consegue ler os nomes, mesmo aqueles que aparecem em letras bem pequeninas. Já viu esse filme oito vezes, e cada vez que assiste decora mais um nome. Mas quem vê a expressão de concentração em seu rosto pensa que ele está assistindo à primeira exibição do filme no dia de estréia, tendo entrado com um ingresso comprado no mercado negro.

Após os dois primeiros minutos de filme, Armaan Ali faz sua entrada triunfal, saltando de um helicóptero azul e branco. Os olhos de Salim se iluminam. Vejo em seu rosto o mesmo entusiasmo inocente de um ano atrás, quando Salim viu Armaan pela primeira vez. Em pessoa.

Salim entra correndo pela porta e desaba de bruços na cama.

Levo um susto. "Salim!.. Salim!", exclamo. "O que aconteceu com você? Porque é que está voltando tão cedo?" Viro seu corpo de barriga para cima. Ele está rindo.

"Hoje aconteceu a coisa mais extraordinária. É o dia mais feliz da minha vida", ele afirma.

"O que foi? Ganhou na loteria?"

"Não. Uma coisa ainda melhor do que ganhar na loteria. Eu vi o Armaan Ali."

Pouco a pouco, ofegante, Salim conta a história do começo ao fim. Ele viu Armaan Ali durante sua caminhada cotidiana em Ghatkopar. O grande astro estava saindo de seu Mercedes-Benz e entrando num hotel cinco estrelas. Salim estava no ônibus; ia entregar sua última marmita a um freguês. No instante em que viu Armaan, saltou do ônibus em movimento, sendo quase atropelado por um Maruti, e correu em direção ao ator, que estava passando pela porta giratória do hotel. Foi detido pelo guarda alto e uniformizado que tomava conta da entrada, que o impediu de entrar. "Armaan!", gritou Salim, tentando desesperadamente atrair a atenção do ator. Armaan ouviu o grito, parou e virou-se para trás. Seus olhos olharam os de Salim. Ele sorriu de leve, fez um aceno imperceptível com a cabeça e continuou a entrar no saguão. Salim esqueceu-se completamente da entrega da marmita e veio correndo para casa para me dar a notícia de que seu sonho havia se realizado. Um freguês da Refeições Gawli ficou sem almoço aquela tarde.

"Pessoalmente o Armaan é diferente do que a gente vê nos filmes?", pergunto.

"Não. Ele é ainda melhor ao vivo", diz Salim. "É mais alto e mais bonito. A ambição da minha vida é apertar a mão dele, pelo menos uma vez. Depois disso, provavelmente vou ficar um mês sem lavar as mãos."

Fico pensando em como é bom ter uma ambição simples como essa, a de apertar a mão de um astro de cinema.

Enquanto isso, na tela, aquela mão está segurando uma arma, apontando-a para um grupo de três policiais. Neste filme Armaan faz papel de gângster. Um gângster com coração de ouro. Ele rouba os ricos e distribui dinheiro entre os pobres. Nesse ínterim, apaixona-se pela heroína, Priya Kapoor, uma atriz cuja carreira está em ascensão, canta seis músicas e realiza o sonho de sua querida mãe, levando-a numa peregrinação até o santuário de Vaishno Devi. Pelo menos é o que acontece até o intervalo.

Quando Priya Kapoor aparece pela primeira vez no filme, ouvem-se gritos vindos da platéia. É uma atriz alta e bonita, que conquistou o prêmio de Miss Mundo alguns anos atrás. Tem o corpo escultural de uma beleza clássica, seios volumosos e cintura fina. É a minha atriz favorita atualmente. A toda hora ela faz biquinho, e manda o ator cômico calar a boca. Nós rimos.

"Sua ambição é apertar a mão de Armaan", digo a Salim. "Mas qual, você acha, é a ambição de Armaan? Ele parece ter tudo — beleza, fama e fortuna."

"Engano seu", responde Salim, muito sério. "Ele não tem a Urvashi."

Os jornais não param de falar na separação de Armaan e Urvashi, após um romance tempestuoso que durou nove meses. Alguns afirmam que Armaan está completamente arrasado. Que parou de comer e beber. Que talvez esteja pensando em suicídio. Urvashi Randhawa retomou sua carreira de modelo.

Vejo Salim chorando. Seus olhos estão vermelhos e rasos d'água. Ele não comeu o dia todo. A moldura de vidro em forma de coração que continha uma foto de Armaan e Urvashi, e que lhe custou quase metade de seu parco salário, está no chão, reduzida a centenas de pedacinhos.

"Olha, Salim, você está sendo infantil. Você não pode fazer nada", digo a ele.

"Se eu pudesse falar com Armaan! Eu queria tranqüilizá-lo. Segurar a mão dele e deixá-lo chorar no meu ombro. Dizem que quem chora alivia o coração."

"E o que é que isso vai adiantar? Mesmo assim, Urvashi não vai voltar para Armaan."

De repente Salim levanta a vista. "Será que eu podia falar com ela? Quem sabe eu não consigo convencer a Urvashi a voltar para o Armaan. Eu digo a ela que foi tudo um equívoco. Que ele está muito triste e arrependido."

Balanço a cabeça. Não quero que Salim ande por toda Mumbai atrás de Urvashi Randhawa. "Não é uma boa idéia a gente se meter na vida dos outros, assumir os problemas dos outros, Salim. Armaan Ali é um homem maduro. Ele vai ter que enfrentar os problemas dele à maneira dele."

"Pelo menos vou mandar um presente para o Armaan", diz Salim.

Salim sai de casa e compra um vidro grande de cola Fevicol, e junta todos os cacos da moldura em forma de coração. Leva uma semana, mas no final o coração está inteiro, e apenas uma rede de riscos escuros assinala os lugares onde ele se partiu.

"Vou mandar para o Armaan", diz ele. "É um símbolo de que até um coração partido pode se recuperar."

"Com Fevicol?", pergunto.

"Não. Com amor e carinho."

Salim embrulha o coração num pano e o envia para a residência de Armaan Ali. Não sei se chegou até as mãos de Armaan ou não. Se foi quebrado pelo serviço de correios, esmagado pelos guardas de segurança ou jogado no lixo pela secretária de Armaan. O importante é que Salim acredita que o presente chegou até seu herói e ajudou a curar sua ferida. Graças a ele, Armaan conseguiu se reerguer e voltar a fazer filmes de sucesso, como este. O qual estou vendo pela primeira vez, e Salim pela nona.

Uma canção religiosa está sendo cantada neste momento, na tela. Armaan e sua mãe estão subindo em direção ao santuário de Vaishno Devi.

"Dizem que, se você pedir alguma coisa com sinceridade a Mata Vaishno Devi, ela realiza o seu desejo. Me diga, o que é que você pediria?", pergunto a Salim.

"O que é que *você* pediria?", ele retruca.

"Acho que dinheiro", respondo.

"Eu pediria que Armaan voltasse com Urvashi", ele diz, sem hesitar por um segundo.

Na tela aparece a palavra INTERVALO, em letras vermelhas em negrito.

Eu e Salim nos levantamos para esticar os braços e as pernas. Compramos dois *samosas* encharcados de um vendedor. O menino dos refrigerantes contempla as poltronas vazias com tristeza. Hoje ele não vai ganhar muita coisa. Resolvemos ir ao banheiro. Ele é forrado de azulejos brancos, e tem uma fileira de mictórios e outra de pias limpas. Nós temos nossos mictórios habituais. Salim sempre vai para o da extrema direita e eu pego sempre o único que fica na parede lateral esquerda. Esvazio a bexiga e leio os grafites na parede. ME FODE... TINU MIJOU AQUI... SHEENA É UMA PUTA... EU AMO PRIYANKA.

Priyanka? Fico indignado com o grafiteiro que estragou essa última inscrição. Cuspo na mão e tento remover as letras acrescentadas, porém elas foram escritas com tinta permanente e não saem de jeito nenhum. Por fim, usando as unhas, consigo arrancá-las da parede, restabelecendo a inscrição original que fiz quatro meses atrás: EU AMO PRIYA.

Soa o segundo sinal. O intervalo terminou. O filme está prestes a recomeçar. Salim já me contou o que acontece na segunda parte. Armaan e Priya cantam uma canção na Suíça, e logo em seguida Priya é assassinada por uma gangue inimiga. Como vingança, Armaan mata centenas de vilões, desmascara políticos e policiais corruptos, e termina morrendo como herói.

Voltamos aos nossos lugares, A21 e A22. O salão escurece outra vez. De repente um homem alto aparece na entrada do balcão e opta por sentar-se ao lado de Salim, no A20. Ele tem duzentos lugares para escolher, mas escolhe o A20. É impossível ver seu rosto, mas dá para perceber que é um velho com uma barba comprida. Usa o que parece ser um *pathan suit*.

Esse homem me deixa curioso. Por que estará entrando no meio do filme? Será que pagou apenas metade do ingresso? Salim não se importa. Está sentado na ponta do assento, antevendo a cena de amor entre Armaan e Priya que vai começar agora.

Armaan foi até a Suíça, oficialmente para encontrar-se com um contato, mas na verdade para namorar Priya e cantar uma música, durante a qual contracenam com ele vinte dançarinas brancas, com roupas tradicionais que são um tanto finas para um país montanhoso e frio. Terminada a cena de canto e dança, ele aparece em seu quarto de hotel, onde o fogo crepita na lareira.

Priya está tomando banho. Ouvimos o som de água correndo e Pryia cantarolando uma música, e em seguida a vemos dentro da banheira. Ela ensaboa as pernas e as costas. Levanta a perna coberta de espuma e retira o sabão com o chuveirinho. Esperamos que ela faça o mesmo nos seios abundantes, para que todas as bolhas desapareçam, mas ela nos decepciona.

Por fim Priya emerge da banheira trajando apenas uma toalha cor-de-rosa. Os cabelos negros caem por cima dos ombros, brilhando de umidade. As pernas compridas são lisas, sem pêlos. Armaan a abraça e a sufoca de beijos. Seus lábios vão descendo pelo pescoço de Priya. Uma música romântica suave começa a tocar. Pryia desabotoa a camisa de Armaan e ele a retira com um movimento lânguido, exibindo o tórax másculo. O fogo envolve os dois amantes numa luz dourada. Pryia geme baixinho. Ela arqueia as costas e deixa Armaan acariciar-lhe o pescoço. A mão dele chega até as costas dela e puxa a toalha. A toalha cor-de-rosa se solta e cai aos pés dela. Por um momento emocionante, vemos um pedaço da coxa e das costas, mas os seios não aparecem. Salim acha que foi nesse ponto que os censores fizeram um corte. E é por isso que ele tem inveja da sra. Kane.

Agora Armaan abraçou Priya. Vemos os seios dela arfando, com a respiração pesada, o suor se formando em sua testa. Gritos e assobios vêm da platéia. O velho sentado ao lado de Salim muda de posição, inquieto, cruzando as pernas. Não tenho certeza, mas me parece que a mão dele está massageando a virilha.

"O velhote aí do lado está ficando sapeca", sussurro para Salim. Mas Salim não quer saber do velho nem de mim. Boquiaberto, contempla os corpos entrelaçados a pulsar num ritmo sincronizado com o da música de fundo. A câmara faz uma panorâmica das costas de Armaan, a pulsar, e em seguida dá um zoom na lareira, onde as chamas douradas estão lambendo os troncos de madeira com uma sofreguidão cada vez maior. Pouco a pouco, a tela escurece.

Um incêndio de proporções semelhantes está acontecendo na nossa cozinha quando entro no *chawl*, só que em vez de troncos de madeira Salim usa papel. "Putos!... Cachorros!", ele murmura enquanto rasga um maço grosso de papel brilhante.

"O que você está fazendo, Salim?", pergunto, assustado.

"Estou me vingando dos putos que difamaram o Armaan", diz ele, jogando mais folhas de papel na pira.

Percebo que Salim está rasgando páginas de uma revista.

"Que revista é essa? Parece nova."

"É o último número da *Starburst*. Vou destruir todos os exemplares que eu conseguir comprar. Só achei dez no jornaleiro."

Pego um exemplar que ainda não foi destroçado. Na capa aparece Armaan Ali, com uma manchete em letras garrafais: A VERDADE NUA E CRUA SOBRE ESTE HOMEM.

"Mas o seu ídolo está na capa. Por que é que você está destruindo a revista?", pergunto.

"Por causa do que eles dizem sobre o Armaan."

"Mas você não sabe ler."

"Leio alguma coisa, e ouço muito bem. Eu ouvi a senhora Barve e a senhora Shirke falando sobre as acusações venenosas feitas contra o Armaan neste número."

"Que acusações?"

"Que a Urvashi terminou com ele porque ele deixava ela insatisfeita. Que ele é gay."

"E daí?"

"Você acha que eles podem falar mal do meu herói desse jeito? Eu sei que essa reportagem é tudo mentira. Os rivais do Armaan na indústria cinematográfica têm inveja do sucesso dele. Eles inventaram essa história para destruir a reputação dele. Não vou deixar que eles façam isso. Eu vou lá na redação da *Starburst* e toco fogo no prédio."

A raiva de Salim é incandescente. E eu sei por quê. Ele detesta os gays. Acusar seu ídolo de homossexualismo é o maior insulto que ele pode imaginar.

Eu também sei de histórias de tarados que atacam meninos indefesos. Em salões escuros. Em banheiros públicos. Nos parques municipais. Nos asilos para delinqüentes juvenis.

Felizmente, a *Starburst* retira suas acusações no número seguinte. E eu impeço que um *dabbawallah* cometa um incêndio criminoso.

Enquanto isso, as coisas estão cada vez mais quentes fora da tela, na poltrona A20. O velho vai se chegando para junto de Salim. Como se por acaso, sua perna roça na dele. Na primeira vez, Salim acha que a culpa foi dele. Na segunda, pensa que foi um acidente. Na terceira vez, tem certeza de que foi de propósito.

"Mohammad", ele cochicha para mim, "vou dar um chute dos bons nesse veado que está do meu lado se ele não parar com essa perna boba dele."

"Mas é um velho, Salim. Deve ser tremedeira na perna, só isso", aconselho.

A seqüência da luta tem início, e Salim está absorto no filme. Armaan entrou no esconderijo do vilão, o pandemônio é completo. O herói usa todo tipo de golpe e defesa — boxe, caratê, kung fu — e dá uma surra em seus adversários.

As mãos do velho também estão entrando em ação. Ele apóia o cotovelo no braço de poltrona que divide com Salim e deixa que seu braço se encoste no dele, bem de leve. Salim quase não percebe. Está totalmente envolvido no filme, que se aproxima do clímax.

Agora vem a cena mais famosa do filme. A cena em que Armaan Ali morre depois de matar todos os bandidos. Sua camiseta está encharcada de sangue. Há feridas de balas em todo o seu corpo. Sua calça está recoberta de poeira e lama. Ele se arrasta no chão em direção à mãe, que acaba de chegar.

Salim está chorando. Ele se inclina para a frente e diz, emocionado: "Mãe, espero ter sido um bom filho. Não chore por mim. Não esqueça que morrer uma morte honrada é melhor do que viver uma vida de covarde".

A cabeça de Armaan está no colo da mãe. Ele está repetindo as palavras de Salim: "Mãe, espero ter sido um bom filho. Não chore por mim. Não esqueça que morrer uma morte honrada é melhor do que viver uma vida de covarde". A mãe está chorando também, enquanto acaricia a cabeça do filho em seu colo. Lágrimas caem de seus olhos sobre o rosto de Armaan Ali. Ele agarra a mão dela. Seu peito estremece.

Lágrimas caem no meu colo. Vejo uma outra mãe beijando um bebê na testa muitas vezes antes de colocá-lo num cesto de roupas, e em seguida ajeitando as roupas em torno dele. Ao fundo, o vento uiva. Sirenes soam. A polícia chegou, como sempre, tarde demais. Depois que o herói fez todo o serviço dela. Agora já não é possível fazer mais nada por ele.

Vejo que a mão esquerda do homem barbudo avançou. Agora repousa sobre o colo de Salim, imóvel. Salim está tão envolvido na cena da morte que não percebe. O velho se sente encorajado. Esfrega a palma da mão no jeans de Salim. Enquanto Armaan exala seu último suspiro, o homem aumenta a pressão sobre a virilha de Salim, até quase apertá-la.

Salim explode. "Seu veado de merda! Seu tarado! Eu vou matar você!", ele grita, dando um tabefe no homem. Com força.

O homem mais que depressa tira a mão do colo de Salim e tenta se levantar. Mas, antes que tenha tempo de fazê-lo, Salim estende a mão para agarrá-lo. Não consegue pegar o colarinho, e sim a barba. Salim puxa e a barba sai em sua mão. O homem levanta-se da poltrona de um salto, com um grito estrangulado, e sai correndo em direção à saída, que fica a menos de três metros de onde estamos.

Nesse exato momento, falta luz no cinema e o gerador entra em funcionamento. A tela escurece e todos ficam ofuscados quando se acendem as luzes de emergência. O homem é apanhado em flagrante, como um animal que atravessa a estrada e é atingido pelos faróis de um carro. Ele se vira para trás, sem saber o que fazer.

No instante seguinte, a energia volta. Foi apenas uma interrupção momentânea. O filme recomeça na tela, as luzes de emergência se apagam. O homem passa correndo pelas cortinas negras em direção ao sinal luminoso de SAÍDA, abre a porta e desaparece.

Mas nessa fração de segundo eu e Salim vimos de relance um par de olhos verdes. Um nariz cinzelado. Um queixo furado.

Os créditos começam a rolar na tela, e Salim tem na mão uma massa de pêlos grisalhos com um leve cheiro de colônia e gomalina. Desta vez ele não vê o nome do divulgador e do relações-públicas, do técnico de iluminação e seus auxiliares, do diretor de cenas de luta e do operador de câmera. Ele está chorando.

Armaan Ali, seu herói, morreu.

Smita olha para mim com incredulidade. "Quando foi exatamente que esse incidente ocorreu?"

"Uns seis anos atrás. No tempo em que eu e Salim morávamos num *chawl* em Ghatkopar."

"Você tem consciência da importância do que acabou de me contar?"

"O quê?"

"Se esse incidente fosse divulgado, poderia destruir Armaan Ali, acabar com a carreira dele. É claro, isso só vai acontecer se o que você me contou for verdade."

"Então a senhora continua não acreditando em mim?"

"Eu não disse isso."

"Eu vejo a dúvida nos seus olhos. Se ainda não acredita em mim, a prejudicada é a senhora. Mas é impossível ignorar as provas contidas nesse DVD. Vamos ver a primeira pergunta?"

Smita faz que sim e aperta *play* no controle remoto.

As luzes do estúdio diminuíram. Mal consigo ver a platéia sentada ao meu redor, formando um círculo. A sala é iluminada por um único refletor no centro, onde estou sentado numa cadeira giratória forrada de couro, em frente a Prem Kumar. Entre nós dois há uma mesa semicircular. Numa tela grande à minha frente as perguntas serão projetadas. Um painel luminoso acende, com a palavra SILÊNCIO.

"Câmeras em ação, três, dois, um, no ar."

O prefixo do programa começa a se ouvir e a voz ribombante de Prem Kumar enche a sala. "E lá vamos nós mais uma vez, tentando descobrir quem vai entrar para a história hoje, ganhando o maior prêmio jamais oferecido em todo o mundo. Senhoras e senhores, vamos ver se Sua Resposta Vale Um Bilhão!"

Agora o painel luminoso diz APLAUSOS. A platéia começa a bater palmas. Ouvem-se também alguns assobios e gritos empolgados.

A música morre aos poucos. Prem Kumar diz: "Temos hoje três candidatos, que tiveram a sorte de ser escolhidos aleatoriamente pelo nosso computador. O candidato de número três é Kapil Chowdhary, de Malda, Bengala Ocidental. O candidato número dois é o professor Hari Parikh, de Ahmedabad, mas nosso primeiro candidato de hoje é um rapaz de dezoito anos, Ram Mohammad Thomas, aqui mesmo de Mumbai. Senhoras e senhores, uma salva de palmas para ele".

Todos aplaudem. Quando cessa o ruído das palmas, Prem Kumar vira-se para mim. "Ram Mohammad Thomas é um nome muito interessante. Ele expressa a riqueza e a diversidade da Índia. O que é que o senhor faz, senhor Thomas?"

"Sou garçom, trabalho no Bar e Restaurante Jimmy's, em Colaba."

"Um garçom! Mas que coisa interessante! Me diga, quanto o senhor ganha por mês?"

"Mais ou menos novecentas rupias."

"Só isso? E o que é que o senhor vai fazer se ganhar hoje?"

"Não sei."

"Não sabe?"

"Não."

Prem Kumar olha para mim. Não estou seguindo o roteiro. Espera-se de mim que eu seja "vibrante" e "divertido" durante a parte de "conversa fiada". Eu devia ter dito que pretendia comprar um restaurante, ou um avião, ou um país. Eu poderia ter dito que ia dar uma grande festa. Me casar com a Miss Índia. Viajar a Timbuktu.

"Está bem. Vou lhe explicar as regras. Vão lhe fazer doze perguntas, e, se responder a cada uma delas corretamente, o senhor pode ganhar o maior prêmio do mundo: um bilhão de rupias! O senhor pode desistir a qualquer momento até a pergunta número nove e levar o que tiver ganhado até lá, porém a partir da pergunta número nove não pode mais desistir. A partir daí, é Tudo ou Nada. Mas vamos falar sobre isso quando chegarmos lá. Se não souber a resposta de uma pergunta, não entre em pânico, porque o senhor tem dois Botes Salva-vidas a sua disposição: a Dica Camarada e o Meio a Meio. Assim, acho que estamos prontos para a primeira pergunta, valendo mil rupias. O senhor está pronto?"

"Estou pronto, sim", respondo.

"Então vamos à primeira pergunta. Essa é bem fácil, sobre cinema popular, tenho certeza de que todo mundo na platéia vai saber responder. Todos nós sabemos que Armaan Ali e Priya Kapoor formam uma das duplas românticas mais famosas do cinema atual. Mas o senhor sabe o nome do filme de grande sucesso em que Armaan Ali trabalhou com Priya Kapoor pela primeira vez? Foi: a) *Fogo*, b) *Herói*, c) *Fome*, ou d) *Traição*?"

A música de fundo cria um clima de suspense, acompanhada do som de uma bomba-relógio.

"D. *Traição*", respondo.

"O senhor costuma ir ao cinema?"

"Costumo, sim."

"E viu *Traição*?"

"Vi, sim."

"O senhor tem certeza absoluta de que essa é a resposta certa?"

"Tenho, sim."

Ouve-se um crescendo de tambores. A resposta correta aparece na tela.

"A resposta está absolutamente correta! O senhor acaba de ganhar mil rupias! Vamos agora a um rápido intervalo comercial", diz Prem Kumar.

Agora o aviso luminoso diz: APLAUSOS. A platéia bate palmas. Prem Kumar sorri. Eu, não.

2000 — O fardo de um sacerdote

Se você já foi a Delhi de trem, certamente visitou Paharganj. O mais provável é que você tenha chegado na ruidosa e poeirenta estação ferroviária de Paharganj. Saindo da estação, é quase certo que tenha virado para a esquerda, em direção a Connaught Place, deixando de lado o mercado apinhado de gente, com pensões econômicas e prostitutas baratas para turistas. Mas, se tivesse virado para a direita, passando pela leiteria Mother Dairy e pelo J. J. Women's Hospital, você teria visto um prédio vermelho com uma cruz branca grande. Lá fica a igreja de Santa Maria. Foi lá que nasci, há dezoito anos, no dia de Natal. Ou, mais precisamente, foi lá que me abandonaram na fria noite de inverno de 25 de dezembro. Fui largado num caixote grande que as irmãs haviam deixado ali para receber roupas velhas. Quem me largou lá, e por que o fez, até hoje não sei. O dedo da suspeita sempre apontou para a maternidade do hospital. Talvez eu tenha nascido lá, e minha mãe, por motivos que só ela sabe, tenha sido obrigada a me abandonar.

Na minha imaginação, já visualizei essa cena muitas vezes. Uma jovem alta e graciosa, de sári branco, sai do hospital depois da meia-noite com um recém-nascido nos braços. O vento urra. Os longos cabelos negros da mulher caem sobre seu rosto, encobrindo-lhe as feições. Folhas farfalham a seus pés. A poeira se espalha. Relâmpagos brilham. Ela caminha com passos pesados em direção à igreja, apertando a criança contra o peito. Chega à porta da igreja e bate a pesada aldraba de metal. Porém o vento é tão forte que abafa o ruído da aldraba. Seu tempo é escasso. Com lágrimas escorrendo dos olhos, a mulher cobre de beijos o rosto da criança. Então coloca-a no caixote, ajeitando as roupas velhas a seu redor para que ela fique bem instalada. Olha pela última vez para a criança, desvia a vista e depois, afastando-se da câmera, corre até desaparecer na noite...

As irmãs de Santa Maria administravam um orfanato e uma agência de adoção, e eu, com outras crianças órfãs, fui oferecido para pais adotivos. Todos os outros bebês foram levados, menos eu. Volta e meia vinha um casal para me ver, e os dois se entreolhavam. Sacudiam a cabeça de modo imperceptível e passavam para o próximo berço. Não sei por quê. Talvez eu fosse escuro demais. Feio demais. Ou estivesse sempre com cólica. Talvez me faltasse um sorriso angelical, ou então eu ficasse balbuciando o tempo todo. Assim, fui ficando no orfanato por dois anos. Curiosamente, as irmãs jamais se lembraram de me dar um nome. Eu era apenas o Bebê — o bebê que ninguém queria.

Terminei sendo adotado pela sra. Philomena Thomas e seu marido, Dominic Thomas. Eles eram de Nagercoil, Tamil Nadu, mas estavam morando em Delhi. A sra. Thomas trabalhava como faxineira na igreja de São José, onde seu marido era jardineiro. Como já estavam na faixa dos quarenta anos e não tinham filhos, o padre Timothy Francis, o pároco, vinha tentando convencê-los a adotar uma criança para preencher o vazio de suas vidas. Chegou mesmo a encaminhá-los ao Orfanato Santa Maria. O sr. Thomas deve ter olhado para mim e na mesma hora passado para o bebê seguinte, porém a sra. Philomena Thomas me escolheu assim que me viu. Eu tinha exatamente o mesmo tom de pele que ela!

O casal passou dois meses preparando a papelada exigida pelo processo de adoção, mas três dias depois de me levarem para casa, antes mesmo de eu ser batizado, o sr. Thomas descobriu que o vazio na vida de sua mulher já havia sido preenchido. Não por mim, mas por um senhor muçulmano chamado Mastan Sheikh, o costureiro local, especializado em saias curtas. A sra. Philomena Thomas largou o marido e o bebê recém-adotado e fugiu com o costureiro, para Bhopal, segundo disseram. Até hoje não se sabe onde ela está.

Ao constatar o ocorrido, o sr. Thomas teve um acesso de raiva. Arrastou o berço, comigo dentro, até a casa do padre e me largou lá. "Padre, esse bebê é a causa de todos os meus problemas. O senhor me obrigou a adotá-lo, agora o senhor que resolva o que fazer com ele." E, antes que o padre Timothy tivesse tempo de dizer amém, Dominic Thomas saiu da igreja. Foi visto pela última vez comprando uma passagem de trem para Bhopal com uma espingarda na mão. Assim, por força das circunstâncias, passei a ser responsabilidade do padre Timothy. Ele me deu comida, me deu um lar e me deu um nome: Joseph Michael Thomas. Não houve cerimônia de batismo. Nenhum padre me mergulhou a cabeça na pia batismal. Ninguém borrifou água benta em mim. Nem me cobriram com um véu branco. Nem acenderam vela alguma. Porém passei a me chamar Joseph Michael Thomas. Por seis dias.

No sétimo dia, dois homens vieram procurar o padre Timothy: um gordo com um *kurta* e calça de pijama brancos e um magro barbudo que trajava um *sherwani*.

"Somos da Comissão de Todas as Fés", disse o gordo. "Sou o senhor Jagdish Sharma. Este aqui é o senhor Inayat Hidayatullah. O terceiro membro da nossa diretoria, o senhor Harvinder Singh, que representa a fé sique, também viria conosco, mas infelizmente está preso lá no *gurudwara*. Vamos direto ao ponto. Ficamos sabendo, padre, que o senhor deu abrigo a um menino órfão."

"É verdade, os pais adotivos do coitadinho desapareceram, e o deixaram aos meus cuidados", disse o padre, ainda sem entender a razão daquela visita inesperada.

"Que nome o senhor deu ao menino?"

"Joseph Michael Thomas."

"Não é um nome cristão?"

"É, mas..."

"Como é que o senhor sabe que os pais dele eram cristãos?"

"Bom, saber, eu não sei, não."

"Então por que o senhor lhe deu um nome cristão?"

"Ora, eu tinha de dar a ele algum nome. Qual é o problema de ser Joseph Michael Thomas?"

"Um problema muito sério. Será que o senhor não sabe, padre, como está forte o movimento contra as conversões aqui nesta região? Várias igrejas foram incendiadas por multidões indignadas, porque achavam que estava havendo conversões em massa ao cristianismo nessas igrejas."

"Mas não se trata de conversão nenhuma."

"Olha, padre, nós sabemos que o senhor não fez isso com segundas intenções. Mas o fato é que estão dizendo por aí que o senhor converteu um menino hinduísta."

"Mas como é que o senhor sabe que o menino é hinduísta?"

"Os elementos lumpens que estão planejando saquear a sua igreja amanhã estão se lixando para isso. É por isso que viemos ajudá-lo. Para botar panos quentes na situação."

"O que o senhor acha que eu devo fazer?"

"Acho que o senhor deve mudar o nome do menino."

"Mudar para o quê?"

"Bem... um nome hindu deve resolver o problema. Por que não Ram, em homenagem a um dos nossos deuses prediletos?", disse o sr. Sharma.

O sr. Hidayatullah tossiu de leve. "Perdão, senhor Sharma, mas não estaremos desfazendo um mal para fazer outro? Que prova nós temos de que o menino é hinduísta? Ele pode muito bem ter nascido muçulmano. Por que não chamá-lo de Mohammad?"

O sr. Sharma e o sr. Hidayatullah debateram os méritos respectivos de Ram e Mohammad durante os trinta minutos que se seguiram. Por fim, o padre Timothy desistiu. "Olha, se é preciso trocar o nome para que a multidão não me ataque, eu troco. E se eu aceitar as duas sugestões e mudar o nome do menino para Ram Mohammad Thomas? Desse jeito, todo mundo fica satisfeito."

Foi sorte minha o sr. Singh não ter aparecido naquele dia.

O padre Timothy era um homem de meia-idade, bem disposto, alto e branco. Tinha uma casa enorme vinculada à igreja, com um quintal amplo cheio de árvores frutíferas. Durante os seis anos que se seguiram, ele se tornou para mim pai, mãe, mestre, professor e sacerdote, tudo ao mesmo tempo. Se em minha vida experimentei algo semelhante à felicidade, foi no período em que morei com ele.

O padre Timothy era do norte da Inglaterra, um lugar chamado York, mas já vivia na Índia havia muitos anos. Foi graças a ele que aprendi a ler e falar o inglês britânico mais castiço. Ele me ensinou as histórias de Mamãe Gansa e cantigas infantis. Eu cantava "Twinkle twinkle little star" e "Baa baa black sheep" com minha voz terrivelmente desafinada, o que deve ter proporcionado, imagino, uma distração divertida para as horas em que o padre Timothy não estava ocupado com suas atividades profissionais.

Vivendo no anexo da igreja, eu me sentia parte de uma família muito maior. Além do padre Timothy, também morava ali seu fiel criado, Joseph, e a casa da empregada, a sra. Gonzalves, era perto. Além disso, havia toda uma turma de garotos da rua, filhos dos bombeiros, sapateiros, varredores e lavadeiros, que moravam bem perto de nós e usavam o quintal da igreja para jogar críquete e futebol. O padre Timothy me contou a vida de Jesus e a história de Adão e Eva, e sua família ampliada me ensinou os rudimentos das outras religiões. Aprendi a respeito do Mahabharata e do Sagrado Alcorão. Fiquei sabendo da fuga do Profeta de Meca a Medina e do incêndio de Lanka. Belém e Ayodhya, são Pedro e a *hajj*, tudo isso fez parte da minha formação.

Não se pense, porém, que eu era uma criança particularmente religiosa. Era um menino como outro qualquer, com três ocupações fundamentais: comer, dormir e brincar. Passei muitas tardes com os garotos da minha idade, pegando borboletas e assustando os pássaros no jardim do padre Timothy. Enquanto Joseph, o velho criado, espanava as quinquilharias na sala, eu saía de fininho e tentava pegar mangas maduras no pé, sob o olho atento do jardineiro. Se ele me pegava, eu o xingava generosamente em híndi. Quando caíam as chuvas da monção, eu dançava como um possesso, tentando pegar peixinhos nas pequenas poças de lama cheias de água de chuva, e terminava tossindo e espirrando, para grande preocupação do padre Timothy. Jogava futebol com os meninos da rua e voltava para casa machucado, para chorar a noite inteira.

O padre Timothy levava uma vida ativa. Saía para caminhar todas as manhãs, jogava golfe, vôlei e tênis, lia com voracidade e tirava férias três vezes por ano para visitar sua velha mãe na Inglaterra. Era também um excelente violinista. À noite, costumava ir para o jardim enluarado e tocar as melodias mais sentimentais que se pode imaginar. E quando chovia à noite, no tempo da monção, eu pensava que era o céu a chorar de tanto ouvir aquelas músicas melancólicas.

Eu gostava de ir à igreja. Era um prédio velho, construído em 1878, com vitrais e um espetacular telhado de madeira. Havia um belo altar de madeira talhada. No alto ficava um crucifixo grande com as letras INRI. Havia imagens da Virgem entronizada, com o Menino Jesus, e de muitos santos. Os bancos da igreja eram de teca, e só ficavam cheios aos domingos. O padre Timothy fazia um longo sermão do alto do púlpito, durante o qual eu cochilava, acordando apenas quando ele distribuía a hóstia e o vinho. Eu gostava também de ouvir o órgão e o coro. Apaixonei-me pelos ovos de Páscoa e as árvores de Natal, que infelizmente só aconteciam uma vez por ano, e pelos casamentos na igreja, que ocorriam em todas as épocas. Eu esperava que o padre Timothy dissesse: "Agora pode beijar a noiva", e era sempre o primeiro a jogar confete.

Minha relação com o padre Timothy nunca foi definida de modo preciso. Jamais ficou claro se eu era um criado ou um filho, um parasita ou um protegido. Assim, nos primeiros anos da minha existência, vivi sob a doce ilusão de que o padre Timothy era meu pai de verdade. Porém aos poucos comecei a me dar conta de que havia algo de errado. Para começar, todos que vinham à missa nas manhãs de domingo o chamavam de pai,* e era difícil entender como ele podia ser pai de tantas pessoas, como eu podia ter tantos irmãos, todos muito maiores do que eu. Também me parecia estranho ele ser branco, e eu, não. Assim, um dia resolvi perguntar-lhe, e ele destruiu o mundo de fantasia em que eu vivera até então. Da maneira mais suave possível, o padre Timothy me explicou que eu era um órfão que fora abandonado pela mãe no caixote de roupas do Orfanato Santa Maria, e que era por isso que ele era branco enquanto eu não era. Foi então que, pela primeira vez, compreendi a diferença entre pai e padre. E naquela noite, pela primeira vez, minhas lágrimas não tiveram nada a ver com dor física.

Quando me dei conta de que não tinha nenhuma ligação biológica com o padre Timothy e vivia na igreja apenas graças à sua generosidade, decidi pagar, ainda que apenas em parte, a dívida que eu contraíra com ele. Comecei a fazer pequenas tarefas para o padre, como levar roupas da cesta para a máquina de lavar. Ficava sentado diante da máquina, vendo o tambor dar voltas e mais voltas e perguntando como é que as roupas saíam tão limpas, como se por mágica. Uma vez coloquei alguns livros empoeirados dentro da máquina também. Lavava pratos da cozinha. Quebrava peças de porcelana fina. Cortava legumes. Uma vez quase cortei o dedo fora.

O padre Timothy me apresentava a muitos de seus paroquianos. Conheci a velha sra. Benedict, que assistia à missa todos os dias religiosamente, com chuva ou sol, até que escorregou na calçada e morreu de pneumonia. Fui ao casamento de Jessica, que chorou tanto que seu pai infartou. Uma vez fui levado a um chá completo na casa do coronel Waugh, o adido

* Em inglês, *father* significa tanto "pai" quanto "padre". (N. T.)

militar australiano em Delhi, que parecia falar com o padre Timothy numa língua totalmente estranha. Também fui pescar com o sr. Lawrence, que não pegou nada e em seguida comprou uma truta bem grande no mercado para enganar a esposa.

Todas as pessoas que conheci só falavam bem do padre Timothy. Segundo elas, era o melhor pároco que já trabalhara naquela diocese. Eu o via confortando os sofredores, cuidando dos doentes, emprestando dinheiro aos pobres e até dividindo uma refeição com leprosos. Tinha um sorriso para cada membro de sua paróquia, uma solução para cada problema e uma citação da Bíblia para cada ocasião — nascimento, batismo, crisma, primeira comunhão, casamento ou morte.

É domingo, e a igreja está cheia de pessoas que vieram assistir à missa. Mas hoje o padre Timothy não está sozinho atrás do altar. Há um outro homem com ele, também de batina e colarinho branco. Mais parece um lutador de boxe do que um padre. O padre Timothy o apresenta à congregação: "... E é com grande prazer que recebemos o padre John Little, que vem atuar como padre auxiliar na igreja de São José. O padre John, como vocês vêem, é bem mais moço do que eu e, embora só tenha sido ordenado há três anos, é um homem de muita experiência. Estou certo de que ele vai poder desenvolver um relacionamento muito melhor com nossos paroquianos mais jovens, os quais, como estou sabendo, já começam a se referir a mim, quando não estou presente, como 'aquele velho careta' ". A congregação ri discretamente.

Nessa noite, o padre Timothy convida o padre John para jantar. Quem deve servir é Joseph, mas é tamanha a minha vontade de impressionar o padre Timothy que eu próprio resolvo levar a pesada sopeira da cozinha, caminhando com passos incertos em direção à sala de jantar. Como é de se esperar, em se tratando de um inexperiente menino de sete anos, em vez de colocar a sopeira na mesa derramo todo o seu conteúdo em cima do padre John. Ele se levanta mais que depressa, e as primeiras palavras que brotam de seus lábios são: "Porra, que diabo!". O padre Timothy arqueia a sobrancelha, mas não diz nada.

Três dias após esse incidente, o padre Timothy viaja para a Inglaterra, deixando a igreja, e a mim, nas mãos do padre John. Dois dias depois, descendo a escada da igreja, eu o encontro.

"Boa noite, padre", digo, educadamente.

O padre John olha para mim com desdém. "Você é aquele órfão idiota que derramou sopa em mim no outro dia! É melhor se comportar direitinho na ausência do padre Timothy. Eu vou ficar de olho em você."

Joseph me manda entregar um copo de leite no quarto do padre John. Ele está vendo um filme na televisão. Convida-me a entrar. "Entra, Thomas. Quer assistir a esse filme comigo?" Eu olho para a televisão. É um filme em inglês — sobre padres, ao que parece, pois vejo um sacerdote com uma batina preta conversando com outro, de batina branca. Fico aliviado ao constatar que o padre John está vendo um bom filme religioso. Mas a cena seguinte me provoca um frio na espinha, pois nela aparece uma menina mais ou menos da minha idade sentada numa cama. Ela não parece ser uma garota normal, porque tem uma expressão esquisita no rosto, e seus olhos não param de bulir. O padre da batina preta entra no quarto dela com uma cruz na mão. Quando ele aponta a cruz para ela, a menina começa a dizer as coisas mais indecentes que já ouvi na vida, e ainda por cima com uma voz rouca de homem adulto. Tapo os ouvidos com os dedos, porque o padre Timothy me ensinou a não ouvir palavrões. De repente ela pára de falar. Começa a rir, como se fosse louca. Então abre a boca e uma substância horrível e gosmenta, verde, jorra dela, caindo em cima do padre. Tenho ânsia de vômito. Não consigo continuar a assistir ao filme, e vou correndo para meu quarto. Ouço o padre John rindo até não poder mais. "Volta, seu órfão idiota, é só um filme", ele grita.

Nessa noite, tenho pesadelos.

Três dias depois saio para fazer compras com Joseph. Compramos carne, ovos, legumes, farinha. Quando voltamos para a igreja, já no final da tarde, ouço uma motocicleta vindo atrás de mim. Antes que tenha tempo de olhar para trás, o motociclista nos alcança. Ele me dá um tapa na cabeça e grita, levantando poeira. Olho e só vejo as costas do motociclista. Parece um homem atarracado com uma jaqueta de couro e calça preta apertada, com outro homem vestido da mesma maneira na garupa. Não sei quem é o motociclista nem por que ele me deu um tapa na cabeça. Não me ocorre que poderia ser o padre John. Afinal, sou apenas um órfão idiota.

Uma semana depois, tenho de entregar a correspondência do padre John, mas ele está tomando banho. "Deixe a correspondência na mesa", ele grita do banheiro. Estou prestes a sair do quarto quando vejo alguma coisa debaixo do colchão. É uma revista. Eu a puxo para fora. Então constato que há um monte de revistas debaixo do colchão. Não são muito grossas, mas têm capas vistosas, de cores brilhantes. Têm títulos estranhos, como *Gay Parade*, *Out* e *Gay Power*. Mas os homens que aparecem na capa são muito estranhos. São todos muito peludos e estão nus. Mais que depressa, guardo as revistas outra vez embaixo do colchão. Estou quase saindo do quarto quando o padre John surge do banheiro. Está com uma toalha enrolada na cintura. Mas seu peito é recoberto de desenhos estranhos feitos com tinta preta, e há cobras pintadas em seus braços. "O que é que você está fazendo aqui?", ele ralha. "Fora!"

Por que o padre John tem esses desenhos estranhos no corpo, e por que ele guarda essas revistas esquisitas debaixo da cama, eu não sei. Sou apenas um órfão idiota.

Muitas vezes vejo jovens de aparência estranha entrando na igreja à noite e indo para o quarto do padre John. Também o padre Timothy recebia visitas, às vezes no meio da noite, mas elas nunca vinham de motocicleta, com jaquetas de couro e grossas correntes de metal em torno do pescoço. Uma vez resolvo ir atrás de um desses visitantes do padre John. Ele bate à porta, entra, e o padre fecha a porta. Fico olhando pelo buraco da fechadura. Sei que estou fazendo uma coisa muito errada, mas minha curiosidade está me matando. Pelo buraco da fechadura vejo o padre John e o rapaz de jaqueta de couro sentados na cama. O padre John tira de uma gaveta um pacote de plástico que contém um pouco de pó branco. Ele espalha uma fileira de pó nas costas da mão esquerda. Então faz a mesma coisa na mão esquerda do amigo. Os dois abaixam a cabeça e inalam o pó, respirando fundo. O pó parece desaparecer, aspirado por suas narinas. O padre John ri, como aquela garota maluca do filme. O amigo dele diz: "Essa coisa é boa, cara! Boa demais para um padre. Mas como foi que você se meteu nessa porra de Igreja?".

O padre John ri outra vez. "Gostei da roupa", diz ele, e levanta-se. "Vem", diz ele ao amigo, e estende a mão. Rapidamente, me afasto.

Por que o padre John enfia talco no nariz, eu não sei. Mas, afinal, sou apenas um órfão idiota.

O padre Timothy finalmente volta de suas férias na Inglaterra, e fico muito feliz de vê-lo outra vez. Tenho certeza de que ele ouviu muitas queixas a respeito do padre John, porque apenas dois dias após sua volta ouço uma discussão séria entre os dois, no escritório. O padre John sai do escritório emburrado.

Terminou a Páscoa. Todos os meus ovos de Páscoa foram comidos. E a sra. Gonzalves, a empregada, não consegue conter uma risada.

"O que foi, senhora Gonzalves?", pergunto.

"Você não soube?", ela cochicha, num tom confidencial. "O Joseph pegou o padre John na igreja com outro homem. Mas não conte para ninguém, não, e nem pense em falar com o padre Timothy, senão vai ser um deus-nos-acuda."

Eu não entendo. Qual o problema de o padre John estar com outro homem da igreja? O padre Timothy está sempre com outros homens na igreja. Por exemplo, para ouvir confissões.

Hoje, pela primeira vez, estou no confessionário.

"Sim, meu filho, o que é que você tem para me contar?", pergunta o padre Timothy.

"Sou eu, padre."

O padre Timothy quase dá um salto da cadeira. "O que é que você está fazendo aqui, Thomas? Eu já não lhe disse que isso não é brincadeira?"

"Eu vim para me confessar, padre. Eu pequei."

"É mesmo?" O padre Timothy adota um tom mais suave. "O que foi que você fez de errado?"

"Eu olhei pelo buraco da fechadura do quarto do padre John. E mexi numas coisas dele sem permissão."

"Tudo bem, meu filho. Prefiro não ouvir o que você tem a dizer sobre isso."

"Não, padre, o senhor tem que ouvir", insisto, e então lhe conto a respeito das revistas escondidas debaixo do colchão, os desenhos no corpo do padre, os visitantes noturnos vestidos de couro, e a história do talco cheirado.

Nessa noite ocorre a mãe de todas as brigas entre os dois padres, no escritório. Fico escutando encostado à porta. A gritaria é intensa. O padre Timothy encerra a discussão ameaçando denunciar o padre John ao bispo. "Eu sou um sacerdote", diz ele. "E, para ser um sacerdote, você tem que carregar um fardo pesado. Se você não consegue fazer isso, volte para o seminário."

Um mochileiro inglês que está passando por Delhi vem à igreja de manhã. O padre Timothy descobre que ele também é de York, convida-o para vir a sua casa e permite que ele fique por alguns dias. O padre nos apresenta. "Ian, este é Thomas, que mora conosco aqui. Thomas, este é Ian. Sabe que ele também é de York? Você vive me fazendo perguntas sobre a cidade da minha mãe; agora você pode perguntar a ele."

Eu simpatizo com Ian. Ele tem quinze ou dezesseis anos. Tem pele clara, olhos azuis e cabelos dourados. Mostra-me fotos de York. Vejo uma catedral grande. "É a catedral de York", diz ele. Mostra-me fotos de belos jardins, museus e parques.

"Você conhece a mãe do padre Timothy? Ela também mora em York", pergunto a ele.

"Não, mas vou procurá-la quando voltar, agora que tenho o endereço dela."

"E a sua mãe? Ela também mora em York?"

"Morava. Mas ela morreu há dez anos. Atropelada por um motociclista." Tira da carteira uma foto da mãe e mostra-a para mim. Ela tem pele clara, olhos azuis e cabelos dourados.

"Então por que é que você veio à Índia?", pergunto.

"Para visitar o meu pai."

"O que é que o seu pai faz?"

Ele hesita. "Dá aula numa escola católica em Dehradun."

"Por que é que você não mora em Dehradun também?"

"Porque estou estudando em York."

"Então por que é que o seu pai não mora com você em York?"

"Ele tem os motivos dele. Mas ele vai me visitar três vezes por ano. Desta vez resolvi que eu é que vinha visitá-lo aqui na Índia."

"Você gosta do seu pai?"

"Gosto, sim, muito."

"Você não queria que ele ficasse com você sempre?"

"Queria, sim. E o seu pai? O que é que ele faz?"

"Eu não tenho pai, sou um órfão idiota."

Três noites depois, o padre Timothy convida o padre John para jantar com Ian. Eles jantam e ficam conversando até tarde da noite, e o padre Timothy toca violino. O padre John se retira um pouco depois de meia-noite, mas o padre Timothy e Ian continuam conversando. Eu fico deitado na cama ouvindo os risos que vêm pela janela aberta. Demoro para pegar no sono.

É uma noite de luar e vento forte. Os eucaliptos do quintal balançam, e as folhas farfalham. Tenho vontade de ir ao banheiro e me levanto. Enquanto caminho em direção ao banheiro, vejo uma luz acesa no quarto do padre John. Além disso, ouço barulhos. Vou na ponta dos pés até a porta. Está fechada, e por isso olho pelo buraco da fechadura. O que vejo lá dentro é assustador. Ian está debruçado sobre a mesa e o padre John está em cima dele. A calça do pijama de Ian está caída a seus pés. Fico completamente confuso. Sou um órfão idiota, mas sei que alguma coisa está errada. Vou correndo para o quarto do padre Timothy, que está ferrado no sono. "Acorda, padre! O padre John está fazendo uma coisa ruim com o Ian!", grito.

"Com quem? Com o Ian?" O padre Timothy imediatamente desperta por completo. Saímos correndo para o quarto do padre John, e o padre Timothy irrompe de repente. Ele vê o que acabei de ver. Empalidece de tal modo que tenho a impressão de que vai desmaiar. Ele se segura à porta para não cair. Então seu rosto fica vermelho de raiva. Quase chega a espumar. Fico assustado. Nunca o vi tão irritado assim. "Ian, vá para o seu quarto", diz ele, feroz. "E você também, Thomas."

Obedeço, mais confuso ainda do que antes.

Sou despertado de manhã bem cedo pelo som de dois disparos, que vêm da direção da igreja. Na mesma hora percebo que alguma coisa séria aconteceu. Corro até a igreja e vejo uma cena que me abala até o âmago. O padre Timothy está caído perto do altar numa poça de sangue, bem ao lado da imagem de Jesus Cristo na cruz. Ele está de batina e parece ajoelhado, rezando. A dez passos dele está o corpo do padre John, sujo de sangue. A cabeça dele parece ter sido esmagada, e há pedacinhos de seu cérebro grudados nos bancos. Ele está com uma roupa de couro. Seus braços ostentam imagens de serpentes escuras. Na mão direita ele segura uma espingarda.

Vejo a cena e sinto que todo o ar sai de meus pulmões. Lanço um grito. É um grito lancinante, que despedaça o silêncio da manhã como um tiro. Ele espanta os corvos pousados nos eucaliptos. Faz Joseph, que está espanando os bricabraques na sala, interromper o trabalho e aguçar os ouvidos. Faz a sra. Gonzalves apressar-se para terminar o banho o mais rápido possível. E acorda Ian, que entra na igreja correndo.

Eu me debruço sobre o padre Timothy, uivando de dor como só fazem as crianças de oito anos de idade que perderam tudo que tinham na vida. Ian se aproxima de mim e senta ao meu lado. Olha para o corpo inerte do padre Timothy e começa a chorar também. Ficamos os dois de mãos dadas, chorando, quase três horas, mesmo depois que chega o jipe da polícia com a luz vermelha piscando, mesmo depois que o médico de jaleco branco vem de ambulância, mesmo depois que cobrem os cadáveres com um pano branco, mesmo depois que os corpos são levados na ambulância, mesmo depois que Joseph e a sra. Gonzalves nos levam para a casa e fazem o que podem para nos confortar.

Mais tarde, muito mais tarde, Ian pergunta para mim: "Por que você chorou tanto, Thomas?".

"Porque hoje eu virei órfão de verdade", respondo. "Ele era o meu pai. Tal como era o padre de todas as pessoas que vinham à igreja. Mas por que é que você estava chorando? Por causa do que você fez com o padre John?"

"Não, eu chorei porque perdi tudo também. Eu agora sou órfão igual a você."

"Mas o seu pai está vivo. Ele está em Dehradun!", exclamo.

"Não, era mentira." Ele começa a soluçar outra vez. "Agora eu posso lhe dizer a verdade. Timothy Francis era como um pai para você, mas ele era meu pai."

Smita tem uma expressão de tristeza no rosto. "Que história mais trágica", diz ela. "Agora compreendo o que o padre Timothy quis dizer quando falou no fardo do sacerdote. É extraordinário ele ter levado uma vida dupla todos esses anos, um padre que era ao mesmo tempo um homem casado e pai. Afinal, o que aconteceu com o Ian?"

"Não sei. Voltou para a Inglaterra. Foi morar com um tio, parece."

"E você?"

"Fui mandado para uma instituição para menores."

"Entendo. Agora me fale sobre a segunda pergunta", diz Smita, apertando *play* no controle remoto.

Ainda estamos no intervalo comercial.

Prem Kumar inclina-se em minha direção e cochicha: "Vou lhe dizer qual vai ser a próxima pergunta. Vou perguntar o que quer dizer FBI. Você já ouviu falar nessa organização, não é?".

"Não", respondo, sacudindo a cabeça.

Ele faz uma careta. "Eu sabia. Olha, a gente queria que você ganhasse pelo menos um pouquinho mais de dinheiro. Eu posso mudar a pergunta. Me diga, rápido — tem alguma sigla que você saiba o que quer dizer?"

Penso por algum tempo antes de responder. "Não sei o que é FBI, mas sei o que é INRI."

"O que é isso?"

"É o que tem escrito em cima da cruz."

"Ah! Está bem, deixe eu consultar meu banco de dados."

Termina o intervalo comercial. Ouve-se o prefixo do programa.

Prem Kumar vira-se para mim. "Estou curioso, senhor Ram Mohammad Thomas, a respeito da sua religião. Seu nome parece conter todas as religiões. Me diga, onde é que o senhor reza?"

"É preciso ir a um templo, igreja ou mesquita para rezar? Eu acredito no que diz Kabir: Hari está a leste, Alá está a oeste. Olha dentro do teu coração que lá hás de encontrar tanto Ram quanto Karim."

"Muito bem dito, senhor Thomas. Pelo visto, o senhor é um perito em todas as religiões. E, se isso é verdade, a próxima pergunta deve ser bem fácil para o senhor. Vamos lá, pergunta número dois, valendo duas mil rupias. Qual é a seqüência de letras que costuma ser encontrada no alto da cruz? É: a) IRNI, b) INRI, c) RINI, ou d) NIRI? A pergunta está clara, senhor Thomas?"

"Está", respondo.

"O.k. Então nos diga qual é sua resposta."

"A resposta é B. INRI."

"O senhor tem certeza absoluta?"

"Tenho."

Ouve-se um crescendo de tambores. A resposta correta aparece na tela.

"A resposta está absolutamente correta! O senhor acaba de ganhar duas mil rupias."

"Amém", respondo.

5000 — Promessa de irmão

É bom examinar uma questão por todos os ângulos antes de tomar uma decisão. Tenha sempre uma reserva para o caso de uma emergência. Vizinhança nova é uma alegria. Um pequeno problema pode acontecer no front doméstico, mas você vai resolvê-lo depressa e com sucesso. Não ofereça conselhos sensatos a menos que lhe peçam.

É essa a previsão de hoje do horóscopo do *Maharashtra Times* para aqueles que, como eu, são capricornianos, nascidos na última semana de dezembro.

Eu não leio o *Maharashtra Times*. Aliás, não leio jornal nenhum. Mas de vez em quando roubo um exemplar do lixo do sr. Barve. É bom para atiçar o fogo na cozinha, e às vezes, quando não tenho nada mais para fazer, fico folheando as páginas para matar o tempo, antes que elas sejam reduzidas a cinzas.

Além disso, não acredito em horóscopos. Se acreditasse, eu já devia estar morto, de acordo com a previsão feita pelo pândita Ramashankar Shastri. Mas o horóscopo de hoje parece conter uma semente de verdade. De fato, vizinhos novos estão se mudando para o quarto ao lado do meu, e sem dúvida tenho um pequeno problema no front doméstico.

Acabamos de voltar da matinê do Regal Talkies, e Salim está bufando de raiva. Está arrancando todos os pôsteres de Armaan Ali que enfeitam as paredes do nosso quartinho há quase três anos. O cartaz em que Armaan aparece com jaqueta de couro foi rasgado de alto a baixo. Armaan numa motocicleta foi desmembrado com uma faca. Armaan sem camisa, exibindo o peito cabeludo, agora está na lata de lixo. Armaan com uma arma na mão foi reduzido a pedacinhos, e Armaan e seu cavalo foram ambos assados no fogo. Sem todos esses posters, nosso quarto, em que só há duas camas, de repente parece mais nu do que antes, e não há mais como esconder as extensões cobertas de mofo nas paredes caiadas.

Apesar da advertência do horóscopo, não resisto ao impulso de dar um conselho sensato a Salim. "Será que agora você entende o que eu estava dizendo há dez meses, quando você queria reatar o relacionamento de Armaan com Urvashi? Eu disse para você não se meter na vida dos outros, nem assumir os problemas dos outros. Que isso lhe sirva de lição para o futuro."

Salim me escuta, amuado, enquanto pisoteia o pôster de Armaan numa piscina, cercado de beldades.

Ouço passos e vozes do lado de fora. Parece que os novos moradores finalmente estão se mudando para o quarto ao lado. Estou animado. Sempre é bom conhecer gente. Torço para que os moradores tenham filhos da minha idade. Putul e Dhyanesh são boa companhia, mas raramente seus pais os deixam vir brincar comigo aos domingos, o único dia em que não tenho de ir para o trabalho. Ajay, que vive se exibindo, está começando a me irritar. Ele debochou de mim na frente de todo o *chawl* quando eu lhe disse que tinha arranjado emprego numa fundição. Sei que trabalhar numa fundição tem muito menos graça do que trabalhar para uma estrela de cinema, mas pelo menos é melhor do que ficar sentado na rua.

Depois do tempo que passei trabalhando para a atriz Neelima Kumari, morando no apartamento dela, quase esqueci como era viver num *chawl*. Verdadeiros amontoados de conjugados em que moram pessoas de classe média baixa, os *chawls* são os sovacos fedidos de Mumbai. Os que vivem aqui têm uma situação apenas um pouco melhor do que os que moram em favelas como Dharavi. Como me disse uma vez o sr. Barve, os ricos, nos seus apartamentos de quatro quartos, de mármore e granito, se divertem. Os favelados, que moram em barracos sórdidos, esfarrapados, sofrem. E nós, que moramos nos *chawls* superlotados, nós simplesmente vivemos.

Morar num *chawl*, porém, tem lá suas vantagens. O que aconteceu com Neelima Kumari jamais aconteceria aqui, porque num *chawl* todo mundo sabe de tudo que está acontecendo. Todos os moradores vivem debaixo do mesmo teto, e têm um lugar comunitário onde cagam e tomam banho. Os moradores do *chawl* podem não se reunir em ocasiões sociais, mas são obrigados a conviver quando estão em pé, na fila, à porta dos banheiros. Aliás, dizem que o sr. e a sra. Gokhale se conheceram na fila da latrina, e se apaixonaram. Casaram-se em menos de um mês.

Não tenho nenhuma possibilidade de me apaixonar por nenhuma garota do meu *chawl*. Elas são todas gordas e feias, muito diferentes da minha atriz predileta, Priya Kapoor. Além disso, todas elas gostam de coisas bobas, como bonecas, e não sabem jogar nenhum jogo interessante, como boxe ou *kabaddi*.

Não que eu tenha muito tempo de jogar esses jogos. Passo o dia inteiro trabalhando na fundição e só volto às seis da tarde. Além disso, fundir metal é um trabalho pesado. O ferro derretido sufoca com todo aquele calor, e às vezes cega os olhos da gente com aquelas chamas de um laranja vivo.

Ouço uma voz gritando "Thomas!". É o sr. Ramakrishna, o administrador do *chawl*, me chamando. Ele é um homem muito importante. Nós recorremos ao sr. Ramakrishna sempre que queima uma lâmpada ou que a pressão da água fica baixa demais. Imploramos a ele quando não temos dinheiro para pagar o aluguel mensal. Nós estávamos tentando falar com o sr. Ramakrishna a respeito do conserto da grade de madeira do primeiro andar, que está fraca e bamba, o que é perigoso.

Saio do quarto e vejo o sr. Ramakrishna ao lado de um homem de meia-idade baixo, de testa franzida, que dá a impressão de que não vai ao banheiro há muito tempo. "Thomas, este aqui é o senhor Shantaram. É o nosso novo inquilino, morador do quarto ao lado do seu. Eu disse a ele que você é um garoto muito responsável, por isso por favor ajude o senhor Shantaram a se instalar, com a mulher e a filha dele. Bom, senhor Shantaram, até logo."

"Ah, não", penso com meus botões, "nenhum garoto." Tento ver a mulher e a filha do sr. Shantaram, mas só consigo vislumbrar de relance uma mulher grisalha e uma garota, mais velha do que eu, com cabelos negros longos amarrados atrás, sentada na cama. Shantaram percebe que estou olhando para dentro de seu apartamento, e mais que depressa fecha a porta da frente.

"O que o senhor faz?", pergunto a ele.

"Sou cientista, astrônomo. Você não vai entender. Mas no momento estou fazendo um intervalo. Estou trabalhando como gerente de vendas na Vimal. Vou ficar aqui muito pouco tempo. Em breve vamos nos mudar para um apartamento de luxo em Nariman Point."

Sei que o sr. Shantaram está mentindo. Quem pode morar em Nariman Point nunca fica num *chawl*, nem mesmo por muito pouco tempo.

Num *chawl*, as paredes entre os apartamentos são muito finas. Se você encostar o ouvido na parede e prestar bastante atenção, ou — melhor ainda — se colocar a boca de um copo na parede e encostar o ouvido na base, dá para ouvir quase tudo que se passa no apartamento ao lado. Eu e Salim fazemos isso sempre com os vizinhos do apartamento à nossa esquerda, na parede que separa a nossa cozinha do quarto deles. O sr. e a sra. Bapat não são mais um casal jovem. Dizem que o sr. Bapat até bate na mulher, mas está claro que eles fazem as pazes à noite, porque eu e Salim muitas vezes os ouvimos ofegantes, fazendo "uuh" e "aah", e rimos baixinho.

Encosto um copo de aço inoxidável na parede que dá para o quarto do sr. Shantaram e aperto o ouvido contra ele. Ouço Shantaram falando.

"Este lugar é um buraco negro. É uma afronta à minha dignidade ficar aqui, mas só por causa de vocês duas vou suportar esta humilhação até arranjar um emprego decente. Olha, não quero que nenhum desses garotos da rua entrem aqui em casa. Deus sabe de que sarjeta eles saíram. Tem dois morando aqui ao nosso lado. Malandros da primeira ordem, a meu ver. Gudiya, se eu pegar você conversando com qualquer rapaz aqui do *chawl*, você vai levar uma surra com o meu cinto de couro. Entendeu?", ele troveja. Deixo o copo cair, em pânico.

Nas duas semanas que se seguem, quase não vejo Shantaram, e nunca vejo a mulher e a filha. A garota provavelmente vai ao colégio durante o dia, mas quando chego da fundição ela já está no apartamento, e a porta está sempre bem fechada.

Salim nem sequer repara que temos vizinhos novos. Seu trabalho de entregador de marmitas praticamente não lhe deixa nenhum tempo de folga. Ele acorda às sete da manhã e se veste. Usa camisa branca larga, calça de pijama de algodão e um boné branco à Nehru. O boné é a marca identificadora de todos os *dabbawallahs* de Mumbai — eles são cerca de cinco mil. Durante as duas horas que se seguem ele recolhe em marmitas refeições caseiras preparadas em aproximadamente vinte e cinco apartamentos. Em seguida, leva as marmitas até a estação ferroviária de Ghatkopar. Lá elas são classificadas conforme seu destino, cada uma recebendo um código de pontos, traços e cruzes coloridas na tampa, e são então embarcadas em trens especiais de modo que sejam entregues exatamente na hora do almoço a executivos de classe média e trabalhadores em toda Mumbai. Salim recebe suas marmitas de outro trem, e faz suas entregas na área de Ghatkopar depois de decifrar os pontos e traços que constituem o endereço. É necessário ser muito cuidadoso, porque um erro pode lhe custar o emprego. Ele não ousa entregar uma marmita contendo carne de vaca a um hinduísta, ou uma que contenha carne de porco a um muçulmano, ou uma com alho e cebolas para um vegetariano jainista.

São nove da noite. Salim está folheando uma revista de cinema. Estou ajoelhado na cama, o ouvido esquerdo enfiado num copo de aço inoxidável encostado na parede. Ouço Shantaram falando com a filha. "Venha ver, Gudiya, aqui na ocular. Já ajustei o foco do telescópio. Você está vendo aquele objeto bem vermelho, no meio? É Marte."

Eu cochicho para Salim: "Depressa, pega um copo. Você tem que ouvir isso".

Salim também encosta o ouvido na parede. Nos trinta minutos que se seguem, ouvimos um comentário ininterrupto a respeito do céu. Ouvimos falar em constelações, galáxias e cometas. Ouvimos falar na Ursa Maior e na Ursa Menor. Ficamos sabendo da existência de uma coisa chamada Via Láctea e de uma certa estrela Polar. Aprendemos a respeito dos anéis de Saturno e das luas de Júpiter.

Ouvindo Shantaram, sinto um anseio estranho. Eu também gostaria de ter tido um pai que me ensinasse coisas sobre as estrelas e os planetas. O céu noturno, que até então para mim era só uma imensa massa negra, de repente se transforma num lugar cheio de significados e maravilhas. Assim que termina a aula de Shantaram, eu e Salim colocamos a cabeça fora da nossa janela do primeiro andar e tentamos encontrar os objetos celestiais apontados por ele. Sem a ajuda de um telescópio, vemos apenas pontinhos brancos no céu escuro, porém gritamos de alegria quando reconhecemos as sete estrelas da Ursa Maior, e até a informação de que as manchas escuras na Lua não são imperfeições, e sim crateras e mares, nos proporciona uma certa satisfação, como se tivéssemos desvendado os mistérios do Universo.

Nessa noite não sonho com uma mulher envolta num sári branco esvoaçante, e sim com os anéis de Saturno e as luas de Júpiter.

Uma semana depois, sou surpreendido por um som totalmente novo vindo do quarto de Shantaram. “Miau!” Vou correndo até a parede, munido de meu aparelho de escuta de aço inoxidável.

Ouço Gudiya falando. “Papai, olha só, arranjei um gato. Não é uma gracinha? Foi a minha amiga Rohini que me deu, da ninhada da gata dela. Posso ficar com ele?”

"Eu sou contra essa história de animal de estimação", resmunga a sra. Shantaram. "Aqui mal tem espaço para as pessoas — onde é que vamos enfiar um bicho?"

"Por favor, mamãe, ele é tão pequenino. Papai, por favor deixa", ela implora.

"Está bem, Gudiya", diz Shantaram. "Pode ficar com o gato. Mas que nome você vai dar a ele?"

"Ah, muito obrigada, papai. Eu estava pensando em Tommy."

"Não, esse nome é muito comum. Esse gato vai viver numa família de astrônomo, por isso ele deve receber o nome de um dos planetas."

"Qual deles? Que tal Júpiter?"

"Não. Ele é o menorzinho da família, portanto o único nome apropriado é Plutão."

"Ótimo! Adorei, papai. Vem cá, Plutão! Plutão, vem tomar leite."

"Miau!", diz Plutão.

Esses pequenos fragmentos de conversas me obrigam a reformular minha opinião sobre Shantaram. Talvez ele não seja tão mau assim. Porém, mais uma vez, constato que as aparências enganam e que a linha divisória entre o bem e o mal é mesmo muito fina.

Vejo Shantaram chegar em casa uma noite completamente bêbado. Ele fede a uísque. Caminha com passos inseguros e precisa de ajuda para subir a escada. Isso se repete no dia seguinte, e no outro. Em pouco tempo, todos no *chawl* já sabem que o sr. Shantaram é um bêbado.

Nos filmes indianos, os bêbados são sempre personagens engraçados. Basta pensar em Keshto Mukherjee com uma garrafa na mão que a gente não consegue conter uma gargalhada. Mas na vida real os bêbados não têm graça nenhuma; são figuras assustadoras. Sempre que Shantaram chega em casa de porre, não precisamos dos copos de aço. Ele grita impropérios a todo volume, e eu e Salim ficamos tremendo de medo em nosso quarto como se os gritos fossem dirigidos a nós. Os xingamentos se tornam um verdadeiro ritual, e acabamos nos acostumando a aguardar o som dos roncos dele para só depois adormecermos. Passamos a temer o intervalo entre a chegada de Shantaram do trabalho e o momento em que ele finalmente desaba na cama. Para nós, esse intervalo é a zona do medo.

Pensamos que é uma fase passageira, e que Shantaram vai acabar se recuperando. Mas na verdade a coisa só faz piorar. Shantaram começa a beber mais ainda, e então dá de jogar objetos. De início, são copos de plástico e livros, que ele atira contra a parede, indignado. Em seguida, começa a quebrar panelas. O barulho que ele faz torna a vida muito difícil para os vizinhos. Sabemos, porém, que dirigir uma queixa ao sr. Ramakrishna está fora de questão. Não têm muito peso as vozes de dois garotos, um de treze e o outro de onze anos, que vivem atrasando o aluguel. Assim, simplesmente nos esquivamos na cama sempre que um objeto é jogado contra nossa parede comum, e nos encolhemos de pavor toda vez que ouvimos um prato se quebrando ou uma peça de porcelana se esfacelando.

Mas nem esta fase dura muito tempo. Logo Shantaram começa a jogar objetos nas pessoas. Principalmente nos membros de sua família. Sua ira se concentra na mulher. “Sua cachorra desgraçada! Foi você que me arrastou para a lama. Eu podia estar escrevendo relatórios de pesquisa sobre buracos negros, e em vez disso passo o dia mostrando blusas e sáris para donas de casa miseráveis. Eu odeio você! Por que você não morre?”, ele urra, jogando um saleiro, um copo, um prato. Na mulher, na filha, no gato.

Uma noite ele ultrapassa todos os limites e joga uma xícara de chá escaldante na mulher. Gudiya tenta proteger a mãe e o líquido fervente cai nela, queimando seu rosto. Ela grita de agonia. Shantaram está tão bêbado que não se dá conta do que fez. Saio correndo atrás de um táxi, para que a sra. Shantaram possa levar a filha a um hospital. Dois dias depois, ela me procura perguntando se eu não gostaria de ir com ela visitar Gudiya. "Ela fica muito sozinha. Talvez você possa conversar com ela."

Assim, vou com a sra. Shantaram visitar um hospital pela primeira vez na vida.

A primeira coisa que salta aos sentidos de quem entra num hospital é o cheiro. Provoca-me náuseas o cheiro penetrante e anti-séptico de desinfetante, que permeia todos os cantos das enfermarias sujas. A segunda coisa que se percebe é a ausência de pessoas alegres. Os pacientes deitados nas camas verdes estão gemendo, e mesmo os enfermeiros e médicos parecem melancólicos. Mas o pior de tudo é a indiferença. No fundo, ninguém se importa com você. Eu imaginava encontrar Gudiya cercada de médicos e enfermeiros, porém ela está deitada sozinha numa cama na Unidade de Queimaduras, e não há nenhum enfermeiro em serviço. Seu rosto está totalmente coberto de curativos; só os olhos negros estão de fora.

"Gudiya, olha só quem veio visitar você", diz a sra. Shantaram, sorrindo para mim.

A timidez me domina. Está claro que a garota é muito mais velha do que eu. Sou apenas um voyeur que ouviu alguns fragmentos da vida dela; praticamente não a conheço. Não vejo seus lábios, mas seu olhar demonstra que ela está sorrindo para mim, e isso tem o efeito de quebrar o gelo entre nós.

Fico três horas conversando com ela, sobre vários assuntos. Gudiya me pergunta: "Como foi que você ganhou um nome tão diferente — Ram Mohammad Thomas?".

"É uma história muito comprida. Eu lhe conto quando você estiver boa."

Gudiya me fala sobre sua vida. Fico sabendo que ela está prestes a terminar o ensino médio e entrar para a faculdade. Sua ambição é ser médica. Ela faz perguntas a meu respeito. Não conto nada sobre o padre Timothy nem o que ocorreu depois, mas falo das minhas experiências no *chawl*. Falo sobre minha vida de operário na fundição. Ela me escuta com a maior atenção, e me faz sentir muito importante e querido.

Um médico entra e diz à sra. Shantaram que sua filha teve muita sorte. Sofreu apenas queimaduras de primeiro grau e não vai ficar com nenhuma cicatriz permanente. Terá alta dentro de uma semana.

Nas três horas que passo com Gudiya, fico sabendo muita coisa a respeito de seu pai. A sra. Shantaram me diz: "Meu marido é um cientista famoso. Ou melhor, era. Ele trabalhava no Instituto Aryabhatta de Pesquisas Espaciais, onde investigava as estrelas com a ajuda de telescópios enormes. Nós morávamos numa casa grande no campus do instituto. Três anos atrás ele descobriu uma nova estrela. Foi uma descoberta científica muito importante, mas um dos colegas dele é que levou a fama. Isso deixou meu marido totalmente arrasado. Ele começou a beber. Começou a brigar com os colegas, e um dia ficou tão irritado com o diretor do instituto que quase o matou de pancada. Foi imediatamente expulso de lá, e eu tive que implorar para que o diretor não chamasse a polícia para prendê-lo. Depois de largar o instituto, meu marido arrumou emprego de professor de física numa escola boa, mas não conseguiu conter nem o hábito de beber nem seu gênio terrível. Ele batia nos meninos por coisas à-toa, e foi despedido depois de apenas seis meses. Desde então ele pega uns trabalhos avulsos, como administrador da cantina de um escritório, contador de fábrica, e agora assistente de vendas numa loja de roupas. E, como esgotamos todos as nossas economias, temos que morar num *chawl*".

"Será que o senhor Shantaram não consegue parar de beber?", pergunto a ela.

"Meu marido jurou para mim que nunca mais ia beber álcool, e comecei a ter esperanças de que o pior já tivesse passado. Mas ele não conseguiu cumprir a promessa, e veja só o que aconteceu."

"Me faça um favor, Ram Mohammad Thomas", diz Gudiya. "Tome conta do Plutão para mim até eu voltar para casa."

"Claro", prometo.

De repente ela estende o braço e segura minha mão. "Você é o irmão que eu nunca tive. Não é, mamãe?", diz ela. A sra. Shantaram faz que sim com a cabeça.

Não sei o que dizer. Para mim, é uma relação nova. No passado já me imaginei como filho, mas nunca como irmão de alguém. Assim, fico segurando a mão de Gudiya, e sinto que uma união se forma entre nós sem a ajuda das palavras.

Nessa noite, sonho com uma mulher de sári branco com um bebê nos braços. O vento urra atrás dela, jogando-lhe os cabelos sobre o rosto, encobrindo-o. Ela coloca a criança numa cesta cheia de roupas e vai embora. Nesse momento exato, uma outra mulher chega. Ela também é alta e graciosa, porém seu rosto está coberto de curativos. Ela pega a criança na cesta e a sufoca de beijos. "Meu irmãozinho", diz ela. "Ma-ni-nha", o bebê balbucia. "Miau!" O grito estrangulado de um gato de repente irrompe na noite. Acordo e tento entender se o grito que ouvi estava no sonho ou se veio do quarto ao lado.

Na manhã seguinte encontro o corpo magro e destroçado de Plutão na mesma lata de lixo em que o sr. Barve joga seu exemplar do *Maharashtra Times*. O pescoço do gato foi quebrado, e seu corpo peludo cheira a uísque. Shantaram diz à mulher que Plutão fugiu. Eu sei a verdade, porém não faria sentido revelá-la. De fato, Plutão fugiu. Para um mundo melhor, penso.

"Eu gosto muito da Gudiya", digo a Salim. "Não posso deixar que o Shantaram faça de novo o que fez com ela."

"Mas o que é que você pode fazer? É a família dele."

"Nós também somos responsáveis. Afinal, somos vizinhos."

"Você não se lembra do que me disse uma vez? Que não é boa idéia a gente se meter nos assuntos dos outros, nem assumir os problemas dos outros, Mohammad?"

Não tenho nada a dizer em resposta.

Gudiya volta para casa, mas nunca posso vê-la porque Shantaram não permite que nenhum garoto entre na casa dele. A sra. Shantaram me diz que o marido se deu conta do que fez e que agora vai mudar, muito embora no fundo ela saiba que Shantaram não tem mais salvação. Mas nem ela podia imaginar do que seu marido era capaz.

Pouco mais de uma semana depois que Gudiya volta do hospital, Shantaram faz uma coisa com ela de novo. Ele tenta tocá-la. Mas não como pai. De início, não compreendo. Ouço apenas Shantaram dizendo que Gudiya é a lua dele, e em seguida a sra. Shantaram chorando, e Gudiya gritando: "Papai, não me toque! Papai, por favor não me toque!".

Ocorre um estalo em meu cérebro quando ouço Gudiya implorando. Tenho vontade de correr para o apartamento de Shantaram e matá-lo com minhas próprias mãos. Mas, antes mesmo que eu consiga criar coragem, ouço os roncos altos de

Shantaram. Ele apagou. Gudiya continua chorando. Não preciso do copo para ouvi-la chorando.

As lágrimas de Gudiya têm um efeito estranho sobre mim. Não sei como um irmão reagiria ao sofrimento da irmã, porque nunca tive a experiência de ser irmão. Mas sei que de algum modo preciso confortá-la. Infelizmente, não é muito fácil confortar uma pessoa quando há uma parede entre você e ela, por mais fina que seja. Percebo então que bem na base da parede, onde os canos de água entram no apartamento, há uma pequena abertura circular, grande o bastante para passar um braço por ela. Levanto-me da cama, deito-me de bruços no chão e enfio a mão no buraco "Irmã, não chore. Venha, segure a minha mão", exclamo. E alguém me segura a mão. Sinto dedos acariciando meu braço, o cotovelo, o punho, como um cego tateando o rosto de uma pessoa. Então os dedos se entrelaçam com os meus, e sinto uma transferência mágica de poder, energia, amor, seja o que for; o fato é que nesse instante ocorre uma fusão entre Gudiya e mim, e passo a sentir a dor dela como se fosse minha.

Salim, enquanto isso, assiste à cena sentado na cama, atônito. "Você enlouqueceu, Mohammad? Você se dá conta do que está fazendo?", ele me adverte. "É por esse buraco onde você enfiou a mão que os ratos e baratas entram no nosso quarto."

Porém não dou atenção a Salim nem a mais nada. Não sei quanto tempo fico segurando a mão de Gudiya, mas quando acordo no dia seguinte constato que continuo deitado no chão, a mão ainda enfiada no buraco, com uma família de baratas dormindo tranqüilamente no bolso da minha camisa.

Na noite seguinte, Shantaram mais uma vez chega em casa bêbado e tenta molestar Gudiya. "Você é mais bonita do que todas as estrelas e planetas. Você é a minha lua. Você é minha

Gudiya, minha boneca. Ontem você escapuliu de mim, mas hoje não vou deixá-la fugir", diz ele.

"Pare com isso!", exclama a sra. Shantaram, mas o marido não lhe dá atenção.

"Não se preocupe, Gudiya, não há nada de errado no meu amor por você. Até Chah Jahan, o grande imperador, se apaixonou pela própria filha, Jahan Ara. E quem pode negar a um homem o privilégio de colher o fruto da árvore que ele próprio plantou?"

"Você é um demônio", grita a sra. Shantaram, e Shantaram bate nela. Ouço uma garrafa se quebrar.

"Não!", grita Gudiya.

É como se um maçarico tivesse perfurado meu cérebro, e metal derretido se derramasse sobre meu coração. Não consigo tolerar isso. Vou correndo para o quarto do sr. Ramakrishna e digo a ele que Shantaram está fazendo uma coisa terrível com a mulher e a filha. Mas Ramakrishna age como se eu estivesse falando sobre o tempo.

"Olha", diz ele, "o que acontece entre as quatro paredes de um lar é uma questão particular da família e a gente não pode se meter. Você é um jovem órfão. Você não conhece a vida. Mas eu conheço histórias de maridos que espancam as mulheres, que abusam das filhas, cometendo incesto e estupro, histórias que acontecem diariamente em todos os *chawls* de Mumbai. E ninguém faz nada. Nós, indianos, temos essa capacidade sublime de ver a dor e o sofrimento à nossa volta e não sermos afetados por nada. Assim, como um bom cidadão de Mumbai, feche os olhos, feche os ouvidos, feche a boca, e você será feliz como eu. E agora vá embora que já é hora de eu me deitar."

Volto correndo para meu quarto. Ouço Shantaram roncando e Gudiya gritando que está suja. "Não me toque! Ninguém pode me tocar! Vou infectar quem chegar perto de mim."

Acho que ela está enlouquecendo. Eu também.

"Pode me infectar", digo eu, enfiando a mão no buraco da parede.

Gudiya me segura a mão. "Eu não vou mais viver por muito tempo, Ram Mohammad Thomas", diz ela entre soluços. "Antes me matar do que me entregar a meu pai." Sua dor atravessa o buraco e me envolve todo o corpo.

Começo a chorar. "Eu jamais vou deixar isso acontecer", digo a ela. "É uma promessa de irmão."

Salim me dirige um olhar malicioso, como se eu tivesse cometido um crime ao fazer essa promessa. Porém estou além do bem e do mal. Sinto os dedos ossudos de Gudiya, sua carne nas minhas mãos, e sei que nós dois somos animais caçados, parceiros no crime. Meu crime foi, sendo órfão, ousar assumir os problemas dos outros. Mas qual foi o crime de Gudiya? Apenas ter nascido mulher e ter Shantaram como pai.

Na noite seguinte, cumpro minha promessa, quando Shantaram volta do trabalho e sobe a escada bamba que leva ao segundo andar. Ele caminha com passos lentos e trôpegos. Até suas roupas fedem a uísque. Quando ele está prestes a passar pelo trecho da grade que ainda não foi consertado pelo sr. Ramakrishna, eu o ataco por trás. Esbarro com força nas suas costas e ele, por sua vez, esbarra na grade de madeira. Ela já está fraca e instável. Não suporta o peso de seu corpo. A grade racha e se quebra. Shantaram perde o equilíbrio e cai no andar de baixo.

Nos filmes, quando o vilão cai do telhado de um arranha-céu, parece que está flutuando no ar; ele esperneia e sacode os braços e grita "Aaaaaaaaaaah!". Na vida real, é completamente diferente. Shantaram cai como uma pedra. Não esperneia. Cai no chão de bruços e fica esparramado, pernas e braços esticados.

É só quando vejo o corpo inerte de Shantaram no chão que me dou conta do que fiz. E então visualizo as conseqüências de meu ato.

A polícia vem examinar a cena do crime, chegando num jipe com uma luz vermelha que pisca, e os policiais traçam um contorno preciso com giz. Tiram fotos e dizem: "Foi aqui que o corpo caiu". Então levantam a vista e me vêem no primeiro andar. O inspetor aponta para mim. "Foi esse garoto que empurrou. Podem prendê-lo!" Sou levado à cadeia, e lá tiram minha roupa e me dão uma surra. Depois sou levado ao tribunal, onde há um juiz sisudo, envolto numa toga negra, e um ventilador no teto. Uma placa dourada, desbotada e coberta de poeira, com as palavras *Satyameva Jayate* — A verdade sempre prevalece —, está afixada na parede atrás dele. O juiz olha para mim uma única vez e pronuncia seu veredicto. "Ram Mohammad Thomas, você é culpado do assassinato premeditado do senhor Shantaram. Com base na Seção 302 do Código Penal Indiano, condeno-o à morte por enforcamento."

"Não!", grito; tento correr, mas minhas pernas estão acorrentadas e meus pulsos estão algemados. Vendam meus olhos e me levam até o local da execução. A corda é colocada em torno do meu pescoço e uma alavanca é acionada. Solto um grito quando de repente o chão desaparece sob minhas pernas e todo o ar é expulso dos meus pulmões. Abro os olhos e constato que estou no céu. Mas o céu é igualzinho ao *chawl*, e quando olho para baixo vejo o corpo de Shantaram estatelado no chão. As pessoas estão se juntando em torno dele. Alguém grita: "Chamem a polícia!".

Não espero mais nem um segundo. Desço a escada e começo a correr. Passo pelo portão, pela cabine do leite, pelo prédio de vários andares. Corro até a estação ferroviária e tomo o trem expresso para o terminal Victoria. Examino todas as plataformas em busca de um trem específico. Por fim o encontro, e entro no momento exato em que ele começa a andar.

Abandonei Mumbai, abandonei Gudiya, abandonei Salim e fugi para a única outra cidade que eu conhecia. Delhi.

No decorrer de toda essa narrativa, Smita permanece em silêncio. Dou-me conta agora de que ela ficou muito comovida. Percebo que uma lágrima se formou no canto de seu olho. Talvez, por ser mulher, ela compreenda melhor o sofrimento de Gudiya.

Pego o controle remoto. "Vamos ver a pergunta número três", digo, e aperto *play*.

Prem Kumar gira em sua cadeira e se dirige a mim. "Senhor Thomas, o senhor respondeu corretamente às duas primeiras perguntas, no valor de duas mil rupias. Agora vamos ver se o senhor pode responder à terceira pergunta, valendo cinco mil rupias. O senhor está pronto?"

"Estou", respondo.

"Vamos lá. Pergunta número três. Esta é do campo da..."

Nesse momento exato o refletor central se apaga, mergulhando a mim e Prem Kumar na escuridão.

"Epa! Houston, temos um problema", diz Prem Kumar. A platéia ri. Eu não entendo a piada.

"O que foi que o senhor disse?", pergunto a Prem Kumar.

"Ah, é uma frase famosa do filme *Apollo 13*. É claro que você não vê filmes em inglês. A gente usa essa frase quando de repente tem um problema mais sério, tal como nós temos agora. O programa só pode continuar depois que consertarmos o refletor."

Enquanto os técnicos começam a verificar a fiação, Prem Kumar fica ouvindo uma voz no ponto eletrônico. Então se inclina em minha direção e cochicha no meu ouvido: "O.k., meu chapa, a moleza foi só até a segunda pergunta. A próxima é realmente difícil, especialmente para um garçom. Eu gostaria muito de ajudá-lo mais, só que o produtor acaba de me informar que ele quer passar para o próximo candidato, um professor de matemática. Desculpe. Paciência!". Leva um copo de limonada aos lábios e lambe os beiços.

O refletor foi consertado. Agora aparece no letreiro do estúdio a palavra APLAUSO.

Quando as palmas começam a morrer, Prem Kumar vira-se para mim. "Senhor Thomas, o senhor respondeu corretamente a duas perguntas no valor de duas mil rupias. Agora vamos ver se o senhor consegue responder à terceira, valendo cinco mil rupias. O senhor está pronto?"

"Estou", respondo.

"Então vamos lá. Nossa próxima pergunta é do campo da astronomia. Me diga, senhor Thomas, o senhor sabe quantos planetas há no nosso sistema solar?"

"Quais são as opções?"

"Não é essa a pergunta, senhor Thomas. Estou só lhe perguntando se o senhor sabe quantos planetas há no sistema solar."

"Não."

"Não? Espero que o senhor saiba o nome do planeta em que a gente vive."

A platéia ri.

"Terra", respondo, aborrecido.

"Bom. Então o senhor sabe o nome de um planeta. O.k., está preparado para a pergunta número três?"

"Estou", respondo.

"O.k.. Eis a pergunta número três. Qual é o menor planeta do sistema solar? É: a) Plutão, b) Marte, c) Netuno, ou d) Mercúrio?"

Um som sai de meus lábios antes mesmo que a música tenha início: "Miau!".

"Perdão?", diz Prem Kumar, atônito. "O que foi que o senhor disse? Por um momento achei que tinha ouvido um miado."

"Eu disse A."

"A?"

"Isso. A resposta é A. Plutão."

"O senhor tem certeza absoluta de que a resposta é A?"

"Tenho."

Ouve-se um crescendo de tambores. A resposta certa aparece.

"A resposta está absolutamente correta! Plutão é mesmo o menor planeta do sistema solar. Senhor Thomas, o senhor acaba de ganhar cinco mil rupias!"

A platéia está impressionada com meus conhecimentos gerais. Algumas pessoas ficam em pé e aplaudem.

Porém Smita continua em silêncio.

10000 — Pensando nos aleijados

Parece que o sol está mais fraco, os pássaros chilreiam menos, o ar está mais poluído, o céu um pouco mais escuro.

Quando você é retirado de uma casa grande e bonita, com um belo jardim ensolarado, e é jogado num prédio caindo aos pedaços, onde você é obrigado a dormir num dormitório apinhado de garotos, não há como não passar a ter uma visão um tanto negativa da vida.

E, se além disso você sofre de icterícia, é pior ainda. A icterícia é uma doença bastante incômoda, mas tem uma única e excelente vantagem. Você é retirado daquele dormitório abafado e é instalado num quarto individual. É um cômodo enorme, com uma cama de metal e cortinas verdes. Chama-se enfermaria de isolamento.

Há duas semanas que estou de cama. Mas a impressão que tenho é de que estou doente desde que me pegaram na igreja depois da morte do padre Timothy. Não vieram me pegar num jipe com uma luz vermelha piscando, e sim numa van azul com janelas teladas. Parecida com as vans que usam para recolher cachorros sem dono. Só que essa recolhia meninos sem pais. Se eu fosse menor, provavelmente teriam me enviado para uma agência de adoção e me posto à venda na mesma hora. Mas, como já estava com oito anos de idade, fui parar no Abrigo Juvenil para Meninos de Delhi, em Turkman Gate.

O Abrigo Juvenil tem capacidade para setenta e cinco internos, e uma população de cento e cinqüenta garotos. É um lugar apertado, barulhento e sujo. Tem apenas dois banheiros, com torneiras que vazam e latrinas imundas. Os corredores e a cozinha são infestados de ratos. Há uma sala de aula, com carteiras bambas e um quadro-negro rachado. E professores que não dão aulas há anos. Na área para esportes, o capim está da altura das varetas de críquete, e se você não tiver cuidado pode machucar a perna esbarrando em pedras do tamanho de bolas de futebol. Há um professor de educação física, com uma camisa branca de algodão bem engomada e calça com vinco afiado como uma faca. Ele guarda o equipamento de críquete e badminton numa bela vitrine de vidro, mas nunca nos deixa pegar em nada. O refeitório é um salão com piso barato e mesas compridas de madeira. Mas o cozinheiro-chefe, um sujeito mal-humorado, vende para os restaurantes a carne e a galinha que nos são destinadas, e nos serve uma dieta diária de ensopado de legumes e *chapattis* grossos e queimados. Passa o dia com o dedo enfiado no nariz, ralhando com todo mundo que pede mais um prato. O diretor, o sr. Agnihotri, é um homem idoso e simpático, que usa calça de pijama *kurta* feita de algodão *khadi*, mas todos nós sabemos que quem manda mesmo é o subdiretor, o sr. Gupta, conhecido como "o Terror de Turkman Gate". Ele é o pior de todos, um homem baixinho e peludo que cheira a couro e passa o dia todo mascando *paan*. Usa em torno do pescoço duas grossas correntes de ouro, que chacoalham quando ele anda, e leva na mão uma pequena bengala de bambu com a qual bate em nós sempre que lhe dá na veneta. Correm boatos sinistros de que chama meninos para seu quarto tarde da noite, mas ninguém fala sobre isso. Queremos falar sobre coisas boas. Coisas como poder ver televisão na sala por duas horas toda noite. Ficamos reunidos em torno de uma TV Dyanora de vinte e uma polegadas, assistindo a clipes de musicais indianos no Canal V e novelas de classe média na Doordarshan. Mas o melhor de tudo é ver os filmes que passam aos domingos.

Esses filmes são sobre um mundo de fantasia. Um mundo em que as crianças têm mães e pais, e comemoram aniversários. Um mundo em que elas moram em casarões, andam em carrões e ganham presentões. Nós víamos esse mundo de fantasia, mas jamais entrávamos nele. Sabíamos que nunca levaríamos uma vida como a de Amitabh Bachchan ou Shahrukh Khan. Nossa aspiração máxima era ser um daqueles que detinham poder sobre nós. Assim, toda vez que o professor nos perguntava: "O que é que você quer ser quando crescer?", ninguém dizia que queria ser piloto, primeiro-ministro, banqueiro ou ator. Queríamos ser cozinheiros, faxineiros, professores de educação física ou, auge do auge, diretores. O Abrigo Juvenil fazia com que nossa auto-imagem ficasse diminuída.

Tornei-me íntimo de muitos garotos do abrigo. Uns mais moços, mas principalmente os mais velhos. Conheci Munna, Kallu, Pyare, Pawan, Jashim, Irfan. Para mim, ser retirado da casa do padre Timothy para ir morar no Abrigo Juvenil foi como ser transferido do céu para o inferno. Mas foi só quando conheci os outros meninos que me dei conta de que, para muitos deles, aquilo era um céu. Eles vinham das favelas de Delhi e Bihar, dos bairros miseráveis de Uttar Pradesh e até do Nepal. Eles me contavam histórias de pais viciados em drogas e mães prostituídas. Mostravam-me as cicatrizes deixadas por surras dadas por tios sovinas e tias tirânicas. Fiquei sabendo de casos de escravidão e estupro em família. E passei a ter medo da polícia. Era ela que mandava a maior parte dos meninos para o Abrigo Juvenil.

Meninos que eram apanhados roubando pão de uma venda de beira de estrada, ou atuando como cambistas à porta de um teatro, e que não tinham dinheiro para subornar o guarda. Ou, o que era o mais comum, presos injustamente apenas porque o delegado não gostava da cara deles.

Muitos desses meninos eram "repetentes": haviam voltado para o Abrigo Juvenil embora alguém tivesse se responsabilizado por eles, assumindo a guarda até então exercida sobre eles pela Comissão de Previdência Social. Munna voltou depois de ser maltratado pela madrasta. Jashim foi expulso de casa por um irmão cruel. Pawan voltou porque o parente com que o fizeram morar obrigava-o a trabalhar num motel suspeito, e a polícia o recolheu. Apesar de tais experiências, muitos dos meninos ainda sonhavam com a possibilidade de serem "restituídos", prontos para trocar um inferno conhecido por outro, desconhecido.

Sem fazer o menor esforço, tornei-me o líder deles. Não por ser maior ou mais agressivo, mas porque falava inglês. Eu era o órfão que sabia falar e ler a língua mágica, e o efeito disso sobre os funcionários era eletrizante. De vez em quando, o diretor vinha me perguntar como eu estava. O professor de educação física me deixou improvisar um campo de críquete no pátio da frente, onde conseguimos jogar quatro ou cinco partidas razoáveis até o dia em que Munna quebrou a janela do diretor e todas as atividades esportivas foram suspensas. O cozinheiro severo de vez em quando me servia uma segunda porção. Gupta jamais me chamava para seu quarto à noite. E o médico imediatamente me colocou na enfermaria de isolamento sem o atraso de praxe, impedindo assim que eu infectasse todo o dormitório.

Eu já estava desfrutando essa estada exclusiva na enfermaria de isolamento havia duas semanas quando providenciaram outra cama. Um novo menino havia chegado, disseram-me, em péssimo estado. Foi trazido numa maca na parte da tarde, com uma camiseta laranja rasgada, um short manchado e puído e um *tabeez* amarelo pendurado no pescoço. Foi assim que fiquei conhecendo Salim Ilyasi.

Salim é tudo que eu não sou. Tem uma tez da cor do trigo e rosto de anjo. O cabelo negro é encaracolado, e quando ele sorri formam-se covinhas nas faces. Embora tenha apenas sete anos de idade, sua inteligência é aguçada e questionadora. Ele me conta sua história em frases curtas e abruptas.

Salim nasceu numa família paupérrima e vivia numa aldeia em Bihar. A aldeia era habitada principalmente por camponeses pobres, mas havia também uns poucos proprietários de terras ricos. A maioria da população era hinduísta, porém uma ou outra família era muçulmana, como a de Salim. Seu pai era trabalhador, a mãe era dona de casa, o irmão mais velho trabalhava numa venda de chá. Salim estudava na escola da aldeia. Moravam numa pequena cabana de sapé bem perto do terreno da casa do *zamindar*.

Na semana passada, no frio mês de janeiro, ocorreu um incidente no templo de Hanuman da aldeia. Alguém invadiu o santuário à noite e profanou a imagem do deus-macaco. O sacerdote do templo afirmou ter visto uns jovens muçulmanos por perto. *Bas*, foi o suficiente! Assim que os hinduístas ficaram sabendo, partiram para o ataque. Armados de machetes e picaretas, porretes e tochas, investiram contra as casas de todas as famílias muçulmanas. Salim estava brincando do lado de fora da cabana, enquanto o pai, a mãe e o irmão tomavam chá dentro de casa, quando a turba atacou. Ele viu quando tocaram fogo na cabana. Ouviu a mãe gritar, o pai urrar, o irmão gemer, porém a multidão não deixou ninguém escapar. Toda a sua família morreu queimada naquele inferno. Salim correu até a estação ferroviária e pulou para dentro do primeiro trem que viu.

Foi parar em Delhi, sem comida, sem roupas, sem nenhum conhecido. Passou dois dias deitado na plataforma, com frio e com fome, delirando de febre e dor, até que um policial o encontrou e o enviou para o Abrigo Juvenil.

Salim diz que tem pesadelos à noite. Ouve os ruídos da multidão. Os gritos da mãe ecoam em seus ouvidos. Ele estremece quando pensa no irmão se debatendo no meio das chamas. Diz que agora sente medo e ódio de todos os hindus. Pergunta meu nome.

"Mohammad", respondo.

Com o tempo, eu e Salim ficamos amicíssimos. Temos muitas coisas em comum. Somos órfãos, sem nenhuma esperança de sermos "restituídos". Adoramos jogar bolinha de gude. E somos apaixonados por cinema. Utilizo minha influência para que ele seja instalado numa cama ao lado da minha quando voltamos para o dormitório.

Uma noite, bem tarde, Salim é chamado para o quarto de Gupta. Gupta é viúvo e mora sozinho no abrigo. Salim fica preocupado. "Por que é que ele está me chamando?", ele me pergunta.

"Não sei", respondo. "Nunca fui ao quarto dele. Mas quem sabe hoje a gente descobre."

Assim, Salim vai em direção ao quarto de Gupta, e eu sigo atrás dele, na ponta dos pés.

Gupta está sentado em seu quarto, de pijama e *kurta* amassados, quando Salim bate à porta. "Entre... entre, Salim", diz ele com voz pastosa. Na mão tem um copo cheio de um líquido dourado. Ele bebe tudo de um gole só e enxuga os lábios. Seus olhos parecem dois botões grandes. Fico espiando pela nesga entre as duas cortinas da porta. Ele acaricia o rosto de Salim, passando os dedos pelo nariz ossudo e os lábios finos dele. Então, abruptamente, ordena: "Tire o short".

Essa ordem deixa Salim confuso.

"Faça o que eu estou mandando, moleque desgraçado, senão leva uma surra", rosna Gupta.

Salim obedece. Ele baixa o short, hesitante. Eu desvio a vista.

Gupta aproxima-se de Salim pelas costas; as correntes de ouro tilintam. "Bom", ele murmura. Vejo-o desamarrar a calça e baixá-la. Vejo seu traseiro cabeludo. Salim ainda não entendeu o que está acontecendo, mas na minha cabeça uma névoa começa a se dissipar. Com uma clareza surpreendente, de súbito me dou conta do que ocorreu no quarto do padre John naquela noite. E no dia seguinte.

Solto um grito lancinante que despedaça o silêncio da noite como um tiro. O grito acorda os meninos que dormem tranqüilos nos dormitórios; acorda o cozinheiro, que ronca na cozinha; e acorda o diretor em seu quarto; acorda até os vira-latas, que começam a latir como loucos.

Gupta fica completamente desnorteado. Mais que depressa, puxa para cima a calça e tenta expulsar Salim do quarto. Mas o cozinheiro, o diretor e os guardas já estão vindo. Eles descobrem o segredo sujo de Gupta nessa noite (embora fique tudo por isso mesmo). Porém, Gupta também me descobre escondido atrás das cortinas. A partir daí, torna-se meu inimigo mortal. Salim está abalado, mas ileso. Já havia perdido o preconceito contra os hindus muito tempo antes. Porém o medo de ser molestado está entranhado nele para o resto de sua vida.

É um belo dia de primavera. E parece ainda mais bonito por estarmos fora dos limites do Abrigo Juvenil. Fomos todos levados para um passeio por uma ONG internacional. Andamos por toda Delhi num ônibus com ar-condicionado. Almoçamos no jardim zoológico e vemos os animais. Vemos pela primeira vez um hipopótamo, cangurus, girafas e uma preguiça enorme. E pelicanos, e flamingos e um ornitorrinco. Então somos levados à Qutub Minar, a torre mais alta da Índia. Rindo e esbarrando uns nos outros, subimos a escadaria e olhamos para baixo do terraço. Os homens e mulheres lá no chão parecem formigas. Gritamos "Uuuu!" e ouvimos o som ir morrendo aos poucos até chegar ao chão. Por fim, somos levados ao India Gate, onde há um grande parque de diversões. Cada um de nós ganha dez rupias para gastar no brinquedo que quiser. Eu quero andar de roda-gigante, mas Salim puxa minha manga e me leva para uma outra atração. PÂNDITA RAMASHANKAR SHASTRI, diz a placa. QUIROMANTE DE FAMA MUNDIAL. APENAS RS. 10 POR LEITURA. Um velho está sentado dentro da cabine, de *dhoti kurta*. Tem um bigode branco, um *tilak* na testa e óculos de lentes grossas. Um *choti* negro se destaca no cocuruto de sua cabeça.

"Quero mostrar minha mão a ele", diz Salim. "Custa só dez rupias."

"Não seja bobo", retruco. "Esses caras são vigaristas. Eles não têm como adivinhar o seu futuro. Além disso, não tem muita coisa no nosso futuro que valha a pena saber."

"Quero mostrar minha mão a ele assim mesmo." Salim é inflexível.

"Está bem." Entrego os pontos. "Vá você, mas eu é que não vou gastar minhas dez rupias com essa bobagem."

Salim paga e, ansioso, estende a mão esquerda. O pândita sacode a cabeça. "Não, a esquerda, não. Essa é para as meninas. Os meninos têm que mostrar a mão direita."

Mais que depressa, Salim estende a mão direita. O quiromante olha para ela através de uma lupa e analisa as débeis linhas como se elas formassem o mapa de um tesouro enterrado. Por fim, põe de lado a lupa e suspira com satisfação. "A sua mão é notável, menino. Nunca vi uma linha do destino melhor. Vejo um futuro brilhante para você."

"É mesmo?" Salim está contentíssimo. "O que é que eu vou ser?"

O sr. Shastri, está na cara, não havia pensado nisso. Fecha os olhos por dez segundos, depois os abre. "Você tem um rosto bonito. Vai ser um ator muito famoso", afirma.

"Que nem o Armaan Ali?", pergunta Salim.

"Mais famoso ainda", diz o pândita. Ele se vira para mim. "Você quer mostrar a sua mão também? São só dez rupias."

"Não, obrigado", respondo e começo a me afastar, mas Salim coloca-se à minha frente.

"Não, Mohammad, você tem que mostrar a sua mão. Sou eu que estou pedindo, por favor."

Com uma expressão resignada, tiro do bolso minhas dez rupias e estendo a mão direita.

O pândita olha para mim de cenho franzido, enquanto ajusta os óculos de lentes grossas e examina minha palma. Fica mais de cinco minutos lendo minha mão. Faz algumas anotações e uns cálculos.

"O que houve?", pergunta Salim, assustado.

O quiromante franze um pouco o cenho e sacode a cabeça. "A linha da cabeça é forte, mas a do coração é fraca. Mais importante ainda, a linha da vida é curta. Os astros não estão bons. O alinhamento de planetas é de mau agouro. O Monte de Júpiter é bom, mas é cancelado pelo de Saturno. Há obstáculos e armadilhas. Posso fazer uma coisa para facilitar sua vida, mas vou ter que cobrar."

"Quanto?"

"Por volta de cem rupias. Por que você não pede ao seu pai? Não é ele que é o dono daquele ônibus grande?"

Caio na gargalhada. "Ha! Olha, *panditji*, antes de inventar essa história sobre o meu futuro, o senhor devia ter se informado sobre a gente. Não somos garotos ricos. Somos órfãos do Abrigo Juvenil de Delhi, em Turkman Gate, e esse ônibus não é nosso. Assim mesmo, o senhor conseguiu arrancar da gente vinte rupias." Dou um puxão em Salim. "Vamos embora. Já perdemos muito tempo aqui."

Estamos nos afastando quando o quiromante me chama. "Venha cá! Quero lhe dar uma coisa."

Volto à cabine. O pândita me dá uma moeda velha de uma rupia.

"O que é isso, *panditji*?"

"É uma moeda da sorte. Guarde essa moeda. Você vai precisar dela."

Eu a aperto no punho cerrado.

Salim quer tomar um sorvete, mas só temos uma rupia, o que não dá para nada. Ficamos a observar os outros meninos se divertindo nos brinquedos. Fico jogando a moeda para o alto, quando ela escapa de meus dedos e rola para debaixo de um banco. Abaixo-me para pegá-la. Deu cara. Ao lado da moeda encontro uma nota de dez rupias, que alguém deixou cair. Como se fosse mágica. Eu e Salim compramos sorvetes. Guardo a moeda cuidadosamente no bolso. De fato, ela me dá sorte.

Salim está triste por saber que meu futuro não vai ser tão brilhante quanto o dele, mas ao mesmo tempo está entusiasmado com a idéia de se tornar artista de cinema. À nossa frente há um enorme cartaz de um novo filme. Em cores muito vivas, ele mostra o mocinho com uma arma na mão, sangue no peito e um lenço preto amarrado na cabeça; o bandido tem um sorriso malévolo nos lábios; a mocinha tem peitos grandes. Salim olha fixamente para o cartaz, embevecido.

"O que é que você está olhando, Salim?", pergunto.

"Estou pensando se aquele lenço preto fica bem em mim", ele responde.

Estamos na sala de aula, mas o sr. Joshi, nosso corpulento professor, cujas especialidades são arrotar e tirar meleca do nariz, não está ensinando nada. Está lendo um romance cuidadosamente escondido dentro do livro didático que tem nas mãos. Passamos o tempo fazendo aviõezinhos de papel, entalhando desenhos nas carteiras de madeira e cochilando. De repente, Munna, que foi escalado para tomar conta do corredor, entra correndo. "*Masterji, masterji*", diz ele, ofegante, "o diretor está vindo."

O sr. Joshi arrota bem alto e mais que depressa dá sumiço no romance. Estala os dedos e se levanta. "E então, meninos, o que era mesmo que estávamos discutindo? Sim. Vocês estavam me dizendo o que gostariam de ser quando crescerem. Quem quer ser o próximo?"

Salim levanta a mão. É a primeira vez que ele o faz.

"Está bem, Salim. O que é que você quer ser?"

"Eu vou ser um ator famoso, *masterji*. Um astrólogo me disse", responde ele, triunfante.

A turma cai na gargalhada.

Existem duas versões a respeito da identidade do homenzarrão. Alguns dizem que é um riquíssimo comerciante de diamantes que não tem filhos. Assim, de vez em quando ele vem ao Abrigo Juvenil para adotar crianças, que são então levadas para seu palacete em Mumbai. Segundo outros, ele é dono de uma escola em Mumbai, onde seleciona as crianças que lhe parecem promissoras para lhes dar uma formação apropriada. Seja qual for a versão verdadeira, uma coisa é certa: quem é escolhido por Sethji está com a vida feita.

Para Salim, tanto faz se Sethji é comerciante de diamantes ou dono de escola. O importante é que o homenzarrão é de Mumbai — o centro da indústria cinematográfica. Salim está convicto de que Sethji veio para levá-lo para o mundo glamoroso de Bollywood. É esse o seu destino. A previsão do quiromante vai se realizar.

Estamos todos em fila no refeitório para sermos inspecionados por Sethji. Salim tomou banho. Aliás, tomou três banhos, esfregando-se vez após vez para retirar até o último vestígio de sujeira. Vestiu suas melhores roupas. Seu cabelo está bem penteado. Ele é o menino mais apresentável de todo o abrigo. Mas seu desespero me preocupa. Se não for escolhido, ele ficará arrasado.

Finalmente chega Sethji, acompanhado por dois outros homens. Ele não tem cara de comerciante de diamantes. Mais parece um gângster. Por outro lado, porém, nós nunca vimos um comerciante de diamantes. Talvez eles pareçam mesmo gângsteres. É um homem muito escuro, com um grosso bigode negro, como o do *dacoit* Veerappan. Traja um *bandgala* branco. Em torno do pescoço usa uma corrente de ouro comprida e pesada que vai até o segundo botão do paletó. Os dedos estão cheios de anéis com pedras preciosas de cores diferentes: vermelhas, verdes, azuis. Os dois capangas que o acompanham têm a maior cara de capangas. Depois fico sabendo que eles se chamam Mustafa e Punnoose. Gupta também está com eles, caminhando à sua frente. As duas correntes de ouro de Gupta parecem modestas em comparação com as de Sethji.

"Sethji, até parece que você nos esqueceu, todo esse tempo sem nos visitar. Muitos meninos novos chegaram desde a última vez. Tenho certeza de que você vai gostar de muitos deles", diz Gupta.

Começa a inspeção. Todos nós sorrimos da maneira mais simpática. Sethji examina cada menino dos pés à cabeça. Não sei o que ele procura, pois não nos faz nenhuma pergunta, limitando-se a olhar para o nosso rosto. Ele dá a volta completa. Nem sequer me olha duas vezes. Então examina mais uma vez a fila. Quando chega diante de Salim, pára.

"Como você se chama?", pergunta, com um sotaque carregado de sulista.

"S... Salim Ilyasi", gagueja Salim, nervoso.

"Quando foi que ele chegou?", Sethji pergunta a Gupta.

"Há uns onze meses, de Chhapra, em Bihar."

"Quantos anos ele tem?"

"Oito."

"Ele tem alguém?"

"Não, Sethji. Toda a família dele morreu num conflito entre comunidades."

"Que tristeza", diz Sethji. "Mas ele é exatamente o tipo de menino de que eu preciso. Vocês podem adiantar a papelada?"

"É só me dizer, Sethji. Quem for escolhido vai ser restituído a você na mesma hora. Para esse menino, nós apresentamos o Mustafa como tio. A Comissão de Previdência Social não vai criar nenhum problema. Eles querem é que a gente se livre desses garotos; quanto mais, melhor."

"Ótimo. Desta vez, vou levar só este aqui."

Gupta olha para Salim, e depois olha para mim, parado ao lado de Salim. "E este aqui?" Aponta para mim.

Sethji me olha nos olhos e sacode a cabeça. "Esse está crescido demais."

"Não, Sethji, ele só tem dez anos. Ele se chama Thomas, e fala inglês perfeitamente."

"Para mim, não faz diferença. Não preciso dele. Eu quero é o outro."

"Eles são unha e carne, esses dois. Se você levar o Salim, vai ter que levar o Thomas também."

Sethji se irrita. "Eu já disse, Gupta, não quero nem Thomas nem meio Thomas. Eu só vou levar um menino, o Salim."

"Desculpe, Sethji, mas eu insisto. Para levar Salim, vai ter que levar Thomas. É um pacote."

"Pacote?"

"Isso mesmo. Você compra um e leva o outro de lambuja. Não vou cobrar nada pelo Thomas." Gupta sorri, exibindo os dentes manchados de *paan*.

Sethji se reúne com os capangas.

"O.k.", diz ele a Gupta. "Prepare a papelada desses dois. Eu venho pegar na segunda."

Salim corre para os meus braços. Não cabe em si de contentamento. Nessa noite, de tão excitado, nem consegue dormir. Só faz sonhar com sua vida cinematográfica em Mumbai. Crepúsculo dourado na Marine Drive com Amitabh, e auroras róseas na praia de Chowpatty com Shahrukh. Também eu passo a noite em claro. Fico me virando e revirando na cama. Mas não sonho com o estrelato nem com o paraíso. Sonho que sou um camelô, vendendo frutas numa calçada. Um homem escuro pára e se abaixa para comprar mangas de mim. Vejo a corrente de ouro dele a balançar. Ele me dá uns trocados. Coloco uma boa manga suculenta na cesta dele, e depois, discretamente, acrescento uma banana podre. De lambuja.

A viagem de trem para Mumbai é tranqüila. Eu e Salim vamos num vagão-dormitório de segunda classe com os capangas, Mustafa e Punnoose. Segundo nos disseram, Sethji foi na frente, de avião. Mustafa e Punnoose usam *lungis*, fumam *beedis* e dormem a maior parte do tempo. Eles nos contam muito pouco a respeito de Sethji. Dizem que seu nome verdadeiro é Babu Pillai, mas que todos o chamam de Maman, que quer dizer "tio" em malaiala. Ele nasceu em Kollam, Kerala, mas está em Mumbai há muitos anos. É um homem muito bom, que tem uma escola para crianças deficientes e as ajuda a reconstruir suas vidas. Maman acredita que as crianças deficientes estão mais próximas de Deus. Ele salva crianças de abrigos, que para ele não passam de prisões disfarçadas. Se Maman não tivesse nos salvado, íamos acabar lavando pára-brisas nos sinais de trânsito ou varrendo assoalhos em casas de família. Agora vamos aprender ofícios úteis e seremos preparados para o sucesso. Mustafa e Punnoose são excelentes vendedores. No final da viagem, até eu estou convencido de que ser escolhido por Maman é a melhor coisa que já aconteceu comigo, e que daqui para a frente minha vida será transformada.

De vez em quando, o trem atravessa uma favela, que margeia a ferrovia como uma faixa de sujeira. Vemos crianças seminuas com barrigas inchadas acenando para nós, enquanto suas mães lavam seus utensílios em água de esgoto. Acenamos de volta para elas.

As imagens e sons de Mumbai nos atordoam. A estação de Churchgate é tal como aparece no filme *Love in Bombay*. Salim meio que espera esbarrar em Govinda cantando uma música perto da igreja. Mustafa aponta para a praia na Marine Drive. Fico fascinado por ver o oceano pela primeira vez, com ondas gigantescas a se espatifar contra os rochedos. Salim não vê o mar majestoso. Ele olha para as vendas de refrigerantes e lanches. "Foi aqui que Govinda e Raveena comeram *bhel puri*", ele aponta, entusiasmado. Passamos pelo *dargah* de Haji Ali. Salim levanta as mãos para Alá quando vê o santuário, tal como viu Amitabh Bachchan fazer no filme *Coolie*. Passamos pelos bairros de Worli, Dadar e Mahim; Mustafa e Punnoose nos mostram as atrações mais importantes. Em Mahim Fort, Salim faz sinal para que o motorista do táxi pare.

"O que houve?", pergunta Mustafa.

"Nada. Eu só queria ver o lugar onde os contrabandistas descarregam a mercadoria no filme *Mafia*!"

Quando nos aproximamos de Bandra, Juhu e Andheri, onde ficam as casas reluzentes das estrelas de cinema, com muros altos e tropas de seguranças uniformizados, Salim se derrete todo. Pelos vidros escurecidos do carro olhamos, boquiabertos, para as mansões e prédios de apartamentos altos como se fôssemos caipiras visitando uma cidade pela primeira vez. É como se víssemos Mumbai através de uma lente cromática. O sol parece mais forte, o ar parece mais fresco, as pessoas parecem mais prósperas, a cidade pulsa de felicidade por conviver com os superastros de Bollywood.

Chegamos ao nosso destino em Goregaon. A casa de Maman não é o palacete que imaginávamos. É um prédio grande e decrépito, numa área com um pequeno jardim e duas palmeiras. O terreno é cercado por um muro alto com arame farpado em cima. Dois homens escuros e fortes estão sentados à porta, fumando *beedis*; usam *lungis* finos e coloridos. Nas mãos, têm grossos bastões de bambu. Estão de pernas cruzadas, de modo que dá para ver as cuecas listradas por baixo. Um cheiro forte de araca emana deles. Punnoose dirige-se aos homens, falando em malaiala, rápido como uma metralhadora. A única palavra que consigo entender é "Maman". Obviamente, são seguranças que trabalham para o sr. Babu Pillai.

Quando entramos na casa, Mustafa aponta para uma série de construções de ferro corrugado dentro do terreno, que parecem galpões enormes. “Ali fica a escola de Maman para crianças deficientes. As crianças moram lá também.”

“Por que é que não vejo criança nenhuma?”, pergunto.

“Todo mundo foi fazer treinamento vocacional. Não se preocupe, você vai conhecer os meninos hoje à tarde. Venham, vamos para o quarto de vocês.”

Nosso quarto é pequeno e compacto, com um beliche e um espelho comprido na parede. Salim escolhe a cama de cima. Há no subsolo um banheiro que podemos usar. Nele há uma banheira e também uma cortina de chuveiro. Não é tão luxuoso quanto os das casas dos astros de cinema, mas dá para o gasto. Temos a impressão de que somos as únicas crianças na casa.

Maman vem ter conosco no final da tarde. Salim diz a ele que está muito entusiasmado por estar em Mumbai e que quer se tornar um ator de cinema famoso. Maman sorri ao ouvir isso. “A coisa mais importante para se tornar ator de cinema é saber cantar e dançar. Você sabe cantar?”, ele pergunta a Salim.

“Não”, responde Salim.

“Não se preocupe. Vamos lhe arranjar um excelente professor de música. Logo, logo você vai ficar igual a Kishore Kumar.”

Salim parece prestes a abraçar Maman, mas se contém.

À noite vamos ao prédio da escola para jantar. O refeitório é semelhante ao do Abrigo Juvenil, com piso de linóleo barato e um cozinheiro-chefe que é uma cópia carbono do cozinheiro do asilo. Eu e Salim somos levados a uma pequena mesa redonda, onde ficamos junto com Mustafa. Somos servidos antes que as outras crianças cheguem. A comida é quente e gostosa, bem melhor do que a gororoba insípida que nos davam em Delhi.

Uma por uma, as crianças começam a entrar, e na mesma hora somos obrigados a reformular nosso conceito de inferno.

Vejo meninos sem olhos, que caminham tateando, com bengalas; meninos com membros deformados, que se arrastam em direção à mesa; meninos que têm tocos retorcidos em lugar de pernas, andando de muletas; meninos com bocas grotescas e dedos retorcidos, segurando o pão com os cotovelos. Alguns parecem palhaços. Só que nos fazem chorar em vez de rir. Felizmente, eu e Salim já estamos terminando nossa refeição.

Vemos três meninos parados num canto, a observar os outros comerem, só que nada lhes é servido. Um deles lambe os beiços. "Quem são esses meninos?", pergunto a Mustafa. "E por que é que eles não estão comendo?"

"Eles estão de castigo", diz Mustafa, "porque não trabalharam o bastante. Não se preocupe, eles vão comer depois."

O professor de música vem no dia seguinte. É um homem ainda jovem, de rosto oval e barba bem-feita, orelhas grandes, dedos finos e ossudos. Traz um harmônio. "Podem me chamar de Masterji", diz ele. "Ouçam bem o que vou cantar." Sentamos no chão, muito atentos, enquanto ele canta: "*Sa re ga ma pa dha ni sa*". Então explica: "Essas são as sete notas básicas que estão presentes em toda e qualquer composição. Agora abram a boca e cantem as notas bem alto. O som deve sair não dos lábios, nem do nariz, e sim do fundo da garganta".

Salim pigarreia e começa: "*Sa re ga ma pa dha ni sa*". Canta a plenos pulmões, apaixonadamente. As notas cristalinas ressoam na sala. Sua voz flutua, cada nota vibrando pura e límpida.

"Muito bem." O professor bate palmas. "Você tem uma voz natural, uma dádiva divina. Não tenho dúvida de que, se você estudar bastante, em pouco tempo vai dominar toda a extensão de três oitavas e meia." Então olha para mim. "Agora você. Cante as mesmas notas."

"*Sa re ga ma pa dha...*", tento cantar, mas minha voz fraqueja, e as notas se espatifam como um punhado de bolas de gude largadas no chão.

O professor enfia um dedo no ouvido. "*Hare Ram... Hare Ram...* Você canta igual a um búfalo. Vai me dar muito trabalho."

Salim me defende. "Não, Masterji. O Mohammad tem uma voz muito boa também. Ele grita como ninguém."

No decorrer das duas semanas que se seguem, Masterji nos ensina várias canções religiosas de muitos santos diferentes, e também nos mostra como se toca o harmônio. Aprendemos os *dohas* de Kabir e os *bhajans* de Tulsidas e Mirabai. Masterji é um bom professor. Ele não só nos ensina as canções como também nos explica as verdades espirituais complexas expressas através dessas canções na linguagem simples da gente comum. Gosto particularmente de Kabir, que diz em um de seus versos:

Maala pherat jug bhaya,
mita na man ka pher,
kar ka manka chhod de,
man ka manka pher.

Estás a contar as contas do rosário há séculos,
Mas tua mente inquieta não pára,
Larga esse rosário que tens nas mãos,
E começa a mover as contas de teu coração.

O fato de Salim ser muçulmano não impede que Masterji lhe ensine *bhajans* hindus. O próprio Salim não se incomoda. Se Amitabh Bachchan pode fazer papel de um cule muçulmano, e se Salmam Khan pode interpretar um imperador hindu, então

Salim Ilyasi pode muito bem cantar *Thumaki chalat Ram chandra baajat painjaniya* com tanto fervor quanto um sacerdote.

Durante esse período, eu e Salim conhecemos alguns dos meninos da escola para aleijados, embora Mustafa e Punnoose tentem sutilmente nos impedir de nos misturarmos com os "desficientes", como eles pronunciam a palavra. Ficamos conhecendo as histórias tristes desses meninos, e constatamos que, em matéria de parentes e policiais cruéis, Mumbai não é diferente de Delhi. Mas, à medida que vamos aprendendo mais a respeito desses meninos, a verdade a respeito de Maman começa a vir à tona.

Fazemos amizade com Ashok, um garoto de treze anos que tem um braço deformado, e levamos o primeiro susto.

"Não estamos na escola", ele nos revela. "Somos mendigos. Pedimos esmola nos trens. E alguns são batedores de carteira."

"E o que acontece com o dinheiro que vocês ganham?"

"Somos obrigados a dar aos homens de Maman, em troca de comida e abrigo."

"Então Maman é um gângster?"

"O que é que você pensava? Ele não é nenhum anjo, mas pelo menos nos dá duas refeições completas todo dia."

Minha confiança em Maman está destruída, mas Salim continua tendo fé na bondade inata do homem.

Temos um encontro com Raju, um menino cego de dez anos.

"Por que é que você foi castigado hoje?"

"Porque não ganhei o suficiente."

"Quanto vocês têm que dar todo dia?"

"Tudo que a gente ganhar. Mas, se você der menos de cem rupias, você é castigado."

"O que acontece?"

"Você fica sem comer. Vai dormir com fome. Os ratos devoram a sua barriga."

"Tome, coma esse *chapatti*. A gente guardou para você."

Conversamos com Radhey, um garoto de onze anos que não tem uma perna.

"Como é que você nunca é castigado? Você sempre ganha bastante dinheiro."

"Shhh... é segredo."

"Não se preocupe. A gente não conta para ninguém."

"Está bem. Mas os outros garotos não podem saber. Sabe, é que tem uma atriz que mora em Juhu Vile Parle. Sempre que me falta um pouco de dinheiro, eu peço a ela. Ela não só me dá comida como também me dá dinheiro para cobrir o que falta da cota do dia."

"Como ela se chama?"

"Neelima Kumari. Dizem que ela já foi muito famosa."

"Como é que ela é?"

"Ela deve ter sido linda quando moça, mas agora está ficando velha. Ela me disse que está precisando de criados. Se eu não fosse perneta, fugia daqui e ia trabalhar na casa dela como criado."

Nessa noite, sonho que estou indo a uma casa em Juhu Vile Parle. Toco a campainha e espero. Uma mulher alta abre a porta. Ela usa um sári branco. Um vento forte começa a uivar, fazendo com que seus longos cabelos negros caiam sobre o rosto, encobrindo-lhe as feições. Abro a boca para dizer alguma coisa, e então percebo que ela abaixou a cabeça ao olhar para mim. Olho para baixo e descubro, com um susto, que não tenho pernas.

Acordo encharcado de suor.

Somos apresentados a Moolay, um menino de treze anos que teve um braço amputado.

"Eu odeio a minha vida", diz ele.

"Por que é que você não foge?"

"Fugir para onde? Isso aqui é Mumbai, e não a minha aldeia. A gente não tem onde se esconder nessa cidade enorme. Você tem que conhecer alguém até para dormir num cano de esgoto. E tem que se proteger das outras gangues."

"Outras gangues?"

"É, sim. Dois garotos fugiram no mês passado. Eles voltaram depois de três dias. Não conseguiram achar trabalho. A gangue de Bhiku não deixava que eles trabalhassem na área deles. Aqui, pelo menos, nós temos comida e abrigo, e quando trabalhamos para o Maman nenhuma das outras gangues nos incomoda."

"A gente não quer se meter com gangue nenhuma", digo a ele, e recito um *doha*. "*Kabira khara bazaar mein, mange sabki khair, na kahu se dosti, na kahu se bair*. Kabir está no bazar, desejando o bem-estar de todos; não quer nem a amizade nem a inimizade de ninguém."

Conhecemos Sikandar, o menino que foi importado do Paquistão.

Há um certo frisson no refeitório. Um garoto novo chegou. Mustafa entra com o novo interno, e nos reunimos todos em torno dele. Quem está mais empolgado é Mustafa. "Ele chegou hoje de manhã, veio no lote de Shakeel Rana", diz, batendo nas coxas de alegria.

O garoto tem apenas doze anos. Nós o tocamos como se fosse um animal numa jaula. Mas ele não parece um animal. Mais parece o extraterrestre que vimos num anúncio de biscoitos Britannia na TV, com uma cabeça oval, afilada em cima, olhos de chinês, nariz grosso e lábios finos. Diz Mustafa a Punnoose: "Ele é do santuário de Shah Dola, no Punjab paquistanês. Esses meninos são chamados de 'crianças-ratos'".

"Como é que a cabeça fica assim?"

"Ouvi dizer que eles põem anéis de ferro na cabeça do bebê para que ela pare de crescer. É por isso que fica com esse formato diferente."

"Acho que ele tem muito potencial. O Maman vai ficar satisfeito", diz Punnoose.

"É", concorda Mustafa. "É uma peça bem valiosa."

Por algum motivo, o menino-rato me faz pensar num urso que vi uma vez com o padre Timothy em Connaught Place. Havia uma coleira apertada no pescoço do urso, e sua boca era coberta por uma máscara preta. O dono o cutucava com um bastão afiado e ele ficava em pé sobre as patas traseiras, saudando as pessoas que se juntavam ao seu redor. Os espectadores jogavam moedas para ele. O dono recolhia o dinheiro e levava o urso para se apresentar em outro lugar. Chamaram minha atenção os olhos do urso; pareciam tão tristes que perguntei ao padre Timothy: "Os ursos choram?".

Descubro Jitu escondido num armário.

Ele tem na mão um saco plástico que contém uma substância amarelada. Ele abre o saco e enfia dentro dele o nariz e a boca, respirando fundo, apertando o fundo do saco em direção ao rosto. Suas roupas cheiram a tinta e solvente. A pele em torno de seu nariz está irritada, e a boca, suada e grudenta. Depois que ele inala, os olhos ficam vidrados e as mãos começam a tremer.

"Jitu!... Jitu!..." Eu o sacudo. "O que é que você está fazendo?"

"Me deixe em paz", diz ele, com voz sonolenta. "Estou flutuando. Estou dormindo nas nuvens."

Dou um tapa nele. Ele tosse e escarra um catarro preto.

"Sou viciado em cola", ele explica depois. "Eu compro do sapateiro. A cola tira a fome e a dor. Eu vejo cores fortes, e às vezes vejo minha mãe."

Eu lhe peço um pouco de cola e experimento. Fico um pouco tonto, o chão parece se mexer e começo a ver imagens. Vejo uma mulher alta, de sári branco, com um recém-nascido nos braços. O vento urra, jogando seu cabelo sobre o rosto, encobrindo-lhe as feições. Mas o bebê estende a mãozinha, e com os dedos delicados afasta o cabelo, deixando visível o rosto dela. Ele vê dois olhos arregalados, cavernosos, um nariz torto, dentes pontudos afiados, úmidos de sangue fresco, e vermes saindo das dobras da pele vincada que pende do queixo. O bebê dá um grito de terror e cai do colo dela.

Nunca mais cheiro cola.

Enquanto isso, nossa formação musical se aproxima do fim. Masterji está satisfeitíssimo com os progressos de Salim. "Você agora domina a arte do canto. Só falta uma aula."

"O que é?"

"Os *bhajans* de Surdas."

"Quem é Surdas?"

"É o mais famoso de todos cantores de *bhakti*, que compôs milhares de canções em louvor ao Senhor Krishna. Um dia ele caiu dentro de um poço abandonado. Não conseguia sair. Ficou lá dentro durante seis dias. Rezava o tempo todo, e no sétimo dia ouviu a voz de um menino, pedindo-lhe que segurasse suas mãos para que ele pudesse puxá-lo para fora. Com a ajuda do menino, Surdas saiu do poço, porém o menino desapareceu. Esse menino era ninguém menos do que o Senhor Krishna. Depois disso, Surdas passou a dedicar sua vida à composição de canções em louvor a Krishna. Com uma *ektara* de uma corda só, começou a cantar canções a respeito da infância de Krishna." Masterji começa a cantar: "*Akhiyan hari darshan ki pyasi* — Meus olhos têm fome de tua presença, Senhor Krishna".

"Por que é que os olhos dele têm fome?", pergunto.

"Eu não lhe disse? Surdas era completamente cego."

No último dia da nossa formação musical, Masterji cobre Salim de elogios quando ele canta com perfeição um dos *bhajans* de Surdas. Estou irritadiço e desconcertado. Meu contato com os meninos de Maman me deixou confuso. Embora num certo sentido todos nós sejamos filhos de um deus menor, os meninos de Maman parecem ser os mais infelizes dos infelizes.

Punnoose entra na sala para falar com Masterji. Conversam em voz baixa, e em seguida Punnoose pega a bolsa e começa a contar dinheiro. Entrega um maço de notas para o professor de música, que o guarda, cheio de gratidão, no bolso da frente de sua *kurta*. Os dois saem da sala juntos, deixando-me sozinho com Salim e um harmônio.

"Eu nunca devia ter saído de Delhi", digo a Salim. "Você pelo menos se tornou um bom cantor, mas eu não ganhei nada com essa viagem."

Só então percebo uma nota de cem rupias caída no chão. Punnoose deve tê-la deixado cair enquanto contava o dinheiro. Meu primeiro impulso é guardá-la no bolso, porém Salim a arranca da minha mão e insiste que devemos devolvê-la. Assim, seguimos pelo corredor até a sala que é usada por Maman como seu escritório, onde costumam ficar Punnoose e Mustafa.

Quando nos aproximamos da porta, ouvimos vozes vindo da sala. Maman está conversando com Punnoose.

"Então, o que foi que o professor disse depois que terminou as aulas? Ele está ficando cada vez mais caro."

"Disse que o mais velho é inútil, mas que o menor tem muito potencial. Que nunca treinou um menino tão talentoso."

"Então você acha que ele consegue ganhar pelo menos trezentos?"

"Trezentos? Quando ele canta, é magia pura. E o rosto dele? Quem é que resiste? Eu diria que ele tem potencial de quatrocentos a quinhentos. Nós tiramos a sorte grande, Maman."

"E o outro garoto? O mais alto?"

"Ele que se dane. O moleque vai ter que se virar. Se ele não conseguir cem por noite, vai passar fome."

"O.k. Ponha-os no trem a partir da semana que vem. Hoje à noite a gente apronta os dois. Depois do jantar."

Sinto um frio na espinha quando ouço essas palavras. Seguro Salim pela mão e volto correndo para nosso quarto. Salim está confuso com a conversa que ouvimos, e com a referência aos números. Mas pouco a pouco as peças do quebra-cabeça estão se juntando no meu cérebro.

"Salim, temos que fugir deste lugar. Agora."

"Mas por quê?"

"Porque uma coisa muito ruim vai acontecer com a gente hoje à noite, depois do jantar."

"Não entendi."

"Eu entendi tudo. Você sabe por que nos ensinaram os *bhajans* de Surdas?"

"Porque ele era um grande poeta?"

"Não. Porque ele era cego. E nós vamos ficar cegos também hoje à noite, para que a gente possa pedir dinheiro nos trens. Eu não tenho dúvida agora de que todos esses garotos aleijados que a gente conheceu aqui foram mutilados de propósito pelo Maman e a gangue dele."

Mas uma crueldade assim está além da compreensão de Salim. Ele quer ficar.

"Por que é que você não foge sozinho?", ele me pergunta.

"Não posso ir sem você."

"Por quê?"

"Porque eu sou o seu anjo da guarda, e você faz parte do meu pacote."

Salim me abraça. Pego a moeda de uma rupia no meu bolso. "Olha, Salim", digo a ele, "você acredita no destino, não acredita? Então vamos deixar que essa moeda decida o nosso futuro. Se der cara, a gente vai embora. Se der coroa, a gente fica. Está bem?"

Salim faz que sim. Eu jogo a moeda. Dá cara.

Salim finalmente aceita a idéia de fugir do covil de Maman, porém está cheio de dúvidas. "Para onde vamos? O que é que vamos fazer? Não conhecemos ninguém nesta cidade."

"Eu sei aonde a gente vai. Lembra daquela atriz, Neelima Kumari, da qual o Radhey falou? Ela precisa de um criado. Eu tenho o endereço dela, e sei também qual é o trem que vai para lá."

"Por que não procurar a polícia?"

"Você enlouqueceu? Será que não aprendeu nada desde Delhi? Faça o que você fizer, vá aonde você for, nunca procure a polícia. Jamais."

Estamos no banheiro do subsolo, ouvindo os pingos ritmados que caem de uma torneira que não fecha direito. Salim subiu no meu ombro e tenta, com uma faca na mão, retirar os pregos que prendem a tela de arame à janela.

"Depressa", cochicho entre os dentes cerrados.

No andar de cima, os guardas de Maman vasculham nosso quarto, abrindo armários. Ouvimos gritos e xingamentos. Uma garrafa é quebrada, o que nos deixa ainda mais nervosos. Salim está apavorado. Respira depressa, ofegante. As batidas do meu coração estão tão altas que quase posso ouvi-las. Os passos se aproximam.

"Só falta um", diz Salim. "Mas ele não sai. Acho que não vou conseguir."

"Por favor... por favor, tente de novo!", insisto. "Nossas vidas dependem disso."

Salim ataca o prego com energia renovada, retorcendo a faca com toda a força. Finalmente, o prego cede. Salim retira os quatro pregos e levanta a tela. Vemos as palmeiras lá fora, balançando-se de leve na brisa. O espaço mal dá para nossos corpos. Os homens de Maman estão prestes a descer a escada em direção ao porão quando Salim consegue se enfiar pela janela. Então agarra minha mão e me ajuda a escapulir. Subimos num monte de cascalho e entulho, esbaforidos. É uma noite tranqüila de lua cheia. Respiramos fundo o ar fresco. Há um cheiro de coco.

* * *

Estamos num trem, nos afastando de Goregaon, rumo ao centro desta enorme metrópole. A esta hora da noite, o trem não está cheio, e há apenas uns poucos passageiros na nossa cabine. Eles lêem jornais, jogam baralho, falam mal do governo, peidam. Um vendedor de refrigerantes entra no vagão com um isopor cheio de garrafas multicoloridas. "Coca, Fanta, Thums Up, Limca, 7 Up", ele grita com uma voz aguda. As garrafas estão geladas; o vidro está coberto de gotículas de água. Salim olha para os refrigerantes e passa a língua nos lábios ressequidos. Apalpa o bolso da frente para se tranqüilizar. O vendedor olha para ele, esperançoso. Salim faz que não com a cabeça, e o homem segue em frente.

Pouco depois outro vendedor entra na cabine, um velho barbudo com óculos de lentes redondas. Traz pendurada no pescoço uma bandeja grande, sobre a qual há um amontoado de latas enferrujadas, garrafas de vidro escuro e pequenos pacotes plásticos contendo um sortimento de raízes retorcidas, folhas secas, pós e sementes. "Yusuf Fahim, *hakim* viajante", ele anuncia. "Tenho cura para todos os males. De câncer a prisão de ventre, é só dizer o que você tem." Infelizmente para ele, não há nenhum doente na cabine, e logo ele vai embora, deixando no ar um cheiro pungente de cúrcuma e gengibre.

Vemos as luzes da cidade tremeluzindo quando o trem passa por conjuntos habitacionais e estádios esportivos. Vemos de relance pessoas sentadas em suas salas, assistindo à televisão, jantando, fazendo as camas. Quando só faltam duas paradas para o nosso destino, ouvimos passos vindo da outra extremidade da cabine.

É um menino pequeno e desnutrido, de sete ou oito anos. Usa uma camisa azul e um short sujo. Anda com a ajuda de uma bengala e leva nas mãos uma *ektara*. Não o reconhecemos. Ele não é um dos meninos de Maman.

Ele pára a apenas três metros de nós e começa a cantar, a plenos pulmões, "*Sunire maine nirbal ke balaram* — Ouvi dizer que Krishna ajuda os fracos", um dos poemas mais famosos de Surdas.

Nós nos encolhemos quando a voz melodiosa do cantor se derrama sobre a cabine. Imagens dos meninos de Maman nos voltam à lembrança: Raju, Radhey, Ashok, Moolay. Salim se aperta contra mim, eu afundo no canto do banco. Porém, como um radar, a cabeça do cantor nos encontra. Ele parece nos dirigir um olhar acusador com seus olhos cegos. Durante cinco minutos torturantes, ouvimos a canção até o fim. Então ele estende seu prato, pedindo esmolas. Só restam uns poucos passageiros na cabine, e ninguém sequer se dá ao trabalho de ver se tem algum trocado.

Quando o cantor está prestes a passar por nós, Salim tira algo do bolso da frente. Segura o objeto dentro do punho cerrado e me dirige um olhar culpado. Eu faço que sim com a cabeça. Com uma expressão de sofrimento, Salim abre a mão acima da mão estendida do cantor. Uma nota amassada de cem rupias cai dentro do prato do pedinte.

Smita não consegue conter um arrepio. "Não consigo acreditar que ainda hoje existem pessoas capazes de cometer uma crueldade dessas com crianças inocentes."

"É triste, mas é verdade. Se eu e Salim não tivéssemos escapado naquela noite, talvez estivéssemos até hoje cantando nos trens, como aquele menino cego", digo.

"Quer dizer que você conseguiu arranjar emprego com Neelima Kumari?"

"Consegui, sim."

"E o que aconteceu com Salim?"

"Neelima Kumari alugou um quarto para ele num *chawl* em Ghatkopar."

"Mas na história anterior você não estava trabalhando numa fundição e morando no *chawl*?"

"Isso foi depois que larguei Neelima Kumari — ou melhor, depois que ela me largou."

"Como assim?"

"A senhora logo vai ficar sabendo."

Smita sacode a cabeça e aperta *play* no controle remoto do DVD.

Prem Kumar vira-se para a câmara. "Passamos agora para a pergunta número quatro, valendo dez mil rupias. Esta também é bem simples, mas só para quem conhece os cantores devotos. O senhor Thomas nos disse que acredita em todas as religiões. Vamos torcer para que ele conheça bem os *bhajans*." Vira-se para mim. "O senhor está pronto?"

"Estou", respondo.

"Vamos lá. Pergunta número quatro. Surdas, o poeta cego, era devoto de qual deus?: a) Ram, b) Krishna, c) Shiva, ou d) Brahma?"

A música começa.

"B. Krishna."

"O senhor tem certeza absoluta de que a resposta é essa?"

"Tenho."

Ouve-se um crescendo de tambores. A resposta certa aparece.

"A resposta está absolutamente correta! O senhor acaba de ganhar dez mil rupias!", anuncia Prem Kumar. A platéia aplaude. Prem Kumar sorri. Eu, não.

50000 — Como falar australiano

“Nome, sexo e idade, por favor, senhor”, diz na varanda o recenseador tímido, com óculos de armação preta e lentes grossas. Leva consigo um maço de formulários e não pára de mexer numa caneta hidrográfica azul.

O coronel Taylor começa a falar, com uma expressão irritada no rosto. Traja um terno de linho creme. Ele anda de terno o tempo todo, no verão e no inverno. Seu corpo alongado fica bem de terno. O rosto é oval, com um espesso bigode grisalho, lábios finos e faces rosadas. O cabelo claro é penteado para trás. Toda a família Taylor e a criadagem estão reunidas na varanda da frente, como se posando para uma fotografia. “Sou o coronel Charles Taylor, sexo masculino, quarenta e seis anos. Esta é a minha mulher, Rebecca Taylor, sexo feminino, quarenta e quatro anos.” Aponta para a sra. Taylor, magra, loira, com uma saia comprida. “Este é o nosso filho Roy, sexo masculino, quinze anos.” Roy está mexendo no telefone celular. É alto e desengonçado, e usa um traje típico de adolescente, jeans desbotado, camiseta e tênis. “Esta é a nossa filha Maggie, sexo feminino, dezessete anos.” Maggie não é muito alta, mas é bonita, rosto redondo, olhos azuis e cabelos dourados. Usa uma saia bem curta.

O coronel Taylor empertiga-se todo e adota um tom de voz mais imponente. "Sou o adido militar australiano. Somos diplomatas, por isso acho que não é necessário nos incluir no recenseamento. As únicas pessoas desta casa que devem ser recenseadas são os criados. Aquele ali, perto do portão, é Bhagwati. É nosso motorista e jardineiro, sexo masculino, cinqüenta e dois anos. Temos uma empregada, Shanti, sexo feminino, dezoito anos, creio eu, que não está em casa no momento. Aquele é Ramu, nosso cozinheiro, sexo masculino, vinte e cinco anos, e este é Thomas, sexo masculino, catorze anos. É só isso?"

"Não, senhor, preciso também fazer algumas perguntas aos seus empregados. O recenseamento agora inclui um questionário comprido. Um monte de coisas esquisitas, tipo os programas de televisão a que a pessoa assiste, a comida que ela come, as cidades que ela já visitou, até", ele dá uma risada nervosa, "com que freqüência a pessoa faz sexo."

A sra. Taylor cochicha para o marido: "Ah, a gente não quer que o Ramu e o Thomas percam tempo com essa bobagem. Não dá para você se livrar desse bobalhão?".

O coronel Taylor tira do bolso um maço de cigarros. "Olha aqui, senhor... sei lá como o senhor se chama, os meus empregados realmente não têm tempo de responder a esse questionário completo. Que tal o senhor aceitar esse maço de Marlborough e passar para a próxima casa? Tenho certeza de que o senhor pode perfeitamente excluir quatro pessoas do censo."

O recenseador olha para o maço e lambe os lábios. "Bom... é muita bondade do senhor. Mas o fato é que eu não fumo. Por outro lado, se o senhor tiver um uísque Black Label, ou mesmo um Red Label, por mim, tudo bem. Afinal, que diferença faz se a gente tirar quatro gotas de um oceano? Ninguém vai sentir falta de quatro pessoas no meio de um bilhão!" Ele dá um risinho nervoso.

O coronel Taylor fuzila o recenseador com os olhos. Então entra na sala e volta com uma garrafa de Johnny Walker Red Label. "Pronto, leve isso e caia fora. E não venha mais nos chatear."

O recenseador bate continência para o coronel Taylor. "Não se preocupe. Não vou incomodar o senhor nos próximos dez anos." E vai embora todo contente.

A sra. Taylor também está contente. "Esses indianos desgraçados", diz ela, sorrindo. "Basta uma garrafa de uísque que eles fazem qualquer coisa."

No portão, Bhagwati sorri. Ele não faz idéia do que está acontecendo. Mas ele sorri sempre que o *sahib* e a *memsahib* o fazem. Também Ramu está sorridente. Ele sorri sempre que vê Maggie de saia curta.

Eu sou o único que não está sorrindo. É bem verdade que nós, criados, somos pessoas invisíveis, que não são ouvidas durante as festas e ocasiões familiares; mas ser excluídos até do recenseamento do nosso país é um pouco demais. Eu realmente preferia que os Taylor parassem de falar, nesse tom esnobe, em "indianos desgraçados". Creio que já os ouvi usar essa expressão umas cinqüenta vezes desde que comecei a trabalhar para eles. Toda vez que a ouço, meu sangue ferve. É bem verdade que o carteiro, o eletricista, o homem da telefônica e o policial, e agora até o recenseador, têm um fraco por uísque. Mas isso não quer dizer que todos os indianos sejam beberrões. Espero poder explicar isso à sra. Taylor algum dia. Mas sei que isso nunca vai acontecer. Quando você mora num bairro chique de Delhi, numa casa boa, faz três boas refeições quentes por dia e ganha mil e quinhentas rupias de salário — isso mesmo, mil e quinhentas rupias por mês —, você aprende a engolir o orgulho. E a sorrir toda vez que o *sahib* e a *memsahib* sorriem.

Mas, para fazer justiça aos Taylor, é bem verdade que eles têm sido muito bons comigo. Nem todo mundo daria emprego a uma pessoa que aparece de repente, chegando de Mumbai. Além disso, dei todas as referências erradas. O coronel Waugh foi o predecessor do coronel Taylor — mais exatamente, o predecessor de seu predecessor. E os Taylor, sendo anglicanos, nada tinham a ver com a Igreja católica do padre Timothy. Foi apenas uma questão de sorte eles estarem precisando de um criado com urgência, por terem acabado de despedir um empregado.

Há quinze meses que estou trabalhando na casa da família, e durante esse período mais cinco empregados foram despedidos. Todos por causa do coronel Taylor. Ele é O Homem Que Sabe. Tal como há um Deus onisciente no céu, há um coronel Taylor na terra. Jagdish, o jardineiro, roubou fertilizante do galpão, e o coronel Taylor ficou sabendo. Resultado: demissão no dia seguinte. Sheela, a empregada, pegou uma pulseira no quarto da sra. Taylor, e o coronel Taylor soube. Resultado: demissão no dia seguinte. Raju, o cozinheiro, abriu o armário de bebidas e tomou um pouco de uísque à noite. Resultado: uma surra e demissão no dia seguinte. Ajay, o novo cozinheiro, bolou um plano para roubar dinheiro, e tocou no assunto numa conversa telefônica com um amigo. Resultado: demissão no dia seguinte, e prisão para ele e o amigo. Basanti, a nova empregada, experimentou um dos vestidos de Maggie. Resultado: isso mesmo, demissão no dia seguinte. Como o coronel Taylor descobre essas coisas que acontecem a portas fechadas, no meio da noite, ou pelo telefone, sem ninguém estar por perto, é um mistério.

Eu sou o único sobrevivente. Reconheço que de vez em quando também me sinto tentado a enfiar no bolso os trocados que encontro na penteadeira da sra. Taylor, ou a tirar da geladeira um daqueles deliciosos chocolates suíços, porém consigo conter tais impulsos. Porque sei que o coronel Taylor é O Homem Que Sabe. E porque a família confia em mim. O fato de que tenho um nome cristão e falo inglês também ajuda. Além de Shanti, que foi contratada há apenas dois meses, eu sou o único a ter acesso exclusivo às dependências privadas da família. Posso entrar em todos os quartos, e sou o único que tem permissão de ver televisão e, de vez em quando, jogar Nintendo com Roy na sala de visitas. Porém nem mesmo eu tenho permissão de entrar no escritório do coronel Taylor, conhecido como o Gabinete. Trata-se de um quartinho ao lado do quarto do casal. Tem uma porta de madeira resistente, protegida por uma grossa grade de ferro. A grade de ferro tem três trancas: duas pequenas e um cadeado grande, dourado, onde está escrito: YALE. BLINDADO. LIGA DE BORO. Na parede, perto do cadeado, há um pequeno painel eletrônico branco com uma caveira acima de dois ossos cruzados e os números de 0 a 9 dispostos como num telefone. Só se pode abrir o cadeado após digitar um código. Quem tentar abrir à força leva um choque de 440 volts e morre. Uma luzinha vermelha se acende no painel quando o quarto está fechado. Sempre que o coronel Taylor entra, a luz fica verde. Ninguém na casa pode entrar nesse escritório. Nem mesmo a sra. Taylor, Maggie e Roy.

O tempo que passei com os Taylor me ajudou a esquecer os acontecimentos traumáticos ocorridos em Mumbai. Shantaram e Neelima Kumari tornaram-se para mim lembranças dolorosas, porém distantes. Durante os primeiros meses, vivi em constante estado de apreensão, me encolhendo toda vez que um jipe da polícia, com uma luz vermelha piscando, passava por perto do *compound*. Com o tempo, a sensação de estar sendo caçado foi se dissipando. Muitas vezes eu pensava em Gudiya e me perguntava o que teria acontecido com ela, mas é difícil conservar uma lembrança se você não tem um rosto para associar ao nome. Aos poucos ela foi desaparecendo na lata de lixo do meu passado. Mas Salim era impossível esquecer. Muitas vezes sentia-me torturado pela culpa por tê-lo deixado para trás. Eu me perguntava como ele estaria se virando, se continuaria trabalhando como *dabbawallah*, porém evitava contatá-lo, temendo dessa forma revelar meu paradeiro à polícia.

Vivendo com os Taylor, aprendi a fazer churrasco e fondue. Tornei-me perito em matéria de preparar coquetéis e dosar uísque. Provei bife de canguru e bolinho de crocodilo, importados diretamente de Canberra. Aprendi a gostar de rúgbi, tênis e futebol australiano, que assisto com Roy. Mas, mesmo depois de todo esse tempo, ainda tenho dificuldade de entender o sotaque australiano. Todas as noites, no meu quarto, pratico inglês australiano. "*G'day Maite, see you at aite at India Gaite*", repito, e caio na gargalhada.

Gosto em particular de fazer compras com a sra. Taylor. A maior parte do que ela consome vem direto da Austrália. Mas de vez em quando ela adquire produtos importados no Super Bazaar e no Khan Market. Compramos chouriços espanhóis, queijo Roquefort, maxixes em conserva e pimenta no azeite. Os melhores dias são aqueles em que ela leva Maggie e Roy para o Kids Mart, a maior loja do mundo especializada em produtos para crianças, onde é possível adquirir roupas, brinquedos, bicicletas e cassetes. Maggie e Roy compram camisetas e jeans, e eu ando na roda-gigante gratuita.

Roy e Maggie recebem uma revista todo mês. Ela se chama *Australian Geographic*. Para mim, é a melhor revista do mundo. As páginas vêm cheias de fotografias dos lugares mais bonitos da Terra, todos eles na Austrália. São praias com quilômetros de areia dourada. Ilhas circundadas por lindas palmeiras. Oceanos cheios de baleias e tubarões. Cidades coalhadas de arranha-céus. Vulcões a vomitar uma lava mortal. Montanhas cobertas de neve ao fundo de tranqüilos vales verdejantes. Aos catorze anos de idade, minha única ambição é ver esses lugares lindos. Visitar Queensland, a Tasmânia, a Grande Barreira de Coral antes de morrer.

Minha vida com os Taylor é confortável também por eu não ter muito trabalho. Ao contrário do que ocorria na casa da atriz, onde eu era o único empregado, aqui há mais três para dividir o serviço comigo. Ramu é o cozinheiro, e a cozinha está totalmente sob sua responsabilidade. Shanti faz as camas e lava a roupa. A mim só cabe passar o aspirador de pó e fazer a limpeza geral. De vez em quando, também dou um polimento nas facas de prata, arrumo os livros na biblioteca do coronel Taylor e ajudo Bhagwati a aparar as sebes. Todos nós moramos na ala dos criados, um anexo à casa principal. Há um cômodo grande e dois pequenos para nós. Bhagwati ocupa o grande com a mulher e o filho. Shanti mora sozinha no segundo. E eu divido o terceiro com Ramu. No nosso quarto há um beliche. Eu durmo na cama de cima.

Ramu é um bom sujeito. Começou a trabalhar para os Taylor há quatro meses e é um excelente cozinheiro. Sua principal distinção é saber preparar comida francesa, por já ter trabalhado para uma família francesa. Sabe fazer *gâteau de saumon* e *crêpes suzette* e *crevettes au gratin*, meu prato predileto. Ramu é bem proporcionado e tem um rosto que, apesar de esburacado, é bonito. Ele adora o cinema indiano. Seus filmes prediletos são aqueles em que a mocinha rica foge com o mocinho pobre. Estou desconfiado de que Shanti tem interesse por Ramu. A maneira como ela olha para ele, piscando de vez em quando, me faz pensar que está tentando lhe dar um sinal. Porém Ramu não se interessa por Shanti. Está apaixonado por outra pessoa. Ele me fez jurar que não vou contar para ninguém, de modo que não posso revelar o nome. Mas acho que posso dizer que é uma moça muito bonita, de olhos azuis e cabelos dourados.

Embora eu more na ala dos criados, os Taylor me tratam quase como se eu fosse um membro da família. Sempre que vão ao McDonald's, eles se lembram de me trazer um lanche infantil. Quando Roy e Maggie jogam mexe-mexe, sempre me convidam para participar. Quando Roy vê uma partida de críquete pela TV, sempre me chama para assistir com ele (embora fique insuportável quando a Austrália está perdendo). Cada vez que os Taylor viajam à Austrália de férias, fazem questão de me trazer uma lembrancinha — um chaveiro com os dizeres I LOVE SYDNEY ou então uma camiseta com uma frase engraçada. Às vezes essa bondade toda tem o efeito de me fazer chorar. Quando estou comendo uma fatia de queijo Edam ou bebendo uma lata de refrigerante, chega a ser difícil acreditar que sou o mesmo menino órfão que comia cozidos indigestos e *chapattis* grossos e queimados num abrigo imundo perto daqui, há apenas cinco anos. Há momentos em que chego a imaginar que faço parte dessa família australiana. Ram Mohammad Taylor. Mas quando um dos criados é repreendido ou despedido, ou quando o coronel Taylor sacode o dedo e diz "esses indianos desgraçados", meu mundo de sonho é despedaçado, e começo a me ver como um vira-lata sempre a olhar por entre as grades para um mundo exótico que não pertence a ele.

Porém há uma coisa que de fato me pertence: o dinheiro que venho economizando do salário que me pagam, embora até hoje eu não o tenha visto nem tocado. Depois de experiências negativas com uma série de criados, o coronel Taylor resolveu não me dar um salário mensal, por eu ser menor de idade. Ele só me dá cinqüenta rupias por mês, para pequenas despesas. O resto do meu salário me será pago, na forma de economias acumuladas, apenas quando eu deixar de trabalhar aqui. E mesmo assim, só se eu me comportar bem. Senão, como aconteceu com Raju e Ajay, é um até-logo sem um tostão. Ramu, porém, recebe seu salário todo mês. Duas mil rupias inteirinhas. Ele já fez um pé-de-meia de oito mil rupias, que estão bem guardadas num buraco dentro do seu colchão. Eu só tenho cem rupias no bolso, mas anoto num caderninho vermelho o salário que ganho a cada mês. No momento, os Taylor me devem vinte e duas mil e quinhentas rupias. Só de pensar que todo esse dinheiro é meu, chego a ficar tonto. Todas as noites sonho visitar os lugares que vejo na *Australian Geographic*. Já Ramu tem ambições maiores. Ele sonha casar-se com uma linda menina branca e passar a lua-de-mel em Sydney, e também abrir uma cadeia de restaurantes franceses em que ele servirá carne de veado e *crème brûlée*.

Chegou o vendedor de quinquilharias, ou *kabariwalla*, do bairro. A sra. Taylor está vendendo a ele todos os jornais e revistas que acumulamos nos últimos seis meses. Eles devem ter custado no mínimo umas dez mil rupias. Porém vamos vendê-los ao preço de quinze rupias o quilo. Eu e Ramu carregamos fardos pesados dos diários *The Times of India*, *The Indian Express*, *Pioneer* e *Hindu*. Pegamos as pilhas de exemplares de *India Today*, *Femina*, *Cosmopolitan* e *The Australian*. O *kabariwalla* pesa esse material em sua balança empoeirada. De repente Roy entra em cena. "O que está acontecendo?", ele pergunta à mãe.

"Nada. Estamos só jogando fora esse monte de revistas e jornais velhos acumulados na casa."

"Ah, é?", diz ele, e entra na casa. Cinco minutos depois, reaparece carregando trinta exemplares da *Australian Geographic*.

Fico de queixo caído. Como é que Roy pode pensar em vender essas revistas?

Antes, porém, que eu possa dizer qualquer coisa, o *kabariwalla* já pesou as revistas ilustradas. "Estas aqui dão seis quilos. Eu pago noventa rupias por elas", diz ele a Roy. O menino concorda. A transação é consumada. Volto correndo para meu quarto.

Assim que o *kabariwalla* sai da casa, vou atrás dele na rua. "Desculpe, mas a *memsahib* quer essas revistas de volta", digo a ele.

"Lamento", ele responde, dando de ombros, "mas agora eu já comprei. Elas têm um papel de excelente qualidade, que vale muito." Termino tendo de dar a ele minhas cem rupias, mas fico com os exemplares da *Australian Geographic*. Agora eles são meus. Nessa noite, espalho todas as revistas pelo meu quartinho minúsculo e fico vendo as imagens de montanhas e praias, águas-vivas e lagostas, martins-pescadores e cangurus. De algum modo, esses lugares exóticos me parecem um pouco mais acessíveis hoje. Talvez o fato de as revistas agora me pertencerem faça com que um pedacinho do que elas contêm também esteja no meu coração.

Outra coisa notável que acontece este mês é a estréia de *Spycatcher* na Star TV. É um seriado que faz o maior sucesso na Austrália. Passado nos anos 80, ele retrata a vida de um policial australiano chamado Steve Nolan, que se encarrega de capturar espiões. O coronel Taylor fica completamente viciado em *Spycatcher*. Quase todos as noites ele se fecha no Gabinete e só sai para jantar. Mas nas noites de quarta-feira ele vai para a sala de televisão, com uma garrafa de cerveja Foster's, e fica vendo Steve Nolan prendendo estrangeiros desonestos (chamados comunas) que vendem segredos a uma certa organização russa denominada KGB. Eu gosto do seriado por causa das perseguições de carros, das proezas que desafiam a morte e das geringonças engenhosas, como a caneta que também é uma câmara fotográfica minúscula e o gravador de fita que se transforma em arma. Também me fascina o carro de Steve Nolan — uma Ferrari vermelha que dispara pelas ruas como se fosse um foguete.

O garden-party dos Taylor é um evento tradicional no verão, mas a festa de hoje tem algo de especial. Trata-se de uma homenagem a um general australiano que está visitando a Índia, e até o alto-comissário vai estar presente. Eu, Ramu e, excepcionalmente, até Bhagwati trajamos uniformes brancos impecáveis, com botões dourados. Usamos luvas brancas e sapatos pretos. Na cabeça, ostentamos grandes turbantes brancos com rabichos, adereços nada confortáveis. São como os turbantes usados pelos noivos nas cerimônias de casamento. Só que não parecemos noivos montados em cavalos, e sim garçons chiques num garden-party chique.

Os convidados já começaram a chegar. O coronel Taylor os recebe no gramado dos fundos, muito bem aparado. Ele está com um terno azul-claro. Ramu maneja espetos de frango, porco, peixe e carneiro na churrasqueira. Bhagwati serve bebidas aos convidados numa bandeja de prata. Eu estou trabalhando no bar. Só eu compreendo os convidados quando eles pedem um Campari com soda ou um *bloody-mary*. Shanti está trabalhando na cozinha. Até ela está usando uma saia elegante, em vez do sári de todo dia.

Os convidados, em sua maioria, são brancos e trabalham em outras embaixadas. Há também um punhado de indianos — dois jornalistas e funcionários do Ministério da Defesa. Os brancos tomam cerveja Kingfisher e coquetéis. Os indianos, como sempre, só pedem uísque Black Label.

Na festa, as conversas se dividem em duas categorias. Os indianos falam sobre política e críquete. Os diplomatas e expatriados trocam fofocas a respeito dos criados e dos colegas de trabalho, e reclamam do calor. "Está tão quente que eles deviam decretar feriado." "Minha empregada fugiu no outro dia com o jardineiro, e isso depois que eu aumentei o salário dos dois." "Hoje em dia está muito difícil arranjar criados bons. Quase todos esses desgraçados são ladrões."

A chegada do alto-comissário, acompanhado de um homem bem vestido que, segundo me dizem, seria o general, causa frisson. A sra. Taylor se desmancha em rapapés para receber o alto-comissário. Trocam-se muitos beijos e apertos de mãos. O coronel Taylor parece satisfeito. A festa está correndo bem.

Às onze horas, todos os convidados já foram embora. Só os dois jornalistas indianos e um funcionário do Ministério da Defesa, chamado Jeevan Kumar, ainda permanecem, tomando sua décima dose de Johnny Walker. A sra. Taylor olha para eles com desdém. "Charles", diz ela ao marido, "por que é que você tem que convidar esses jornalistas desgraçados? Eles são sempre os últimos a ir embora."

O coronel Taylor emite uns ruídos de concordância. O funcionário do Ministério da Defesa, um homem escuro e corpulento, entra na casa. "Posso trocar umas palavras com o senhor, coronel?", ele pergunta. O coronel Taylor imediatamente vai atrás dele.

Já passa de meia-noite, e Ramu ainda não dormiu. Percebo que ele está se virando e revirando no beliche. "O que houve, Ramu? Não está conseguindo dormir?", pergunto.

"Como é que eu posso dormir, Thomas? Minha amada está me atormentando."

"Você é um bobo. Quantas vezes eu já não lhe disse para tirar essa idéia da cabeça? Se o coronel Taylor descobrir, ele manda matar você."

"Quem ama deve estar preparado a se sacrificar pelo amor. Mas pelo menos agora tenho um pedaço da minha amada comigo."

"O quê? O que é que você tem?" Desço da minha cama.

"Shhh... Só posso lhe mostrar se você jurar que não vai contar para ninguém."

"Está bem, está bem, eu juro. Agora me mostre."

Ramu enfia a mão debaixo do travesseiro e pega um pedaço de pano vermelho. Ele o leva ao nariz e respira fundo. Até eu consigo sentir um fraco cheiro de perfume.

"O que é isso? Você tem que me mostrar."

Ramu desfralda o pano como se fosse uma bandeira. É um sutiã vermelho. Levanto-me assustado e bato com a cabeça na grade de madeira.

"Ah, meu Deus! Onde foi que você pegou isso? Não vá me dizer que é dela."

"Toma, pode ver você mesmo." Ramu me entrega o sutiã.

Fico revirando a peça de um lado para o outro. Ao que parece, é um sutiã muito caro, cheio de bordados de renda. Há uma pequena etiqueta branca perto dos ganchos, onde está escrito VICTORIA'S SECRET.

"Quem é Victoria?", pergunto.

"Victoria? Não conheço nenhuma Victoria."

"Esse sutiã pertence a Victoria. Tem até o nome dela. Onde foi que você pegou?"

Ramu fica perplexo. "Mas... mas eu roubei do quarto da Maggie."

"Ah, meu Deus, Ramu! Você sabe que você não pode entrar nos quartos das crianças. Agora você se meteu numa encrenca de verdade."

"Olha, Thomas, você me prometeu que não contava para ninguém. Por favor, eu imploro, não revele esse segredo."

Juro não revelar e me deito de novo. Em pouco tempo Ramu começa a roncar. Sei que ele está sonhando com uma garota de olhos azuis e cabelos dourados. Mas no meu sonho o que aparece é um jipe com uma luz vermelha piscando em cima. Tenho certeza de que Ramu vai acabar mal. Porque o coronel Taylor é O Homem Que Sabe.

Não dá outra: dois dias depois, aparece na casa um jipe com uma luz vermelha piscando. O inspetor de polícia com óculos protetores entra na sala com passo arrogante. É o mesmo inspetor Tyagi que levou Ajay preso. Ele manda chamar Ramu, e os policiais arrastam o cozinheiro da cozinha e o levam ao seu quarto. Vou atrás deles. É o meu quarto, também. Remexem a cama de Ramu. Encontram o dinheiro que ele guarda dentro do colchão. Descobrem também um colar de diamantes debaixo do seu travesseiro. Como esse colar foi parar lá não faço idéia, mas sei que Ramu não é ladrão. Então os policiais começam a remexer minhas coisas. Encontram meus exemplares da *Australian Geographic*, muito bem empilhados num canto. Encontram meus chaveiros e minhas camisetas. E por fim acham um sutiã vermelho amassado debaixo do meu travesseiro. Como ele foi parar lá eu não sei, mas sei que é o mesmo sutiã que Ramu roubou do quarto de Maggie.

Sou levado à presença dos Taylor como se fosse um criminoso famoso. "Taylor *sahib*, o senhor estava falando de um ladrão que havia na casa, e nós achamos o colar de diamantes e muito dinheiro roubado dentro da cama. Mas olha o que achamos na cama desse moleque. Encontramos essas revistas, que ele deve ter roubado das crianças" — ele deixa cair a pilha de *Australian Geographics* no chão — "e mais isso." O inspetor desfralda o sutiã vermelho como se fosse uma bandeira.

Maggie começa a chorar. Ramu parece prestes a desmaiar. O coronel Taylor tem um brilho assassino nos olhos.

"Que diabo! Você também, Thomas?", diz a sra. Taylor, muito chocada. Então fica uma fera e me dá quatro ou cinco tabefes. "Seus indianos desgraçados", ela explode. "Vocês são todos iguais. Preguiçosos e ingratos. Nós damos comida e roupa para vocês, e é assim que vocês nos pagam, tentando roubar as nossas coisas?"

O coronel Taylor vem em minha defesa. "Não, Rebecca", ele diz à mulher. "Vamos ser justos. O Thomas é um bom sujeito. Foi aquele canalha do Ramu que escondeu isso na cama dele. Pode confiar em mim, que eu sei."

O coronel Taylor prova mais uma vez que é O Homem Que Sabe. Sua onisciência me salva nesse dia, e eu recebo de volta minha coleção de *Australian Geographic*. Porém as praias de Queensland e a fauna da Tasmânia já não me atraem como antes. Ramu, em lágrimas, confessa que pegou o sutiã, porém continua afirmando que não roubou o colar. Aponta o dedo para Shanti, acusando-a. Mas não adianta. O inspetor o leva no jipe. Leva também uma garrafa de uísque Black Label do coronel Taylor, com um sorriso cheio de dentes. "Muito obrigado, Taylor *sahib*. Sempre que o senhor precisar do meu serviço, é só me ligar. Será um prazer servi-lo. Tome o meu cartão."

O coronel Taylor aceita o cartão, distraído, e o deixa no aparador da sala de visitas.

A casa está muito animada. Os Taylor compraram um cachorro para Maggie. O coronel o traz na coleira. É pequeno e peludo, com um focinho úmido e um rabo comprido. É como um boneco, e seu latido mais parece um ganido. Maggie diz que ele é um *lhasa apso*, e resolve chamá-lo de Rover.

* * *

Mais uma vez, a casa está animada. Chegou o novo cozinheiro. Ele se chama Jai. Não sabe fazer metade das coisas que Ramu sabia fazer. Não só é incapaz de preparar pratos franceses como também sequer sabe pronunciar *au gratin*. Ele é contratado por ser um homem maduro, já casado, com mulher e duas filhas que moram numa aldeia próxima. Não me agrada muito a idéia de voltar a dividir meu quarto com outra pessoa. Eu estava gostando de dormir sozinho no beliche. Algumas noites eu dormia na cama de cima, em outras na de baixo.

Sinto uma antipatia imediata por Jai. Ele tem olhos esquivos. Fuma escondido no quarto (é proibido fumar na casa dos Taylor). E me trata como um criado. "Qual é a sua ambição na vida?", ele me pergunta, como o professor do Abrigo Juvenil.

"Ter uma Ferrari vermelha", minto. "Qual é a sua?"

Ele acende outro cigarro e solta anéis de fumaça pela boca. "Quero abrir uma garagem, mas isso custa dinheiro. Tenho um amigo muito rico, Amar, que me prometeu que, se eu arranjar cento e cinqüenta mil rupias, ele entra com o resto. Quanto você acha que esses *firangs* têm na casa?"

Fico de boca fechada. Assim, desde a primeira semana, o sr. Jai está planejando um roubo. Ainda bem que ele não sabe sobre O Homem Que Sabe. Em pouco tempo, vai descobrir.

O coronel Taylor começa a fazer caminhadas de manhã bem cedo com Rover até o Lodhi Garden, que fica perto da casa. Porém o governo de Delhi promulga uma nova lei que obriga as pessoas que têm animais de estimação a recolher os excrementos de seus animais, ou então pagar multas pesadas. Desde então, passo a acompanhar o cão e seu dono, recolhendo a sujeira de Rover. Detesto esse trabalho. Imagine ter de acordar às cinco e meia da manhã e sair correndo, com uma pá e uma lata, atrás de um cachorro sujo e idiota que caga de dois em dois minutos. Por outro lado, o Lodhi Garden é um belo lugar para um passeio matinal. Tem muita vegetação, e bem no meio há um monumento antigo em ruínas, chamado Bara Gumbad. De manhã, o parque fica cheio de gente fazendo jogging. Vejo senhoras idosas e gordas praticando ioga, e moças finas, anoréxicas, fazendo aeróbica. Começo a perceber também que às vezes o coronel Taylor desaparece de vista por um bom tempo enquanto estou ocupado em recolher o cocô de Rover. Fico intrigado com isso e, assim, certa manhã deixo Rover de lado e resolvo seguir o coronel Taylor. Vejo-o passar pelo Bara Gumbad e se aproximar de um trecho com mato cerrado. Fico olhando, escondido atrás de uma moita densa, e o vejo cumprimentar o mesmo indiano do Ministério da Defesa que veio ao garden-party.

"O senhor sabia, senhor Kumar, que ontem à noite eu o segui desde a sua casa em South Ex até a bonbonnière, e o senhor nem percebeu?", diz o coronel.

Jeevan Kumar sua com abundância e está claramente nervoso. Parece muito contrito. "Ah, me desculpe, coronel *sahib*. Vou ser mais cuidadoso no futuro. Sei que as pessoas não devem nos ver juntos."

"É claro, senhor Kumar, isso não se discute. Mas se o senhor continuar a descuidar da segurança, infelizmente vamos ter que parar de ter esses encontros pessoais. Lembre-se de uma regra simples: ASRDSS."

"ASRDSS?"

"É. Apague Seu Rastro, Despiste seu Seguidor. Na verdade, é muito simples. O que isso quer dizer é que você nunca deve seguir por um caminho direto. Deve mudar de rua, trocar de carro, entrar numa loja e sair de outra, fazer qualquer coisa para confundir seu rastro. Se você fizer isso, vai ser muito difícil segui-lo. A pessoa que o estiver seguindo vai desistir."

"Está bem, coronel, vou me lembrar disso. Mas quero lhe dar uma boa notícia. Acho que vou poder lhe dar o que o senhor está me pedindo esse tempo todo. Vamos nos encontrar na sexta-feira, dia 14, no estacionamento atrás da Balsons em South Ex. Normalmente, fica deserto. Às oito da noite. Combinado?"

"Combinado."

Os dois se separam. Volto correndo para Rover antes que o coronel chegue.

Meus olhos ficam bem abertos durante toda a sexta-feira, dia 14, e meus ouvidos estão particularmente sensíveis. O coronel Taylor discute seus planos de manhã cedo com a mulher. "O novo adido comercial, o McGill, quer me mostrar uns lugares na cidade depois do trabalho. Por isso vou chegar um pouco mais tarde, Rebecca. Não me espere para jantar."

"Tudo bem. A mulher do alto-comissário me convidou para uma partida de bridge, por isso também não vou estar em casa", diz a sra. Taylor.

Não é difícil para mim tirar uma conclusão. Por que motivo o coronel mentiu para a mulher a respeito do encontro? Nesse dia, ele cai no meu conceito. Sinto muita pena da sra. Taylor.

Depois de Ramu, chega a vez de Roy. O coronel Taylor o pegou beijando Shanti no quarto dele. Shanti jura pela mãe morta que não há nada entre ela e Roy *baba*, e que essa foi a primeira vez que Roy a beijou — e que, além disso, foi por engano.

Todas essas súplicas, porém, não levam a nada. O resultado é perfeitamente previsível: demissão imediata. Mas ela, pelo menos, recebe o salário. É bem provável que Roy leve uma surra por se envolver demais com os "indianos desgraçados" e não possa mais fazer compras na Kids Mart. Resolvo passar os próximos dez dias sem limpar o quarto de Maggie, por precaução.

Se eu não tivesse tomado essa decisão, talvez conseguisse salvá-la. Pois, apenas duas semanas depois de Roy, é a vez de sua irmã estar no banco dos réus. O Homem Que Sabe tem provas irrefutáveis de que ela anda fumando no quarto, apesar da proibição. Maggie tenta negar a acusação, mas o coronel Taylor lhe mostra o maço que ela escondeu em seu *almirah*, além das guimbas que ela se esqueceu de jogar fora. Assim, também Maggie perde o direito de fazer compras na Kids Mart.

Por incrível que pareça, dois meses depois o coronel Taylor pega mais uma pessoa fazendo algo proibido. Sua própria mulher, a sra. Rebecca Taylor. Ela estava tendo um caso com alguém na embaixada. "Sua puta desgraçada!", ele grita para ela dentro do quarto. "Você e esse seu amante de meia-tigela vão ver o que é bom." Ouço um tapa e o ruído de alguma coisa sendo quebrada, talvez um vaso. Nessa noite, a sra. Taylor nem desce para jantar. Também Maggie e Roy mantêm uma distância respeitosa do pai. Não consigo não ter pena da sra. Taylor. O marido dela descobriu seu caso, mas ela parece não ter nenhuma suspeita a respeito do segredo sujo dele. Tenho vontade de contar o que sei a respeito do coronel Taylor. Que ele se encontra com Jeevan Kumar em estacionamentos desertos. Mas quem tem telhado de vidro não joga pedras nos outros, e meu medo eterno é de que um dia O Homem Que Sabe descubra que fui eu quem empurrou Shantaram do primeiro andar do *chawl*. E de que ele saiba de coisas a meu respeito que nem eu sei.

* * *

Enquanto todas essas maluquices estão acontecendo na família Taylor, Jai me deixa nervoso. Sua comida vai de mal a pior. Suas sopas ralas não têm gosto de nada, seu *curry* é ruim de doer, e nem Rover come os bifes que ele faz. Ele me mata de tédio falando sobre a porcaria da garagem dele, e as cento e cinqüenta mil rupias que tem que arranjar. Estou quase decidido a me queixar dele para o coronel Taylor quando acontece uma tragédia na família. A mãe do coronel morre em Adelaide. Todo mundo fica muito triste. Pela primeira vez, conhecemos o lado mais suave do militar. "Nós todos vamos passar uma semana fora", diz ele a Jai em voz baixa. "A casa vai estar trancada. Você e Thomas podem comer do lado de fora." Maggie e Roy choram. Os olhos da sra. Taylor estão vermelhos. Naturalmente, Bhagwati também chora. Até meus olhos estão rasos d'água. Uma única pessoa sorri com cinismo na cozinha. É Jai.

Nessa noite, Jai invade a casa dos Taylor. Ele não entra nos quartos das crianças nem no quarto do casal. Vai direto ao Gabinete. Antes, corta a eletricidade. Então provoca um curto-circuito no painel eletrônico, corta o cadeado com uma serra de cadeia, abre a grade de ferro e arromba com um pontapé a porta de madeira.

Acordo com gritos violentos vindo da casa dos Taylor. Às três da manhã, entro na casa e descubro o que Jai fez. Ele está no Gabinete, batendo com a cabeça contra a parede. "Filhos-da-puta. Vivem como reis e não guardam um tostão em casa", diz, espumando de raiva.

Na minha cabeça, um alarme está soando. Tenho certeza de que O Homem Que Sabe descobrirá a traição de Jai, muito embora esteja num enterro a quinze mil quilômetros de nós. E que eu também vou ser envolvido na acusação.

"Jai, seu idiota, o que foi que você fez?", grito.

"Fiz exatamente o que vim aqui para fazer. Sou um ladrão profissional, Thomas. Passei oito anos na prisão de Tihar. Achei que, com toda essa segurança, o cachorro do Taylor estava guardando as jóias da família aqui neste quarto. Mas não encontrei um tostão. Seis meses de esforço jogados fora. Vou religar a eletricidade e depois caio fora. Vou levar o aparelho de VCD e o três-em-um da sala de TV. São migalhas, mas tenho que respeitar a minha profissão. Depois você arruma a casa. E, se tentar chamar a polícia, eu quebro todos os ossos do seu corpo."

Depois que Jai vai embora, examino o Gabinete. Está cheio de aparelhos estranhos: microfones que parecem pequeninos girassóis e câmeras em miniatura que lembram olhos arrancados das órbitas. Há blocos com a palavra CIFRA, contendo combinações de números e letras que nada significam. Há alguns livros: *A arte da espionagem*, *Elementos de contra-espionagem*, *Espionagem para Dummies*. Há documentos assinalados como ULTRA-SECRETO e NÃO MOSTRAR A NINGUÉM, desenhos de vários tipos, um deles com o título PROJETO DE REATOR NUCLEAR PARA NAVE DE TECNOLOGIA AVANÇADA e outro com o nome ESQUEMA DE SUBMARINO. E há uma gaveta cheia de minifitas VHS. Examino as etiquetas das fitas, que estão em ordem alfabética: Ajay, Alto-comissário, Bhagwati, Jeevan, Jones, Maggie, McGill, Raj, Ramesh, Rebecca, Roy, Shanti, Stuart. E Thomas. Escondido na segunda gaveta, encontro um aparelho de vídeo portátil. Com mãos trêmulas, pego a minha fita e a coloco dentro do aparelho. Na tela, vejo imagens do meu quarto. Vejo a mim mesmo deitado na cama; escrevendo em meu diário vermelho; conversando com Ramu, dormindo. Avanço a fita para ver se há alguma imagem de Shantaram nela. Depois pego a fita com o nome da sra. Taylor. Ela está sentada na cama. Um homem entra pé ante pé e abraça-a. Só vejo as costas do homem. Ele a beija, um beijo prolongado e apaixonado. De repente ouvem-se batidas à porta, o homem se vira e olha diretamente para mim. Quase morro de susto. É o alto-comissário. Mais que depressa, tiro a fita de dentro do aparelho e o desligo. Passo cerca de dois minutos completamente imóvel, temendo que uma câmera secreta esteja funcionando até dentro desse cômodo. Então respiro fundo. Agora sei de que modo o coronel Taylor se tornou O Homem Que Sabe. Ele instalou câmeras em toda a casa, e provavelmente em todo o alto-comissariado. Ele é um espião. Mas eu não sou Steve Nolan, de *Spycatcher*. Ganho mil e quinhentas rupias por mês, o que dá um total de quarenta e três mil e quinhentas rupias, conforme anotei no meu diário vermelho. E não quero que esse dinheiro se torne apenas uma anotação num diário. Quero pegar os maços de notas, sentir a superfície lisa das cédulas recém-impressas. Assim, vou calar o bico. E sorrir sempre que o *sahib* e a *memsahib* sorrirem.

Ligo para o telefone celular do coronel Taylor. "Desculpe incomodá-lo, coronel, mas houve um roubo na casa. O Jai levou o aparelho de VCD e o três-em-um. Além disso, arrombou o Gabinete."

"O quê???"

"Isso mesmo, senhor. Desculpe, coronel."

"Olha aqui, Thomas, faça o que vou dizer. Quero que você feche o Gabinete imediatamente. Tire o cadeado quebrado. Você não precisa nem entrar lá. É só botar um cadeado qualquer na porta e não deixar que ninguém entre. É muito importante que você não chame a polícia. Se o alarme soar, basta digitar o seguinte código no teclado que tem na porta: 0007. Anotou? Basta digitar 0007 que o alarme pára. Vou pegar um avião e voltar imediatamente, devo estar em Delhi amanhã à tarde, mas até eu chegar quero ter certeza de que ninguém vai entrar no Gabinete. Você entendeu?"

"Sim, senhor."

O coronel Taylor volta a Delhi antes mesmo do enterro da mãe. Entra correndo no Gabinete assim que o táxi pára na frente da casa. Sai de lá aliviado. "Graças a Deus não levaram nada. Bom serviço, Thomas. Eu sabia que podia confiar em você."

Nos seis meses que se seguem, minha vida volta ao normal. Contrata-se um novo cozinheiro, que nunca passou por perto da prisão de Tihar. Bhagwati é demitido por ter usado o carro sem permissão para ir a um casamento de parentes. Descobre-se que Maggie está namorando um certo James, e ele é proibido de entrar na casa. Roy é apanhado em flagrante usando drogas e leva uma surra. A sra. Taylor e seu marido continuam a se falar num tom gélido. Imagino que o coronel Taylor continue a se encontrar com Jeevan Kumar em estacionamentos desertos.

Maggie e Roy estão jogando mexe-mexe na sala. Eles me convidam para jogar também. Graças a essas partidas, aprendi muitas palavras novas, tais como "*bingle*", "*brekkie*", "*chalkie*", "*dosh*", "*skite*" e "*spunk*". Maggie sempre ganha. Tem um vocabulário realmente muito bom. Ela é a única que conhece palavras de oito letras, e uma vez chegou até a fazer uma palavra com nove. Eu sou o pior. Só escrevo palavras curtas e fáceis. Uma vez na vida, outra na morte, consigo formar uma palavra com seis ou sete letras, mas mesmo assim faço menos pontos que os outros. Tenho a impressão de que às vezes Roy me convida para jogar só para não ficar em último lugar. Hoje, as letras que peguei não foram boas. Muitos X, J, K e L. O jogo já está chegando ao fim. Maggie fez 203 pontos; Roy, 175; eu, 104. As últimas sete letras que pego são G, P, E, E, S, A e I. Estou pensando em fazer "*page*" ou "*see*". Então Roy usa um O de uma das palavras de Maggie e forma "*on*", e na mesma hora tenho uma idéia. Acrescento E, S, P e I antes do O e A, G, E depois do N. "*Espionage*". O total é 17 pontos, multiplicado por três por cobrir um quadrado vermelho, mais 50 pontos por usar as sete letras. Total: 101 pontos. Viu, Maggie?

Passei o dia todo rondando o telefone. Maggie está aguardando um telefonema de James, e me instruiu a atender antes que o pai o faça na extensão do Gabinete. Por fim, às sete e quinze da noite, o telefone toca. Atendo na mesma hora. Porém o coronel Taylor foi mais rápido do que eu. "Alô", diz ele.

Do outro lado da linha, alguém respira ofegante. Então a voz de Jeevan Kumar se faz ouvir acima do ruído de estática. "Amanhã, quinta-feira, às oito da noite, na sorveteria Kwality, perto do India Gate. O que eu tenho é nitroglicerina pura."

"Bom", diz o coronel Taylor, e desliga.

O coronel, com sua garrafa de Foster's, está na sala, vendo o mais recente episódio de *Spycatcher*. Desta vez, Steve Nolan se vê diante de um dilema sério. Ele acaba de descobrir que seu melhor amigo, que foi seu colega na faculdade, que foi seu padrinho de casamento, é um espião comunista. Steve fica muito triste. Não sabe o que fazer. Sentado numa mesa de bar, descabelado, bebe litros de uísque. Então o barman lhe diz: "Este mundo é muito sujo, mas, se ninguém estiver disposto a fazer a limpeza, o país inteiro vai pela privada abaixo". O efeito dessas palavras sobre Steve Nolan é eletrizante. Ele sai em disparada para a casa do espião comunista na sua Ferrari vermelha. "Você é um homem bom, fazendo um serviço ruim", diz ele ao amigo, antes de sacar a arma. "A amizade é importante. Mas a pátria vem em primeiro lugar. Desculpe", conclui, e com um tiro mata o outro.

* * *

No dia seguinte, um jipe da polícia e um carro Ambassador, ambos com luzes vermelhas piscando, chegam na casa às dez da noite. O mesmo inspetor que prendeu Ramu entra, acompanhado do chefe de polícia. O coronel Taylor está com eles, com a mesma cara que Steve Nolan no bar. Dez minutos depois, chega o alto-comissário, indignado. "Que história é essa?", pergunta ele ao chefe de polícia. "Por que motivo o coronel Taylor foi declarado persona non grata, e o Ministério das Relações Exteriores mandou que ele saísse do país dentro de quarenta e oito horas?"

"Excelência, temos provas de que este seu funcionário está envolvido em atividades que são incompatíveis com suas funções diplomáticas. Infelizmente, vai ter que sair do país", responde o chefe de polícia.

"Mas ele é acusado de quê?"

"Foi apanhado em flagrante recebendo documentos altamente confidenciais de um homem chamado Jeevan Kumar, que é funcionário do Ministério da Defesa."

O coronel Taylor está lívido. Não diz que os indianos são todos uns mentirosos desgraçados. Permanece parado no meio da sala, de cabeça baixa.

O alto-comissário suspira. "É a primeira vez em toda a minha longa carreira que um funcionário meu é declarado persona non grata. Pode acreditar em mim, Charles não é espião. Mas, se ele está sendo expulso, não há nada a fazer." Então chama para um canto o chefe de polícia. "Senhor Chopra, já lhe mandei muitas caixas de Black Label ao longo dos anos. O senhor poderia me fazer o favor de responder a uma pergunta?"

"É claro."

"Só para eu saber. Como foi que o senhor ficou sabendo do encontro de Charles hoje? Foi esse tal de Kumar que levou vocês a ele?"

"Engraçado o senhor me perguntar. Não, não foi o Jeevan Kumar. Muito pelo contrário, foi um dos seus. Ligou para o inspetor Tyagi hoje de manhã e disse para ele estar no India Gate, que ele pegaria o coronel Taylor recebendo documentos secretos."

"Não acredito. Como o senhor pode ter tanta certeza de que era um australiano?"

O inspetor Tyagi intervém. "Ora, senhor embaixador, o sotaque é inconfundível. Ele disse algo assim como "*G'day maite, go to India Gaite, tonight at aite.*" Só os australianos falam assim, não é?"

No dia seguinte, o coronel Taylor vai embora de Delhi sozinho num vôo da Qantas. A mulher e os filhos irão depois. Eu também vou embora da casa. Com três chaveiros, seis camisetas, trinta exemplares da *Australian Geographic* que vou vender para um *kabariwalla*. E cinqüenta e duas mil rupias. Em notas estalando de novas.

Eu dou *hooroos* à família Taylor. Roy age como um *whacker*. Desde que começou a tomar drogas, está cheio de cangurus no sótão. Maggie e James trocam *pashes*. E não estou preocupado com a sra. Taylor. Enquanto o alto-comissário estiver por aqui, tudo vai estar *apples* com ela. Quanto a mim, vou visitar Salim em Mumbai. Vai ser um *bonzer*!

Smita consulta o relógio. Uma e meia da manhã. "A senhora quer mesmo continuar?", pergunto.

"E nós temos escolha?", ela responde. "Amanhã será feita a acusação formal contra você." Smita aperta *play* outra vez.

Estamos em mais um intervalo comercial. Prem Kumar tamborila sobre a mesa. "Sabe de uma coisa, senhor Thomas? Finalmente a sua sorte se esgotou. Aposto que o senhor não vai conseguir responder à próxima pergunta. Assim, é melhor se preparar para apelar para um dos seus Botes Salva-vidas."

Começa a tocar o prefixo do programa.

Prem Kumar vira-se para mim. "Passamos agora para a pergunta número cinco, valendo cinqüenta mil rupias. Esta tem a ver com o mundo da diplomacia. Quando um governo afirma que um diplomata estrangeiro é persona non grata, isso quer dizer: a) que o diplomata recebeu uma distinção honorífica, b) que o diplomata deverá ficar mais tempo em seu posto, c) que o diplomata está agradecido, ou d) que o diplomata não é aceitável? O senhor entendeu a pergunta, senhor Thomas?"

"Entendi", respondo.

"O.k. Então vamos à sua resposta. Não esqueça que os dois Botes Salva-vidas ainda estão à sua disposição. Você pode pedir a Dica Camarada, ou então pode me pedir o Meio a Meio, e nesse caso vou retirar duas das respostas erradas, restando apenas duas alternativas. O que o senhor diz?"

"D."

"O quê?"

"Eu disse D. O diplomata não é aceitável."

"O senhor está chutando? Não esqueça que pode perder as dez mil rupias que já ganhou se der a resposta errada. Assim, se quiser, pode desistir agora mesmo."

"Eu sei a resposta. É D."

Um frisson percorre a platéia.

"O senhor tem certeza absoluta?"

"Tenho."

Ouve-se um crescendo de tambores. A resposta certa aparece na tela.

"A resposta está absolutamente correta! O senhor acaba de ganhar cinqüenta mil rupias!", exclama Prem Kumar. A platéia aplaude de pé. Prem Kumar enxuga o suor da testa. "Realmente, é notável", diz ele em voz alta. "Esta noite, o senhor Thomas realmente parece ser O Homem Que Sabe!"

100000 — Tome conta dos seus botões

"*Khallas*. Acabou", digo, lacônico. "Não tem mais uísque. O bar fechou. Vá para casa."

"Nããããão. Por favor, não dich isso não. Me dá m-mais unzinho. Só maich um", o freguês insiste, estendendo seu copo vazio. Olho para meu relógio. Meia-noite e quarenta e cinco. Oficialmente, o bar só fecha à uma hora. Com uma careta, pego a garrafa de rum Black Dog. "Cem rupias, por favor", exijo. O homem pega uma nota amassada no bolso da camisa e eu verto uma dose cuidadosamente medida em seu copo.

"Obigado, b-b-b-arman", ele diz, bebe o rum de um gole só e desaba na mesa, espatifando o copo no chão, derramando a garrafa de soda e virando o prato de chutney de menta. Em questão de segundos, ele estará dormindo. Agora tenho não apenas que limpar a bagunça que ele fez como também chamar um táxi, ajudá-lo a se levantar e dar um jeito de mandá-lo para casa. E, embora eu tenha me lembrado de cobrar as bebidas adiantado, às vezes esqueço de pedir a gorjeta desse freguês.

Talvez seja culpa minha eu me ver nessa situação. O freguês estava dando todos os sinais de que ia desabar a qualquer momento. Mas eu achava que ele conseguiria agüentar mais uma dose. Como sempre, errei.

Embora já esteja há dois meses trabalhando no bar e restaurante Jimmy's, não consigo calcular com precisão a capacidade de cada bebedor. Por outro lado, elaborei uma espécie de sistema de classificação de bêbados. Na categoria mais alta estão os cavalos. Esses são os que conseguem tomar até oito doses sem ficar com a fala pastosa. Então vêm os burros, que começam a zurrar e balbuciar depois de apenas duas ou três doses, ou ficam sentimentais e se põem a chorar. Em seguida vêm os cachorros. Esses, quanto mais bebem, mais puxam discussões e brigas. Alguns também começam a passar cantadas em Rosie. Abaixo deles vêm os ursos, que bebem e dormem em seguida. Em último lugar vêm os porcos. Esses são os que vomitam depois da última dose. Essa classificação não é perfeita. Já vi fregueses que começam como cavalos e terminam como porcos, e cachorros que viram ursos. Felizmente, este freguês terminou como urso e não como porco.

Tendo me livrado do último bêbado, olho para o relógio da parede. Uma e dez da madrugada. Desde que Rosie e o pai foram passar férias em Goa, quase todas as noites tenho voltado para a casinha minúscula em que moro em Dharavi depois da meia-noite. Em parte, a culpa é minha. Se eu não tivesse dito ao gerente que sabia preparar coquetéis e medir doses de uísque, que sabia a diferença entre um Campari com soda e um *bloody-mary*, não teria sido chamado para trabalhar como barman na ausência de Alfred.

O bar e restaurante Jimmy's, em Colaba, tem gravuras desbotadas nas paredes, espelhos atrás do balcão, móveis de madeira sólidos e o melhor menu da zona sul de Mumbai. Como a comida é muito boa e os preços são bem baixos, o estabelecimento atrai fregueses de todas as condições sociais. Num mesmo dia podemos encontrar um alto executivo tomando um drinque no balcão ao lado de um humilde operário de fábrica. O gerente insiste que a gente deve conversar com os fregueses que se sentam no balcão, porque as pessoas bebem mais quando não estão sozinhas. O pai de Rosie, Alfred D'Souza, um barman de mãos trêmulas, sabe como ninguém puxar assunto com os fregueses. Conhece pelo nome a maioria dos habitués e é capaz de ficar horas com eles, ouvindo suas histórias de desgraças e aumentando bastante seu consumo de álcool. Rosie também está ficando muito boa como atendente de bar. Trabalha no balcão com uma blusa bem decotada e uma saia justa, abaixa-se de vez em quando para exibir os seios e estimula os fregueses a pedir um uísque importado mais caro em vez das marcas indianas baratas. Às vezes, porém, ela exagera e se dá mal com os clientes mais grosseiros, que a tomam por uma prostituta barata. Nesses casos, tenho que atuar como leão-de-chácara improvisado.

O sr. Alfred D'Souza imagina que existe alguma coisa entre Rosie e mim, e fica me vigiando como um gavião sempre que ela está por perto. Ele está redondamente enganado. Rosie é um amor de menina. É baixinha e peituda. Quando inclina a cabeça para mim e de vez em quando pisca, sinto que talvez esteja querendo me dar um sinal. Mas meu cérebro agora está incapaz de receber qualquer sinal. Está sobrecarregado com lembranças de uma única pessoa: Nita. Os médicos de Agra disseram que ela vai precisar de no mínimo quatro meses para se recuperar das feridas. E sei que Shyam jamais vai me deixar vê-la. Foi por isso que voltei para Mumbai: para exorcizar os fantasmas de Agra, tanto os dos vivos quanto os dos mortos. Mas não consigo escapar da minha própria história de vida nesta cidade. Lembranças do passado me assaltam a cada esquina. Shantaram, o astrônomo fracassado, ri de mim nas ruas. Neelima Kumari, a atriz, me chama no trem. E Salim, meu amigo, olha para mim de cada cartaz. Porém tomei a decisão de não procurar Salim. Não quero arrastá-lo para o torvelinho da minha vida maluca e meus planos malucos.

Moro num trecho de Mumbai chamado Dharavi, num barraco apertado de dez metros quadrados, sem ventilação nem iluminação natural, com uma chapa de metal corrugado que faz as vezes de telhado. O metal vibra violentamente sempre que um trem passa pelo viaduto. Não há água corrente nem instalações sanitárias. Meu dinheiro não dá para nada melhor do que isso. Mas não estou sozinho em Dharavi. Há um milhão de pessoas como eu, amontoadas num triângulo de pântano infecto com duzentos hectares de área, onde vivem como animais e morrem como insetos. Retirantes miseráveis de todo o país disputam aqui um punhado de céu na maior favela da Ásia. Há brigas todos os dias — disputas por espaço, por um balde de água — que às vezes terminam em tragédia. Os moradores de Dharavi vieram dos fins de mundo de Bihar, Uttar Pradesh, Tamil Nadu e Gujarat. Vieram para Mumbai, a cidade de ouro, com o sonho de fazer fortuna e viver vidas de classe média alta. Mas esse ouro já se transformou em chumbo há muito tempo, deixando para trás corações enferrujados e mentes gangrenadas. É o meu caso.

Dharavi não é lugar para os delicados. O Abrigo Juvenil de Delhi nos amesquinhava, mas a esqualidez urbana de Dharavi tem o efeito de nos deixar entorpecidos e aviltados. Os esgotos a céu aberto são infestados de mosquitos. As latrinas comunitárias, fedorentas e cobertas de excremento, estão cheias de ratos, que fazem com que a gente nem dê importância ao cheiro, de tão preocupada que fica em proteger o traseiro. Há montanhas de imundícies em cada esquina, onde os catadores de lixo ainda encontram coisas úteis. E de vez em quando é necessário prender a respiração para passar por um beco estreito e claustrofóbico. Mas, para os esfomeados moradores de Dharavi, isto é um lar.

Em meio aos arranha-céus modernos e aos shoppings luminosos de Mumbai, Dharavi é como um câncer no coração da cidade. E a cidade se recusa a reconhecer sua existência. Assim, Dharavi está legalmente proscrita. Todos os casebres de lá são considerados "construções ilegais", que podem ser demolidas a qualquer momento. Mas, como os moradores estão constantemente se esforçando para sobreviver, eles não se importam com isso. Assim, moram em casas ilegais, usando eletricidade ilegal, bebendo água ilegal e vendo TV a cabo ilegal. Trabalham nas inúmeras fábricas ilegais de Dharavi, e até viajam de modo ilegal — sem passagem — nos trens que atravessam a favela.

A cidade ignora o feio câncer de Dharavi, mas não basta declarar que um câncer é ilegal para curá-lo. Mesmo assim, ele continua matando com seu veneno lento.

Todos os dias vou de Dharavi até o bar e restaurante Jimmy's. A única vantagem de trabalhar no Jimmy's é que eu não preciso chegar no trabalho antes de meio-dia. Porém essa vantagem é anulada pelo fato de que tenho de trabalhar até tarde, servindo beberrões de toda a cidade e ouvindo suas histórias patéticas. A única conclusão a que cheguei é que o uísque iguala todos. Você pode ser um alto executivo do mundo da publicidade ou um humilde operário de fundição, mas, se você não consegue se controlar com a bebida, você não passa de um bêbado.

Depois da minha experiência traumática com Shantaram, fiquei achando que nunca mais suportaria a presença de bêbados. Mas o Jimmy's foi o único estabelecimento que me ofereceu emprego. Consolo-me com a idéia de que o cheiro de uísque é menos penetrante do que o fedor da latrina comunitária perto do meu barraco, e que escutar um bêbado é menos doloroso do que ouvir as histórias devastadoras de estupros, molestamentos, doenças e mortes que emanam diariamente dos barracos de Dharavi. Aprendi a fingir que estou interessado e a exclamar "hum", "sei", "é mesmo?" e "não diga!" enquanto ouço as histórias de esposas infiéis e patrões sovinas que me são relatadas todas as noites no bar e restaurante Jimmy's, ao mesmo tempo que estimulo os fregueses a pedir mais um prato de frango frito e outra porção de castanhas-de-caju para acompanhar a bebida. E todos os dias fico esperando que chegue uma carta do pessoal do *SRVB*, para me dizer se fui escolhido para participar do programa. Mas o carteiro não traz nada.

Uma sensação de derrota começa a me anuviar a mente. Sinto que o objetivo específico que me trouxe a Mumbai está fora de meu alcance. Que estou nadando contra a maré. Que as correntezas são fortes demais para mim. Mas aí ouço os gritos da minha querida Nita e os soluços de Neelima Kumari, e minha força de vontade retorna. Tenho que aparecer naquele programa. E, enquanto isso não acontecer, tenho que continuar escutando as histórias dos bêbados desta cidade. Umas boas. Outras ruins. Umas engraçadas. Outras tristes. E uma realmente esdrúxula.

Já passa de meia-noite, mas o único freguês se recusa a ir embora. Ele chegou num Mercedes com motorista; o carro está estacionado em frente ao bar. Ele está bebendo sem parar desde as dez horas da noite, e no momento toma a quinta dose. O chofer, uniformizado, ronca dentro do carro. Talvez ele saiba que seu patrão não vai sair daqui tão cedo. O homem tem trinta e poucos anos; traja um terno escuro elegante, com gravata de seda e sapatos de couro bem lustrados.

"Meu querido irmão, meu querido irmão", ele repete a cada dois minutos, entre goles de uísque Black Label e bocados do prato de *shammi kebabs*.

O gerente estala os dedos para mim. "Thomas, vá ficar com ele e pergunte pelo irmão. Você não vê que o coitado está transtornado?"

"Mas... *sahib*, já passa de meia-noite. A gente devia pedir para ele ir embora, senão eu perco o trem de meia-noite e meia."

"Não se atreva a discutir comigo, senão eu quebro a sua cara", rosna ele. "Vá conversar com o freguês. Tente convencê-lo a pedir o uísque *single malt* que chegou ontem. O homem veio de Mercedes."

Olho para o gerente como um menino olha para o valentão da turma. Com relutância, volto ao balcão e me aproximo do cliente.

"Ah, meu querido irmão, espero que você me perdoe", ele geme, beliscando um *shammi kebab*. Ele se comporta como um burro, mas pelo menos está na fase lúcida, depois de algumas doses, as palavras borbulhando de sua boca.

"O que foi que aconteceu com seu irmão, senhor?", pergunto.

O homem levanta a cabeça e me olha com olhos semicerrados. "Por que é que você está perguntando? Você só vai aumentar a minha dor", replica ele.

"Me fale sobre seu irmão, senhor. Pode ser que assim a dor diminua."

"Não. Nada pode diminuir a minha dor. Nem mesmo o seu uísque."

"Tudo bem. Se o senhor não quer falar sobre seu irmão, não vou perguntar. Mas e o senhor?"

"Você não sabe quem eu sou?"

"Não, senhor."

"Eu sou Prakash Rao. Diretor administrativo das Indústrias Surya. O maior fabricante de botões da Índia."

"Botões?"

"Isso mesmo. Sabe, botões para camisas, calças, casacos, saias, blusas. É o que nós fazemos. Fabricamos todos os tipos de botões de todos os tipos de material. Usamos principalmente resinas de poliéster, mas já fizemos também botões de pano, plástico, couro, até de osso de camelo, concha e madeira. Você nunca viu nossos anúncios nos jornais? 'A maior variedade de produtos, desde botões de roupas a puxadores de gavetas. Surya: botão é conosco.' Aposto que a camisa que você está usando tem botões fabricados pela minha empresa."

"E o seu irmão, como se chama?"

"Meu irmão? Arvind Rao. Ah, meu pobre irmão. Ah, Arvind", ele começa a gemer de novo.

"O que aconteceu com Arvind? O que foi que ele fez?"

"Ele era o dono das Indústrias Surya. Até que eu o substituí."

"Por que o senhor o substituiu? Prove uma dose deste uísque *single malt* que a gente importou diretamente da Escócia."

"Obrigado. O cheiro é ótimo. Me lembro que fui a Maurício na minha lua-de-mel, a Port-Louis, e foi lá que provei uísque *single malt* pela primeira vez."

"O senhor estava dizendo que substituiu seu irmão."

"Ah, pois é. Meu irmão era um homem muito bom. Mas ele teve que ser substituído como diretor administrativo das Indústrias Surya porque enlouqueceu."

"Enlouqueceu? Como assim? Pegue mais uma porção de castanhas-de-caju."

"É uma longa história."

Apelo para uma tirada de Rosie: “A noite é uma criança. A garrafa está cheia. Por que o senhor não começa a contar a história?”.

“Você é meu amigo?”, ele pergunta, fixando em mim um olhar vidrado.

“É claro que sou seu amigo”, respondo, sorrindo de orelha a orelha.

“Então vou lhe contar a minha história, meu amigo. Estou bêbado, sabe. E bêbado sempre conta a verdade. Não é, meu amigo?”

“É.”

“Assim, meu amigo, meu irmão, meu queridíssimo irmão Arvind, era um homem de negócios notável. Foi ele que construiu as Indústrias Surya a partir do zero. A gente vendia contas no mercado de Laadbazaar na cidade velha de Hyderabad — aquele perto de Charminar. Foi ele que construiu, com muito trabalho, o império comercial que eu herdei.”

“Mas o senhor deve ter ajudado seu irmão.”

“Muito pouco. Eu era um fracassado. Não consegui nem passar no vestibular. Num gesto de grandeza, meu irmão me protegeu, me dando um emprego na divisão de vendas de sua empresa. Dei o melhor de mim, e com o passar do tempo meu irmão foi tendo mais confiança nas minhas capacidades. Terminou me nomeando chefe de vendas internacionais e me mandou para Nova York, onde fica o nosso escritório internacional.”

“Nova York? Não diga! Deve ter sido maravilhoso!”

“É, Nova York é um lugar maravilhoso. Mas meu trabalho era difícil, eu tinha que todo dia correr atrás dos vendedores e distribuidores, processar os pedidos e garantir que as entregas chegariam sem atraso. Eu trabalhava desde manhã até a noite.”

“Sei. E daí, o que foi que aconteceu? Espere só um minuto enquanto eu pego mais um prato de *shammi kebabs*.”

"Obrigado, meu amigo. Foi em Nova York que conheci Julie."

"Julie? Quem é?"

"O nome verdadeiro dela era Erzulie de Ronceray, mas todo mundo a chamava de Julie. Ela era negra, muito sensual, com uma vasta cabeleira encarapinhada, lábios cheios e cintura fina. Trabalhava como faxineira no prédio onde eu alugava meu escritório. Era uma imigrante ilegal do Haiti. Você já ouviu falar no Haiti?"

"Não. Onde fica?"

"É um país bem pequeno do Caribe, perto do México."

"O.k. Então, o senhor conheceu a Julie."

"Bom, de vez em quando a gente se cumprimentava. Um dia o Serviço de Imigração e Naturalização a pegou em flagrante, trabalhando sem autorização. Ela implorou para que eu dissesse que era patrão dela, para regularizar a situação dela nos Estados Unidos. Num rasgo de generosidade, fiz o que ela me pediu. Em troca, ela me deu amor, respeito e as trepadas mais extraordinárias da minha vida. Falando sério. Estou bêbado. E bêbado sempre diz a verdade. Não é?"

"É. Por que o senhor não toma mais uma dose? Este *single malt* escocês é realmente bom, não é?"

"Obrigado, meu amigo. Você é bom sujeito. Muito melhor do que a Julie. Ela me manipulou, sabe. Explorou meus pontos fracos. Eu era um homem solitário numa cidade grande. Uma coisa levou à outra, e acabei me casando com ela."

"Então vocês foram passar a lua-de-mel em Port-Louis, não é?"

"Isso mesmo. Mas quando voltei da lua-de-mel descobri que Julie tinha um lado diferente, secreto. Visitei o apartamento dela pela primeira vez depois que nos casamos e vi que estava cheio de coisas estranhas — garrafas de rum enfeitadas com lantejoulas e contas, um monte de bonecos muito esquisitos, pedras de várias formas, cruzes, chocalhos, até pergaminho feito de pele de cobra. Julie tinha também um gato preto chamado Bossu, que era muito agressivo e desagradável.

"A primeira vez que notei que havia em Julie coisas de que eu nem suspeitava foi quando fui atacado no Bronx por um marginal armado de faca. Por sorte escapei com vida, mas levei um corte fundo no braço. Julie não me deixou ir para o hospital; pôs umas ervas no meu braço e recitou umas fórmulas, e dois dias depois a ferida estava completamente curada; não ficou nem mesmo uma cicatriz. E foi então que ela me disse que era uma sacerdotisa de vodu."

"Vodu? O que é isso?"

"Melhor não saber, meu amigo. Vodu é uma religião do Haiti. Os seguidores adoram espíritos chamados *loas*, acreditam que o Universo é todo interligado. Tudo afeta alguma outra coisa. Nada ocorre por acidente, e tudo é possível. É por isso que as pessoas que conhecem o vodu fazem coisas extraordinárias. Como ressuscitar defuntos."

"O senhor está brincando."

"Não, absolutamente. Esses mortos-vivos se chamam zumbis. Eu lhe disse que estou bêbado. E bêbado só diz a verdade, não é?"

"É." A essa altura, estou completamente fascinado pela história que ele está contando. Nem me lembro de lhe servir mais uísque e castanha-de-caju.

"Julie virou minha vida de cabeça para baixo. Era uma faxineira pobre, mas cismou de freqüentar a alta sociedade. Não entendia que estava casada com o irmão de um industrial rico, e não com o próprio industrial. Queria dinheiro o tempo todo. Eu não podia dar esse dinheiro a ela, porque não era meu. O dinheiro era do meu irmão, da empresa.

“Ela me obrigou a roubar. Comecei com coisas pequenas — uns poucos dólares referentes a viagens de táxi fictícias. Depois coisas maiores. Era um cliente que me pagava e o dinheiro não era declarado. Um contrato assinado cujo sinal era embolsado em vez de enviado à sede da empresa. Com o passar do tempo, cheguei a desviar meio milhão de dólares. Então meu irmão, que morava aqui em Mumbai, descobriu.”

“Ah, meu Deus! E aí, o que foi que aconteceu?”

“O que você acha? Meu irmão ficou furioso. Se quisesse, ele podia ter me posto na cadeia. Mas o sangue falou mais alto. Eu implorei piedade, e ele me perdoou. É claro que me transferiu da América, me colocou num escritório pequeno em Hyderabad e insistiu para que eu pagasse pelo menos metade da quantia desviada com base no meu salário, num prazo de vinte anos.

“Para mim, as condições eram perfeitamente aceitáveis. Valia qualquer coisa para não ir parar na cadeia. Mas Julie ficou uma fera. ‘Como que o seu irmão faz uma coisa dessas com você?’, ela me instigava. ‘A empresa é sua também, você tem que brigar pelo seus direitos.’

“Com o tempo, a insistência dela surtiu efeito. Comecei a achar que Arvind era mesmo um sujeito ardiloso e desonesto, que havia me imposto um castigo terrível. Então um dia Arvind foi a Hyderabad visitar o meu pequeno escritório. Mais uma vez, achou provas de estelionato, coisa miúda, e perdeu as estribeiras. Na frente de todos os empregados ele me destratou, me xingou, disse que eu não valia nada e que ia me expulsar da firma.

“Fiquei arrasado. Pela primeira vez, tive vontade de reagir e bater no meu irmão. Contei o incidente para Julie e ela ficou espumando de raiva. ‘Chegou a hora de dar uma lição no seu irmão’, ela me disse. ‘Você está pronto para se vingar?’ ‘Estou’, respondi, porque meu cérebro estava entorpecido com tantos insultos. 'Muito bem, então me traga um botão de uma das camisas sujas do seu irmão e também um pouco do cabelo dele.' 'Onde que eu vou achar cabelo do meu irmão?', perguntei. 'Isso é problema seu', disse Julie. Ei, por que você não me serve mais uma dose?"

Mais que depressa, ponho mais uísque no copo. "Então, como foi que o senhor conseguiu obter cabelo do seu irmão e um botão da camisa dele?"

"Foi fácil. Fui passar um dia em Mumbai, me hospedei na casa dele e arranquei um botão de uma camisa que ele tinha acabado de colocar no cesto de roupa suja. Então fui ao barbeiro que ele freqüentava e dei um dinheiro ao homem, pedindo que ele guardasse um cacho do cabelo do meu irmão na próxima vez que ele fosse lá. Expliquei que precisava do cabelo para fazer uma oferenda ao Senhor Venkateshwara em Tirupathi.

Assim, em menos de um mês consegui para Julie o botão e o cabelo. O que ela fez em seguida foi extraordinário. Pegou um boneco de pano cheio de linhas negras estranhas. Costurou o botão no peito do boneco e colou o cabelo na cabeça dele. Em seguida, matou um galo e recolheu todo o sangue numa panela. Mergulhou a cabeça do boneco no sangue do galo. Depois levou o boneco para o quarto dela, proferiu vários encantamentos e passou nele umas ervas e raízes estranhas. Por fim, pegou um alfinete preto e disse: 'O boneco de vodu está pronto. O espírito do seu irmão está infundido nele. Agora, o que você fizer com o alfinete neste boneco vai acontecer com seu irmão lá em Mumbai. Por exemplo, se eu espetar a cabeça do boneco com este alfinete, seu irmão vai ter uma dor de cabeça terrível. E, se eu cravar o alfinete no botão, ele vai ter uma dor muito forte no peito. Tome, experimente'. Achei que Julie estava brincando, mas só para fazer a vontade dela enfiei o alfinete preto no botão branco no peito do boneco. Duas horas depois, recebi um telefonema de Mumbai, avisando que Arvind tinha sofrido um infarto de pouca gravidade e estava internado no hospital de Breach Candy."

"Meu Deus! Isso é incrível", exclamo.

"Pois é. Imagine o meu choque. Não porque Arvind tinha sofrido um infarto, mas porque agora eu sabia que Julie tinha mesmo criado um boneco mágico de vodu.

"Nos dois meses seguintes, o boneco virou um brinquedo secreto para mim. Era nele que eu descarregava toda a minha frustração, todo o meu ressentimento latente dirigido a meu irmão. Dava-me um prazer perverso causar sofrimento a ele. Aquilo virou uma forma de diversão enlouquecida para mim. Eu ia a Mumbai com o boneco e ficava vendo Arvind estrebuchando no gramado enquanto eu enfiava de leve o alfinete no boneco. Depois comecei a fazer isso em ocasiões em que havia outras pessoas presentes também. Fui com o boneco a um hotel cinco estrelas em que Arvind estava recebendo uns clientes japoneses. Sentei-me numa mesa discretamente situada num canto. Ouvi meu irmão falando: 'Isso mesmo, senhor Harada, temos planos de abrir uma subsidiária no Japão, mas a reação da Companhia de Botões Nippon não foi muito positiva. Além disso...'. De repente cravei o alfinete negro na cabeça do boneco. 'Aaaaaaaah!', gritou meu irmão, agarrando a cabeça com as mãos. Os clientes estrangeiros foram embora sem jantar.

"Fui com o boneco para um casamento da família em Bangalore, para o qual eu tinha sido convidado junto com meu irmão. No momento exato em que Arvind ia abençoar os noivos, usei o alfinete preto. 'Que Deus abençoe vocês aaaaaaaaaaaaaa aah!', ele gritou, e deu uma cabeçada no noivo, para a consternação de todos os presentes. Muitas pessoas vieram conversar comigo depois daquela noite, dizendo que estavam muito tristes de constatar que Arvind estava enlouquecendo aos poucos.

"Fui com o boneco a uma cerimônia em que meu irmão ia receber o prêmio de melhor empresário. Arvind estava fazendo seu discurso de aceitação com um reluzente troféu de cristal nas mãos. 'Amigos, eu me sinto muito honrado de receber este lindo troféu. Toda a minha vida eu acreditei que muito trabalho e aaaaaaaaaaaaaaaaaaaah!' O troféu de vidro escapuliu de suas mãos e se quebrou em um milhão de pedaços.

"Arvind foi a um médico, que fez nele um exame de ressonância magnética e verificou que não havia nada de errado com seu cérebro. O médico o aconselhou a procurar um psiquiatra.

"Finalmente, fui com o boneco para a reunião anual dos acionistas da firma, e fiquei sentado na última fileira. Arvind estava apresentando o relatório do diretor administrativo. 'Assim, caros acionistas, tenho o prazer de relatar que o desempenho da nossa empresa no último trimestre representou um aumento significativo do nosso aaaaaaaaaaaaaaaaaaaaaah!' Em seguida, o pandemônio foi completo, e os acionistas, nervosos, exigiram que o diretor administrativo renunciasse ao cargo imediatamente por estar louco. Ele foi obrigado a renunciar em menos de uma semana. Eu me tornei o novo diretor administrativo, e meu irmão foi internado num hospital psiquiátrico.

"Meu irmão ficou dois anos no hospício. Durante esse período, fiquei muito mais rico do que eu poderia imaginar. Julie finalmente tinha tudo que queria. Mandou buscar a mãe e o irmão em Porto Príncipe para morarem conosco em Mumbai. Mas, ao mesmo tempo que acumulei todas as vantagens da riqueza, comecei também a pensar na minha vida, nos meios que havia utilizado para obter toda essa fortuna. E foi então que conheci Jyotsna."

"Quem é?"

"Oficialmente, é só minha nova secretária, mas na verdade é muito mais que isso. É minha alma gêmea. Tenho em comum com ela muitas coisas que nunca vou poder ter em comum com uma estrangeira como Julie. Ela é exatamente o contrário de Julie. Foi Jyotsna que me fez compreender a injustiça terrível que cometi com o meu irmão mais velho. Resolvi tirar Arvind do hospício."

"Então você conseguiu tirá-lo de lá?"

"Não. Era tarde demais. Lá ele foi torturado e levou choques elétricos. Há duas semanas, morreu."

"O quê?"

"Isso mesmo. Meu pobre irmão morreu", ele geme. "Meu querido irmão morreu." Ele segura a cabeça com as mãos. "E fui eu que o matei."

Saio do meu estupor. O sr. Rao está rapidamente degenerando, passando de burro a cachorro.

"Quanto a Julie, eu vou desmascarar aquela filha-da-puta. Vou expulsar a mãe gorda dela lá de casa, vou me livrar do vagabundo do irmão dela. Vou matar aquele gato desgraçado e vou expulsar Julie de Mumbai. Ela tem mais é que arder no inferno, no Haiti. Ha!"

"Mas como é que o senhor vai fazer isso?"

Há um brilho maroto em seus olhos. "Você é meu amigo, eu estou bêbado. Bêbado sempre diz a verdade. Então eu vou lhe contar que já tratei com um advogado e preparei a papelada do divórcio. Se Julie aceitar, tudo bem. Senão, tenho também uma outra coisa pronta. Olhe só." Tira um objeto do bolso da calça. É um revólver pequeno, de cano curto, muito compacto, do tamanho do meu punho cerrado. O metal é liso e reluzente, sem nenhuma marca. "Veja só que beleza. Vou dar um tiro nos miolos dela com isto. E depois vou me casar com Jyotsna. Você é meu amigo. Estou bêbado e bêbados sempre dizem aaaa aaaaaaaaaaaaaaaaaaaaah!!!" De repente ele emite um grito de agonia, põe a mão no coração e cai de cara na mesa, derrubando a garrafa de *single malt* e espalhando as castanhas-de-caju pelo chão.

Pelo visto, vou ficar sem gorjeta mais uma vez.

O jipe da polícia, com a luz vermelha piscando, chega meia hora depois. Vem também uma ambulância com um médico de jaleco branco, o qual afirma que Prakash Rao morreu, vitimado por um infarto fulminante. Examinam seus bolsos e descobrem uma carteira cheia de cédulas, o retrato de uma linda moça indiana, um maço de papéis referentes a um processo de divórcio. Não encontram arma nenhuma. De qualquer modo, os mortos não precisam de armas.

Smita está me olhando com um sorriso nos lábios. "Você não acha que eu vou acreditar nessa história da carochinha, acha?"

"Não estou julgando nada. Só fiz contar para a senhora o que Prakash Rao me contou. O que eu ouvi, o que eu vi."

"Mas isso não pode ser verdade, não é?"

"Olha, tudo que eu posso dizer é que às vezes a verdade é mais estranha do que a ficção."

"Não posso acreditar que Rao foi morto por uma pessoa que enfiou um alfinete num boneco de vodu. Acho que foi você que inventou essa história."

"Está bem, então não acredite, mas então como explicar a resposta que dei à pergunta seguinte?"

Smita aperta *play*.

Prem Kumar tamborila sobre a mesa. "Senhoras e senhores, agora passamos para nossa próxima pergunta, a pergunta número seis, valendo um *lakh* de rupias. Esta é a pergunta mais comum em todos os programas de perguntas e respostas. Isso mesmo: países e capitais. Senhor Thomas, o senhor entende de capitais? Por exemplo, o senhor sabe qual é a capital da Índia?"

Risinhos na platéia. As pessoas estão dispostas a acreditar que um garçom não sabe nem mesmo qual é a capital de seu país.

"Nova Delhi."

"Muito bem. E qual é a capital dos Estados Unidos da América?"

"Nova York."

Prem Kumar ri. "Não, errado. E qual é a capital da França?"

"Não sei."

"E a capital do Japão?"

"Não sei."

"E qual é a capital da Itália? O senhor sabe?"

"Não."

"Bom, nesse caso não sei como o senhor vai poder responder à próxima pergunta sem utilizar um dos seus Botes Salva-vidas. Vamos à pergunta número seis, valendo cem mil rupias. Qual é a capital de Papua-Nova Guiné? É: a) Port-Louis, b) Porto Príncipe, c) Port Moresby, ou d) Port Adelaide?"

Começa a música de clima de suspense.

"O senhor tem alguma pista, senhor Thomas, a respeito desta pergunta?"

"Tenho, sim. Sei quais são as respostas erradas."

"O senhor sabe?", diz Prem Kumar, desconfiado. Na platéia, os espectadores começam a trocar cochichos.

"Sei. Sei que não pode ser Porto Príncipe, que é a capital do Haiti, nem Port-Louis, que fica em Maurício. E também não pode ser Port Adelaide, porque Adelaide fica na Austrália. Então, só pode ser C. Port Moresby."

"Isto é extraordinário. O senhor tem certeza absoluta?"

"Tenho."

Ouve-se um crescendo de tambores. A resposta certa aparece na tela.

"A resposta está absolutamente correta! O senhor acaba de ganhar cem mil rupias! O senhor agora é um *lakhpati*!", exclama Prem Kumar. A platéia, de pé, faz uma ovação. Prem Kumar enxuga o suor da testa. "A maneira como o senhor responde a essas perguntas parece até mágica."

Smita ri. "Não é mágica, seu idiota", diz ela, dirigindo-se a Prem Kumar na tela. "É vodu!" De repente seus olhos se fixam num objeto caído no carpete do quarto. Ela se abaixa para pegá-lo. É um pequeno botão com quatro fendas. O tipo de botão usado em camisas. Ela olha para minha camisa. De fato, o terceiro botão está faltando. Smita o entrega para mim. "Guarde. É melhor tomar conta dos seus botões."

200000 — Assassinato no Expresso do Ocidente

A estação ferroviária de Paharganj, em Nova Delhi, está borbulhando de ruídos e cheia de gente. As plataformas cinzentas estão banhadas numa luz branca. As locomotivas arrotam fumaça e assobiam como touros impacientes.

Quem quisesse me procurar no meio deste labirinto populoso, para onde olharia? O mais provável é que tentasse me encontrar em meio às dezenas de meninos de rua estendidos no chão liso de concreto, em diversos estados intermediários entre o repouso e o sono. Talvez até me imaginasse como um camelô adolescente, vendendo garrafas plásticas com água da bica do banheiro da estação como pura água mineral do Himalaia. Poderia talvez me visualizar como um desses varredores de camisa suja e calça rasgada, que ficam andando de um lado para o outro com uma vassoura comprida, transferindo sujeira da plataforma para os trilhos. Ou então me procuraria em meio ao batalhão de carregadores de uniforme vermelho, com fardos pesados na cabeça.

Pois bem, quem fizesse isso estaria enganado, porque não sou nem camelô, nem carregador, nem varredor. Hoje sou um passageiro, com bilhete e tudo, viajando para Mumbai, num vagão-dormitório ainda por cima, tendo feito reserva como manda o figurino. Estou usando uma camisa branca engomada, cem por cento algodão, e uma calça Levi's — isso mesmo, uma calça Levi's, comprada no Tibetan Market. Caminho com passos decididos em direção à plataforma número cinco, para tomar o Expresso Paschim com destino a Mumbai. Um carregador caminha a meu lado, levando na cabeça uma mala castanho-clara. Fui eu que contratei o carregador, e a mala que ele leva é minha. Ela contém umas poucas roupas, alguns brinquedos velhos, um maço de revistas *Australian Geographic* e um jogo eletrônico para Salim. A mala não contém dinheiro. Já ouvi tantas histórias de ladrões que atuam nos trens, que drogam as pessoas à noite e fogem com tudo que elas levam, que não vou correr o risco de levar dentro da mala a coisa mais preciosa que já tive em toda a minha vida — o salário que recebi dos Taylor. O envelope de papel manilha cheio de notas de mil rupias estalando de novas — cinqüenta ao todo — está comigo, escondido num lugar onde ninguém pode vê-lo. Dentro da cueca. Com as duas mil rupias restantes, financiei minha viagem, adquirindo roupas, a passagem e o jogo para Salim, e agora vou pagar o carregador e comprar algo para comer e beber. Olho de relance para as notas soltas que levo no bolso da frente. Calculo que tenho o suficiente para pegar um jinriquixá motorizado do Bandra Terminus até o *chawl* de Salim em Ghatkopar. Como Salim ficará surpreso ao me ver chegar num veículo de três rodas e não no trem! E, quando ele vir o jogo, espero que não desmaie de felicidade.

A plataforma número cinco tem mais gente do que o Super Bazaar. Há mais camelôs aqui do que despachantes rondando repartições públicas. Passageiros procuram seus nomes no quadro de reservas com o mesmo fervor de alunos que conferem resultados de provas. Constato que o departamento de ferrovias estropiou meu nome completamente, transformando-o em T. M. Ram. Assim mesmo, fico satisfeito quando verifico que foi reservado para mim o leito inferior do beliche número três do vagão S7.

O vagão fica quase no final do longo trem, e o carregador está cansado e suando quando finalmente entramos nele. Sento-me no meu beliche, que fica ao lado da porta, e encaixo a mala no espaço embaixo da cama. Pago vinte rupias ao carregador. Ele pede mais, argumentando que a distância da entrada da estação até o vagão foi muito grande, e lhe dou mais duas rupias de gorjeta. Tendo me livrado do carregador, examino a cena a minha volta.

Minha cabine tem um total de seis leitos. Um acima do meu, dois em frente ao meu e dois ao lado. No leito inferior em frente ao meu estão sentados quatro membros de uma família: pai, mãe e dois filhos — um menino mais ou menos da minha idade e uma garota um pouco mais velha. O pai é um homem de negócios marvari de meia-idade, com seu traje tradicional que inclui colete preto e chapéu preto. Ele tem sobrancelhas abundantes, um bigodinho fino e uma expressão séria no rosto. Sua esposa é mais ou menos da mesma idade e tem o mesmo ar severo. Usa um sári verde e uma blusa amarela, e me encara com olhos desconfiados. O menino é alto e desengonçado e parece simpático, mas é a garota sentada ao lado da janela que atrai minha atenção como um ímã. É magra e clara, e usa um *salwar kameez* azul com o *chumni* puxado para baixo, de modo a cobrir o peito. Seus olhos expressivos estão delineados com *kohl*. Sua tez é perfeitamente lisa, seus lábios são lindos. Há muito tempo não vejo uma garota tão bonita assim. Que merece um segundo olhar. E um terceiro. Tenho a impressão de que posso me perder nesses olhos feiticeiros. Mas, antes que eu tenha tempo de pensar mais sobre sua beleza, minha atenção é atraída por um bebê que começa a chorar bem alto. É um menino de poucos meses de idade, que está no colo da mãe, no leito ao lado do meu. A mãe é uma moça jovem, com um ar contrariado, que usa um sári vermelho amassado. Pelo visto, está viajando sozinha. Tenta acalmar o bebê com uma chupeta de borracha, mas ele continua chorando. Por fim, levanta a blusa e lhe oferece o seio. O menino mama, contente, enquanto ela o embala até fazê-lo adormecer. De onde estou, olho de relance para o seio redondo e moreno, e minha boca fica seca, quando então vejo que o negociante marvari está olhando diretamente para mim e desvio a vista para a janela atrás da moça.

Um vendedor de chá entra na cabine. Sou o único interessado. Ele me serve chá morno num recipiente de barro, com um vago sabor de lama. Em seguida vem um menino vendendo jornais. O comerciante pede um exemplar do *Times of India*. Seu filho escolhe um gibi, *The Archies*. Eu compro o número mais recente de *Starburst* com os poucos trocados que ainda me restam.

O trem apita pela última vez e dá a partida, com um atraso de uma hora e meia. Consulto meu relógio, muito embora veja claramente o relógio digital da plataforma, que indica a hora: dezoito e trinta. Fico a sacudir e mexer o pulso, na esperança de que os outros, em particular a garota, percebam que estou usando um relógio digital Kasio novo em folha, de fabricação japonesa, que informa o dia da semana e a data, e que me custou a pequena fortuna de duzentas rupias no Palika Bazaar.

O pai mergulha no jornal, o filho no gibi. A mãe começa a preparar o jantar da família. A outra mãe, a mais jovem, adormeceu, com o bebê ainda grudado em seu seio. Finjo que estou lendo a revista de cinema. Ela está aberta na página do meio, que mostra o mais novo símbolo sexual, Poonam Singh, de biquíni, mas não estou interessado no que ela tem para exibir. De vez em quando olho de relance para a menina, que contempla distraída a paisagem urbana que passa pela janela. Ela não olha para mim nem mesmo uma vez.

Às oito horas entra na cabine um condutor, com colete preto. Ele pede que mostremos nossas passagens. Pego a minha com um gesto afetado, mas ele nem sequer a lê. Limita-se a perfurá-la e devolvê-la a mim. Assim que ele sai, a mãe abre umas caixas de papelão que contêm comida. Muita comida. Vejo *puris* murchos, *yellow potatoes*, picles e sobremesa. O cheiro delicioso de *gulab jamuns* e *barfees* caseiros enche a cabine. Começo a sentir fome também, mas ainda não veio o moço do vagão-restaurante. Eu devia ter trazido alguma coisa da estação.

A família marvari come com apetite. O pai devora um *puri* depois do outro. A mãe come as *yellow potatoes* douradas, fisgando picles suculentos entre cada duas mordidas. O menino parte direto para os *gulab jamuns* macios, e devora até a calda de açúcar. Apenas a garota come pouco. Fico a lamber os beiços em silêncio. Por estranho que pareça, o menino me pergunta se quero uns *puris*, mas recuso a oferta educadamente. Já ouvi muitas histórias de ladrões disfarçados de passageiros que oferecem comida contendo drogas aos companheiros de viagem e depois fogem com todo o dinheiro deles. E nada garante que um menino que lê *The Archies* não seja um ladrão. Por outro lado, se a garota me oferecesse comida, eu talvez... não, certamente eu aceitaria.

Depois do jantar, o menino e a menina começam a jogar um jogo de tabuleiro chamado Banco Imobiliário. O pai e a mãe, sentados lado a lado, conversam. Comentam as mais recentes novelas de televisão, falam em comprar uma propriedade e tirar férias em Goa.

Passo de leve a mão no abdômen, onde cinqüenta mil rupias em notas estalando de novas estão guardadas dentro da minha cueca, e sinto o poder de todo esse dinheiro se infiltrando insidiosamente no estômago, intestinos, coração e cérebro. A fome que arde no fundo de meu estômago desaparece por milagre.

Contemplando essa cena típica de vida em família de classe média à minha frente, já não me sinto mais um invasor. Não sou mais alguém que olha de fora para esse mundo exótico, e sim uma pessoa que pertence a ele, que pode falar com eles de igual para igual, no mesmo idioma. Tal como eles, agora também posso assistir a novelas de classe média, jogar Nintendo e ir ao Kids Mart nos fins de semana.

Uma viagem de trem abre possibilidades. Ela denota uma mudança de estado. Quando chega a seu destino, você não é mais a mesma pessoa que era ao partir. Pode-se fazer um novo amigo durante a viagem, ou encontrar um velho inimigo; pode-se ficar com diarréia comendo *samosas* velhas ou pegar cólera bebendo água contaminada. E pode-se também, ouso dizê-lo, descobrir o amor. Sentado no leito número três da cabine S7 do trem 2926A, com cinqüenta mil rupias guardadas dentro da cueca, a possibilidade tentadora que aguçava meus sentidos e emocionava meu coração era a de que eu poderia, quem sabe, estar prestes a me apaixonar por uma linda viajante com um *salwar kameez* azul. E, quando falo em me apaixonar, não estou me referindo àquele amor desigual, não correspondido, que sentimos por estrelas de cinema e celebridades. Refiro-me ao amor real, prático, possível. Um amor que não termina com lágrimas sobre o travesseiro, porém pode frutificar, dando em casamento. E filhos. E férias em família em Goa.

Eu tinha apenas cinqüenta mil rupias, mas cada rupia continha um sonho em tecnicólor, e na tela cinemascope de meu cérebro elas se multiplicavam até se transformarem em cinqüenta milhões. Prendi a respiração e desejei que aquele momento durasse o máximo possível, porque os devaneios são sempre mais breves que os sonhos que temos quando adormecidos.

Depois de algum tempo, os dois irmãos se cansam do jogo. O menino vem se sentar a meu lado. Começamos a conversar. Fico sabendo que o nome dele é Akshay, e sua irmã se chama Meenakshi. Eles moram em Delhi e estão indo a Mumbai para o casamento de um tio. Ashkay está empolgado com seu Playstation 2 e seus jogos de computador. Ele me faz perguntas sobre a MTV e a internet, e menciona alguns sites pornográficos. Digo a ele que falo inglês, leio *Australian Geographic*, jogo mexe-mexe e tenho sete namoradas, três delas estrangeiras. Digo a ele que tenho um Playstation 3 e um computador Pentium 5, e que vivo navegando na internet dia e noite. Digo a ele que vou a Mumbai para visitar meu melhor amigo, Salim, e que vou pegar um táxi do Bandra Terminus até Ghatkopar.

Eu devia ter imaginado que é mais difícil enganar um garoto de dezesseis anos do que um homem de sessenta. Akshay percebe a trapaça na mesma hora. "Ha! Você não entende nada de computador. O Playstation 3 ainda nem foi lançado. Você é um grande mentiroso", diz ele, debochado.

Não consigo resistir. "Ah, então você acha que é tudo mentira, é? Pois bem, senhor Akshay, vou lhe dizer que aqui mesmo, agora mesmo, tenho cinqüenta mil rupias no meu bolso. Você já viu tanto dinheiro assim na sua vida?"

Akshay se recusa a acreditar em mim. Ele me desafia a mostrar o dinheiro, e a vontade de impressioná-lo é tão tentadora que enfio a mão dentro da calça e tiro um envelope de papel manilha, ligeiramente úmido e cheirando a urina. Com um gesto furtivo, tiro o maço de notas de mil rupias novinhas em folha e as exibo a ele, triunfante. Em seguida, mais que depressa as recoloco no envelope e o guardo no lugar onde estava.

Só vendo os olhos de Ashkay. Eles literalmente saltaram das órbitas. Aquilo era uma vitória a ser saboreada por toda a eternidade. Pela primeira vez na vida, eu possuía algo mais tangível do que um sonho para provar uma afirmação. E, pela primeira vez na vida, vi uma coisa nova refletida nos olhos que me viam. Respeito. Isso me ensinou uma lição muito valiosa: que os sonhos só têm poder sobre a mente de quem sonha, mas com dinheiro você pode ter poder sobre os sonhos dos outros. E, mais uma vez, os cinqüenta mil dentro da minha cueca me pareceram ser cinqüenta milhões.

São dez horas e todos estão prestes a se recolher. A mãe de Akshay tira roupa de cama de um saco de viagem verde e começa a preparar os quatro leitos que a família vai usar. A jovem mãe está dormindo com o bebê no leito ao lado, sem se preocupar com travesseiros e lençóis. Eu não trouxe roupa de cama e não estou com muito sono, por isso fico sentado ao lado da janela sentindo o vento frio acariciar meu rosto, vendo o trem perfurar a escuridão. O leito inferior diretamente em frente ao meu é ocupado pela mãe de Akshay; o de cima, por Meenakshi. O pai dorme no leito em cima do meu, e Akshay ocupa o leito acima do beliche em que dormem a mãe e o bebê.

O pai adormece na mesma hora — ouço-o roncar. A mãe vira-se para o lado e se cobre com o lençol. Espicho o pescoço para ver Meenakshi, porém vejo apenas sua mão direita, com uma pulseira dourada. De repente ela se senta na cama e se inclina em minha direção para jogar no chão os sapatos. Seu *chumni* escorregou para baixo, e vejo claramente a parte superior de seus seios através do decote do *kameez* azul. Esta visão me provoca um arrepio de prazer involuntário na espinha. Creio que a moça percebe que estou olhando para ela, pois ajusta mais que depressa o *chumni* sobre o peito e me olha com reprovação.

Depois de algum tempo também adormeço, sonhando sonhos de classe média, de comprar um milhão de coisas diferentes, entre elas uma Ferrari vermelha e uma linda noiva que usa um *salwar kameez* azul. Tudo isso com cinqüenta mil rupias.

Acordo com alguma coisa cutucando minha barriga. Abro os olhos e vejo um homem escuro com um bigode negro espesso me espetando com um bastão fino. Não é o bastão que me incomoda. É a arma que ele tem na mão direita, que não está apontada para ninguém em particular. "Isto é um *dacoity*", diz ele tranqüilo, com o mesmo tom de quem diz "hoje é quarta-feira". Traja camisa branca e calça preta, e tem cabelo comprido. É jovem e parece um dândi de rua ou um universitário. É bem verdade, porém, que até hoje só vi *dacoits* em filmes. Talvez eles pareçam mesmo universitários. Ele fala de novo: "Todos vocês, se levantem dos beliches, devagar. Se ninguém tentar bancar o herói, ninguém vai se machucar. Não adianta correr, porque o meu parceiro está vigiando a outra porta. Se todo mundo cooperar, a coisa toda termina em dez minutos".

Também Akshay, Meenakshi e o pai deles são cutucados e obrigados a descer do beliche. Estão sonolentos e desorientados. Quando você é acordado de repente no meio da noite, o cérebro leva algum tempo para reagir.

Agora estamos todos sentados nos leitos inferiores. Akshay e o pai estão a meu lado, e Meenakshi, a mãe e a mulher do bebê estão sentadas à nossa frente. O bebê começa a se mexer e chorar. A mulher tenta acalmá-lo, mas ele chora ainda mais alto. "Dê de mamar para ele", ordena o *dacoit*. A mãe está envergonhada. Levanta a blusa e, em vez de um, expõe os dois seios. O *dacoit* sorri para ela e faz menção de agarrar um dos seios. Ela grita e o cobre mais que depressa. O *dacoit* ri. Dessa vez não fico excitado. Uma arma carregada apontada para a cabeça da gente concentra a atenção mais do que um seio nu.

Agora que conseguiu atrair a atenção de todos, o *dacoit* começa a trabalhar. Exibe um saco de aniagem com a mão esquerda, tendo a arma na direita. "Pois bem, quero que todo mundo pegue tudo que tem de valioso e ponha dentro desse saco. Os homens vão me entregar as carteiras, relógios e o dinheiro que tiverem no bolso, e as mulheres vão dar as bolsas, pulseiras e correntes de ouro. Quem não obedecer leva um tiro e morre na mesma hora." A mãe de Meenakshi e a jovem mãe gritam ao mesmo tempo ao ouvir isso. Ouvimos gritos vindos da cabine ao lado. Concluímos que o parceiro do *dacoit* está dando instruções semelhantes aos passageiros de lá.

O *dacoit* leva o saco aberto a cada um de nós. Começa com a mãe do bebê. Com uma expressão de pavor, ela pega sua bolsa de couro marrom e a abre rapidamente, dela retirando uma chupeta e uma mamadeira, e em seguida joga a bolsa dentro do saco. O bebê, que por alguns momentos não pôde mamar, começa a berrar outra vez. Meenakshi parece atordoada. Tira a pulseira de ouro, mas quando vai entregá-la o *dacoit* deixa o saco cair no chão e a agarra pelo pulso. "Você é muito mais bonita do que uma pulseira, minha querida", diz ele, enquanto Meenakshi, desesperada, tenta escapar de sua garra. O *dacoit* solta seu pulso e tenta agarrar seu *kameez*. Segura-o pelo decote, ela se joga para trás e a túnica se rasga quase ao meio, deixando à mostra o sutiã. Todos nós assistimos, horrorizados. O pai de Meenakshi não agüenta mais. "Seu filho-da-puta!", ele exclama, e tenta socar o *dacoit*, mas o homem tem reflexos de pantera. Ele solta a blusa de Meenakshi e dá uma coronhada na testa do pai. Uma ferida profunda se abre na mesma hora na testa do negociante, da qual começa a jorrar sangue. A mãe de Meenakshi começa a gritar de novo.

"Cala a boca", rosna o *dacoit*, "senão eu mato vocês todos."

Essas palavras têm um impacto imediato, e ficamos absolutamente silenciosos. Um nó de medo se forma na minha garganta e minhas mãos ficam geladas. Ouço todos respirando pesado. Meenakshi chora baixinho. Sua mãe larga as pulseiras e a bolsa dentro do saco, o pai entrega o relógio de pulso e a carteira com mãos trêmulas, e Akshay pergunta se é para botar o gibi no saco também. Isso deixa o *dacoit* furioso. "Você acha que isso é uma brincadeira?", diz ele, e dá um tapa no menino. Akshay grita de dor e leva a mão ao rosto. Por algum motivo, esse diálogo me parece um tanto engraçado, como uma cena cômica num filme de horror. O *dacoit* vira-se para mim. "Você está rindo do quê? E o que é que você tem?", pergunta. Tiro as notas e moedas que me restam no bolso e jogo tudo dentro do saco, deixando apenas a minha moeda da sorte de uma rupia. Começo a tirar o relógio de pulso, mas o *dacoit* olha para ele e diz: "Esse relógio é falso. Não quero". Parece satisfeito com o que recolheu da nossa cabine e está prestes a passar para a outra quando Akshay o chama: "Espera, você esqueceu uma coisa".

Vejo a cena se desenrolar como se em câmara lenta. O *dacoit* vira-se para trás. Akshay aponta para mim e diz: "Esse garoto tem cinqüenta mil rupias!". Fala em voz baixa, mas tenho a impressão de que todo o trem o ouve.

O *dacoit* dirige um olhar ameaçador a Akshay. "Isso é outra brincadeira?"

"N-não", diz Akshay. "Juro."

O *dacoit* olha debaixo da minha cama. "Está dentro dessa mala?"

"Não, ele escondeu dentro da cueca, num envelope", responde Akshay, com um riso.

"Aha!", exclama o *dacoit*.

Estou trêmulo — não sei se de medo ou de raiva. O *dacoit* se aproxima de mim. "Você me dá o dinheiro logo ou quer que eu faça você tirar a roupa na frente de todas essas pessoas?", pergunta ele.

"Não! Esse dinheiro é meu!", grito, e instintivamente protejo a virilha, como um jogador de futebol diante de um chute. "Eu ganhei esse dinheiro. Não vou dar para você, não. Eu nem sei o seu nome."

O *dacoit* dá uma gargalhada áspera. "Você não sabe o que os *dacoits* fazem? A gente tira dinheiro que não é nosso, de pessoas que nem sabem o nosso nome. Agora, você vai entregar o envelope ou prefere que eu abaixe a sua calça para pegá-lo?" Ele brande a pistola na minha cara.

Como um guerreiro derrotado, eu me rendo diante do poder da arma. Lentamente enfio os dedos dentro da calça e tiro o envelope de manilha, grudento de suor e cheirando a humilhação. O *dacoit* o arranca da minha mão e o abre. Ele assobia quando vê as notas de mil rupias novinhas em folha. "Puta que o pariu! Onde foi que você arranjou esse dinheiro todo?", ele me pergunta. "Você deve ter roubado de alguém. Mas para mim não faz diferença." Joga o envelope dentro do saco. "Agora ninguém se mexe enquanto eu falo com os outros desse compartimento."

Fico olhando, mudo, vendo cinco milhões de sonhos sendo roubados de mim, jogados dentro de um saco de aniagem, junto com pulseiras e carteiras de gente de classe média.

O *dacoit* passou para a próxima sessão do compartimento, mas nenhum de nós ousa puxar a corda de emergência. Permanecemos imóveis nos bancos, como se estivéssemos num velório. O homem volta dez minutos depois com o saco nas costas, amarrado na boca, e a arma na mão direita. "Muito bem", diz ele, levantando o saco para nos mostrar como está cheio e pesado. Olha para mim e sorri, como um valentão que acaba de roubar o brinquedo de outro menino. Então olha para Meenakshi.

Ela cobriu o peito com o *chunni*, mas através do tecido fino dá para ver o sutiã branco. Ele lambe os beiços.

O parceiro do *dacoit* grita: "Estou pronto. Você está pronto?".

"Estou", responde o nosso *dacoit*. O trem de repente começa a desacelerar.

"Depressa!" O outro *dacoit* pula do trem.

"Eu vou num segundo. Segura o saco." O nosso *dacoit* joga o saco — e cinqüenta milhões de sonhos — pela porta afora. Está prestes a pular também, mas muda de idéia no último instante. Volta para nossa cabine. "Depressa, me dá um beijo de despedida", diz ele a Meenakshi, sacudindo a arma diante dela. A menina fica apavorada. Ela se encolhe no banco.

"Não quer me dar um beijo? Está bem, então tira o *chumni*. Deixa eu ver seus peitos", ele ordena. Segura a arma com as duas mãos e rosna para Meenakshi: "É o último aviso. Depressa, me mostra esses peitos senão eu lhe dou um tiro nos miolos antes de saltar". O pai de Meenakshi fecha os olhos. A mãe dela desmaia.

Soluçando e chorando, Meenakshi começa a desdobrar o *chumni*. Embaixo dele haverá apenas um pedaço de pano branco, duas taças presas a duas alças.

Mas eu não estou vendo isso acontecer. O que vejo é uma mulher alta de cabelos longos. O vento urra atrás dela, fazendo com que seus cabelos negros como o azeviche caiam sobre o rosto, encobrindo-lhe as feições. Ela traja um sári branco de um tecido leve que estremece e vibra como um papagaio de papel. Nos braços, leva um recém-nascido. Um homem de cabelo comprido e bigode espesso, de calça preta e camisa branca, aproxima-se dela. Ele aponta uma arma para a mulher e sorri. "Abre esse sári", ordena. A mulher começa a chorar. Um relâmpago risca o céu. A poeira se espalha. As folhas voam. O bebê subitamente pula do colo da mãe e salta em cima do homem, agarrando seu rosto. O homem dá um grito e afasta o bebê, porém o bebê ataca de novo. O homem e o bebê se debatem no chão, rolando, enquanto a mulher de sári grita ao fundo. O homem torce a mão e aponta a arma para o rosto do bebê, mas hoje o bebê está dotado de poderes sobre-humanos. Com os dedinhos minúsculos, ele empurra o cano da arma, apontando-a para o lado oposto. Homem e bebê se engalfinham outra vez, caindo para a esquerda e para a direita, rolando no chão. É um combate de vida ou morte. Ora o homem leva vantagem, ora é o bebê que parece estar ganhando. Finalmente o homem consegue libertar o braço em cuja mão está a arma. Seus dedos envolvem o gatilho. O peito do bebê está diretamente à frente do cano da arma. Quando o homem está prestes a disparar, no último momento o bebê consegue desviar a arma e apontá-la para o peito do próprio homem. Ouve-se uma explosão ensurdecedora, e ele é jogado para trás, como se atingido por um projétil poderoso. Uma mancha vermelha aparece em sua camisa branca.

"Ah, meu Deus!" Ouço a voz de Akshay, como um eco numa caverna. O *dacoit* está morto no chão, a poucos centímetros da porta, e eu tenho uma pistola na mão, da qual sobe um pouco de fumaça. O trem começa a ganhar velocidade.

Ainda não compreendi exatamente o que foi que aconteceu. Quando você acorda de repente no meio de um sonho, o cérebro leva algum tempo para reagir. Mas, quando você tem uma arma fumegante na mão e um homem morto a seus pés, não há como não entender o que aconteceu. A camisa do *dacoit* está empapada de sangue; a mancha se espalha cada vez mais. Não é como nos filmes, em que uma bala produz instantaneamente uma mancha vermelha pequena, que permanece assim até o corpo ser levado numa ambulância. Não. De início o sangue nem sai. Ele começa a vazar muito gradualmente. Primeiro há uma manchinha vermelha pequena, do tamanho de um percevejo, que depois se transforma num círculo do tamanho de uma moeda, até ficar tão grande quanto um pires, depois um prato de comida, e vai crescendo e crescendo até que o fluxo se transforma numa torrente. Estou ofegante, e toda a cabine está prestes a afogar-se num rio vermelho quando o pai de Akshay sacode meus ombros com violência. "Acorde, vamos!", ele grita, e a vermelhidão desaparece.

Estou sentado no meu leito com uma multidão à minha volta. Praticamente todo o compartimento veio ver o que aconteceu. Homens, mulheres e crianças espicham o pescoço. Vêem um *dacoit* morto, um homem cujo nome ninguém sabe, caído no chão com uma mancha de um vermelho escuro na camisa branca, um pai de família com uma ferida funda na testa, uma mãe apavorada de cujos seios o bebê faminto sugou até a última gota de leite, um irmão que nunca mais vai ler *The Archies* num trem e uma irmã que terá pesadelos o resto da vida. E um menino de rua que, por um breve momento, teve um pouco de dinheiro, e que nunca mais voltará a ter sonhos de classe média.

A luz amarela na cabine parece mais forte do que o normal. Fico piscando o tempo todo, segurando a arma com a mão mole. A arma é pequena e compacta, de um metal prateado, e tem uma coronha preta. Nela está gravado COLT, e a figura de um cavalo saltando aparece dos dois lados da palavra. Viro a arma para o outro lado. Lá está escrito ARMA LEVE, porém ela me parece absurdamente pesada. Há também letras e números, que estão um pouco apagados. Dá para ler CONN USA e DR 24691.

Meenakshi olha para mim de relance. É o mesmo olhar que Salim dirige aos astros de cinema. Sei que neste momento está apaixonada por mim. Se eu pedir sua mão em casamento agora, ela dirá sim. Terá filhos comigo e será feliz, mesmo sem as cinqüenta mil rupias. Porém não retribuo seu olhar, porque tudo agora mudou. Olho para a pistola na minha mão e para o rosto do *dacoit* morto, cujo nome não sei.

Ele poderia ter morrido de mil maneiras diferentes. Poderia ter levado um tiro no meio de um mercado cheio de gente, num confronto com a polícia. Poderia ter sido assassinado por uma gangue rival tomando chá numa venda de beira-estrada. Poderia ter morrido no hospital, de cólera, câncer ou aids. Mas, não, não morreu de nenhuma dessas maneiras. Morreu com um tiro que dei nele. E eu nem sabia seu nome.

Uma viagem de trem abre possibilidades. Mas um tiro no coração tem algo de definitivo. Para um morto, as viagens terminaram. Viajará, no máximo, talvez, para uma pira funerária, mas certamente não terá de lidar com camelôs nem condutores. Já eu terei de enfrentar não apenas camelôs e condutores como também policiais. Como eles me tratarão? Como o herói que protegeu a inocência de uma jovem e livrou o mundo de um famigerado *dacoit* ou como um assassino que matou um homem a sangue-frio, sem sequer saber seu nome? Só sei uma coisa: não quero correr o risco de descobrir o que vai acontecer. Então as palavras do coronel Taylor explodem na minha consciência como um raio caído do céu: "ASRDSS, Apague Seu Rastro, Despiste seu Seguidor". Sei exatamente o que devo fazer.

Quando o trem está prestes a parar na próxima estação, onde sem dúvida haverá policiais a minha espera, salto pela porta afora com a arma ainda na mão. Atravesso os trilhos correndo e pulo para dentro de um outro trem que está saindo da plataforma. Não me instalo em nenhum compartimento; fico parado junto à porta. Quando o trem passa por uma ponte, jogo a arma no rio escuro. Então, quando o trem pára na estação seguinte, salto e encontro outro trem indo para algum lugar. Faço isso a noite toda, passando de estação para estação, de trem para trem.

Cidades passam por mim, confusamente. Já não sei se estou viajando para o norte ou para o sul, o leste ou o oeste. Não sei sequer o nome dos trens. Continuo passando de um para outro. A única coisa que sei com certeza é que não posso ir para Mumbai. É possível que Akshay tenha contado à polícia a respeito de Salim, e eles poderiam me prender em Ghatkopar. Também não quero saltar numa estação miserável, abandonada, e atrair atenção indevida. Espero para saltar numa estação bem iluminada, ruidosa, cheia de gente.

Às nove da manhã, o trem em que estou viajando pára numa plataforma apinhada de gente. Salto do trem com uma camisa de algodão rasgada, faltando três botões, uma calça Levi's coberta de fuligem e sujeira, e um relógio digital falso. Esta cidade me parece um bom lugar para me esconder por uns tempos. Vejo uma grande placa amarela junto à plataforma, com o nome da cidade em letras pretas, em negrito: AGRA. ALTITUDE MÉDIA, 169 METROS ACIMA DO NÍVEL DO MAR.

Smita leva a mão à boca. "Ah, meu Deus", exclama. "Então esses anos todos você se sente culpado por ter matado um homem?"

"Dois homens. Não esqueça que eu empurrei Shantaram", respondo.

"Mas o que aconteceu no trem foi um acidente. E você pode até argumentar que foi em legítima defesa. Seja como for, antes de mais nada vou me informar se a ocorrência chegou a ser registrada. Acho pouco provável que os outros passageiros quisessem incriminar você. Afinal, foi você que os salvou. Aliás, o que aconteceu com aquela menina, Meenakshi? Você a viu de novo?"

"Não. Nunca mais. Vamos voltar ao programa."

No estúdio, as luzes foram reduzidas outra vez.

Prem Kumar vira-se para mim. "Passamos agora à pergunta número sete, valendo duzentas mil rupias. O senhor está pronto?"

"Estou", respondo.

"Vamos lá. Eis a pergunta número sete. Quem inventou o revólver? Foi: a) Samuel Colt, b) Bruce Browning, c) Dan Wesson, ou d) James Revolver?"

A música começa. Ponho a cabeça para funcionar.

"O senhor já ouviu um desses nomes?", Prem me pergunta.

"Um deles me parece familiar."

"Então, quer desistir ou quer arriscar?"

"Acho que vou arriscar."

"Pense bem. O senhor pode perder o *lakh* de rupias que ganhou até agora."

"Não tenho nada a perder. Estou pronto para jogar."

"Está bem. Qual é a sua resposta então?"

"A. Colt."

"O senhor tem certeza absoluta?"

"Tenho."

Ouve-se um crescendo de tambores. A resposta certa aparece na tela.

"A resposta está absolutamente correta! Foi mesmo Samuel Colt que inventou o revólver, em 1835. O senhor acaba de dobrar a quantia acumulada, para dois *lakhs* de rupias!"

Não consigo acreditar. Recuperei minhas cinqüenta mil rupias com trezentos por cento de lucro. Graças a um *dacoit* escuro, cujo nome jamais vim a saber.

A platéia exclama "oh" e "ah". O prefixo do programa é repetido, mas nos meus ouvidos o único som que reverbera é o movimento contínuo do êmbolo de um trem que vai de Delhi a Mumbai, via Agra.

De repente Prem Kumar se levanta de sua cadeira e vem apertar minha mão, porém ela está mole e inerte. Quando uma pessoa é tomada de surpresa no meio de um programa de perguntas e respostas, o cérebro leva algum tempo para reagir.

500000 — A história de um soldado

Pontualmente, a sirene de alarme antiaéreo começa a gritar às oito e meia da manhã, provocando uma atividade frenética no *chawl*. Os moradores seguem as instruções que foram anunciadas por alto-falantes no decorrer de toda a semana anterior, antevendo o início das hostilidades. Apagar todas as luzes, tirar da tomada todos os aparelhos elétricos, desligar o gás, fechar a casa, fazer uma fila organizada e seguir em direção ao bunker.

O bunker fica debaixo do prédio da escola. É um salão amplo, retangular, com iluminação fraca. O chão é coberto por um carpete vermelho desbotado e poeirento, e a mobília se reduz a umas duas cadeiras bambas e uma velha mesa de metal, sobre a qual há uma televisão de catorze polegadas. O bunker é um lugar quente, sufocante e claustrofóbico, mas existe para a nossa proteção, de modo que não podemos reclamar. Se bem que, segundo boatos que correm, o bunker de Pali Hill tem uma TV de trinta e duas polegadas, almofadas Dunlopillo e ar-condicionado.

Os moradores se reúnem diante do aparelho de televisão, que está ligado no canal de noticiário. Olho à minha volta. Quase toda a população do *chawl* está aqui. Os Gokhale, os Nene, os Bapat, o sr. Wagle, o sr. Kulkarni, a sra. Damle, o sr. Shirke, a sra. Barwe... Só falta o sr. Ramakrishna, o administrador. Ele deve estar contando os recibos dos aluguéis e consertando lâmpadas queimadas, torneiras que vazam e grades quebradas.

Primeiro, os anúncios. Esta guerra é patrocinada pelo creme dental Mother India e o chá Jolly. Em seguida, uma fala do primeiro-ministro. As forças armadas indianas estão vencendo a guerra, diz ele, enfático, e em apenas uma questão de dias o inimigo será obrigado a render-se. Esta guerra será lutada até o final, ele afirma com uma voz aguda. Será o fim do terrorismo. E da fome. E da pobreza. Contribuam generosamente para o Fundo Beneficente do Soldado, ele insiste.

Depois do discurso do primeiro-ministro, aparece uma jovem atriz para dizer as mesmas coisas, só que em estilo *filmi*. As mulheres olham para a atriz com olhos arregalados. Como ela parece jovem, dizem, como é bonita. O sári dela é de seda ou de chiffon? Como ela consegue manter a pele tão macia? Qual será o sabonete que ela usa? Ela tem a tez muito clara. Nem precisa usar o creme Fair and Lovely.

Os homens estão indignados. Esses cachorros já criaram problemas demais para a gente, dizem eles. Basta. Desta vez, devíamos destruir o Paquistão completamente.

O sr. Wagle é o nosso especialista em guerra. Professor universitário, é a pessoa mais instruída do *chawl*. O Paquistão tem mísseis e bombas atômicas, ele nos explica. É por isso que estamos dentro deste bunker — aqui estamos protegidos da radiação. Mas na verdade é impossível se proteger da bomba atômica. Quando ela cair, diz ele, a água vai virar ar. O ar vai virar fogo. O Sol vai desaparecer. Uma imensa nuvem em forma de cogumelo se elevará no céu. E todos nós morreremos, ele conclui, muito sério.

Mas é difícil visualizar a morte quando se tem doze anos de idade, como eu e Putul, ou dez anos, como Salim e Dhyanesh, e quando se tem a primeira experiência de guerra na vida. Estamos cheios de entusiasmo e curiosidade. Ficamos acampados diante da televisão, hipnotizados pelas imagens de batalha.

Não sabemos nada sobre radiação, nem queremos saber. Estamos interessados em coisas mais importantes. Tais como:

Qual é o barulho que faz uma bomba atômica?

Dá para ver os aviões a jato sobrevoando as nossas casas?

Vai ser igual ao Diwali?

Não seria bacana se caísse um míssil perto do nosso *chawl*?

Estamos na terceira noite da guerra. Nossa vida dentro do bunker começa a se tornar previsível. As mulheres agora trazem os legumes e o tricô para o salão. Formam um grupo e ficam cortando tomates e batatas, fazendo suéteres, limpando lentilhas, extraindo as folhas saudáveis do espinafre e coentro, fofocando. Vocês souberam que a sra. Goswami comprou uma TV de vinte e cinco polegadas? Deus sabe onde o marido dela arranja aquele dinheiro todo! Parece que o sr. Bapat e a mulher tiveram uma briga feia uma noite dessas. Dava para ouvir no bairro todo! Vocês viram o que saiu na *Starbust*? Diz que Armaan Ali talvez seja gay!

Os homens ouvem com atenção as notícias e discutem os últimos boatos. Será verdade que vão declarar estado de emergência? Dizem que Pathankot foi inteiramente destruída pelos bombardeios. Morreram muitos civis. Segundo Mehta, que ficou sabendo por uma fonte limpa do ministério, a gasolina vai ser racionada. A cebola e o tomate praticamente desapareceram do mercado. É melhor começar a estocar leite.

Nós, garotos, também temos o nosso grupo. Corremos pelo salão gritando e caindo uns por cima dos outros, para a consternação das mulheres. Brincamos de espião até cansar. Então Putul inventa um jogo novo. O nome não podia ser mais apropriado: guerra e paz. É um jogo muito simples. Nós nos dividimos em dois times, um chefiado por um general indiano e o outro por um general paquistanês. Os jogadores de um time têm que capturar os do outro, bastando tocar num adversário. Quem for capturado primeiro se torna prisioneiro de guerra, e só pode ser solto em troca de outro prisioneiro do time adversário. Um general capturado vale por dois prisioneiros. O time que capturar o maior número de prisioneiros ganha o jogo. Só tem um problema: ninguém quer ser o general paquistanês. Por fim, recorrem a Salim. "Você é muçulmano", dizem os outros, "então você pode ser o paquistanês." Salim não concorda de início, mas termina mudando de idéia quando lhe prometem dois pacotes de chiclete de bola. Eu entro para o time de Salim, e damos uma surra nos indianos.

Quando terminamos todos os nossos jogos, nos reunimos num canto para descansar dos excessos físicos e conversar sobre a guerra.

"Estou adorando essa guerra", digo. "É emocionante. E a minha patroa, Neelima Kumari, me deu uma semana de folga por causa do toque de recolher."

"É mesmo", diz Putul. "A minha escola está fechada há uma semana."

"Seria tão bom se a gente tivesse guerra todo mês!", sonha Dhyanesh.

"Vamos parar com essa bobagem!", ordena um homem atrás de nós.

Viramos para trás assustados e vemos um velho sique de muletas. É um homem alto e magro, com um bigode pequeno e fino e rosto acabado. Usa um turbante verde-oliva, da mesma cor de seu uniforme do Exército, cheio de bolsos e com um cinto grande. Ele nos olha com severidade e levanta o dedo num gesto de acusação. "Como vocês ousam trivializar a guerra? Guerra é uma coisa muito séria. Ela destrói vidas."

Só então percebemos que ele não tem uma perna.

Ele se apresenta como *lance naik* da reserva Balwant Singh. Diz que se mudou recentemente para nosso *chawl*, que mora sozinho e que perdeu uma perna em combate.

Tendo nos disciplinado, Balwant Singh avança com suas muletas e se instala na cadeira bem à frente da televisão.

No momento, estão sendo transmitidas imagens ao vivo da guerra. A tela está imersa numa luz verde difusa. Vemos um lança-foguetes com um foguete já posicionado. Um soldado aperta um botão e o foguete é lançado numa bola de fogo. Meio minuto depois, vemos um clarão verde-amarelo ao longe e o som de uma explosão. "Acertamos exatamente no alvo", afirma um oficial do Exército junto ao lança-foguetes. Ele sorri. Seus dentes têm um tom artificial de verde. Dez segundos depois, outro foguete é lançado. O repórter vira-se para a câmera e diz: "Esta foi a nossa cobertura exclusiva da guerra no setor de Rajasthan. Eu sou Sunil Vyas, da Star News, agregado à Quinta Divisão, e estamos voltando para o estúdio". Não nos informam qual era o alvo, se ele foi atingido, quantas pessoas morreram no ataque nem quantas sobreviveram. Uma cantora famosa aparece e começa a cantar velhas canções patrióticas com entusiasmo.

O *lance naik* da reserva Balwant Singh levanta-se da cadeira. "Isso não é uma guerra de verdade", comenta, indignado. "É uma brincadeira. Isso que estão mostrando a vocês é uma novela."

O sr. Wagle não gosta do comentário. "Então o que é uma guerra de verdade?", pergunta.

Balwant olha para Wagle com o desprezo que os militares sentem pelos civis. “Uma guerra de verdade é muito diferente desse filme para crianças. Uma guerra de verdade tem sangue e tripas. Uma guerra de verdade tem cadáveres e mãos cortadas por baionetas inimigas e pernas arrancadas por granadas.”

“Em que guerra o senhor lutou?”, pergunta o sr. Wagle.

“Lutei na última guerra de verdade, a de 1971”, responde Balwant Singh, orgulhoso.

“Então por que o senhor não diz para nós como é lutar numa guerra de verdade?”, pergunta a sra. Damle.

“Isso mesmo, tio, conte para a gente”, insistimos.

Balwant Singh senta-se. “Vocês querem mesmo saber como é lutar numa guerra de verdade? Está bem, então vou contar a minha história. A história daqueles catorze dias gloriosos em que conquistamos nossa maior vitória sobre o Paquistão.”

Nós nos reunimos em torno do velho soldado como se fôssemos crianças embevecidas diante do avô.

Balwant Singh começa a falar. Ele assume aquele olhar sonhador e distante de quem fala sobre coisas ocorridas há muito tempo. “Vamos voltar a 1971. Ao período mais decisivo da história da nação indiana.”

O silêncio se instala na platéia reunida no bunker. O sr. Wagle diminui o volume da TV. Ninguém protesta. Uma reportagem televisionada ao vivo de segunda mão não pode se comparar com um relato de primeira mão feito por um soldado de verdade.

“A última guerra de verdade começou em 3 de dezembro de 1971. Lembro-me bem da data porque no dia exato em que a guerra foi declarada recebi uma carta de Pathankot, na qual minha querida esposa me informava que havia nascido nosso primeiro filho, um menino. Minha mulher dizia na carta: ‘Você não está comigo, mas sei que está lutando pela pátria, e isso enche meu coração de orgulho e felicidade. Vou rezar pela sua segurança e, com seu filho, aguardar a sua volta vitoriosa'.

"Chorei quando li a carta, mas eram lágrimas de felicidade. Eu não chorava por estar longe da minha família numa hora como aquela. Estava feliz porque ia entrar em combate com as bênçãos da minha mulher e fortalecido pelo nascimento de meu filho."

"Que nome ela deu ao menino?", pergunta a sra. Damle.

"Muito antes de ele nascer, já tínhamos decidido que, se fosse menina, o nome seria Durga, e que, se fosse menino, seria Sher Singh. Assim, ele se chamou Sher Singh."

"Como foi que a guerra começou?", pergunta o sr. Shirke.

"A noite de 3 de dezembro era de lua nova. Protegidos pela escuridão, os inimigos covardes lançaram ataques aéreos contra algumas das nossas pistas de pouso no setor ocidental. Srinagar, Avantipur, Pathankot, Uttarlai, Jodhpur, Ambala, Agra — todas foram destruídas. Depois dos bombardeios aéreos veio um grande ataque por terra no estratégico setor Chhamb, no norte."

"Onde o senhor estava quando a guerra estourou?", indaga o sr. Wagle.

"Exatamente em Chhamb, com a 13ª Divisão de Infantaria. Eu faço parte do Regimento Sique, e o meu batalhão — o 35º Sique — estava em Chhamb, integrando uma brigada. Mas é preciso entender por que motivo o Paquistão nos atacou em Chhamb. Chhamb não é apenas uma aldeia na margem ocidental do rio Munawar Tawi. É também uma linha vital de comunicação com os distritos de Akhnoor e Jaurian. Quem captura Chhamb ameaça todo o estado.

"Assim, naquela noite o Paquistão lançou um ataque em três frentes. Vieram com uma barragem de artilharia pesada. Canhões e morteiros. O ataque foi tão intenso que em poucas horas quase todos os nossos bunkers ficaram muito danificados, e três das nossas patrulhas de fronteira foram destruídas.

"Eu estava comandando um posto avançado com três homens quando o ataque começou. O inimigo era muito mais forte do que nós. É preciso ter em mente que tínhamos apenas três batalhões do outro lado do Munawar Tawi, que enfrentavam uma divisão de infantaria paquistanesa, a 23ª Divisão de Infantaria, com uma brigada de tanques, cerca de cento e cinqüenta, e nove ou dez regimentos de artilharia. O Paquistão tinha mais artilharia em Chhamb do que em todo o front oriental.

"Os três homens sob meu comando no momento eram Sukhvinder Singh, de Patiala, Rajeshwar, de Hoshiarpur, e Karnail Singh, de Ludhiana. Karnail era o melhor dos três, um homem alto e musculoso, com uma voz forte e um sorriso contagiante. Ele não tinha medo da guerra. Não tinha medo de morrer. Porém havia um medo que o incomodava o tempo todo."

"Medo de quê?", pergunta o sr. Kulkarni.

"Medo de ser enterrado. É que nos tinham dito que esses paquistaneses, quando encontravam corpos de soldados indianos, jamais os devolviam a nós. Em vez disso, os enterravam de propósito segundo a tradição muçulmana, mesmo no caso dos soldados indianos que eram hinduístas. Karnail era um homem religioso, devoto, e tinha horror à idéia de que, se morresse no campo de batalha, seu corpo seria enterrado sob sete palmos de terra em vez de ser cremado. 'Prometa', disse-me ele uma semana antes do início da guerra, 'que o senhor vai garantir que meu corpo será cremado da maneira adequada se eu morrer. Senão minha alma jamais encontrará a paz, e será obrigada a passar mais trinta e seis mil anos vagando pelas profundezas do mundo inferior.' Tentei tranqüilizá-lo, dizendo que ele não ia morrer, porém Karnail era insistente. Assim, para que ele parasse com aquela história, eu lhe disse: 'Está bem, Karnail, se você morrer eu prometo que vou cremar seu corpo, seguindo todo o ritual hinduísta'.

"Assim, na noite de 3 de dezembro, estávamos num bunker em posição avançada — Karnail, Sukhvinder, Rajeshwar e eu — quando o fogo começou..."

Ele é interrompido por Putul. "Tio, no seu bunker tinha televisão que nem no nosso?"

O soldado ri. "Não, meu filho. O nosso bunker não era luxuoso como este. Não tinha carpete nem televisão. Era pequeno e apertado. Só cabiam quatro pessoas dentro dele, e a gente tinha que entrar de gatinhas. Era cheio de mosquitos, e às vezes cobras vinham nos visitar."

Balwant assume um tom mais sério. "Não sei se vocês conhecem a topografia de Chhamb. É uma região plana, mas é famosa por suas pedras cinzentas e pela *sarkanda* — uma espécie de tabua tão alta e cerrada que dá para camuflar um tanque de guerra. Encoberto por esse capim grosso, o inimigo nos atacou à noite. Quando demos pela coisa, havia morteiros explodindo à nossa esquerda e à nossa direita. Estava escuro como breu, e eu não enxergava nada. Jogaram uma granada dentro do nosso bunker, mas conseguimos escapulir antes que ela explodisse. Quando saímos do bunker, a cada passo que dávamos recebíamos uma rajada de metralhadora. Sem fazer barulho, começamos a avançar a pé, andando em linha reta, tentando determinar de onde vinham os tiros. Fizemos um bom progresso e já tínhamos quase chegado ao bunker paquistanês de onde estavam atirando quando um morteiro explodiu imediatamente atrás de mim. Quando me dei conta, Sukhvinder e Rajeshwar estavam mortos, e Karnail se esvaía em sangue, porque um estilhaço o havia atingido no ventre. Fui o único que só sofreu ferimentos superficiais. Mais que depressa informei o comandante da minha companhia a respeito das baixas. Também disse a ele que havia uma posição ocupada por uma metralhadora no bunker inimigo, e que se ela não fosse destruída a companhia ia sofrer perdas pesadas. O comandante me disse que não podia enviar mais uma subunidade, e me pediu que desse um jeito de neutralizar aquela metralhadora.

"'Vou avançar em direção ao bunker inimigo', disse eu a Karnail. 'Você me dá cobertura.'

"Porém Karnail se colocou na minha frente. 'Isso é uma missão suicida, senhor', disse ele.

"'Eu sei, Karnail', respondi, 'mas alguém tem que fazer isso.'

"'Então vou eu, senhor', replicou Karnail. 'Eu me ofereço como voluntário para neutralizar a metralhadora inimiga.' E acrescentou: '*Saab*, o senhor tem mulher. O senhor acaba de ganhar um filho. Eu não tenho família. Ninguém atrás de mim. Ninguém à minha frente. Talvez esta ferida já seja mortal. Deixe-me fazer uma coisa a serviço da pátria. Mas não se esqueça da sua promessa, senhor'. E, antes que eu tivesse tempo de pronunciar uma palavra sequer, ele arrancou o fuzil da minha mão e avançou. '*Bharat Mata ki Jai* — Viva a Mãe Índia!', gritou, e penetrou o bunker inimigo, matando a golpes de baioneta três soldados inimigos e silenciando a metralhadora. Porém, quando ainda estava com a arma na mão, recebeu outro disparo fatal de fuzil no peito, e diante de meus olhos caiu morto, ainda segurando a arma."

O salão fica muito silencioso; todos tentam visualizar a violenta cena de batalha. Ruídos de tiros e morteiros parecem ecoar a nossa volta. Balwant continua sua narrativa.

"Permaneci paralisado naquele lugar por quase duas horas. Tinha ordens de voltar à companhia, mas a promessa que havia feito a Karnail não me saía da cabeça. Seu corpo agora estava em território inimigo, e eu não fazia idéia de quantos soldados paquistaneses ainda estariam por ali. Eu era o único que restava da minha seção.

"Às três da manhã, não se ouvia mais nenhum tiro, e havia um silêncio de morte. Um vento súbito fez farfalhar as folhas das árvores. Eu avançava muito lentamente em direção ao bunker paquistanês, e estava a apenas uns sessenta metros dele. De repente, à minha frente, ouvi passos abafados. Agucei os ouvidos, tentando escutar alguma coisa apesar das batidas de meu coração, e levantei o fuzil. Preparei-me para atirar, porém preferia não ter de fazê-lo. Quando se dá um tiro na escuridão, surge um clarão súbito que revela ao inimigo a posição em que se está. Tentei conter até o ruído de minha respiração. Então algo fino e escorregadio subiu pelas minhas costas. Parecia uma cobra. Senti um impulso desesperado de me sacudir para me livrar dela, mas o medo de chamar a atenção do inimigo me fez fechar os olhos, na esperança de que ela não me picasse. Depois de um tempo que me pareceu uma eternidade, a cobra escorregou por minha perna abaixo, e soltei um suspiro de alívio. Minhas costas estavam encharcadas de suor e meus braços doíam. O fuzil parecia ser feito de chumbo. Os passos recomeçaram, cada vez mais próximos. Fixei a vista na escuridão, tentando decifrar os contornos do inimigo, porém não consegui enxergar nada. Eu sabia que a morte estava passando por perto. Eu teria de matar ou então morreria. Alguém pisou num graveto, e cheguei a ouvir um ruído de respiração. A espera era torturante. Eu não sabia se devia atirar ou esperar que o inimigo desse o primeiro passo. De repente um fósforo foi riscado e vi uma cabeça por trás, como se fosse um fantasma sem corpo, a apenas três metros de mim. Imediatamente saltei para fora do mato e avancei, com a baioneta calada. Era um soldado paquistanês, que se preparava para urinar. Eu já o havia quase derrubado quando ele se virou, largou o fuzil e implorou, com os dedos entrelaçados: 'Por favor, não me mate. Eu lhe peço'.

" 'Quantos de vocês ainda estão nesta área?', perguntei.

"'Não sei. Eu me destaquei da minha unidade. Estava só tentando voltar. Por favor, eu imploro, não me mate', ele insistia.

"'Por que é que eu não devo matá-lo?', perguntei. 'Afinal, você é o inimigo.'

"'Mas sou também um ser humano como você', respondeu ele. 'A cor do meu sangue é a mesma que a do seu. Tenho uma mulher que está esperando por mim em Mirpur. E tenho uma filha que nasceu há apenas dez dias. Não quero morrer sem nem mesmo ver o rosto dela.'

"Ao ouvir isso, amoleci. 'Eu também tenho mulher, e um filho recém-nascido que ainda não vi', contei ao soldado inimigo. Então perguntei a ele: 'O que você teria feito na minha situação?'. Ele ficou calado por um momento, e em seguida respondeu, vacilante: 'Eu teria matado você'.

"'Está vendo?', retruquei. 'Somos soldados. Temos que honrar nossa profissão. Mas eu lhe prometo uma coisa: o seu corpo vai ser enterrado da maneira correta.' Em seguida, sem piscar, cravei minha baioneta no coração dele."

"*Ugh... chi chi...*" A sra. Damle fecha os olhos, enojada.

Também o sr. Shirke está abalado. "Não precisa entrar em tantos detalhes", diz ele a Balwant enquanto tenta em vão tapar os ouvidos de Putul com as palmas das mãos. "Tantas mortes e tanto sangue — tenho medo que meu filho comece a ter pesadelos."

Balwant faz uma expressão de desprezo. "Ha! A guerra não é para os delicados. Aliás, é até bom que esses meninos compreendam o que está acontecendo. Eles precisam saber que a guerra é uma coisa muito séria. Ela destrói vidas."

"O que aconteceu depois?", pergunta o sr. Wagle.

"Pouca coisa. Fui até o bunker inimigo, onde os corpos dos três soldados paquistaneses estavam ao lado do cadáver de Karnail. Peguei-o e voltei com dificuldade até a base da minha companhia, levando o corpo sobre os ombros. Na manhã seguinte, cremamos o cadáver." Os olhos de Balwat estão rasos d'água. "Falei ao comandante a respeito do ato de extrema bravura de Karnail, e por recomendação dele Karnail Singh recebeu a MVC em caráter póstumo."

"O que é MVC?", pergunta Dhyanesh.

"Quer dizer Maha Vir Chakra. É uma das mais elevadas condecorações militares do nosso país", responde Balwant.

"Qual é a mais elevada de todas?"

"A PVC, Param Vir Chakra. Quase sempre é conferida postumamente."

"E qual condecoração o senhor recebeu?", pergunta Dhyanesh outra vez.

Uma expressão constrangida surge no rosto de Balwant. "Não recebi nenhuma por essa operação. Mas minha história ainda não terminou. Ainda tenho que falar a respeito da famosa batalha da ponte de Mandiala."

O sr. Wagle consulta seu relógio. "Ah, meu Deus, já passa da meia-noite. *Chalo chalo*, por hoje já está mais do que bom. Terminou o toque de recolher. Agora devemos voltar para casa."

Com relutância, nos dispersamos.

No dia seguinte, estamos no bunker de novo. Hoje o filho do sr. Bapat, Ajay, veio também. Ele deve ter voltado da casa da avó. Ajay está sempre contando vantagem, se gabando de seus brinquedos, seu computador, seus patins, suas inúmeras namoradas. Todos nós o odiamos, porém ocultamos nossos sentimentos. Não queremos brigar com um garoto de quinze anos que parece ter dezessete. Hoje ele vem com um caderno. Diz que é um álbum de autógrafos. Ele está mostrando uns rabiscos aos outros garotos. "Este aqui é do Amitabh Bachchan, este é do

Armaan Ali, este é da Raveena, este outro é do famoso rebatedor Sachin Malwankar."

"E esta assinatura aqui?", indaga Dhyanesh, apontando para um rabisco escuro totalmente indecifrável. Ajay pensa um pouco e depois responde, sem graça: "É da minha mãe. Ela estava testando a caneta".

Também Putul tem algo nas mãos, mas não é um álbum de autógrafos. É um caderno de redações. Seu pai lhe disse que, embora ele não esteja tendo aulas, vai ter de estudar assim mesmo. A cada dia, no bunker, Putul escreverá uma redação. O tema de hoje é "Minha vaca", muito embora Putul não tenha vaca nenhuma.

Na televisão, um porta-voz das forças armadas está apresentando um relatório. "Os ataques aéreos paquistaneses contra as bases aéreas indianas de Ambala, Gorakhpur e Gwalior foram neutralizados com sucesso. As forças indianas tomaram Baghla e Rahimyar Khan. As bases avançadas do Paquistão em Bhawalpur, Sukkur e Nawabshah foram completamente destruídas, e o avanço em Shakargarh foi detido. No setor de Chhamb, nossos soldados repeliram um forte ataque paquistanês com o objetivo de tomar a ponte de Mandiala."

Nós aplaudimos com entusiasmo. As pessoas gritam e trocam apertos de mãos.

Balwant Singh, tal como na véspera, está sentado em frente à televisão. "Então eles atacaram Mandiala outra vez", diz, sacudindo a cabeça. "Esses paquistaneses nunca aprendem com os erros deles."

Tenho a impressão de que Balwant está só aguardando que alguém lhe pergunte a respeito da ponte de Mandiala, mas ninguém morde a isca.

Na televisão, tem início um debate no estúdio. Um grupo de peritos discute a respeito da guerra. Um homem barbudo de óculos afirma: "Todos nós sabemos que o Paquistão tem cerca de quarenta ogivas nucleares. Basta uma única explosão de uma bomba de fissão de quinze quilotons numa área urbana com densidade populacional de vinte e cinco mil pessoas por quilômetro quadrado para matar cerca de duzentas e cinqüenta mil pessoas. Agora, se extrapolarmos estas cifras para Mumbai, onde..."

Diz o sr. Wagle: "A água vai virar ar. O ar vai virar fogo. Uma nuvem em forma de cogumelo vai explodir no céu. Todos nós vamos morrer".

O sr. Kulkarni desliga a televisão. "Isso é muito deprimente", diz ele. "Muito melhor ouvir a história emocionante do nosso herói de guerra. Balwantji, ontem o senhor estava falando sobre a batalha da ponte de Mandiala. Por favor, conte para nós."

Balwant se anima, estica os braços e arregaça as mangas da camisa. Coça o coto da perna, vira a cadeira de rodízio de modo a encarar a platéia e começa a falar.

"Há um escarpamento muito alto do outro lado do Munawar Tawi, chamado Mandiala North. Foi ali que o inimigo atacou nas noites dos dias 3 e 4 de dezembro, e, como não tínhamos praticamente nenhum soldado ocupando aquele lugar, nossos postos foram dominados. Então os paquistaneses começaram a avançar com tanques e infantaria em direção ao passo de Mandiala, onde eu estava com o 35º Sique, ao lado do 19º Comando de Pára-quedistas.

"A essa altura, já havíamos entendido que o objetivo principal da 23ª Divisão paquistanesa era capturar a ponte de Mandiala. Se isso acontecesse, seríamos obrigados a abandonar Chhamb e toda a área a oeste de Tawi. Assim, ao meio-dia de 4 de dezembro já havíamos começado a fortificar nossa posição. O 31º de Cavalaria foi reforçado por um esquadrão do 27º Regimento Blindado, e o 37º de Kumaon veio de Akhnoor para lançar um contra-ataque com o objetivo de retomar Mandiala North.

Porém ocorreu uma tragédia: o oficial comandante do 37º de Kumaon foi atingido pela artilharia paquistanesa e teve morte instantânea, antes mesmo de se unir a nós. Assim, o batalhão ficou sem chefia e só chegou a Tawi quando já estava escuro. Então, foi desviado para a margem oriental, de onde dava para ver o passo de Mandiala. Quando escureceu, portanto, apenas o 35º Sique e os pára-quedistas do 19º Comando estavam guardando o passo de Mandiala, juntamente com os tanques do 31º de Cavalaria, que estavam controlando Mandiala South.

"Dois batalhões paquistaneses — 6 POK e 13 POK — lançaram um ataque feroz da outra margem do Tawi por volta das três da madrugada de 5 de dezembro. Atacaram com tanques Patton americanos e T-59 chineses. Jatos da Aeronáutica paquistanesa riscavam o céu, metralhando a área e lançando bombas de mil libras sobre as nossas posições. Vi veículos pegando fogo para todos os lados, obuses explodindo e tanques se aproximando de nós como gigantescos insetos de aço no capim alto. O fogo de artilharia era tão pesado que em cinqüenta minutos todas as nossas posições foram penetradas. O 13 POK entrou em choque com a nossa unidade 29ª Jat e a dispersou. À medida que avançavam, os paquistaneses conseguiram capturar o Ponto 303, depois de matar o oficial comandante. A defesa desse local estava confiada ao 35º Sique, porém infelizmente alguns de meus compatriotas não cumpriram seu dever. Eles fugiram diante de uma barragem prolongada de fogo inimigo. Tendo tomado o Ponto 303, os paquistaneses mandaram que suas tropas de reserva avançassem e consolidassem a cabeça-de-ponte. Quando começou a clarear, eles já haviam atravessado a ponte de Mandiala. Parecia que só um milagre poderia nos salvar agora. Alguém pode me arranjar um copo d'água?"

Balwant Singh é um excelente contador de histórias. Ele dá ênfase às palavras certas, faz pausas nos lugares certos e pede um copo d'água no momento perfeito, justamente quando o suspense está ficando insuportável.

Alguém se apressa para lhe trazer um copo de isopor cheio de água. Todos nós espichamos o pescoço. Balwant recomeça a narrativa depois de beber um gole.

"Foi nesse momento que o comandante da 368ª Brigada chegou, vindo de Akhnoor. Ele encontrou um cenário de completa destruição e confusão. Soldados fugiam correndo do campo de batalha. O solo estava coberto de crateras, salpicado de cadáveres, entulho e restos incandescentes de nosso tanques. Havia fogo por toda parte. As águas do Tawi estavam vermelhas com o sangue dos soldados. O pandemônio era completo. Não tinha nada a ver com o que vocês vêem na televisão — um sujeito aperta um botão, o foguete é lançado e depois ele vai tomar chá.

"O oficial comandante, que me conhecia, perguntou: 'Balwant Singh, o que está acontecendo? Onde foram parar os nossos homens?'. Respondi, com desânimo: 'Lamento ter de informar, senhor, que muitos abandonaram o campo de batalha para se proteger. Não resistiram à força esmagadora do inimigo'. Havíamos perdido três tanques e muitos homens.

"Disse o comandante: 'Se todos nós começarmos a pensar assim, como é que vamos vencer esta guerra?'. Em seguida, suspirou. 'Creio que está tudo perdido. Devemos bater em retirada.'

"Imediatamente protestei. '*Sirjee*', retruquei, 'o lema do nosso regimento é *Nischey kar apni jeet karon* — eu luto com a certeza de vencer. Jamais entregarei os pontos sem lutar.'

" 'É assim que se fala, Balwant.' O oficial comandante me deu um tapa nas costas e me mandou arregimentar os homens que restavam. O comandante do meu pelotão também havia desertado, por isso o oficial comandante me encarregou de liderar o pelotão. Nosso batalhão recebeu a tarefa de avançar imediatamente para recuperar a ponte. A companhia Delta de Fuzileiros Gurcas também estava pronta para atacar, juntamente com os tanques que restavam do 31º de Cavalaria.

"A manhã foi agitada por tiros de canhão e disparos de metralhadora. O passo de Mandiala virou um inferno, um caldeirão de fogo, concussões e explosões. Com balas de franco-atiradores zunindo junto de nossas cabeças, metralhadoras cuspindo uma seqüência ininterrupta de disparos mortíferos, aviões inimigos sobrevoando e bombas explodindo por toda parte, saímos de nossas posições com as baionetas caladas, gritando o grito de guerra dos siques: '*Bole so nihal, Sat Sri Akal*'. Atacamos o inimigo que avançava e matamos muitos a golpes de baioneta, num sangrento combate mano a mano. Esta operação corajosa desmoralizou o inimigo por completo. Os ventos começaram a soprar a nosso favor. Passamos a forçar o inimigo a recuar.

"Foi então que o inimigo resolveu levar os tanques para o outro lado do rio Tawi. Até então, estavam na margem oposta. No momento em que atravessassem a ponte e passassem para nosso lado, ficaríamos completamente expostos. Era essencial que não permitíssemos que eles atravessassem a ponte. Então entraram em ação nossos carros de combate T-55 do 31º de Cavalaria e do 27º Regimento Blindado. De início, nossos tanques resistiram bem ao ataque do inimigo, mas, quando os tanques Patton dos paquistaneses começaram a atravessar a ponte, dois dos nossos abandonaram seus carros de combate e fugiram.

"Não sei o que deu em mim. Simplesmente saí correndo em direção a um dos tanques abandonados, abri a escotilha e entrei. Eu sabia alguma coisa a respeito de tanques, mas nunca havia dirigido um. Mesmo assim, precisei de apenas uns dois minutos para entender os controles, e logo pus o T-55 em movimento. À medida que o tanque foi avançando, o inimigo oculto em bunkers começou a atacar com fogo pesado. Assim, fui me aproximando da trincheira inimiga. Eles pensaram que eu ia desistir diante do fogo cerrado, mas continuei a seguir em direção ao bunker, implacável, até que eles pularam fora e fugiram. Um deles tentou subir no meu tanque. Imediatamente fiz a torre rodar, o canhão de cem milímetros girou e derrubou o homem, como quem espanta uma mosca que quer pousar no leite. Enquanto isso, nossos outros carros de combate estavam começando a atirar em direção ao inimigo, e vinte minutos depois só restava um Patton inimigo. Quando ele tentou fugir, fui atrás. Meu tanque foi diretamente atingido por ele e pegou fogo. Mas meu canhão continuava funcionando. Insisti na perseguição e disparei contra o Patton, que estava a apenas cinqüenta metros da minha posição. O tanque inimigo parou de repente e recuou; a torre rodopiava como um bêbado. Por fim, parou de rodar e o carro explodiu, virando uma bola de fogo. Corri até o rádio, contatei o oficial comandante e disse: 'Oito tanques inimigos destruídos, senhor. Situação sob controle'.

"A ponte de Mandiala agora estava quase a nosso alcance. O inimigo havia sido dispersado. Seus carros de combate estavam destruídos, porém ainda restavam alguns bolsões isolados de resistência. Havia também algumas metralhadoras e lança-foguetes inimigos em torno da ponte ainda em atividade. O mais importante de tudo era que a bandeira paquistanesa continuava desfraldada na ponte. Eu tinha que derrubá-la. Atordoado pela concussão, ferido por estilhaços de metal, ensangüentado, pouco a pouco fui me aproximando do bunker paquistanês. Por toda parte eu via cadáveres no chão esburacado e enlameado. Continuei avançando, chegando a dez metros do bunker inimigo, cercado de arame farpado. Joguei então uma granada de fumaça dentro do bunker, e três soldados paquistaneses rolaram para fora, mortos e sangrando. Só restava um soldado. Quando levantei o fuzil para atirar nele, me dei conta de que a arma estava emperrada. O soldado inimigo também percebeu. Ele sorriu, levantou sua arma e puxou o gatilho. Uma saraivada de balas atingiu minha perna esquerda, e caí. Ele apontou a arma para meu coração e mais uma vez puxou o gatilho. Rezei e me preparei para morrer. Em vez de uma explosão ensurdecedora, porém, ouviu-se apenas um estalo seco. Ele não tinha mais balas. '*Narai Takbir — Allah O Akbar!*', ele gritou, e investiu contra mim com a baioneta calada. Enfrentei-o com o grito de '*Jai Hind*', e com um passo para o lado esquivei-me do golpe com facilidade. Em seguida, matei-o dando-lhe bordoadas com a culatra do fuzil. Por fim, saltei sobre a bandeira inimiga, rasguei-a e a substituí pela tricolor. Quando vi a nossa bandeira desfraldada no alto da ponte de Mandiala, vivi o momento mais feliz da minha vida, embora tivesse consciência de que tinha perdido uma perna."

Balwant Singh pára de falar, e vemos que seus olhos estão cheios de lágrimas.

Durante quase um minuto, ninguém se mexe. Então Putul aproxima-se de Balwant Singh e lhe apresenta seu caderno.

O soldado enxuga os olhos. "*Arrey*, o que é isso? Não posso fazer seu dever de casa de matemática por você."

"Não quero que o senhor faça meu dever de casa", diz Putul.

"Então para que é este caderno?"

"Quero seu autógrafo. O senhor é nosso herói."

Todos aplaudem.

Dhyanesh repete sua pergunta: "Qual foi a medalha que o senhor ganhou nessa batalha?".

Balwant se cala, como se tivéssemos tocado num nervo exposto dele. Então diz, ressentido: "Nenhuma. Deram duas MVC e duas PVC para o 35º Sique. Três dos nossos colegas receberam medalhas Sena, e foi construído um monumento em Jaurian.

Mas a mim não deram nada, nem mesmo uma menção oficial na ordem do dia. Minha bravura não obteve nenhum reconhecimento".

Ele suspira. "Mas não faz mal. Fico satisfeito quando vejo a chama ardendo em Amar Jyoti, o monumento ao soldado desconhecido. Tenho a impressão de que ela arde por pessoas como eu." Filosófico, Balwant cita um poema em urdu: "Anônimos chegamos a este mundo. Anônimos dele sairemos. Mas, enquanto estivermos neste mundo, realizamos feitos que, mesmo se esta geração não guardar memória, a próxima jamais há de esquecer".

Todos ficam em silêncio outra vez. De repente a sra. Damle começa a cantar: "*Sare jahan se achcha Hindustan hamara...*". Logo todos estão cantando essa canção patriótica. Não sei o que dá em nós, meninos, mas o fato é que organizamos uma parada espontânea. Formamos uma fileira única e desfilamos diante de Balwant Singh, os punhos direitos apertados com força num gesto de saudação a esse bravo soldado.

Esta era a nossa guerra. Ele era o nosso herói.

Balwant Singh fica tão emocionado que começa a chorar. "*Jai Hind!*", ele grita, e sai mancando do salão, deixando-nos com o ruído do vento no capim alto, o som de bombas explodindo, o cheiro acre de cordite e o fedor da morte.

O sr. Wagle sobe na plataforma e faz um anúncio. "Caros amigos, tenho a honra de informar que amanhã receberemos a visita de uma equipe do Fundo Beneficente do Soldado, conhecido como SBF. Nosso querido primeiro-ministro dirigiu um apelo para que todos os indianos contribuam generosamente para o benefício de nossos soldados, que sacrificam suas vidas para que possamos viver com liberdade, honra e dignidade. Espero que todos vocês dêem ao SBF a maior contribuição que lhes for possível."

"Mas e o soldado que está entre nós? Não devemos fazer alguma coisa para ajudá-lo também?", grita o sr. Shirke.

Ouvem-se gritos de "isso mesmo!".

"É verdade, vocês têm toda razão. Mas acho que o maior serviço que podemos prestar a Balwantji é conseguir que os feitos dele na guerra de 1971 sejam reconhecidos. Vamos entregar um memorando aos membros do SBF que vêm aqui amanhã."

Estamos todos entusiasmados. Parece que finalmente nós também vamos contribuir para o esforço de guerra.

Os homens que vêm são três. Um é alto, o outro é baixo, e o terceiro é gordo. Os três são oficiais da reserva: o alto é da Marinha; o baixo, do Exército; o gordo, da Aeronáutica. O homem baixo faz um longo discurso. Ele diz que nossos soldados estão fazendo um ótimo serviço. Vivemos num grande país. Temos um grande primeiro-ministro. Somos um grande povo. E as nossas doações também devem ser grandes. Eles fazem circular uma cesta. As pessoas colocam dinheiro dentro dela. Uns põem cinco rupias, outros dez, outros cem. Uma das senhoras contribui com suas pulseiras de ouro. Salim não tem dinheiro. Ele põe na cesta dois pacotes de chiclete de bola. Balwant Singh não está presente. Mandou dizer que está um pouco gripado.

Então começa a inquisição. "O senhor também lutou na guerra?", Kulkarni pergunta ao homem do Exército, um coronel da reserva.

"Lutei, sim, claro. Tive experiência de campo de batalha em duas grandes guerras, a de 65 e a de 71."

"E onde foi que o senhor serviu na guerra de 1971?"

"Em Chhamb, que foi talvez o palco das maiores batalhas."

"E qual era o seu regimento?"

"Eu sou da infantaria. O grande Regimento Sique."

"O senhor ganhou alguma medalha na guerra de 1971?"

"Bom, ganhei, sim, uma Vir Chakra. Foi uma grande honra."

"O que o senhor fez para ganhar essa grande honra?"

"Participei da grande batalha do passo de Mandiala, em que o 35º Sique fez um serviço excepcional."

"Mas como os senhores puderam fazer uma coisa dessas? Então os senhores ficam com as medalhas todas e não dão a uma pessoa sem a qual vocês não poderiam ter retomado aquela ponte!"

"Perdão, não entendi. A quem vocês estão se referindo?"

"Estamos falando do nosso soldado, que foi herói da guerra de 1971 em Chhamb e que perdeu uma perna. Que devia ter ganhado uma Param Vir Chakra, mas só ganhou lágrimas. Olhe aqui, coronel *sahib*, nós somos civis. Não entendemos nada das regras e regulamentos do Exército, mas isso foi uma grande injustiça. Será que não dava para o senhor ver se é possível fazer alguma coisa, mesmo agora? Nunca é tarde demais para homenagear um soldado corajoso."

"Onde está essa grande alma?"

"Aqui mesmo, no nosso *chawl*."

"É mesmo? Que ótimo. Eu gostaria de ir cumprimentá-lo."

Assim, levamos o coronel ao quarto de Balwant Singh. Indicamos qual é a porta e vemos o coronel entrar. Ficamos esperando do lado de fora, sem resistir ao impulso de bisbilhotar.

Ouvimos vozes falando bem alto, como se discutissem. Em seguida, um baque. Cerca de dez minutos depois o coronel sai apressado, espumando de raiva. "Então é esse o homem que devia ter recebido uma PVC? Ele é o maior canalha que já vi. Tenho vontade de estrangular o cachorro aqui, agora."

"Como o senhor ousa falar do nosso herói de guerra desse jeito?", ralha a sra. Damle.

"Herói de guerra? Isso é uma piada. Ele é um desertor, isso sim. Fugiu assim que a coisa começou a ficar feia no setor de Chhamb. Estou lhe dizendo, ele é a vergonha do Regimento Sique. Ele devia ter pegado catorze anos de prisão. Infelizmente, os casos de deserção prescrevem após cinco anos, senão eu daria parte dele agora mesmo."

Ficamos estupefatos. "O que o senhor está dizendo, coronel? Ele nos contou detalhadamente os feitos dele em Chhamb. Até perdeu uma perna em combate."

"Isso é uma mentira deslavada. Vou contar a vocês a história verdadeira, que é realmente patética." O coronel ajusta o cinto. "Balwant Singh não estava em bom estado psicológico quando a guerra estourou, porque a mulher dele tinha acabado de ter o primeiro filho em Pathankot. Ele estava desesperado para ficar com a família. O impulso era tão forte que, assim que a situação começou a se complicar em Jaurian, quando o Paquistão fez um ataque pesado de artilharia, ele abandonou seu posto e fugiu. Conseguir chegar em Pathankot e ficou escondido na casa da família. Deve ter imaginado que a guerra ficara para trás, mas ela não o deixou em paz. Dois dias depois de sua chegada, a Aeronáutica paquistanesa atacou a base aérea de Pathankot. Não acertaram nenhum de nossos aviões, mas bombas de duas mil libras caíram numa casa perto do campo de pouso. Por acaso, era a casa de Balwant. A mulher e o filho recém-nascido dele morreram na mesma hora e ele perdeu uma perna, atingida por estilhaços."

"Mas... como ele conseguiu recriar a cena da batalha de modo tão detalhado?"

O coronel faz uma careta. "Não sei que histórias ele contou a vocês, mas vinte e seis anos é um bom tempo para se ler sobre as grandes batalhas. O vigarista saiu do esconderijo depois de tantos anos só para enganar vocês e despertar emoções baratas com suas histórias falsas de bravura. Esse encontro com ele estragou meu dia. Adeus."

O coronel sacode a cabeça e vai embora do *chawl*, acompanhado pelo homem alto e o homem gordo. Nós voltamos para o bunker. Nosso dia também está estragado. Ficamos curiosos para saber o que Balwant Singh está fazendo. Nessa noite ele não dá as caras.

Ele é encontrado na manhã seguinte, em seu apartamento de um único cômodo no *chawl*. Ao lado da porta, uma lata de leite e um jornal permanecem intactos. Suas muletas estão encostadas na parede. A cama de madeira foi empurrada para um canto. Há uma xícara vazia na mesa-de-cabeceira, contendo um resíduo de folhas de chá escuras. A única cadeira do quarto está de pernas para o ar no centro do cômodo. Balwant Singh está pendurado no ventilador de teto com um pedaço de pano cor-de-rosa amarrado no pescoço, usando o mesmo uniforme verde-oliva, a cabeça caída sobre o peito. Seu corpo flácido balança devagar de um lado para outro, fazendo o ventilador ranger de leve.

Chega um jipe da polícia, com uma luz vermelha piscando. Os policiais remexem seus pertences. Eles conversam, gesticulam, interpelam os vizinhos da maneira mais grosseira. Um fotógrafo tira fotos com flash. Um médico de jaleco branco chega numa ambulância. Uma multidão grande se forma diante da porta do quarto de Balwant.

O corpo dele é levado numa maca, coberto por um lençol branco e limpo. Os moradores do *chawl* ficam em silêncio. Atrás dos adultos, eu, Putul, Dhyanesh e Salim espiamos, tímidos. Olhamos para o cadáver com olhos opacos, balançando a cabeça, com medo, tristeza e culpa, à medida que uma compreensão líquida lentamente se espalha por nossas mentes entorpecidas. Aqueles de nós, para quem essa guerra era a primeira, compreendem então. Que a guerra é uma coisa muito séria. Ela destrói vidas.

Smita está muito séria.

"Onde a senhora estava durante a guerra?", pergunto.

"Aqui mesmo, em Mumbai", ela responde, e mais que depressa muda de assunto. "Vamos passar para a próxima pergunta."

Prem Kumar gira em sua cadeira e se dirige a mim. "Senhor Thomas, o senhor respondeu corretamente a sete perguntas, ganhando dois *lakh* de rupias. Agora vamos ver se o senhor sabe responder à oitava pergunta, valendo quinhentas mil rupias. O senhor está pronto?"

"Estou", respondo.

"Então vamos lá. Pergunta número oito. Qual é a maior condecoração por bravura conferida pelas forças armadas indianas? Repetindo: qual é a maior condecoração por bravura conferida pelas forças armadas indianas? É: a) Maha Vir Chakra, b) Param Vir Chakra, c) Shaurya Chakra, ou d) Ashok Chakra?"

Começa a música de suspense. A bomba-relógio começa a fazer tique-taque mais alto.

Um zunzum percorre a platéia. Todos olham para mim com pena, preparando-se para se despedir do simpático garçom.

"B. Param Vir Chakra", respondo.

Prem Kumar arqueia as sobrancelhas. "O senhor sabe a resposta ou está só chutando?"

"Eu sei a resposta."

"O senhor tem certeza absoluta?"

"Tenho."

Os tambores chegam a um crescendo. A resposta correta aparece na tela.

"Absolutamente correto!", exclama Prem Kumar. A platéia está exultante. Aplausos prolongados e gritos de "bravo!".

Eu sorrio. Prem Kumar, não.

Smita balança a cabeça, compreendendo.

1000000 — Licença para matar

São muitos os perigos enfrentados por quem caminha distraído pelas ruas de Mumbai. Pode-se escorregar numa casca de banana e levar um tombo. Pode-se constatar de repente que se enfiou o pé num monte de cocô de cachorro. Pode-se levar na bunda uma desagradável cabeçada de uma vaca sem dono. Ou então um amigo, com quem você perdeu contato há muito tempo e que você está evitando encontrar, pode surgir milagrosamente do meio do tráfego caótico e, sem mais nem menos, lhe dar um abraço.

Foi o que aconteceu comigo num sábado, 17 de junho, diante do hipódromo de Mahalaxmi, quando esbarrei em Salim Ilyasi. Depois de cinco anos sem vê-lo.

Quando cheguei em Mumbai, vindo de Agra, há três meses, resolvi não procurar Salim. Foi uma decisão difícil. Eu sentira falta dele durante os anos que passara com os Taylor em Delhi e o período atribulado em Agra; assim, estar na mesma cidade que ele e não procurá-lo era para mim um ônus pesado de suportar. Porém, eu estava decidido a não envolvê-lo no meu plano de participar do programa de televisão.

"Mohammad!", Salim exclamou no instante em que me viu. "O que é que você está fazendo em Mumbai? Quando foi que você chegou? Onde você esteve durante esses anos todos?"

Encontrar-se com um amigo que não se vê há anos, imagino, é como comer um prato predileto depois de muito tempo. Não se sabe como as papilas gustativas vão reagir depois de um intervalo tão longo, se o prato continuará a ser gostoso tal como era antes. Quando me encontrei com Salim depois de cinco longos anos, minhas emoções ficaram confusas. Será que nossa amizade voltaria a ser como no passado? Continuaríamos a ser sinceros um com o outro?

De início, não conversamos muito. Ficamos sentados num banco de rua. Não ouvíamos os pios das gaivotas que voavam em círculos sobre nossas cabeças. Não dávamos atenção às crianças que jogavam futebol na rua. Não víamos a multidão de fiéis indo para o *dargah* de Haji Ali. Simplesmente nos abraçamos e choramos. Pelo tempo que havíamos passado juntos, pelo tempo que havíamos perdido. E então conversamos sobre todas as coisas que haviam acontecido nesse intervalo. Ou melhor: Salim falava e eu escutava.

Salim está mais alto e mais bonito. Aos dezesseis anos, até parece um astro de cinema de Bollywood. A vida na cidade não o corrompeu tal como corrompeu a mim. Ele continua adorando os filmes indianos e cultivando os artistas de Bollywood (com a óbvia exceção de Armaan Ali). Continua indo ao santuário de Haji Ali todas as sextas-feiras para rezar. Mas o mais importante é que a previsão do quiromante finalmente está prestes a se realizar. Salim não trabalha mais como *dabawallah*, entregando marmitas a pessoas de classe média; matriculou-se numa escola de artes dramáticas cara e lá está aprendendo a ser ator.

"Sabe quem paga o meu curso?", ele me pergunta.

"Não."

"Abbas Rizvi."

"O famoso produtor que fez todos aqueles filmes de sucesso?"

"Ele mesmo. Ele me ofereceu o papel principal no próximo filme dele, que vai ser lançado daqui a dois anos. Eu já vou estar com dezoito anos. Até lá, ele vai custear os meus estudos."

"Mas isso é maravilhoso, Salim. Como foi que aconteceu?"

"É uma história muito comprida."

"Para mim, aposto que não vai ser comprida demais. Me conte, depressa, Salim, desde o começo."

Eis a história contada por Salim, em suas próprias palavras.

"Depois que você foi embora de repente, fiquei sozinho no *chawl*. Continuei trabalhando como *dabbawallah* por mais quatro anos, entregando marmitas, mas continuei sonhando em virar ator.

"Um dia, quando eu recolhia uma marmita na casa de um freguês chamado Mukesh Rawal, percebi que as paredes eram enfeitadas com fotos em que ele aparecia ao lado de artistas de cinema famosos. Perguntei à senhora Rawal se o marido dela trabalhava na indústria cinematográfica. Ela disse que ele era apenas um vendedor de produtos farmacêuticos, mas que trabalhava em cinema nas horas vagas, fazendo figuração.

"Fiquei atônito quando ouvi isso. Fui correndo ao escritório de Mukesh Rawal naquela tarde mesmo e lhe perguntei se eu poderia ser ator como ele. Mukesh olhou para mim e riu. Disse que eu era muito jovem para me tornar ator, mas que às vezes precisavam de alguém para interpretar um estudante ou menino de rua, e talvez eu servisse para tais papéis. Prometeu falar a meu respeito com Pappu Master, o agente de figurantes para quem ele trabalhava, e me pediu que lhe desse algumas fotos minhas em papel brilhante, em formato oito por seis, fazendo uma série de poses. Se Pappu gostasse das fotos, ele poderia me escolher como figurante de um de seus filmes. Mukesh me explicou que para fazer figuração não era necessário saber interpretar, mas era importante ficar elegante de terno, ameaçador com roupa de marginal e encantador com uniforme escolar. Insistiu comigo para que eu tirasse as fotos num estúdio profissional.

"Naquela noite, não consegui dormir. Na manhã seguinte fui a um estúdio de fotografia e perguntei o preço das fotos. O fotógrafo me deu um valor astronômico, que era quase equivalente a meu salário mensal. Respondi: '*Arrey baba*, é caro demais para mim'. Ele me aconselhou a comprar uma dessas câmeras descartáveis baratas e tirar minhas próprias fotos, que ele depois ampliaria. Segui sua orientação. Comprei uma máquina fotográfica e pedi a pessoas que passavam na rua que tirassem minha foto. Sentei-me numa moto que vi estacionada em frente de Churchgate e tentei assumir um ar bem *cool*, tal como Amitabh Bachchan no filme *Muqaddar ka Sikandar*. Posei montado num cavalo na praia de Chowpatty, como Akshay Kumar em *Khel*. Tirei outra foto na frente do hotel Sun 'n' Sand, imitando Hrithik Roshan em *Kaho Na Pyar Hai*. Segurei uma garrafa vazia de Johnny Walker com as duas mãos e tentei fazer cara de bêbado, tal como Shahrukh Khan em *Devdas*. Posei sorrindo na frente da fonte Flora, igualzinho a Govinda em todos os filmes dele. Tirei quase vinte fotos, mas o filme era de trinta e seis, e eu tinha que terminá-lo antes de mandar revelar. Por isso resolvi tirar fotos de prédios e pessoas interessantes. Fotografei o terminal Victoria e o India Gate, uma moça bonita que vi na Marine Drive, um velho em Bandra, e até tirei um close de um burro em Colaba. A última foto foi de um homem de meia-idade, escuro, sentado num banco e fumando, em Mahim. Seus dedos eram enfeitados com anéis de cores diferentes. Foi só depois de tirar a foto que percebi quem era a pessoa fotografada, e fiquei paralisado."

"Como assim?", pergunto. "Era um artista de cinema famoso? Era aquele cachorro do Armaan Ali?"

"Não, Mohammad, era um homem que você conhece tão bem quanto eu. Era o senhor Babu Pillai, vulgo Maman. O homem que nos trouxe de Delhi para cá e que por um triz não nos cegou."

"Ah, meu Deus!", exclamo, levando a mão à boca. "Ele reconheceu você?"

"Reconheceu, sim. 'Você é o Salim, não é? Você é o garoto que fugiu de mim. Mas desta vez você não vai escapar', ele gritou, e saltou na minha direção.

"Nem parei para pensar. Simplesmente dei meia-volta e corri em direção à rua principal. Um ônibus estava saindo do ponto e pulei dentro dele na hora exata, deixando Maman ofegante na rua.

"Eu estava sentado no ônibus, pensando que havia escapado por um triz, e sabe o que aconteceu?"

"O quê?"

"O ônibus parou num sinal e entrou um bando de marginais, com faixas amarradas na cabeça, armados de espadas, lanças e tridentes."

"Ah, meu Deus! Não me diga que era um tumulto de rua."

"Isso mesmo. Então percebi que estávamos no meio de uma briga entre comunidades. Bem na nossa frente havia um carro destruído pegando fogo. Lojas tinham sido arrasadas, havia sangue na calçada, e a rua estava cheia de pedras, paus e sandálias. O motorista imediatamente saltou correndo do ônibus. Fiquei paralisado de medo. Achei que nunca mais veria uma coisa tão horrível assim. Ouvi sons que pensava ter esquecido. Os gritos da minha mãe e do meu irmão ecoavam em meus ouvidos. Comecei a estremecer. Os desordeiros disseram a todos que estavam no ônibus que uma multidão de muçulmanos havia tocado fogo em casas de hinduístas, e que agora eles queriam se vingar. Depois fiquei sabendo que tudo começara com uma briga simples em torno de uma bica d'água numa favela. Mas as pessoas estavam tão cheias de ódio que poucas horas depois havia casas e ônibus incendiados e pessoas massacradas.

"'Cada um de vocês diga seu nome. Os que são hinduístas podem saltar do ônibus, mas os que são muçulmanos fiquem sentados', disse um dos desordeiros. Um por um, os passageiros trêmulos disseram seus nomes. Arvind. Usha. Jatin. Arun. Vasanti. Jagdish. Narmada. Ganga. Milind. O ônibus começou a esvaziar. Os desordeiros encaravam cada um dos passageiros com olhos de gavião. Examinavam o cabelo das mulheres para ver se havia tintura vermelha na risca, faziam perguntas aos homens para saber qual era a religião de cada um, e até obrigaram um menininho a abaixar o short. Aquela cena de barbárie me enchia de náusea, mas ao mesmo tempo eu tremia de medo. Por fim só restaram dois passageiros no ônibus: eu e um homem sentado dois bancos atrás de mim.

"Você sabe, Mohammad, como é que acontece no cinema nesses casos: o herói se levanta e dirige um apelo ao senso humanitário da multidão. Ele diz que o sangue do hindu e o sangue do muçulmano têm a mesma cor. Que o rosto da pessoa não diz qual é a religião dela. Que o amor é melhor do que o ódio. Eu sabia de cor muitos diálogos, e poderia ter citado qualquer um deles para aqueles desordeiros, mas, quando você se vê frente a frente com tanta barbárie, você se esquece das palavras. Você só pensa em uma coisa. Na vida. Eu queria viver, porque queria realizar meu sonho de me tornar ator. E agora o sonho e o sonhador iam virar fumaça dentro de um ônibus em Mumbai.

" 'Qual é o seu nome?', perguntou o líder.

"Eu poderia ter dito Ram ou Krishna, mas não consegui falar. Um dos agressores apontou para o *tabeez* que eu levava pendurado no pescoço. 'Vamos matar esse filho-da-puta porque ele é muçulmano, não tem dúvida', ele insistiu.

" 'Não. Isso seria fácil demais. Vamos queimar o cachorro vivo dentro desse ônibus. Assim ele e a comunidade dele vão aprender a não atacar nossos lares', disse o líder, rindo. Um outro homem abriu uma lata de gasolina e começou a despejá-la dentro do ônibus. Antigamente eu adorava o cheiro de gasolina, mas desde esse dia eu o associo ao cheiro de carne queimada.

"O homem sentado dois bancos atrás de mim se levantou de repente. 'Você não perguntou o meu nome. Eu vou dizer então. Meu nome é Ahmed Khan. E quero ver quem é o filho-da-puta que vai pôr a mão neste menino', disse ele.

"Os agressores ficaram calados por um momento, até que o líder deles falou. 'Ah, então você também é muçulmano. Nesse caso, vai pegar fogo junto com o menino.'

"O homem permaneceu imperturbável. 'Antes de tocar fogo em mim, dê uma olhada nisto aqui', disse ele, e sacou um revólver. Apontou-o para os desordeiros.

"Só você vendo a cara que eles fizeram. Os olhos saltaram das órbitas. Eles largaram as espadas e tridentes no ônibus e saíram correndo. Minha vida fora salva. Meus olhos estavam cheios de lágrimas de gratidão.

"O homem me viu chorando e me perguntou: 'Como você se chama?'.

“ ‘Salim... Salim Ilyasi’, respondi, ainda aos soluços.

“ ‘Você não sabe mentir?’, perguntou ele. ‘Mas eu admiro as pessoas que dizem a verdade mesmo diante da morte.’

“O homem me disse que era dono de uma empresa de importação e exportação, e que morava sozinho numa casa grande no bairro de Byculla. Disse que precisava de alguém para cozinhar e limpar sua casa, além tomar conta dela quando ele fazia viagens de negócios. Não entendi por que um comerciante como ele andava armado dentro do ônibus, mas ele prometeu me pagar o dobro do que eu ganhava como entregador de marmitas, e na mesma hora topei trabalhar para ele e morar na sua casa.

“Ahmed tinha um apartamento bem grande, com três quartos, uma cozinha ampla e uma sala com uma TV de trinta e seis polegadas. Eu cozinhava, arrumava e tirava o pó, mas não esquecia que minha ambição era me tornar ator. De certo modo, trabalhar para Ahmed foi bom para mim, porque ele passava a maior parte do tempo fora de casa e às vezes sumia por uma semana ou duas. Nessas ocasiões eu fazia a ronda dos estúdios. Revelei meu filme e tirei excelentes cópias oito por seis. Dei as fotos a Mukesh Rawal, que por sua vez as entregou a Pappu Master, o homem da agência de figurantes. Acredite ou não, três meses depois de entregar as fotos fui chamado para trabalhar num filme.”

“É mesmo?”, exclamo. “Qual foi o papel que você fez, e em que filme?”

“Apareci como universitário num filme de Abbas Rizvi, *Bad boys*, com Sunil Mehra.”

“Então vamos agora mesmo ver esse filme. Vou adorar ver você na tela e ouvir você falando.”

“Bem...”, Salim hesita. Olha para os sapatos. “É que na última hora reduziram minha participação. Na tela, você só vai me ver por três segundos, sentado numa carteira numa sala de aula com mais trinta alunos. Nessa cena as únicas falas são entre Sunil e o professor."

"O quê?", exclamo, decepcionado. "Só três segundos! Mas que diabo de papel você arranjou?"

"Os figurantes fazem justamente esse tipo de papel. Nós não somos mocinhos nem mocinhas. Somos apenas parte do cenário. Você sabe essas cenas de filmes em que aparecem grandes festas? Os figurantes são aqueles que estão tomando drinques enquanto o mocinho e a mocinha dançam a valsa. Nós somos os passantes na rua quando o mocinho corre atrás do bandido. Somos as pessoas que aplaudem numa discoteca quando os protagonistas ganham um concurso de dança. Mas eu não me incomodava de ser só figurante. Era uma maneira de realizar meu sonho de ver como era o cinema por trás dos bastidores. E foi assim que fiquei conhecendo o produtor Abbas Rizvi. Ele gostou da minha aparência e prometeu me dar um papel melhor no próximo filme dele.

"Nos seis meses seguintes, fiquei sabendo muitas coisas a respeito de Ahmed. Ele era um homem muito estranho. Só duas coisas lhe interessavam na vida: comer comida boa e ver televisão. Na televisão, só via duas coisas: partidas de críquete e o *Mumbai Crime Watch*. Era fanático por críquete. Sempre que havia uma partida, mesmo que a Índia não participasse, ele assistia. Acordava às três da madrugada quando o jogo era nas Antilhas, e à meia-noite quando era na Austrália. Chegava mesmo a ver partidas entre times de novatos, como as seleções do Quênia e do Canadá.

"Ele tinha um diário em que anotava todas as estatísticas de críquete. Sabia de cor a média de rebatidas de cada rebatedor, a média de lances de cada arremessador, o número de bolas apanhadas por cada jogador de defesa, as defesas de cada guarda-meta. Ele sabia todos os recordes, as partidas em que se fizeram mais e menos pontos, o número máximo de corridas por série, as maiores e as mais estreitas margens de vitória.

"Mas ele acumulava todos esses dados com um objetivo prático: para apostar em partidas de críquete. Descobri isso no torneio Índia-Inglaterra. Ahmed estava assistindo às partidas pela televisão e tentando ligar para uma pessoa no celular. Eu lhe perguntei: 'O que o senhor está fazendo, Ahmed *bhai*?'.

" 'Vou jogar no *satta*', ele respondeu.

" '*Satta*? O que é isso?'

" 'É um tipo de jogo de apostas ilegal, organizado por grupos poderosos do submundo de Mumbai. O *satta* movimenta milhões de rupias todos os dias. Em cada partida de críquete, as pessoas apostam milhões, em cada bola apostam milhares. Eu sou um dos maiores apostadores. Esta casa que você está vendo, esta televisão cara, o forno de microondas na cozinha, o ar-condicionado no quarto, tudo isso eu comprei com o que ganhei no *satta*. Três anos atrás, ganhei uma fortuna na partida Índia-Austrália. Você se lembra desse jogo famoso, nos Eden Gardens? Quando a Índia estava perdendo de 232 a 4, encarando uma entrada perdida, e a pule era de mil para um contra a Índia, apostei no Laxman e na Índia e ganhei dez *lakhs* de rupias!'

" 'Dez *lakhs*!' Arregalei os olhos.

" 'Isso mesmo. Hoje só vou apostar dez mil na Índia. Estou tentando falar com o meu bookmaker para saber quanto está o rateio, mas o número dele está sempre ocupado.' Deu dois tapas do celular, olhou para o relógio, impaciente, e digitou o número mais uma vez. Finalmente, conseguiu completar a ligação. 'Alô, Sharad *bhai*? Aqui é A. K. Código 3563. Como é que está a cotação desta partida?' Ouvi a voz do bookmaker pelo telefone, em meio a muito ruído de estática. Dava para ouvir o comentário ao fundo: 'A Índia já está com uma vantagem de

175 sobre a Inglaterra. Quando passar de 250, a cotação da Índia vai ficar muito forte. Se for menos de 250, é cinqüenta por cento de chance para cada lado, mas se a Índia cruzar a barreira dos 250 vai ser pule de três em favor da Índia'.

"'E na vitória da Inglaterra, qual é a cotação?', Ahmed perguntou.

"'Você está maluco?', retrucou o bookmaker. 'Não há como a Inglaterra ganhar; o máximo que ela pode querer é empatar. Mas, se você quer saber qual é a cotação, é pule de oito. Quer apostar agora?'

"'Quero. Dez mil na derrota da Índia', disse Ahmed.

"Fiquei pasmo quando ouvi Ahmed fazer essa aposta, pois a Índia estava ganhando. Mas sem dúvida Ahmed estava mais bem informado do que o bookmaker, porque no final da partida a Inglaterra ganhou, havia bandeiras inglesas desfraldadas por todo o campo de críquete e Ahmed ficou dando saltos no ar, de punho cerrado, exultante. 'Acertei! Acertei!' Ligou de novo para o bookmaker. 'Sharad *bhai*, eu não disse? Quanto foi que eu levei? Oitenta mil? Ha! Nada mal para umas poucas horas de trabalho!'

"Ahmed saiu e comprou uma garrafa cheia de uma coisa espumante, e naquela noite provei champanhe pela primeira vez.

"A outra coisa que interessava a Ahmed era assistir ao programa *Mumbai Crime Watch*. Você já viu?"

Faço que não com a cabeça. "Não, não passava na televisão lá em Delhi."

"Pois bem, é um programa muito chato. Parece um noticiário, só que não fala sobre inundações nem tumultos nem guerras nem política. Só fala sobre crimes violentos. Quem foi assassinado, quem foi estuprada, que banco foi assaltado, quem fugiu da cadeia, esse tipo de coisa.

“Ahmed se instalava na frente da televisão com um prato de *seekh kebabs* e ficava às gargalhadas vendo *Mumbai Crime Watch*. Por algum motivo, ele achava muita graça naquilo.

“De vez em quando Ahmed recebia uns envelopes amarelos grandes, trazidos por um mensageiro. Eu tinha ordens de jamais tocar na correspondência; devia deixar tudo na mesa da sala de jantar para ele. Uma tarde o mensageiro trouxe um envelope amarelo justamente na hora em que eu estava tomando chá. Sem querer, derramei chá no envelope e entrei em pânico. Eu sabia que, se visse que eu havia feito aquilo, Ahmed ficaria zangado. Talvez dentro do envelope houvesse documentos comerciais importantes que poderiam ter ficado danificados. Assim, com todo cuidado abri o envelope descolando a aba. Enfiei os dedos dentro, tirei os documentos... e soltei um assobio de espanto.”

“Por quê? O que havia lá dentro?”

“Quase nada. Apenas uma foto colorida de um homem, em papel brilhante, formato oito por seis, e meia folha impressa. Até eu consegui ler o que estava escrito nela:

```
Nome:      Vithalbhai Ghorpade
Idade:     56
Endereço:  73/4 Marve Road, Malad
```

Só isso.

“Imaginei que fossem detalhes referentes a um homem de negócios com quem Ahmed tinha contato e não pensei muito no assunto. Com todo cuidado, colei de novo o envelope e recoloquei-o na mesa da sala de jantar. À noite, Ahmed chegou em casa e abriu o envelope. Pouco depois, o telefone tocou. ‘Recebi a encomenda, sim’, foi tudo que disse.

“Quase duas semanas depois, Ahmed estava assistindo a *Mumbai Crime Wach*. Eu estava na cozinha, cortando legumes, mas ouvi a voz do locutor: ‘Após a ocorrência de mais um incidente macabro em Malad, a polícia está buscando pistas referentes ao assassinato de um comerciante de destaque chamado Vithalbhai Ghorpade, que foi encontrado morto em sua casa, na Marve Road’. Aquele nome não me pareceu estranho. Olhei de relance para TV e por um triz não cortei o dedo quando vi na tela a mesma foto que eu havia encontrado dentro do envelope amarelo. O locutor prosseguiu: ‘O senhor Ghorpade, que tinha cinqüenta e seis anos, levou um tiro à queima-roupa quando estava sozinho em casa. Deixou mulher e filho. Segundo a polícia de Malad, foi claramente um caso de latrocínio, pois a casa toda foi vasculhada e muitos objetos de valor foram levados’.

“Percebi que Ahmed riu ao ouvir isso, o que também me deixou surpreso. Por que motivo Ahmed estaria rindo da morte de um homem com quem tinha negócios?

“Um mês depois, chegou outro envelope amarelo. Ahmed não estava em casa e não resisti ao impulso de ver o que havia dentro dele. Dessa vez usei vapor para descolar o envelope, não deixando nenhum vestígio. Abri a aba e retirei de dentro uma foto colorida. Era de um homem jovem com um bigode espesso e uma cicatriz comprida, que ia do olho esquerdo até a base do nariz. Na folha impressa, estava escrito o seguinte:

```
Nome:      Jameel Kidwai
Idade:     28
Endereço:  35 Shilajit Apartments,
           Colaba
```

Decorei o nome e recoloquei a foto no envelope.

"Ahmed chegou em casa à noite e olhou para o envelope. Houve um telefonema, como antes, e ele confirmou o recebimento. Exatamente uma semana depois, foi noticiado pelo *Mumbai Crime Watch* que um jovem advogado chamado Jameel Kidwai fora morto a tiros enquanto saía do carro perto de sua residência em Shilajit Apartments. Disse o locutor: 'A polícia suspeita que a morte do senhor Kidwai esteja ligada a brigas entre gangues, pois a vítima havia representado diversos mafiosos na justiça. Foi iniciada uma investigação, mas até o momento não há nenhuma pista'. Ahmed, ao ouvir isso com seu copo de uísque na mão, soltou uma gargalhada.

"A essa altura, eu já estava muito preocupado. Por que Ahmed recebia envelopes com fotos de pessoas, e por que essas pessoas morriam pouco depois? Isso ainda permanecia um mistério para mim. Assim, quando o envelope seguinte chegou, três semanas depois, eu não apenas vi a fotografia, que era de um homem idoso, como também anotei o endereço. Era uma casa na Premier Road, em Kurla. No dia seguinte, resolvi seguir Ahmed. Ele pegou um trem e saltou em Kurla, e foi a pé até a Premier Road. Porém não entrou na casa. Apenas passou por ela três ou quatro vezes, como se estivesse examinando o lugar. Duas semanas depois, deu no *Crime Watch* que aquele homem idoso havia sido encontrado assassinado em sua casa, na Premier Road, em Kurla.

"Ora, não sou bobo. Compreendi naquela hora que Ahmed havia matado o velho, e que eu estava morando na casa de um homem que praticava assassinatos por encomenda. Mas eu não sabia o que fazer. Ahmed salvara a minha vida uma vez, e para mim seria uma traição impensável denunciá-lo à polícia. Nesse ínterim, Abbas Rizvi me telefonou, me convidando para assumir um papel secundário em seu próximo filme. Na mesma hora, saí correndo até o santuário de Haji Ali. Encostei a testa no pano que cobre o túmulo e rezei, pedindo longa vida para Rizvi.

"Durante os dois meses que se seguiram, levei uma vida dupla, num clima de tensão. Se Ahmed era um assassino profissional disfarçado de comerciante, eu era um ator disfarçado de criado. Ahmed tinha licença para matar, mas eu sabia que, mais dia menos dia, ele próprio seria morto. Eu só não queria acabar envolvido no fogo cruzado. Foi então que tudo desmoronou."

"O que aconteceu?"

"Foi há quatro meses — no dia 20 de fevereiro, para ser exato. Lembro-me bem do dia, porque a Índia estava jogando contra a Austrália na final do campeonato, e Ahmed tinha acabado de fazer mais uma aposta. Ele apostava em tudo: não apenas no time que ia ganhar, mas também no primeiro arco que ia cair durante a partida, em quem derrubaria o primeiro arco, quem ganharia no cara ou coroa para iniciar, se choveria ou não durante o jogo. Às vezes ele apostava em praticamente todos os lances da partida — se seria uma bola de 4, 6 ou 0 pontos. Naquela manhã, Ahmed havia acabado de falar com seu bookmaker. 'Sharad *bhai*, código 3563. Como você acha que vai atuar o arremessador? Ontem as bolas estavam sem efeito; e hoje, como é que vai ser? A previsão é de tempo bom, mas você acha que pode chover mais tarde?' Então fez sua aposta. 'Estou apostando que hoje o Sachin Malvankar vai fazer 100 pontos numa partida pela trigésima sétima vez. Como andam as cotações?' Respondeu o bookmaker: 'Ele já está com 78, e todo mundo acha que 100 é garantido, de modo que a cotação não está muito alta. O máximo que eu posso fazer é treze para dez'. 'O.k.', respondeu Ahmed. 'Nesse caso, vou apostar dez *lakhs*. Assim, pelo menos saio ganhando três *lakhs*.'

"Ahmed passou a tarde toda sentado diante da TV vendo Malvankar jogar, comemorando cada ponto que ele fazia com assobios estridentes. À medida que Malvankar se aproximava do centésimo ponto, Ahmed ia ficando mais e mais excitado. Quando foi ultrapassada a marca dos 90, Ahmed já estava nervosíssimo, roendo as unhas, rezando antes de cada lance, encolhendo-se sempre que Malvankar perdia o ponto. Mas Malvankar mostrou que é mesmo um grande rebatedor. Saltou de 91 para 95 com uma magnífica seqüência direta de 4 pontos. Depois marcou mais um, totalizando 96. Depois outro. Noventa e sete. Então Gillespie lançou uma bola curta e Malvankar, numa jogada de mestre, mandou-a para os limites do campo. Hayden saiu correndo atrás dela, tentando impedir que ela ultrapassasse a corda. Malvankar e seu co-rebatedor Ajay Mishra corriam rapidamente de um arco a outro. Correram até o primeiro. Noventa e oito. Então chegaram ao segundo arco. Noventa e nove. Hayden pegou a bola poucos centímetros antes de ela sair do campo e a jogou não para Adam Gilchrist, o guarda-meta, e sim em direção ao arremessador. Malvankar viu para que lado estava indo a bola e gritou 'Nããããão!' para Mishra, que corria em direção a ele para o terceiro arco. Mas o idiota do Mishra continuou correndo em direção a Malvankar. Em desespero, Malvankar foi obrigado a tentar completar a terceira corrida. Havia quase chegado ao posto do arremessador quando a bola de Hayden caiu exatamente lá! Malvankar foi apanhado por apenas dez centímetros, e eliminado pelo terceiro árbitro. Com 99 pontos.

"Pode-se imaginar a reação de Ahmed. Ele havia apostado dez *lakhs* que Malvankar ia completar 100, e agora perdera tudo numa única corrida. Xingou Gillespie, xingou Hayden, mas acima de tudo amaldiçoou Mishra. 'Quero matar esse filho-da-puta', rosnou ele, e saiu pela porta afora. Provavelmente entrou num bar para afogar as mágoas.

"Naquela mesma tarde chegou outro envelope amarelo. Eu temia que ele contivesse a foto de um certo rebatedor indiano, mas quando vi o que havia dentro quase morri."

"Por quê? O que havia lá dentro? Me diga logo."

"No envelope havia uma foto em papel brilhante, em formato oito por seis, de Abbas Rizvi, o produtor, e uma folha de papel impressa com o endereço dele. Entendi que Rizvi seria a vítima seguinte, e que com a morte dele meu sonho de me tornar ator também morreria. Eu precisava avisar Rizvi. Mas, se Ahmed descobrisse, ele não teria nenhum escrúpulo em me matar também. Afinal, era um assassino profissional, com licença para matar."

"Então o que foi que você fez?", pergunto, ofegante.

"Fiz o que tinha de fazer. Imediatamente procurei Rizvi e lhe disse que sua morte estava encomendada. Ele não acreditou, portanto mostrei-lhe a foto e o endereço que haviam sido entregues. Quando ele viu a foto na minha mão, todas as suas dúvidas desapareceram. Ele me disse que iria fugir para Dubai e permanecer fora de circulação por um ano, mais ou menos. Agora ele me devia um favor e, assim, me prometeu que ao voltar eu trabalharia como protagonista no seu próximo filme, e até então ele custearia meus estudos de arte dramática. É por isso que Rizvi está pagando os meus estudos e eu estou contando os dias da volta dele."

"Meu Deus, que história, Salim!", exclamo, respirando fundo. "Mas ao levar o envelope para Rizvi você também não se arriscou? Ahmed receberia um telefonema no mesmo dia e daria pela falta dele."

"Não, não me arrisquei, porque Ahmed encontrou uma encomenda na mesa quando chegou em casa naquela noite."

"Mas... nesse caso, Ahmed mataria Rizvi."

"Não, porque o envelope continha uma foto diferente e um endereço diferente, que eu mandei digitar numa firma perto da casa."

"Brilhante. Então você deu um endereço fictício? Mas como dar uma fotografia fictícia?"

"Isso seria impossível. Não foi isso que eu fiz. Dei a Ahmed uma foto de verdade e um endereço de verdade, ele foi lá e matou a pessoa em questão. Mas, antes que ele tivesse tempo de descobrir que havia matado a pessoa errada, eu lhe disse que precisava imediatamente ir para Bihar, e pedi demissão. Fiquei escondido em vários lugares, não pus os pés em Byculla, até parei de ir ao Haji Ali, que fica bem em frente. Então, na semana passada, vi no *Crime Watch* que a polícia havia matado um temível assassino de aluguel chamado Ahmed Khan num tiroteio perto da estação de Churchgate. Por isso vim hoje ao Haji Ali para dar graças a Alá, e, justamente quando estou saindo, quem eu vejo senão você!"

"Foi mesmo uma coincidência incrível. Mas só tenho mais uma pergunta. De quem eram foto e o endereço que você deu a Ahmed?"

"Da única pessoa que valia a pena dar. Uma foto em papel brilhante, em formato oito por seis, do senhor Babu Pillai, e o endereço de Maman!"

Smita bate palmas. "Maravilhoso! Eu já sabia que você era um sujeito esperto, mas não sabia que Salim também era um gênio. Ele adquiriu licença para matar por tabelinha, e escolheu o alvo perfeito. O que aconteceu depois? Você contou a Salim que ia participar do programa de televisão?"

"Não. Não revelei a ele o motivo que me fez vir a Mumbai. Disse apenas que estava trabalhando em Delhi como criado e viera visitar Mumbai por uns dois dias."

"Quer dizer que Salim não sabe que você participou do *SRVB*?"

"Não. Eu ia contar a ele, mas antes que tivesse tempo a polícia me prendeu."

"Entendi. Mas vamos ver de que modo seu encontro fortuito com Salim ajudou no seu desempenho no programa."

No estúdio, as luzes baixaram mais uma vez.

Prem Kumar se dirige à câmera. "Passemos agora para a pergunta número nove, valendo um milhão de rupias." Ele se vira para mim. "O senhor está pronto?"

"Estou", respondo.

"Vamos lá. Eis a pergunta número nove, que tem a ver com esportes. Me diga, senhor Thomas, qual é o esporte que o senhor pratica?"

"Nenhum."

"Nenhum? Então como é que o senhor está em forma desse jeito? Olhe só para mim, veja como estou gordo, apesar de ir à academia todo dia."

"Se o senhor trabalhasse como garçom e viajasse trinta quilômetros para ir e voltar do trabalho todo dia, o senhor também ia ficar em forma", respondo.

A platéia ri baixinho. Prem Kumar faz uma cara séria.

"Então vamos à pergunta número nove, referente ao críquete. Quantas vezes o maior rebatedor da Índia, Sachin Malvankar, marcou 100 pontos? Suas opções são: a) trinta e quatro, b) trinta e cinco, c) trinta e seis, e d) trinta e sete."

A música começa.

"Posso fazer uma pergunta?"

"É claro."

"A seleção da Índia jogou com algum outro país desde a recente partida com a Austrália?"

"Que eu saiba, não."

"Então eu sei a resposta. É C. Trinta e seis."

"Esta é sua resposta final? Não esqueça que um milhão de rupias dependem da sua resposta."

"É C, sim. Trinta e seis."

"O senhor tem certeza absoluta?"

"Tenho."

Os tambores chegam a um crescendo. A resposta correta aparece na tela.

"Absolutamente correto! Sachin Malvankar marcou 100 pontos trinta e seis vezes. O senhor acaba de ganhar um milhão de rupias! Senhoras e senhores, vamos agora fazer um pequeno intervalo comercial."

"Corta!", exclamo.

10000000 — A rainha da tragédia

Um drama familiar com elementos de comédia e ação, terminando em tragédia. Em linguagem de cinema, seria dessa maneira que eu resumiria o tempo que passei com Neelima Kumari. Ela era atriz. E durante três anos trabalhei no apartamento dela em Juhu Vile Parle.

Tudo começou naquela mesma noite em que eu e Salim escapamos das garras de Maman e sua gangue. Pegamos o trem e saltamos em Juhu. Subimos até o apartamento de Neelima Kumari, apertamos a campainha e esperamos.

Depois de um longo intervalo, a porta se abre. "Sim?" Vemos uma senhora diante de nós. Radhey, o garoto perneta, tinha razão. Ela é mesmo alta e bonita, tal como uma protagonista de um filme, só que mais velha. Salim se joga a seus pés. "*Arrey*." Mais que depressa, ela recua. "Quem são vocês? O que estão fazendo aqui a essa hora da noite?"

"Somos amigos do Radhey", respondo com as mãos unidas. "Ele nos disse que a senhora está precisando de um criado. Viemos oferecer nossos serviços. Sabemos que a senhora é muito boa. Precisamos desesperadamente de casa e comida, e prometemos fazer qualquer coisa que a senhora mandar."

"Sim, estou mesmo precisando de um empregado, mas não pode ser uma pessoa tão jovem."

"Senhora, só somos jovens na aparência. Podemos realizar o trabalho de quatro homens. Além disso, eu falo inglês. Dê uma oportunidade para a gente."

"Mas não preciso de dois empregados. Só tenho espaço para um."

Eu e Salim nos entreolhamos. "Então, pelo menos escolha um de nós", retruco.

"Como você se chama?", ela pergunta a Salim.

"Salim."

"Ah, você é muçulmano, não é?"

Salim concorda com a cabeça.

"Olha, desculpe, mas a minha mãe, que já está idosa e mora comigo, não come nada que tenha sido tocado por um muçulmano. Pessoalmente não acredito nessa bobagem toda de contaminação por contato, mas o que é que eu posso fazer?" Ela dá de ombros. Salim fica desapontado.

Então ela se vira para mim. "E você? Como você se chama?"

"Ram", respondo.

Assim, sou escolhido, e é só então que descubro que viver com uma estrela de cinema não é tão glamoroso quanto as pessoas pensam. Ao ver uma estrela sem maquiagem, a gente entende que ela é exatamente como eu ou você, com as mesmas ansiedades e inseguranças. A única diferença é que a gente pensa acima de tudo em dinheiro, ou na falta de dinheiro, e ela pensa acima de tudo em fama. Ou na falta de fama.

As estrelas vivem numa espécie de aquário. No início, odeiam; depois, à medida que cresce a adulação, começam a gostar. E, quando as pessoas não as cobrem mais de atenções, elas murcham e morrem.

O apartamento de Neelima Kumari é espaçoso, decorado com muito bom gosto, em estilo contemporâneo, com carpetes e pinturas nas paredes. São cinco os quartos. O principal, grande, com banheiro e tudo, é ocupado por Neelima, e o segundo melhor é onde dorme sua mãe. Que eu saiba, Neelima não tem nenhum outro parente.

O quarto de Neelima é o melhor do apartamento. Tem uma cama enorme no meio, com uma colcha de veludo. As paredes são recobertas por ladrilhos de vidro, de modo que a pessoa vê sua própria imagem refletida em milhares de pedacinhos minúsculos. Há uma penteadeira repleta de perfumes e frascos. Ao lado dela há uma televisão Sony de vinte e nove polegadas, um videocassete e um moderno aparelho de VCD. Um candelabro caro pende do teto. O ar-condicionado silencioso mantém o quarto deliciosamente fresco. As paredes são cheias de prateleiras de vidro carregadas de troféus e prêmios de todos os tipos. Há uma vitrine abarrotada de revistas de cinema velhas. Em todas elas, Neelima Kumari aparece na capa. Vendo tudo isso, sinto-me privilegiado por estar trabalhando aqui. Quando estava no auge, ela deve ter sido a atriz mais famosa da Índia.

A mãe de Neelima é uma chata. Embora esteja com quase oitenta anos, tem a energia de uma mulher de quarenta e fica o tempo todo pegando no meu pé. Sou o único empregado que trabalha na casa em tempo integral. Uma senhora brâmane de Maharashtra vem no final da tarde para cozinhar e lavar os pratos e uma diarista lava as roupas. Todo o resto sou eu que faço. Sou eu que espano os móveis e faço a limpeza geral, passo as roupas a ferro e preparo chá à tarde, compro o leite e tudo o mais, e pago todas as contas da casa. Mas a mãe de Neelima nunca está satisfeita, embora eu sempre me dirija a ela, muito respeitosamente, como "Maaji". "Ram, você não me trouxe o leite", diz ela. "Ram, você não passou a ferro o meu lençol... Ram, você não tirou o pó desse quarto direito... Ram, você está desperdiçando seu tempo mais uma vez... Ram, você não esquentou o meu chá." Às vezes fico tão irritado com essas reclamações constantes que tenho vontade de fechar a boca da velha com fita adesiva.

Já Neelima, ainda que às vezes fique mal-humorada, não é tão exigente. Ela quer que eu fique morando no apartamento. O que não falta aqui é um quarto desocupado em que eu possa ficar, mas a mãe dela se recusa a deixar que "um homem" more na casa. Por isso sou banido para um *chawl* em Ghatkopar; todos os dias venho trabalhar no apartamento e depois volto para lá. É Neelima quem paga o aluguel do quarto no *chawl*. De certo modo isso é bom para mim, porque assim Salim pode morar no mesmo quarto que eu.

Saio para fazer compras com Neelima. Ela não tem carro, por isso andamos de táxi. Não gosto dessas saídas. Ela só compra cosméticos e roupas, e sou eu que tenho que carregar as sacolas pesadas. Ela nunca entra num McDonald's ou numa Pizza Hut. E nunca, jamais, compra alguma coisa para mim.

Hoje estamos na Cuff Parade, uma loja caríssima especializada em sáris. Ela passa mais de duas horas a examinar centenas de sáris e acaba comprando três por cinqüenta mil rupias, o que é quase equivalente a dois anos do meu salário. Quando estamos saindo da loja com ar-condicionado, um grupo de meninas de uniforme escolar se aproxima dela. As meninas estão agitadíssimas.

"Com licença, a senhora é a atriz Neelima Kumari?", pergunta uma delas.

"Sou, sim", responde Neelima, muito satisfeita.

"Eu não disse?", grita a menina para as amigas. "Eu não falei que era a Neelima?" Então ela se vira para nós outra vez. "Neelimaji, somos suas fãs. Ver a senhora é a realização de um sonho. Nenhuma de nós trouxe o caderno de autógrafos, mas será que a senhora podia autografar os nossos cadernos escolares?"

"É claro, com prazer", diz Neelima, pegando uma caneta na bolsa. Uma por uma, as meninas apresentam seus cadernos, na maior empolgação. Neelima pergunta o nome de cada uma e depois escreve, com sua letra esparramada: "Para Ritu, com amor, Neelima." "Para Indu, com amor, Neelima." "Para Malti, com amor, Neelima." "Para Roshni, com amor, Neelima." As meninas lêem as dedicatórias e dão gritinhos de alegria.

Essa adulação deixa Neelima nas nuvens. É a primeira vez que vejo alguém reconhecê-la e fico abismado de constatar o impacto que isso tem sobre ela. De repente ela olha para mim preocupada, vendo que estou suando nesse calor, segurando uma sacola de compras pesada. "Ram, você já deve estar morrendo de fome. Vem, vamos tomar um sorvete", diz ela. Dou um gritinho de alegria.

De vez em quando Neelima me ensina alguma coisa sobre a arte do cinema. Ela me fala sobre os diversos técnicos que atuam na produção de um filme. "As pessoas acham que o diretor e os atores bastam para fazer o filme. Não imaginam que há milhares de pessoas trabalhando nos bastidores, que sem o trabalho delas o filme jamais seria feito. É só depois que todos esses técnicos fazem seu trabalho que o diretor pode estalar os dedos e dizer para os atores: 'Luz, câmera, ação!'" Ela me fala sobre os cenários, os objetos cênicos, a iluminação, a maquiagem, os dublês e os assistentes de câmera.

Então me fala sobre os diferentes gêneros. "Eu detesto esses filmes de hoje em dia, em que tentam misturar tudo — tragédia, comédia, ação e melodrama. Não. Um bom filme deve respeitar seu gênero. Eu sempre escolhia os meus filmes com cuidado, depois de entender muito bem o que significava a história e qual era a minha participação nela. Você nunca vai me ver cantando e dançando numa cena e morrendo depois. Não, Ram. O personagem tem que ser coerente. Assim como um grande pintor é identificado pelo seu estilo inconfundível, uma atriz deve ser conhecida pelo lugar inconfundível que ela ocupa. Pelo gênero que é dela. O grande artista não é apenas aquele que combina com um gênero, e sim o que define um gênero. Você viu a resenha desse filme novo, *Relações do coração*, que saiu no *The Times of India*? O crítico disse que Pooja, a atriz, estragou completamente a cena da morte. "Quem dera que Neelima Kumari trabalhasse nesse filme para fazer justiça à personagem. As atrizes jovens de agora deviam aprender com artistas lendárias como ela." Fiquei muito satisfeita de ler isso. Ser apresentada como um exemplo, como modelo de um gênero, é o maior elogio que um ator pode receber. Vou mandar emoldurar esse artigo."

"E qual era o seu estilo inconfundível?"

Ela sorri. "Sei que você é muito jovem para saber que Neelima Kumari é conhecida como a rainha da tragédia indiana. Venha, vou lhe mostrar uma coisa."

Ela me leva para seu quarto e abre um *almirah* de metal. Meus olhos quase pulam fora das órbitas, porque o *almirah* está cheio de fitas de vídeo. "Você sabia que todas essas fitas são filmes em que eu trabalhei?"

"É mesmo? São quantas ao todo?"

"Cento e catorze. Foram esses os filmes que eu fiz em vinte anos de carreira." Aponta para a primeira fileira. "Estes são os primeiros. São comédias-pastelão, a maioria deles. Você sabe o que é uma comédia, não sabe?"

Balanço a cabeça vigorosamente. "Sei, sim. Como as do Govinda."

Neelima indica as duas fileiras seguintes. "Estes são os filmes do meu segundo período. São dramas familiares, quase todos. Mas eu também fiz um famoso filme de suspense, *Diga quem foi o assassino*, e um de horror que virou um clássico, *Trinta anos depois*."

Por fim, ela aponta para as quatro fileiras de trás. "Todos estes são tragédias. Você vê as centenas de prêmios e troféus que eu recebi ao longo dos anos? Quase todos são referentes aos filmes desta seção. Meu predileto é este aqui." Ela pega uma das fitas. Leio o que está escrito na etiqueta: *Mumtaz Mahal*. "Neste filme eu fiz o maior papel da minha vida, o da mulher do imperador Chah Jahan, Mumtaz Mahal. Cheguei a ganhar o prêmio Nacional. Está vendo aquele troféu ali no centro? Quem entregou foi o presidente da Índia."

"Então, este foi o maior papel que a senhora representou?"

Ela suspira. "Foi um bom papel, sem dúvida, com muito potencial de emoção, mas tenho a impressão de que ainda não desempenhei o maior papel da minha vida."

A mãe de Neelima já não anda muito bem. Ela tosse e geme muito. Suas reclamações estão se tornando insuportáveis. Vive se queixando de seus achaques e nem poupa mais Neelima; fica sempre lembrando-a de suas obrigações para com a pessoa que a pôs no mundo. Acho que Neelima está começando a ficar um pouco irritada. Além de minhas outras funções, agora passo metade no dia comprando remédios para Maaji e depois verificando se ela toma cada comprimido, cápsula e pastilha na hora adequada.

Grande animação no apartamento. O canal de televisão nacional, Doordarshan, vai exibir hoje um filme de Neelima chamado *A última esposa*. É uma das suas famosas tragédias, e ela quer que todos nós fiquemos na sala com ela assistindo ao filme. Às oito da noite, nos reunimos diante da TV: a cozinheira, a empregada e eu sentados no tapete, e Maaji recostada no sofá, ao lado de Neelima. O filme começa. Realmente, não é o tipo de filme que me agrada. É a história de uma família de classe média empobrecida que tem de enfrentar um monte de problemas. Muita choradeira, muitos gemidos. E, ao fundo, Maaji geme o tempo todo. O filme mostra a vida de modo realista demais. Eu acho isso ridículo. Qual o sentido de assistir a um filme que mostra uma realidade que a gente pode ver na casa do vizinho? Neelima, porém, está muito jovem e lindíssima no filme, e de fato trabalha muito bem. É uma sensação estranha assistir a um filme enquanto a protagonista está sentada atrás de você. O que será que ela sente quando vê a si própria na tela da televisão? Será que se lembra dos assistentes de câmera, dos maquiadores, dos técnicos de iluminação e de som que trabalhavam nos bastidores?

Na história, Neelima morre depois de uma fala muito emocionada. O filme termina logo depois. Todos nós nos levantamos para esticar as pernas. Então percebo que Neelima está chorando. Preocupado, pergunto: "O que houve? Por que a senhora está chorando?".

"Nada, Ram. É só que eu sinto uma afinidade com meu personagem no filme. Está vendo? Agora estou sorrindo."

"Como é que os atores conseguem rir num minuto e chorar no outro?"

"É o que caracteriza os grandes atores. Sabe por que é que me chamam de rainha da tragédia?"

"Por quê, senhora?"

"Porque nunca usei glicerina para chorar em nenhum dos meus filmes. Eu fazia meus olhos se encherem de lágrimas quando queria."

"Grande coisa! Eu também nunca precisei de glicerina para fazer meus olhos se encherem de lágrimas", digo à empregada quando Neelima não está mais por perto.

Quanto mais convivo com Neelima, mais entendo o motivo pelo qual ela é chamada de rainha da tragédia. Há uma aura de melancolia ao seu redor. Até no sorriso dela percebo um toque de tristeza. Sinto curiosidade sobre sua vida, queria saber por que ela jamais se casou. Parece não ter nenhum amigo de verdade. Mas de vez em quando sai de casa e só volta tarde da noite. Com quem será que ela se encontra? Acho pouco provável que seja um namorado, porque Neelima nunca chega radiante de felicidade. Pelo contrário, volta com uma cara abatida, deprimida, e vai direto para o quarto. Eu adoraria resolver esse mistério.

Também não entendo sua obsessão pela beleza. Beleza física. Ela é uma mulher bonita, e no entanto passa horas se maquiando e se olhando no espelho. Sua penteadeira está cheia de cremes. Uma vez resolvo tentar ler os rótulos. São cremes contra rugas e contra celulite, loções antienvelhecimento. Há cremes que realçam o brilho da tez, cremes que hidratam a pele para mantê-la jovem, cremes revitalizantes para ser usados de noite, géis que dão consistência à pele. O banheiro de Neelima está cheio de sabonetes com cheiros estranhos, esponjas de esfregar a pele e máscaras que teriam o efeito de fazer a pessoa ficar jovem. No armário de remédios há tantas drogas para ela quanto para Maaji: hormônios de crescimento, cremes para dar firmeza aos seios, melatonina medicinal e antioxidantes.

Até que um dia digo a ela: "Se a senhora não se incomoda de eu perguntar, para que tantos cosméticos? A senhora não trabalha mais como atriz".

Ela me olha nos olhos. "Quem trabalha no cinema fica muito vaidoso. A gente se acostuma tanto a se ver com maquiagem que não tem mais coragem de se olhar no espelho e ver o rosto verdadeiro. Não esqueça que uma atriz é atriz até morrer. As filmagens terminam, mas o espetáculo não pode parar."

Não sei se ela está falando com sinceridade ou apenas recitando as falas de um filme.

Uma coisa realmente maravilhosa aconteceu hoje. Maaji morreu enquanto dormia. Aos oitenta e um anos de idade.

Neelima chora um pouco, depois começa a tomar as medidas práticas referentes às providências funerárias. Tenho a impressão de que toda a indústria cinematográfica vem a seu apartamento para lhe dar os pêsames. Neelima fica sentada num sofá, numa pose estóica, com um sári branco e só um pouco de maquiagem. Reconheço muitas das pessoas que aparecem. São atores e atrizes, diretores e produtores, cantores e compositores. A sala fica apinhada de gente. Espicho o pescoço e tento encontrar os artistas famosos cujas fotos já vi em *Starburst* e a cujos filmes já assisti. É uma pena Salim não estar aqui comigo. Mas ele ficaria decepcionado. Porque os visitantes não parecem os astros glamorosos que vemos na tela. Não estão cheios de maquiagem nem usam roupas extravagantes. Estão todos com roupas imaculadamente brancas, com caras muito sérias. Mesmo os comediantes famosos.

Não sei como Neelima encara a morte da mãe. Mas, para mim, o falecimento de Maaji foi semelhante ao alívio que a gente sente depois de um filme deprimente.

Um mês depois da morte da mãe, Neelima me pede que fique morando no apartamento. Ela sabe que Salim mora comigo no *chawl*, por isso continua pagando o aluguel do quarto. Eu me mudo para o apartamento dela. Mas não me instalam em nenhum dos quatro quartos vazios. Vou para o minúsculo quartinho usado para passar roupa.

Percebo que, depois da morte de Maaji, Neelima passa a sair com mais freqüência, e às vezes nem se dá ao trabalho de voltar para dormir em casa. Tenho certeza de que ela está saindo com alguém. Talvez em breve se case.

Acordo com um barulho de alguma coisa arranhando, que vem da sala. É um som muito leve, porém suficiente para me despertar. Esfrego os olhos e me viro para o despertador a meu lado. São duas e meia da madrugada. O que será que Neelima está fazendo, andando pelo apartamento a essa hora? De repente, me dou conta de que seu namorado pode ter vindo visitá-la e fico muito curioso. Saio do quarto na ponta dos pés e vou em direção à sala.

A sala está às escuras, mas há um homem aqui. Não parece ser o namorado de Neelima. Usa uma máscara negra enfiada na cabeça, com duas fendas nos lugares dos olhos. Na mão esquerda segura um saco preto. Na direita, uma lanterna, que está apontada para o videocassete. Rapidamente ele desconecta os cabos, pega o aparelho e o enfia dentro do saco preto. Compreendo que não se trata de namorado nenhum, e sim de um ladrão. Dou um grito. É um grito agudo, que despedaça o silêncio da noite como um tiro. Acorda Neelima Kumari, que vem correndo até a sala. Deixa o ladrão totalmente desconcertado, fazendo-o largar no chão o saco e a lanterna e cobrir os dois ouvidos com as mãos. E estraçalha uma estatueta de vidro que se equilibrava delicadamente sobre a televisão.

"O que houve?", ela pergunta, ofegante, e acende a luz da sala. Então vê o ladrão e dá um grito também. A essa altura, o ladrão já está quase surdo. Ele cai de joelhos e começa a implorar. "Por favor, minha senhora, não sou ladrão, não. Vim só olhar a sua casa."

"Ram, pegue o telefone. Vou chamar a polícia imediatamente", diz Neelima. Trago o telefone sem fio na mesma hora.

O ladrão arranca a máscara. É um homem ainda jovem, de barbicha. "Por favor, por favor, minha senhora, não chame a polícia, eu imploro. Não sou ladrão, não. Sou aluno da última série do St. Xavier. Sou um dos seus maiores fãs. Vim aqui só para ver como a senhora vive."

Vejo que Neelima amolece visivelmente ao ouvir isso. "Não dê ouvidos a ele", eu a alerto. "Esse sujeito é um ladrão. Se ele é seu fã, por que é que pegou o nosso videocassete?"

"Eu explico, Neelimaji. Comprei as fitas de todos os filmes que a senhora fez. Todos os cento e catorze. Vejo pelo menos um filme seu por dia. Pelo excesso de uso, meu aparelho está com defeito. Mandei consertar. Mas não consigo passar um único dia sem ver um filme seu. Por isso pensei em levar um dos seus videocassetes. Só de saber que estou vendo o filme num aparelho que pertence à senhora, a experiência vai se tornar muito mais memorável. Eu pretendia devolvê-lo assim que o meu voltasse do conserto. A senhora pode acreditar em mim, eu lhe peço. Juro pelo meu pai morto que não estou mentindo."

"Isso tudo é mentira!", exclamo. "A senhora devia chamar a polícia."

"Não, Ram", diz Neelima. "Primeiro quero testar se este homem está dizendo a verdade. Se ele viu todos os meus cento e catorze filmes, ele vai poder responder a algumas perguntas. Vamos lá. Me diga em que filme eu fiz o papel de uma jovem aldeã chamada Chandni?"

"Ah, como eu poderia esquecer isso, Neelimaji? É um dos meus filmes favoritos. É o *De volta à aldeia*, não é?"

"Certo. Mas essa foi muito fácil. Me diga: por qual filme eu ganhei o prêmio Filmfare em 1982?"

"Essa é mais fácil ainda. Foi *Noite escura*, com certeza."

"Meu Deus, você acertou. Está bem. Em que filme eu trabalhei com Manoj Kumar?"

"Foi naquele filme patriótico, *A pátria chama*."

"Ah, você viu até esse?"

"Eu já disse, Neelimaji, sou seu maior fã vivo. Me diga, por que foi que a senhora aceitou aquele papel insignificante em *Amor eterno*? Sempre achei que o diretor subutilizou a senhora nesse filme."

"É espantoso você me perguntar isso sobre *Amor eterno*. Eu também acho que não devia ter feito esse filme. Quem levou a fama foi Sharmila, e eu me dei mal."

"Mas a senhora estava fantástica em *Chuva em Bombaim*. Acho que o monólogo que a senhora faz no templo depois da morte do pai é a cena mais memorável de todo o filme. A senhora devia ter ganhado o prêmio Filmfare por esse papel, mas em vez disso ganhou por *Mulher*."

"É, sim. Se eu tivesse de escolher entre *Mulher* e *Chuva em Bombaim*, provavelmente também ficaria com o segundo. De fato, você conhece muita coisa sobre os meus filmes. Como você se chama?"

"Ranjeet Mistry. Tenho vinte e quatro anos. Sempre quis lhe perguntar uma coisa a respeito de *Mumtaz Mahal*, que considero o melhor filme de todos os tempos. Aquela cena do parto, em que a senhora está morrendo e Dileep Sahib, que faz o imperador, está sentado à sua cabeceira, a senhora pede que ele faça uma promessa e então tira a pulseira de ouro — mas depois não a entrega a ele. Por que a senhora fez isso?"

"É espantoso. Você realmente entrou nos menores detalhes do filme. Vou lhe responder. Mas por que você está sentado no chão? Venha, sente aqui no sofá. E, Ram, o que é que você está fazendo com o telefone na mão? Não vê que temos uma visita? Traga duas xícaras de chá e os biscoitos. Mas, como eu estava dizendo, quando *Mumtaz Mahal* ainda estava em fase de projeto..."

Quando volto com as xícaras de chá, Neelima e o ladrão estão rindo e trocando comentários jocosos como se fossem dois amigos que não se vêem há anos. Fico embasbacado com a cena. O homem veio roubá-la, e só porque ele viu uns filmes dela Neelima lhe serve chá com biscoitos.

O que começou como filme policial terminou como drama familiar.

Ela me chama uma tarde. "Ram, quero que você se mude para o *chawl* amanhã. Só por um dia. Preciso de privacidade."

"Mas por quê, senhora?"

"Não faça perguntas", diz ela, irritada. "Faça o que estou mandando."

Essas instruções são repetidas três vezes nos três meses seguintes. Sei que quando saio do apartamento ela recebe o namorado, e ela não quer que eu fique sabendo disso. Assim, quando ela me pede de novo para ir para Ghatkopar e só voltar no dia seguinte, não sigo suas instruções por completo. Vou dormir em Ghatkopar, mas no dia seguinte, em vez de voltar às sete da manhã, volto às cinco e fico esperando do lado de fora do apartamento. Conforme o esperado, às seis da manhã a porta se abre e sai um homem. É alto, tem o rosto simpático, mas os olhos vermelhos e o cabelo despenteado estragam sua aparência. Usa jeans e camisa branca. Na mão esquerda, leva um maço de notas e um cigarro aceso, rodopiando o chaveiro do carro no dedo. O rosto me parece vagamente familiar, mas não consigo identificá-lo. Ele nem sequer me dirige um olhar antes de descer a escada. Só entro em casa às sete horas.

Levo meu primeiro susto quando vejo o estado da sala de visitas. Há guimbas de cigarros e cinzas por toda parte. Na mesa de centro há um copo derrubado, juntamente com uma garrafa de uísque vazia. O tapete está coberto de amendoins. Há um cheiro forte de álcool na sala.

Levo o segundo susto quando vejo Neelima Kumari. Ela tem o rosto cheio de contusões, e um olho está roxo. "Meu Deus! O que aconteceu com a senhora?", exclamo.

"Nada, Ram. Eu escorreguei quando me levantava da cama e me machuquei. Nada sério."

Sei que ela está mentindo. O homem que vi saindo do apartamento fez isso com ela. E, em troca, ela lhe deu cigarros, uísque e também dinheiro. Fico consternado e zangado, e também impotente, pois não posso protegê-la.

A partir desse dia, uma mudança sutil ocorre em Neelima. Ela se torna mais introvertida e recolhida. Creio que começa a beber uísque, pois muitas vezes sinto aquele cheiro em seu hálito.

Uma manhã, mais uma vez a encontro com um olho roxo e uma queimadura de cigarro no braço. É demais para mim. "Estou muito triste por ver o que está acontecendo com a senhora. Quem foi que fez isso?", pergunto.

Neelima poderia ter respondido: "Não é da sua conta". Mas nessa manhã ela está pensativa. "Sabe, Ram, alguém já disse que é melhor ter amado e perdido do que nunca ter amado. Às vezes eu me pergunto se isso é mesmo verdade. Eu também amei. Ainda não sei se perdi, mas já sofri muito. Há um homem na minha vida. Às vezes acho que ele me ama. Às vezes acho que ele me odeia. Ele me tortura devagar, pouco a pouco."

"Então por que a senhora não se livra dele?", pergunto.

"Não é tão simples assim. Há um certo grau de prazer mesmo na dor. Um êxtase doce. Às vezes fico pensando que, se a dor pode ser tão doce, talvez a morte venha a ser um prazer delicioso. Quando ele me tortura com a brasa do cigarro, não tenho vontade de gritar. Tenho vontade de recitar uma daquelas falas memoráveis do meu filme *Mulher*. A cena da morte. 'Ó vida, como és volúvel. A morte é que me ama de verdade, ela é que é minha companheira constante. Vem, morte, leva-me em teus braços, sussurra em meus ouvidos o doce som do silêncio, e me arrebata para a terra do amor eterno.' "

"Mas isso foi só um filme, senhora", argumento.

"Ora! Você já se esqueceu do que eu lhe disse uma vez — que uma atriz é atriz até morrer? Vou ser sempre conhecida como a rainha da tragédia. E eu não me tornei rainha da tragédia só recitando falas que me foram entregues por um roteirista. Eu vivia a vida dos meus personagens. Ghalib não se tornou um grande poeta trágico só porque escreveu uns versos num livro. Não. Você tem que sentir a dor, vivenciá-la, conviver com ela no seu dia-a-dia, para se tornar rainha da tragédia."

"Se é esse o critério, então eu posso me tornar o rei da tragédia?", eu lhe pergunto, com a inocência deslumbrada de um garoto de doze anos.

Ela não responde.

* * *

Neelima está concedendo uma entrevista a uma jornalista de *Starburst* na sala de visitas. Eu entro com uma bandeja cheia de *gulab jamuns* e *samosas*.

"Bom, Neelimaji, já falamos sobre o passado. Passemos agora ao presente. Por que a senhora parou de filmar?" Observo a jornalista às voltas com o gravador. É bem jovem e bastante atraente, tem uma tez clara e cabelo negro caindo sobre os ombros. Usa uma calça preta elegante, uma *kurti* estampada e escarpins pretos de salto alto.

"Porque não fazem mais filmes como os de antigamente. A paixão, o envolvimento, não existem mais. Os atores de hoje em dia são produzidos em série, um exatamente igual ao outro, e repetem as falas como se fossem papagaios. Não há profundidade. Nós fazíamos um filme de cada vez. Hoje tem ator que passa o dia correndo de um set a outro, até três sets por dia. Isso é ridículo." Neelima esboça um gesto.

"Bom, a senhora me desculpe, mas o que ouvi dizer é que em parte a senhora parou porque não estavam mais lhe oferecendo papéis."

O rosto de Neelima fica vermelho de raiva. "Quem lhe disse isso? É uma mentira deslavada. Já me ofereceram vários papéis, mas eu não me interessei. Não eram fortes o bastante para mim. E os filmes não giravam em torno da protagonista."

"O que a senhora quer dizer é que não lhe ofereceram mais o papel da protagonista, e sim o de irmã mais velha ou tia."

"Mas que audácia a sua, fazer pouco de mim e do meu trabalho! Realmente, até os jornalistas hoje em dia não têm educação. Então você não está vendo todos esses prêmios e troféus nas minhas prateleiras? Acha que eu ganhei tudo isso sem trabalhar? Acha que eu ganhei o apelido de rainha da tragédia cantando em volta de árvores como essas protagonistas de meia-tigela de agora, que não passam de figurantes metidas a besta?"

"Mas... mas nós não estamos falando sobre o seu passa..."

"Eu sei exatamente do que você está falando. Por favor, vá embora agora. Ram, leve esta senhora até a porta e não abra a porta para ela nunca mais." Neelima se levanta e sai da sala indignada. Eu levo a jornalista perplexa até a porta.

Dessa vez não sei se foi uma comédia, um drama ou uma tragédia.

Há muitas fotos emolduradas no apartamento de Neelima. Mas em todas elas só aparece Neelima. É Neelima recebendo um prêmio, Neelima cortando uma fita, Neelima assistindo a uma apresentação, Neelima entregando um prêmio. Não há nenhuma foto de nenhum outro artista de cinema, com exceção de duas fotografias no quarto dela. São retratos de duas mulheres muito bonitas, uma branca e a outra indiana.

"Quem são essas mulheres?", pergunto a ela um dia.

"A da esquerda é Marilyn Monroe, e a da direita é Madhubala."

"Quem são elas?"

"As duas foram atrizes muito famosas que morreram jovens."

"Então por que é que a senhora tem as fotos delas?"

"Porque eu também quero morrer jovem. Não quero morrer velha coroca. Você já viu a foto da Shakeela na *Film Digest* desta semana? Ela foi uma atriz famosa nos anos 50, e já deve estar com uns noventa anos. Veja como ela está velha e seca. Pois é exatamente assim que as pessoas vão se lembrar dela depois que ela morrer: velha, enrugada, acabada. Mas as pessoas sempre se lembram de Marilyn Monroe e Madhubala jovens, porque elas morreram jovens. A imagem que fica na cabeça das pessoas é a cara que você tinha quando morreu. Eu quero, como Madhubala, deixar uma imagem de juventude e beleza intactas, de graça e charme eternos. Não quero morrer com noventa anos. Às vezes tenho vontade de parar todos os relógios do mundo, quebrar todos os espelhos e congelar o meu rosto jovem no tempo."

Sinto uma tristeza estranha ao ouvir essas palavras. De certo modo, Neelima é órfã, tal como eu. Só que, ao contrário de mim, ela tem uma família maior — os fãs, os produtores e os diretores. E está disposta a fazer o maior de todos os sacrifícios por eles. Para que eles se lembrem para sempre dela como uma jovem.

Pela primeira vez, penso que é uma sorte eu não ser artista de cinema.

Um produtor famoso vem visitar Neelima. Ela está entusiasmada. Acha que ele vai lhe oferecer um papel, e mais uma vez ela poderá enfrentar as câmeras. Passa o dia inteiro se maquiando e experimentando várias roupas.

O produtor chega à noitinha. É um homem baixo e calvo, com uma barriga proeminente. Neelima me manda servir *gulab jamuns*, *samosas* e sorvete.

"... um papel excelente para a senhora, Neelimaji", está dizendo o produtor. "Sempre fui um dos seus maiores fãs. Vi *Mulher* quinze vezes. A cena da morte. Meu Deus, eu quase morro quando vejo. Foi por isso que resolvi convencê-la a voltar a trabalhar. Esse filme, para o qual eu já fisguei um diretor de primeira, é uma história que gira em torno de uma mulher. Estou lhe oferecendo um papel fantástico."

"Qual é o diretor que o senhor contratou?"

"Chimpu Dhawan."

"Mas ele não é diretor de comédias?"

"O que é que tem? Além disso, o filme tem humor também. Para os papéis principais, já contratei Shahrukh Khan e Tabu."

"Não entendi. O senhor já contratou uma protagonista. Então o filme vai ter duas protagonistas?"

"Não, não."

"Então o que é que Tabu faz no filme?"

"Ela é a protagonista."

"E qual é o papel que o senhor está me oferecendo?"

"Ah, a senhora não entendeu? É o papel da mãe de Shahrukh Khan."

Neelima expulsa o produtor da casa na mesma hora.

O produtor sai espumando de raiva. "É uma criança mimada, essa mulher. O que ela pensa da vida? Acha que ainda pode ser a mocinha. Será que ela não se olha no espelho? Sorte dela eu não ter oferecido o papel de avó. Ha!"

Essa me pareceu uma boa cena de comédia.

O namorado de Neelima veio visitá-la mais uma vez. Mas agora as coisas estão mais sérias. Eu a encontro na cama, com um corte profundo no supercílio esquerdo e o rosto inchado. Ela fala com dificuldade.

"Precisamos chamar a polícia, madame, e mandar prender esse cachorro", eu insisto, enquanto passo ungüento anti-séptico na ferida.

"Não, Ram. Está tudo bem."

"Então pelo menos me diga o nome dele."

Ela dá uma gargalhada rouca. "O que é que isso vai adiantar? Não se preocupe, esse homem não vai voltar mais aqui. Eu rompi com ele finalmente. Foi por isso que ele fez isso comigo. Se algum dia ele voltar, eu cuspo na cara dele."

"E por quanto tempo a senhora vai sofrer em silêncio? Olhe só o que ele fez com o seu rosto."

"O destino da mulher é sofrer em silêncio. E o que ele fez com o meu rosto não é nada em comparação com o que ele fez com o resto do corpo. Você quer mesmo ver? Então olhe." Ela desabotoa a blusa e abre o sutiã. Vejo os seios nus de uma mulher pela primeira vez na vida. São grandes e pesados, caídos como os úberes de uma vaca. Recuo assustado quando vejo as queimaduras de cigarro em todo o seu peito, como pequenas crateras negras na pele branca e lisa. Começo a chorar.

Ela também chora. "Não quero mais viver de máscara. Chega de plásticas, chega de cosméticos. Quero ser uma mulher de verdade uma vez na vida. Venha cá, meu filho", diz ela, e puxa meu rosto para junto de seu peito.

Não sei em que Neelima Kumari estava pensando quando me apertou contra o seio. Se ela me via como filho ou namorado, se ela fez isso para esquecer da dor ou apenas para gozar uma emoção barata. Porém, quando enfiei o rosto entre seus peitos, toda a consciência do mundo exterior desapareceu de meu cérebro e pela primeira vez na vida tive a impressão de que não era mais um órfão. Que tinha uma mãe de verdade, cujo rosto eu podia ver, cuja carne eu podia tocar. E o gosto salgado das minhas lágrimas se confundiu com o suor e o cheiro de seu corpo, na experiência mais comovente de todos os meus treze anos de vida. Toda a dor e o sofrimento, todos os insultos e as humilhações que eu havia sofrido no decorrer dos anos desapareceram naquele momento. Tive vontade de parar todos os relógios do mundo e congelar aquele instante para sempre. Pois, embora fosse tão breve, bastou aquele momento para produzir em mim uma sensação tão genuína que nenhum ator jamais poderia imitá-la.

É por isso que não vou tentar definir esse episódio como drama, suspense ou tragédia. Foi algo que transcende todos os gêneros.

Eu e Neelima nunca mencionamos o que aconteceu naquela manhã. E o que aconteceu naquele dia nunca mais volta a acontecer. Mas nós dois convivemos com a consciência de que nossas vidas sofreram uma mudança irrevogável.

Ela quer retirar a máscara, mas não tem força mental para fazê-lo. E se recusa a deixar que eu a ajude. O destino inevitável de uma rainha da tragédia a atrai com uma insistência cada vez maior. Sua depressão se acentua. Ela começa a beber de tal modo que já não tem mais quase consciência do mundo ao seu redor. Ela despede a empregada e a cozinheira. Sou a única pessoa que mora com ela no apartamento. E então ela se prepara para o maior papel de sua vida.

Neelima Kumari me manda juntar numa pilha organizada todas as revistas de cinema em que suas fotos aparecem. Depois arruma ela mesma todos os seus troféus e prêmios, colocando cada um em seu lugar, os do jubileu de platina na frente, depois os do jubileu de ouro, e atrás os de prata. Veste seu sári mais caro e põe suas jóias mais finas. Passa três horas diante do espelho para que seu rosto fique mais bonito do que nunca. Depois despeja na privada todos os cremes cosméticos. Vai ao armário de remédios e joga fora todos os produtos de beleza. Então abre um pote onde ficam os analgésicos receitados para sua mãe. Não sei quantos comprimidos ela engole.

Por fim, vai para o quarto e põe no videocassete a fita de seu filme *Mumtaz Mahal*. Senta-se na cama e aperta *play*. O filme começa. Ela me manda comprar legumes no mercado e se prepara para esperar.

Quando volto do mercado nessa tarde, encontro-a na cama, como uma linda noiva adormecida. Mas nem preciso tocar sua pele fria para entender que está morta. Na mão, tem um troféu: "Prêmio Nacional, melhor atriz. Concedido a Neelima Kumari por seu papel em *Mumtaz Mahal*, 1985".

A cena que tenho diante dos olhos sem dúvida é um drama dos melhores.

Fico olhando para o cadáver de Neelima Kumari, sem saber o que fazer. A única coisa de que tenho certeza é que não vou recorrer à polícia. Os policiais são perfeitamente capazes de me acusar e me prender por assassinato. Então, faço a única coisa razoável. Fujo para o *chawl* em Ghatkopar.

"Por que é que você veio para cá?", pergunta Salim.

"Também fui despedido, tal como a empregada e a cozinheira."

"E o que é que vamos fazer agora? Como vamos pagar o aluguel deste quarto?"

"Não se preocupe, ela já pagou adiantado o aluguel dos próximos dois meses. Até lá, garanto que vou conseguir outro emprego."

A cada dia que passo no *chawl*, aguardo com temor o momento em que vai aparecer um jipe com uma luz vermelha piscando, para me levar embora. Mas nada acontece. Os jornais não publicam nada a respeito da morte de Neelima Kumari. Enquanto isso, arranjo emprego numa fundição.

Seu corpo só é descoberto um mês depois, porque um dos vizinhos se queixa do mau cheiro. Assim, arrombam a porta e entram. Não encontram nada na sala nem nos primeiros quatro quartos. Então acham um cadáver apodrecido no quarto principal. O sári parece novo, as jóias brilham, mas o rosto e o corpo apodreceram de tal modo que não podem ser reconhecidos. Levam embora o corpo usando máscaras e jogam o troféu no lixo. Sua identidade só é confirmada pelo dentista. E, quando descobrem quem ela era, publicam a foto do corpo apodrecido na primeira página de todos os jornais. "Neelima Kumari, que foi famosa como rainha da tragédia, suicidou-se. Tinha quarenta e quatro anos. Seu cadáver, em adiantado estado de decomposição, foi encontrado no apartamento só depois de um mês."

Isso é o que eu chamo de uma tragédia de verdade.

Smita respira fundo. "É por isso que os artistas de cinema são neuróticos! Sabe, eu vi *Mumtaz Mahal*, e também sempre quis saber qual era o mistério por trás daquela pulseira de ouro. O que será que Neelima Kumari contou àquele ladrão?"

"Infelizmente, esse mistério nunca vai ser desvendado. Mas, enfim, vamos continuar falando sobre Neelima Kumari ou vou contar o que aconteceu na pergunta seguinte do programa de televisão?"

Com relutância, Smita aperta *play*.

O estúdio está em pleno rebuliço. Estamos no meio de um intervalo maior. O produtor do programa, um homem alto com cabelão de mulher — ou de roqueiro —, conversa com Prem Kumar num canto. Depois que ele se afasta, Prem Kumar me chama com um gesto.

"Olha aqui, senhor Thomas", diz Prem Kumar, "o senhor se saiu muitíssimo bem no programa. Já está com um milhão de rupias no bolso. Me diga, o que o senhor pretende fazer agora?"

"Como assim?"

"Eu quero saber se o senhor vai embora ou se vai tentar ganhar o prêmio de um bilhão. Não esqueça que a partir de agora é Tudo ou Nada."

"Bom, nesse caso vou embora. Eu tive sorte até agora, mas pode ser que minha sorte esteja acabando."

"Pois olhe, isso seria uma pena, senhor Thomas. Nós achamos que, se o senhor continuar até o final e ganhar o prêmio, vai ser um grande exemplo para a juventude deste país. Assim, nós do *SRVB* resolvemos tornar as coisas mais fáceis para o senhor. Lembra como eu o ajudei na segunda pergunta? Se eu não tivesse mudado a pergunta naquela hora, o senhor teria ido embora sem um tostão no bolso. Eu queria fazer a mesma coisa nas próximas três perguntas. Prometo que, se o senhor quiser entrar na fase do Tudo ou Nada, nós vamos ajudá-lo a ganhar, porque queremos que o senhor ganhe. Vai ser a melhor coisa que já aconteceu no nosso programa."

"Que tipo de pergunta vocês iam fazer?"

"Não faz muita diferença, porque nós vamos lhe dar as respostas antes. Se o senhor confiou em mim na segunda pergunta, tenho certeza de que vai confiar em mim também nas perguntas dez, onze e doze. Então, combinado?"

"Bom, se o senhor está garantindo a minha vitória, eu não tenho como dizer não. Me diga, qual é a próxima pergunta?"

"Excelente." Prem Kumar bate palmas. "Billy", diz ele ao produtor, "o senhor Thomas concordou em enfrentar o Tudo ou Nada." Vira-se para mim e cochicha: "Vou lhe dizer qual é a próxima pergunta. É a seguinte: Qual a extensão do estreito de Palk, que separa a Índia do Sri Lanka? As opções são: a) 64 km, b) 94 km, c) 137 km, e d) 209 km. A resposta correta é C, 137 km. O senhor entendeu?".

"Entendi. Mas como é que eu posso ter certeza de que a resposta certa é essa, mesmo?"

"Ah, o senhor não confia em nós? É, eu compreendo. Afinal, o que está em jogo é um bilhão de rupias. Então vou lhe provar. Dê uma olhada neste caderno. Eu sei que o senhor sabe ler números." Pega um caderno em que todas as páginas são cheias de perguntas e respostas. Aponta para uma das perguntas. É a mesma que ele acabou de me dizer. E a resposta é justamente esta: 137 km.

"Agora o senhor acredita que não estou tentando lhe passar a perna?"

Faço que sim com a cabeça.

"Está bem. Pode voltar para seu lugar, que eu vou daqui a pouco."

O prefixo do programa é tocado outra vez, e no letreiro aparece a palavra APLAUSO. Prem Kumar se dirige à platéia. "Senhoras e senhores, estamos num momento decisivo de nosso programa. Temos conosco um candidato que atingiu a cifra mágica de um milhão de rupias. Agora ele tem de decidir se continua até disputar o prêmio máximo ou se desiste. Chegou o momento da verdade, senhor Thomas. Qual é a sua decisão? O senhor vai jogar até o fim ou vai pular fora? Não esqueça, porém, que se continuar no jogo o senhor corre o risco de perder tudo que ganhou até agora. Então, qual é a sua decisão?" Ele sorri para mim, me tranqüilizando.

"Eu vou até o fim", digo em voz baixa.

"Perdão?", exclama Prem Kumar. "O senhor podia falar um pouco mais alto, por favor?"

"Eu vou até o fim", repito bem alto, confiante.

Interjeições de espanto emergem da platéia. Alguém exclama: "Ah, meu Deus!". Outro comenta: "Que idiota!".

"Essa é a sua decisão final, definitiva?", diz Prem Kumar. Ele sorri para mim outra vez.

"É, sim", respondo.

"Então é uma decisão histórica, senhoras e senhores", diz Prem Kumar, exultante. "Temos conosco um candidato que está disposto a arriscar tudo. Até agora tivemos apenas um outro candidato, que arriscou tudo — e perdeu. Vamos ver hoje se o senhor Thomas vai conseguir entrar para a história como o primeiro vencedor do maior prêmio de todos tempos. Então, estamos prontos para as últimas três perguntas da fase do Tudo ou Nada. Por favor, uma salva de palmas para o senhor Thomas."

Ouve-se um crescendo de tambores. No letreiro lê-se TUDO OU NADA. A platéia fica em pé e aplaude com entusiasmo.

Depois que a música cessa, Prem Kumar vira-se para mim. "Então vamos lá, senhor Thomas. O senhor ganhou um milhão de rupias e acaba de entrar para a etapa da morte súbita, que nós chamamos de Tudo ou Nada. A partir de agora, o senhor ganha um bilhão ou então o senhor perde tudo que já ganhou até agora. Eis a pergunta número dez, valendo dez milhões — sim, dez milhões de rupias. Vamos lá. Neelima Kumari, a rainha da tragédia, ganhou o prêmio Nacional..."

"Mas essa não é..."

"Por favor, senhor Thomas, não me interrompa no meio da pergunta. Deixe-me terminar", diz ele, severo. "Como eu estava dizendo, a pergunta é: Neelima Kumari, a rainha da tragédia, ganhou o prêmio Nacional em que ano? Foi em: a) 1984, b) 1988, c) 1986, ou d) 1985?"

Fuzilo Prem Kumar com o olhar. Ele dá um sorriso irônico. Agora compreendo o que está acontecendo. O que ele me disse no intervalo foi um truque para me convencer a entrar na etapa final. Só que ele não contava com a minha sorte. Que continua atuando.

"Eu sei a resposta. É D. 1985."

"O quê?" Prem Kumar está atônito. Fica tão espantado que até se esquece de me perguntar se tenho certeza absoluta. Ele aperta o botão mecanicamente e a resposta correta aparece na tela. É D.

Prem Kumar fica com cara de quem acabou de ver um fantasma. "O senhor... senhor Thomas... acaba de ganhar d-dez milhões de rupias", ele gagueja, totalmente apatetado.

A platéia enlouquece. Todos se levantam e gritam. Algumas pessoas começam a dançar nos corredores.

Prem Kumar enxuga o suor da testa e bebe um bom gole de limonada.

O que era para ser uma tragédia se transformou em farsa.

100 000 000 — Jhs Dqopńkqs Az Shnk (ou Uma história de amor)

Comida. É só o que vejo, ouço e cheiro, é só no que penso na estação rodoviária barulhenta e apinhada de gente onde estou parado há duas horas, com uma camisa de algodão e uma calça Levi's. Quando você passa algum tempo sem comer, a fome murcha e morre. Mas se você passa muito tempo sem se alimentar — e eu não como nada desde ontem à tarde — o seu cérebro começa a fazer coisas estranhas. Ao meu redor, só vejo pessoas comendo e bebendo. E meu nariz segue a trilha da comida tal como um cachorro a farejar um osso. O aroma de *jalebis*, *puris* e *kachoris* feitos na hora me deixa tonto. Até algo tão simples quanto um ovo cozido, uma comida que nunca me agradou, me faz salivar. Mas quando enfio o dedo no bolso tudo que encontro é uma moeda de uma rupia, e desde que perdi minhas cinqüenta mil rupias essa moeda não parece mais me dar sorte. Assim, lambo os lábios ressequidos e me pergunto como vou matar minha fome.

Estou prestes a trocar meu relógio digital Kasio por um prato de *chhole bhature* quando meus olhos se fixam num cartaz ao lado da lanchonete da ferroviária. Nele está escrito o seguinte: M — A APENAS 1 KM. Já sei onde encontrar comida. De graça.

Saio da ferroviária de Agra e começo a procurar o enorme M vermelho. Entro em uma ou duas ruas erradas, peço informações a uns dois comerciantes e termino encontrando o que procuro no meio de um mercado chique. Os empregados bem vestidos do McDonald's me encaram com desconfiança, mas não me expulsam. Eles não podem se recusar a servir um cliente que esteja usando uma calça Levi's, por pior que seja seu aspecto. Paro perto da lata de lixo de madeira com tampa balançante. Quando ninguém está olhando, rapidamente enfio a mão dentro dela e retiro todos os pacotes de papel pardo que estão ao alcance do meu braço. Vou embora depois de usar o banheiro limpo, onde lavo o rosto e consigo me livrar ao menos de um pouco de toda aquela sujeira.

Minha primeira tentativa de conseguir comida no lixo foi muito bem-sucedida. Sento-me num banco de madeira verde do lado de fora e, muito contente, como um hambúrguer vegetariano pela metade, alguns *nuggets* de frango, duas porções quase inteiras de batata frita e meio copo de 7 Up. Conseguir comida no lixo faz parte das estratégias de sobrevivência de um menino de rua. Uma vez conheci uns garotos que se alimentavam exclusivamente dos restos de comida encontrados na cabine com ar-condicionado do expresso de Radjdhani. Outros eram viciados em pizza de calabresa da Pizza Hut, e conseguiam separar pelo menos sete ou oito fatias perfeitas todas as noites do lixo que havia dentro da lanchonete. Mas todos concordavam que a maneira mais fácil de comer de graça era ir de penetra a uma festa de casamento. Salim era muito bom nisso. A única exigência é estar bem vestido, com sapatos decentes. Basta misturar-se com os convidados e depois entrar na fila do bufê. Os parentes da noiva acham que você é um dos convidados do noivo, e os do noivo pensam que você é convidado da noiva. Dá para beber de dez a quinze garrafas de refrigerante, servir-se de um bufê bem variado e provar vários tipos de sobremesa. Pode-se até levar de lembrança uns bons talheres de aço inoxidável. Salim conseguiu formar um faqueiro quase completo. Porém abandonou essa prática depois de um episódio ocorrido em Nariman Point, quando ele entrou de penetra numa festa na qual a família da noiva começou a brigar com a do noivo, e a coisa degenerou em pancadaria geral. Salim apanhou dos dois grupos.

Tendo matado a fome, resolvo explorar esta cidade desconhecida. Caminho pelas ruas apinhadas de jinriquixás, pedestres e vacas. Admiro as treliças complexas das velhas *havelis*, saboreio o cheiro de comida que vem dos restaurantes de *kebab* e *dhabas* vegetarianos, e prendo a respiração diante do fedor que vem dos esgotos a céu aberto e dos curtumes. Leio os cartazes gigantescos colados em todos os espaços vazios, conclamando o público a ver filmes novos ou votar em políticos velhos. Vejo artesãos enrugados trabalhando em oficinas decrépitas, fazendo delicados trabalhos em mármore, e jovens vendedores barulhentos vendendo celulares em lojas com ar-condicionado. Constato que os ricos de Agra não são diferentes dos ricos de Delhi e Mumbai, pois moram em casas de mármore e acrílico equipadas com seguranças e alarmes. Também as favelas de Agra são iguais às outras. As mesmas folhas de ferro corrugado fazendo as vezes de telhados; as mesmas crianças nuas barrigudas brincando na lama com os porcos enquanto as mães lavam seus utensílios em água de esgoto.

Caminho por uma rua curva cheia de poeira quando de repente vejo um rio. Suas águas são de um verde amarelado, lamacentas. O nível está baixo, sinal de que ainda não tiveram início as monções. Pedaços de madeira e plástico flutuam nos torvelinhos da correnteza. Em outras circunstâncias, eu teria acompanhado com a vista a trajetória sinuosa desse rio, abaixando-me para procurar a marca deixada pelo nível alto das águas na margem, espichando o pescoço para ver mais de perto um cadáver a flutuar na superfície. Mas não aqui, não agora. Pois meus olhos estão cravados em algo que divisei na margem oposta. É um prédio alvo e reluzente que se eleva de uma base quadrada e termina numa cúpula, com arcos de ponta aguçada e reentrâncias. A sua volta, nos quatro lados, há minaretes finos como lanças. O prédio brilha ao sol contra o fundo azul-turquesa, como uma lua de marfim. Sua beleza me emociona.

Após uma verdadeira eternidade, viro-me para o primeiro pedestre que vejo passar, um homem de meia-idade que carrega uma marmita. "Por favor, o senhor sabe que prédio é aquele do outro lado do rio?"

Ele olha para mim como se eu fosse louco. "*Arrey*, se não sabe, o que é que você está fazendo em Agra? Aquele é o Taj Mahal, seu idiota."

O Taj Mahal. A oitava maravilha do mundo. Eu já ouvi falar nele, porém nunca tinha visto nenhuma foto. Fico hipnotizado pelo monumento enquanto as nuvens que passam pelo céu projetam sombras sobre a cúpula, e a mudança de luz faz com que o mármore liso de um tom claro mude de creme para ocre, e depois para alabastro. A perda das cinqüenta mil rupias, as preocupações com comida e lugar para dormir, o medo de ser capturado pela polícia, tudo isso se torna insignificante diante da pureza dessa perfeição. Resolvo então que preciso ver o Taj Mahal hoje mesmo. De perto.

Após uma caminhada de trinta minutos com passos rápidos à margem do rio, vejo-me diante de um enorme portão de arenito vermelho. Uma placa branca grande anuncia: TAJ MAHAL — INGRESSOS: INDIANOS RS. 20, ESTRANGEIROS US$ 20. FECHADO ÀS SEGUNDAS-FEIRAS, ENTRADA FRANCA ÀS SEXTAS-FEIRAS. Olho para meu Kasio, que mostra o dia da semana e do mês. É sexta-feira, 12 de junho. Pelo visto, hoje é meu dia de sorte.

Passo pelo detector de metais, atravesso o pátio de arenito vermelho onde fica o portão e vejo, diante de mim, o Taj Mahal em toda a sua beleza e esplendor, tremeluzindo na névoa da tarde. Aprecio o jardim com tratamento paisagístico, com fontes e caminhos largos, o lago em cujas águas se reflete a dançar a imagem vítrea do monumento, e só então me dou conta da multidão que me cerca. O Taj Mahal está abarrotado de turistas, jovens e velhos, ricos e pobres, indianos e estrangeiros. A toda hora explode um flash de uma câmera fotográfica, uma babel de vozes se eleva do pátio, enquanto os policiais, sérios, munidos de cassetetes, tentam manter a ordem.

Depois de passar meia hora explorando o monumento a esmo, reparo num grupo de turistas ocidentais prósperos, munidos de *camcorders* e binóculos, que ouvem com atenção as explicações dadas por um guia velho junto ao prédio. Discretamente, me junto a eles. O guia aponta para a cúpula de mármore e diz, com voz rouca: "Falei a vocês sobre as características arquitetônicas do pátio de arenito vermelho, o Chowk-i Jilo Khana, pelo qual acabamos de passar. Agora vou lhes contar um pouco da história do Taj Mahal".

"Um dia, no ano de 1607, o príncipe Khurram, pertencente à família do grão-mogol, caminhava pelo bazar de Meena em Delhi quando viu uma jovem vendendo seda e contas de cristal. Ficou tão fascinado com sua beleza que se apaixonou por ela naquele exato momento, mas foi só cinco anos depois que pôde finalmente casar-se com ela. A moça se chamava Arjuman Banu, porém o príncipe lhe deu um novo nome, Mumtaz Mahal. A jovem tinha dezenove anos na época, e ele tinha vinte. Mumtaz Begum era sobrinha de Noorjahan ou Mehrunnisa, esposa de Jahangir, que por sua vez era sobrinha da mulher do imperador Akbar, uma persa chamada Bilgis Begum. Mumtaz e Khurram se casaram em 1612, e no decorrer de dezoito anos de vida em comum tiveram catorze filhos. Mumtaz era a companheira inseparável do marido em todas as suas viagens e expedições militares. Era sua camarada e conselheira, inspirando-lhe atos de caridade e benevolência para com os fracos e necessitados. Morreu de parto em 7 de junho de 1630, em Burhanpur, apenas três anos depois de Khurram assumir o trono do grão-mogol com o nome de imperador Chah Jahan. Quando estava em seu leito de morte, Mumtaz Mahal fez com que o imperador lhe prometesse quatro coisas: primeiro, que construiria um monumento que fosse tão belo quanto ela; segundo, que não se casaria outra vez; terceiro, que trataria bem os filhos; e quarto, que visitaria o túmulo dela no aniversário de sua morte. Quando ela faleceu, o imperador ficou tão arrasado que, segundo se conta, seus cabelos ficaram grisalhos da noite para o dia. Mas era tamanho seu amor pela mulher que mandou construir para ela o mausoléu mais belo do mundo. As obras tiveram início em 1631. Foram necessários vinte e dois anos de trabalho de construção, envolvendo mais de vinte mil artesãos da Pérsia, do Império Otomano e até da Europa, e o resultado é o que vocês vêem diante de seus olhos, o Taj Mahal, que é, segundo Rabindranath Tagore, 'uma lágrima no rosto no tempo'."

Uma moça de shortinho levanta o braço. "Com licença, quem é Tagore?"

"Ah, ele foi um poeta indiano muito famoso que ganhou o prêmio Nobel. Ele pode ser comparado, digamos, a William Wordsworth", diz o guia.

"William de quê?"

"Não importa. Mas, como eu estava dizendo, o complexo arquitetônico do Taj Mahal se compõe de cinco elementos principais: o *Darwaza*, o portão principal; o *Bageecha*, o jardim; a *Masjid*, a mesquita; a *Naqqar Khana*, a casa de repouso; e o *Rauza*, o mausoléu propriamente dito. O túmulo fica dentro do Taj Mahal, como vamos ver em breve. Lá vou mostrar a vocês os noventa e nove nomes de Alá traçados no túmulo de Mumtaz, e a caixa de penas de escrever esculpida sobre o túmulo de Chah Jahan, símbolo dos governantes do sexo masculino. Esses cenotáfios, seguindo a tradição dos mogóis, são apenas representações dos túmulos verdadeiros, que se encontram exatamente nas mesmas posições que eles numa cripta subterrânea, úmida e despida de qualquer adorno. O mausoléu tem cinqüenta e sete metros quadrados de área. A cúpula central tem vinte e quatro metros e meio de altura e dezessete metros e setenta centímetros de diâmetro, e sobre ela se encaixa uma cobertura externa com quase sessenta e um metros de altura. Os minaretes colocados nos quatro lados têm quarenta metros de altura. Vocês verão como era sofisticada a arte da época, pois mesmo um elemento decorativo de apenas três centímetros contém mais de cinqüenta pedras semipreciosas incrustadas. Observem também que as letras dos versos do Alcorão em torno das portas em arco sempre parecem uniformes, qualquer que seja sua altura.

"Como monumento a um amor imorredouro, o Taj Mahal revela suas sutilezas àqueles que sabem apreciar a beleza. Vocês perceberão que a base retangular do Taj Mahal simboliza os diferentes lados de que se pode contemplar uma mulher bela. O portão principal é como um véu que cobre o rosto feminino que deve ser levantado com muita delicadeza, bem devagar, na noite de núpcias. Tal como uma jóia, o Taj Mahal brilha ao luar quando as pedras semipreciosas incrustadas no mármore branco do mausoléu principal refletem o brilho da lua. O prédio é rosado ao amanhecer, de um branco leitoso ao entardecer e dourado ao luar. Essas mudanças, segundo se diz, representam os diferentes estados de espírito de uma mulher. Vamos agora entrar no mausoléu. Por favor, tirem os sapatos e os coloquem aqui."

Os turistas tiram os sapatos e entram no prédio principal. Fico do lado de fora, tentando estabelecer uma correspondência entre as diferentes cores assumidas pela cúpula e o que eu havia presenciado dos estados de espírito cambiantes de Neelima Kumari.

Alguém me dá um tapinha de leve no ombro. Viro-me de repente e vejo um estrangeiro de óculos, acompanhado da mulher e dois filhos, olhando para mim. Ele está coberto de aparelhos de todos os tipos, desde um *camcorder* digital até um aparelho de *mini disc*. "Por favor, fala inglês?", ele me pergunta.

"Falo", respondo.

"Por favor, pode dizer alguma coisa sobre Taj Mahal? Somos turistas. Somos de Japão. Somos novos em sua cidade. Chegamos hoje."

Tenho vontade de lhe dizer que também sou novo nesta cidade, que também cheguei hoje, mas seu rosto cheio de curiosidade me atrai. Imitando o tom de voz sério do guia, começo a repetir o que me lembro do que foi dito. "O Taj Mahal foi construído pelo imperador Khurram para sua esposa Noorjahan, também conhecida como Mumtaz Begum, em 1531. Ele a conheceu quando ela vendia pulseiras num jardim e se apaixonou por ela, mas só se casaram depois de dezenove anos. Então ela combateu ao lado dele em todas as suas batalhas e lhe deu dezoito filhos em catorze anos."

O japonês me interrompe. "Dezoito filhos em só catorze anos? Tem certeza?", ele pergunta, tímido.

"É claro", retruco. "Alguns devem ter sido gêmeos, não é? Enfim, quando nasceu a criança de número dezenove, Mumtaz morreu em Sultanpur, no dia 16 de junho. Mas antes de morrer ela pediu quatro favores ao rei. Primeiro, construir o Taj Mahal; segundo, não bater nos filhos; terceiro, ficar grisalho; o quarto... não me lembro, mas não é importante. Bom, como vocês vêem, o Taj Mahal compreende um portão, um jardim, uma casa para hóspedes e um túmulo."

O japonês concorda, entusiasmado. "É, sim. É, sim. Nós já vimos portão e jardim. Agora vemos túmulo. Mas onde casa para hóspedes?"

Olho para ele muito sério. "Mas eu não disse ao senhor que os túmulos de verdade estão debaixo do piso? Assim, toda a área acima deve ter sido a casa para hóspedes. Ora, dentro do mausoléu o senhor vai ver os túmulos de Mumtaz e do imperador. Não esqueça de observar a pena com noventa e nove pedras semipreciosas incrustadas, e a cada três centímetros o senhor verá os cinqüenta nomes de Deus gravados nas paredes. Os versos escritos nas paredes significam todos a mesma coisa, apesar das letras diferentes. Não é maravilhoso? A cúpula tem cento e sessenta metros de altura, e os minaretes têm dezessete metros. Além disso, se o senhor olhar para o Taj Mahal de ângulos diferentes, o senhor vai ver os diferentes véus de uma mulher na noite de núpcias. Experimente. Antes que eu me esqueça, também é importante dizer que Tagore, nosso famoso poeta, ganhou o prêmio Nobel pelo poema que ele escreveu sobre o Taj Mahal, intitulado 'O tapa no rosto de William Wordsworth'."

"É mesmo? Puxa! Muito interessante! O livro não diz nada disso." Ele se vira para a esposa e fala com ela em japonês a cem por hora. Depois traduz para mim. "Eu disse minha mulher que bom não pegar guia oficial, muito caro. Você explica tudo muito bem." Sorri para mim. "Muito obrigado. Arigatô." Faz uma mesura e põe algo na minha mão. Retribuo a mesura. Quando ele se afasta, abro a mão e vejo uma nota de cinqüenta rupias nova em folha, muito bem dobrada. Tudo isso por apenas cinco minutos de trabalho!

Agora sei duas coisas: quero ficar na cidade do Taj Mahal, e não seria má idéia virar guia turístico.

Já começa a escurecer quando finalmente consigo me afastar do monumento de mármore, agora envolto numa coloração avermelhada. Preciso encontrar um lugar para ficar. Aproximo-me de um garoto na rua. Ele tem mais ou menos a minha idade, está de camiseta branca, calça cinzenta e sandálias de borracha azuis. Está parado, assistindo a um bate-boca de rua. Dou um tapa de leve em seu ombro. "Por favor", digo. Ele se vira e olha para mim com os olhos mais amáveis que já vi em toda a minha vida. Percebo a amizade, curiosidade, calor humano e simpatia nesses olhos castanhos expressivos. "Por favor", repito, "acabo de chegar na cidade. Você podia me indicar um lugar onde eu possa ficar?"

O garoto faz que sim com a cabeça e diz: "Zj Rnidzŗn Jh Wnh Gjcsk Oqh."

"O quê?", pergunto.

"Yzids Rkhqcn. Zj Rnidzŗn Jh Wnh Gjcsk Oqh", ele repete, agitando as mãos.

"Perdão, mas não compreendo essa língua. Desculpe por ter incomodado. Vou perguntar a outra pessoa."

"Ź Oń Hz Ozcjqk", ele insiste, segurando-me pelo braço. Começa a me puxar em direção ao mercado. Penso em me desprender dele, mas seu rosto é tão simpático que permito que ele me conduza. Sua maneira de andar é estranha, quase como se caminhasse nas pontas dos pés. Ele me faz seguir por um labirinto de ruelas estreitas e becos tortos, e quinze minutos depois chegamos a uma mansão grande. SWAPNA PALACE — é o que diz a placa de bronze ao lado de um imenso portão de ferro. O garoto abre o portão, e entramos. Há um caminho curvo que leva até a porta da casa, um gramado muito grande, com um balanço pintado em estilo de Gujerat e uma fonte. Vejo dois jardineiros trabalhando no gramado. No caminho há um velho automóvel Contessa sendo lustrado por um chofer uniformizado. Pelo visto, meu amigo conhece os moradores da mansão, porque ninguém tenta detê-lo enquanto ele me conduz até a porta de madeira trabalhada e toca a campainha. Uma empregada morena, jovem e bela abre a porta. Ela olha para o meu amigo e diz: "Ah, é você, Shankar. Por que insistir? Você sabe que a madame não gosta quando você vem por aqui".

Shankar aponta para mim. "Zgz Lkzrqos Az Jh Mjskpn."

A empregada me olha da cabeça aos pés. "Então o Shankar trouxe você para você ficar morando aqui? Acho que não tem mais nenhum quarto vago no cortiço, mas vou chamar a madame." Ela desaparece no interior da casa.

Pouco depois, uma mulher de meia-idade surge na entrada. Usa um sári de seda caro e toneladas de jóias de ouro. Seu rosto está coberto de maquiagem. Talvez ela tenha sido bela quando jovem, mas o rosto, ao contrário do rosto de Neelima Kumari, perdeu o brilho. Além disso, ela aperta os lábios, o que lhe empresta um aspecto um tanto severo. Sinto uma antipatia instintiva por ela.

Shankar fica muito excitado ao vê-la. "Zj Pz Sankn Hshšz", diz ele, com um sorriso largo, mas a mulher nem reconhece sua presença. "Quem é você?", ela me pergunta, olhando de perto para minhas roupas. "E por que é que você veio com o Shankar?"

Começo a murchar sob o impacto desses olhos penetrantes.

"Eu me chamo Raju Sharma", digo. Não sou bobo de usar nenhum de meus nomes verdadeiros nesta cidade, depois de matar um desconhecido num trem.

"Ah, quer dizer que você é brâmane?", pergunta ela, com olhos ainda mais desconfiados do que antes. Eu deveria ter me dado conta de que um brâmane de pele escura causaria estranheza.

"Sou. Acabo de chegar em Agra. Vim para perguntar se há aqui um lugar onde eu possa ficar."

"Temos uma casa externa que alugamos." Percebo que ela usa o plural majestático. "No momento não temos nenhum quarto disponível, mas se você esperar uma semana podemos encontrar um. O preço é quatrocentas rupias por mês, e o aluguel deve ser pago adiantado na íntegra no início de cada mês. Se estiver interessado, Lajwanti pode lhe mostrar a casa. Mas durante uma semana você vai ter que ficar em outro lugar."

"Obrigado, madame", respondo em inglês. "Eu fico com o quarto, e lhe pago quatrocentas rupias na semana que vem."

A mulher me olha fixamente assim que começo a falar em inglês. Seu rosto fica um pouco menos severo. "Vamos ver se você pode ficar com Shankar por uma semana. Lajwanti, leve o moço até a casa."

É o fim de nossa entrevista, que tem lugar à porta.

Lajwanti me leva até a outra casa, que fica imediatamente atrás da mansão. Constato que isso é o que corresponde, no norte da Índia, ao *chawl* de Mumbai. Há um pátio enorme, pavimentado com pedras, inteiramente cercado de cômodos interligados. Deve haver pelo menos trinta quartos no cortiço. O quarto de Shankar fica quase no meio do corredor do leste. Ele destranca a porta e entramos. Há uma única cama e um *almirah* embutido no quarto, e uma cozinha minúscula contígua, tal como no nosso *chawl* de Ghatkopar. Os banheiros são comunitários e ficam na extremidade do corredor do oeste. Para se tomar banho, é preciso utilizar uma bica municipal que fica no centro do pátio, de onde se pode ser visto por todos os moradores do cortiço. Lajwanti aponta para o quarto onde ela própria mora. Fica oito portas antes do quarto de Shankar. E daqui a uma semana vão me instalar num que fica quatro portas depois do de Shankar.

Antes que Lajwanti volte para a mansão, faço-lhe uma pergunta rápida. "Por favor, quem é esse garoto, o Shankar? Eu acabei de conhecê-lo, lá no Taj Mahal."

Ela suspira. "É um órfão que mora aqui. Todos nós gostamos muito dele. Ele tem um problema no cérebro, coitado, e não sabe falar direito, só faz pronunciar palavras sem sentido. Passa o dia inteiro andando pela cidade à toa. A madame é muito boa, deixa que ele more num dos quartos sem pagar nada, e ainda lhe dá dinheiro para comprar comida. Se não fosse por ela, o Shankar já teria sido levado para o hospício há muito tempo."

Isso me deixa chocado. Shankar me parece ser um garoto inteligente, apenas com um problema de fala. Talvez minha avaliação da madame também seja errônea. Se ela é mesmo tão boa com Shankar como diz Lajwanti, não é possível que seja tão severa. "E a madame? Me fale mais sobre ela", pergunto a Lajwanti.

Como um historiador da corte desfiando a genealogia de uma imperatriz, Lajwanti me explica a estirpe respeitável de sua patroa. "O nome verdadeiro dela é rainha Swapna Devi. Mas todos nós a chamamos de madame ou *rani sahiba*. O pai dela era rei do estado principesco de Jamgarh, rajá Shivnath Singh, da dinastia Rathore. Por parte de mãe, seu avô era o rei de Dharela, um lugar perto de Agra, rajá Ravi Pratap Singh, primeiro proprietário desta *haveli*. Quando tinha apenas vinte anos, Swapa Devi casou-se com o filho do rei de Bhadohi, Kunwar Pratap Singh, que pertencia à dinastia Gautam, e se mudou para Benares, onde a família tinha uma mansão. Infelizmente, o marido dela, o jovem príncipe, morreu apenas dois anos depois do casamento, mas ela não se casou de novo. Continuou morando em Benares por mais doze anos. Nesse ínterim, o avô dela, rajá Ravi Pratap Singh, morreu e deixou esta *haveli* para ela. Assim, ela se mudou para Agra, e está morando aqui há dez anos."

"E os filhos dela?", pergunto.

Lajwanti sacode a cabeça. "Não, ela não tem filhos, e por isso se ocupa com atividades de caridade e vida social. Talvez seja a mulher mais rica de Agra e freqüenta pessoas importantes. O chefe de polícia e o juiz distrital jantam na casa dela toda semana, por isso nem pense em ficar aqui sem pagar aluguel. Se você não paga o aluguel no dia 1º, você é expulso no dia seguinte. É melhor entender isso muito bem entendido."

Nessa noite, Shankar cozinha para mim e insiste que devo dormir em sua cama. Ele dorme no chão de pedra. Sua bondade faz com que meus olhos se encham de lágrimas. O fato de que ele também é órfão faz com que surja um vínculo profundo entre nós. Além da amizade. Além da camaradagem. Além das palavras.

Nessa noite chove em Agra.

Eu tinha de pagar quatrocentas rupias a madame dentro de sete dias, por isso não perdi tempo em adquirir os conhecimentos relevantes para a profissão que havia escolhido. Com as cinqüenta rupias que ganhara, pude entrar no Taj Mahal por dois dias, e Shankar me emprestou dez rupias para pagar o ingresso por mais um dia. Eu me aproximava dos grupos de turistas ocidentais, ouvia os guias que falavam em inglês e tentava decorar o máximo de fatos e cifras que me era possível. Não era muito difícil, em parte porque me senti atraído pelo Taj Mahal como um batedor de carteira por um ônibus superlotado. Talvez estivesse no meu sangue. Quem sabe Mumtaz Mahal não era uma das ancestrais de minha mãe? Ou talvez meu pai fosse de ascendência mogol. Fosse como fosse, no quarto dia eu já aprendera o bastante a respeito do Taj Mahal para poder ter pretensões de me juntar às centenas de guias não oficiais que atuavam em Agra. Eu ficava parado perto da entrada de arenito vermelho e oferecia meus serviços aos turistas estrangeiros que vinham ver o monumento mesmo no calor sufocante de junho. Meus primeiros "clientes" foram um bando de jovens universitárias inglesas, sardentas, queimadas de sol, com muitos *travellers' checks* e pouquíssimas roupas. Elas me escutaram com atenção, não fizeram nenhuma pergunta difícil, tiraram uma porção de fotos e me deram de gorjeta uma nota de dez libras. Foi só quando converti as libras no guichê de câmbio que me dei conta de que havia recebido setecentos e cinqüenta rupias, mesmo com a dedução de três por cento que a agência me cobrou como comissão. Dava para pagar quase dois meses de aluguel!

Mudei para meu próprio quarto no cortiço depois de uma semana, mas durante os sete dias que passei no quarto de Shankar aprendi muitas coisas a respeito dele. Descobri que o idioma que ele falava não era um palavrório sem nexo. Embora para nós parecessem não ter sentido, aquelas palavras tinham para ele uma coerência interna curiosa. Descobri também que a comida predileta de Shankar era *chapattis* com lentilhas. Que ele odiava berinjela e repolho. Que não se interessava por brinquedos. Que tinha um talento artístico extraordinário e era capaz de desenhar uma pessoa com os menores detalhes, de memória. E que, tal como eu, sonhava com a mãe. Em duas noites eu o ouvi gritando "mamãe, mamãe!" enquanto dormia. E compreendi que, no seu íntimo, Shankar possuía a capacidade de fazer mais do que pronunciar sílabas sem sentido.

A convivência com Shankar deve ter tido algum impacto psicológico sobre mim, porque me lembro de sonhar com uma jovem alta, que trajava um sári branco e levava um bebê nos braços. O vento urra atrás dela, jogando-lhe sobre o rosto o cabelo negro como azeviche, encobrindo-lhe as feições. O bebê a olha nos olhos e balbucia, docemente: "Mãmã... mãmã...". A mãe abre a boca para responder, porém o único som que sai de seus lábios é "Zj Pz Shn Hzj Wzwž". O bebê dá um grito e cai do colo dela. Eu acordo e verifico se ainda tenho língua.

No decorrer do ano que passei em Agra, adquiri uma grande quantidade de informações a respeito do Taj Mahal. Aprendi detalhes íntimos sobre a vida de Mumtaz Mahal, como por exemplo o fato de que seu décimo quarto filho, cujo nascimento ocasionou sua morte, se chamava Gauharar. Decorei relatos detalhados a respeito da construção do monumento: por exemplo, o tesouro do Estado forneceu 466,55 quilos de ouro puro, ao preço de seis *lakhs* de rupias em 1631, e o custo total da construção chegou a 41 848 826 rupias, 7 *annas* e 6 *pies*. Mergulhei na controvérsia a respeito de quem teria sido o verdadeiro responsável pela construção do Taj Mahal, feito falsamente atribuído a Geronimo Veroneo, um ourives italiano. Tomei conhecimento da lenda a respeito de um segundo Taj Mahal e do mistério sobre as câmaras subterrâneas e uma provável terceira sepultura. Aprendi tudo sobre a arte da *pietra dura*, utilizada nos padrões de flores nas paredes do monumento, e sobre os jardins que imitavam o estilo persa de Char Bagh. O fato de que eu falava inglês fluentemente me deu de saída uma vantagem.

Os turistas estrangeiros vinham todos me procurar, e em pouco tempo a fama do guia Raju se espalhou por toda parte. Mas isso não significa que eu tenha me tornado uma autoridade a respeito do Taj Mahal. Eu adquirira informações, mas não detinha nenhum conhecimento. O guia Raju era apenas um papagaio que repetia fielmente o que ouvia, sem compreender nenhuma palavra.

Com o tempo aprendi a dizer *konichiwa* aos turistas japoneses e *dasvidania* aos russos, *muchas gracias* a falantes de espanhol e *howdy* quando os turistas em questão eram caipiras norte-americanos. Porém, para minha profunda infelicidade, jamais tive um cliente australiano em quem eu pudesse dar um tapinha nas costas e dizer: "*G'day, mate, I'm gonna give you the good oil about this rip-snorter of a tomb!*".

Também comecei a ganhar um bom dinheiro dos turistas. Não uma fortuna, mas o bastante para pagar o aluguel, comer no McDonald's ou na Pizza Hut de vez em quando e assim mesmo economizar um pouquinho para qualquer eventualidade. Só que "qualquer eventualidade" não significa nada para uma pessoa que viveu a vida inteira enfrentando uma eventualidade depois da outra. Eu já havia sofrido muitas desventuras, e, como vivia sob o temor de que a qualquer momento viesse um jipe com uma luz vermelha piscando para me prender pelo assassinato de um *dacoit* sem nome ou de Shantaram ou até de Neelima Kumari, não me parecia sensato fazer planos para o futuro a longo prazo. Assim, eu encarava o dinheiro tal como encarava minha vida — como um bem de consumo. O que eu ganhava, gastava. Como era de se esperar, logo fiquei conhecido no cortiço como um mão-aberta.

* * *

Os moradores do cortiço eram pessoas de todos os tipos: universitários pobres vindos de aldeias distantes, funcionários públicos que alugavam ilegalmente seus apartamentos funcionais a preços exorbitantes, maquinistas de trens, empregados de lavanderia, jardineiros, cozinheiros, arrumadeiras, encanadores, carpinteiros, até um poeta com a barba de praxe. Muitos deles se tornaram meus amigos. Vivendo em sua companhia, logo percebi que a história do imperador Chah Jahan e de Mumtaz Mahal não era a única daquela cidadezinha tranqüila.

No cortiço, Lajwanti era a fornecedora oficial de notícias. Estava sempre com os ouvidos atentos e sabia exatamente tudo que se passava no bairro. Sabia quais maridos batiam nas mulheres e quais as traíam, quais eram os bêbados e os unhas-de-fome, quem não pagava o aluguel e quem aceitava suborno. Embora sem dúvida fosse leal a sua patroa, nem por isso deixava de nos confidenciar algumas informações picantes a respeito do palácio. Foi através dela que fiquei sabendo do passado acidentado de Swapna Devi. Dizia-se que ela tivera um caso passional com o irmão de seu falecido marido, Kunwar Mahendra Singh, mas terminara brigando com ele e matando-o com veneno. Também se dizia que essa paixão resultara numa filha ilegítima que nascera em Benares. Que fim teria levado a filha, ninguém sabia, nem queria saber, ao que parecia.

Shakil, um dos estudantes pobres moradores do cortiço, também me procura uma tarde.

"Raju *bhai*, se você não se importa, posso lhe pedir um favor?", pergunta ele, tímido.

"Claro, Shakil. O que é?", retruco, compreendendo o objetivo da visita.

"É que meu pai não conseguiu me mandar a ordem de pagamento deste mês porque houve uma seca na aldeia, e se eu não pagar a mensalidade da faculdade até segunda-feira vou ser suspenso. Será que dava para você me emprestar cento e cinqüenta rupias? Prometo pagar assim que receber a ordem de pagamento no mês que vem."

"É claro, Shakil. Já emprestei cinqüenta a nosso grande poeta Najmi e cem a Gopal, e estava guardando cem para comprar uma camisa nova. Mas você tem uma necessidade mais premente do que a minha, de modo que pode levar o dinheiro."

Eu e Shankar somos convidados por Lajwanti para jantar em seu quarto. Ela é solteira e mora sozinha no cortiço, mas tem uma irmã mais moça que vive numa aldeia a cerca de trinta quilômetros de Agra. A primeira coisa que observo no quarto de Lajwanti é que ela é obsessivamente organizada. É o quarto mais limpo que já vi na minha vida. O chão de pedra está tão lustrado que chega a brilhar. Não há um grão de poeira em lugar algum. A cama está muito bem arrumada, e não se vê a menor ruga na colcha de algodão. Há pequenos objetos decorativos dispostos num console com uma precisão milimétrica. Tudo está rigidamente arrumado. Até a cozinha parece tão impecável que quase chego a imaginar que a fuligem desse *chulha* é branca e não preta. Eu e Shankar nos instalamos em cadeiras; Lajwanti, de sári cor-de-rosa, senta-se na cama. Parece muito animada, e nos conta que começou a procurar um noivo adequado para a irmã, Lakshmi, que está com dezenove anos.

"Mas e você?", indago. "Não é a irmã mais velha que deve se casar primeiro?"

"É verdade", responde. "Mas não sou apenas uma irmã para Lakshmi. Desde que nossos pais morreram, há cinco anos, eu sou pai e mãe dela. É por isso que não posso ser egoísta e pensar só em mim. Depois que conseguir casar minha irmã, não vou ter mais nenhuma responsabilidade e poderei começar a procurar um príncipe para mim."

"E como é que você faz para procurar um noivo adequado?"

"Pus um anúncio no *Dainik Ujala*, o jornal em híndi, há dois meses, e graças à deusa Durga está dando certo. Vejam só quantas cartas já recebi." Pega um maço de cartas e envelopes. De dentro deles retira seis fotos e as mostra para nós. "Me digam, qual desses rapazes é o noivo certo para Lakshmi?"

Eu e Shankar examinamos os candidatos. Pomos defeitos em quase todos eles. Um parece velho demais. O outro tem um sorriso malévolo. Este aqui é feio. Este outro tem uma cicatriz. Este retrato parece foto de procurado pela polícia. Só escapa uma fotografia. É de um rapaz bonito, com cabelo bem cuidado e bigode espesso. "É, este aqui parece ser o melhor de todos", digo a Lajwanti. Shankar concorda, sacudindo a cabeça com veemência. "Cnopzq Azopz Kslsv", diz ele.

Lajwanti fica encantada com nossa escolha. "É o meu preferido também. Além de ser o mais bonito, é o mais qualificado e pertence a uma família muito respeitável. Vocês sabiam que ele é um funcionário de alto escalão do governo?"

"É mesmo? O que é que ele faz?"

"Ele é assistente de supervisor de cana-de-açúcar do distrito. Com ele, Lakshmi vai ter uma vida de rainha. E então, devo começar a negociar com a família dele? Devo confiar nas bênçãos da deusa Durga para começar o processo?"

"Claro, não há por que adiar."

Lajwanti nos serve um excelente jantar: *puris*, *kachoris*, batatas, lentilhas e *muttar paneer*, servidos em pratos de aço tão limpos que poderiam ser usados como espelhos. Quase chego a me sentir culpado por comer em pratos tão perfeitos, temendo arranhá-los. Não resisto e pergunto: "Lajwanti, como é que a sua casa é tão limpa e arrumada? Você tem empregada?".

Ela gosta do comentário. "Você está brincando comigo. Como é que uma empregada pode ter empregada? Sou eu que mantenho esta casa nessa perfeição. É um hábito que tenho desde menina. Não suporto morar numa casa suja. Meus dedos começam a coçar assim que vejo uma sujeirinha no chão, um pedaço de comida grudado na mesa de jantar ou uma colcha mal esticada. Minha mãe dizia sempre: 'Lajwanti não admite nem mesmo uma folha saindo do galho da árvore no ângulo errado'. É por isso que *rani sahiba* está tão satisfeita comigo. Outro dia ouvi-a dizendo à mulher do chefe de polícia que Lajwanti é a melhor empregada que ela já teve, e que nunca vai me despedir." Sorri, orgulhosa.

"Concordo, você deve ser mesmo a empregada mais eficiente do mundo. Mas é melhor nem entrar no meu quarto, porque você é capaz de passar mal."

Shankar também concorda que Lajwanti é a maior de todas. "Zj Sankn S Gsexsipq", diz ele, sorrindo de orelha a orelha.

Meus últimos fregueses de hoje são um grupo de quatro universitários endinheirados de Delhi. São jovens e barulhentos, usam jeans de grife e óculos escuros importados; fazem comentários irreverentes sobre o Taj Mahal, um goza o outro sem parar, e todos contam piadas grosseiras. Quando termina a visita, eles não apenas me pagam o que cobro como também me dão uma gorjeta generosa. Em seguida, me convidam para uma noitada com eles na van em que estão viajando, com motorista e tudo. "Raju, venha conosco, você vai se divertir como nunca", imploram. No início, recuso, mas eles insistem tanto e me sinto tão grato por essa *baksheesh* gorda que não consigo dizer não. Entro na van.

Em primeiro lugar vamos até o Palace Hotel. É a primeira vez em toda minha vida que entro num hotel cinco estrelas. No restaurante com ar-condicionado, contemplo os candelabros reluzentes, que emitem uma luz suave; os garçons de libré; a música instrumental alegre; a clientela bem vestida, que exala riqueza e influência. Os homens falam em voz baixa, em tom confidencial; as mulheres parecem bonecas delicadas. A comida é deliciosa. Um dos rapazes me passa o menu. "Tome, Raju. Peça o que você quiser." Olho para o cardápio e quase engasgo ao ver os preços. Um prato de frango na manteiga custa seiscentas rupias! Na lanchonete de beira-estrada perto do cortiço, o mesmo prato custa apenas cinqüenta e cinco rupias. Porém percebo que nesse restaurante a gente não paga apenas pela comida, mas também pelo ambiente. Os rapazes pedem praticamente tudo que consta no menu e duas garrafas de uísque escocês.

Essa opulência toda me deixa intranqüilo. Em Mumbai, eu e Salim entrávamos de penetra em casamentos de gente rica para comer de graça, mas nunca nos ressentíamos diante daquela riqueza. Porém, ao ver esses estudantes ricos gastando dinheiro como se fosse água, experimento uma sensação de inferioridade que é totalmente nova para mim. O contraste com minha própria existência imperfeita me incomoda como uma dor física. Como era de se esperar, minha fome simplesmente murcha e morre, apesar das montanhas de pratos tentadores à minha frente. Percebo então que mudei. E me pergunto como será não ter mais desejo nenhum porque todos os desejos que se tinha já foram satisfeitos, todos foram sufocados pelo dinheiro antes mesmo de surgirem. Será desejável uma existência sem desejo? E será a pobreza de desejo melhor do que a pobreza propriamente dita? Essas perguntas me vêm à mente, porém não chego a nenhuma resposta satisfatória.

Depois que já comeram e beberam bastante, os rapazes me chamam para entrar de novo na van.

"Aonde vamos agora?", pergunto.

"Você vai ver", eles dizem, rindo.

O motorista entra em ruas estreitas, atravessa bazares apinhados de gente, seguindo em direção aos arredores da cidade. Por fim entra num bairro estranho, perto da National Highway, chamado Basai Mohalla. Na entrada, há um cartaz com os seguintes dizeres: AO ENTRAR NA ZONA DE MERETRÍCIO, VOCÊ CORRE UM RISCO. NÃO DEIXE DE USAR PRESERVATIVO. PREVENIR A AIDS É SALVAR VIDAS. Não entendo o que quer dizer "zona de meretrício". Há pelo menos uma dúzia de caminhões estacionados na estrada. Algumas crianças descalças perambulam pelas ruas — mas nem sinal das mães. Há no ar um som quase inaudível de música e dos sinos que dançarinas usam nos calcanhares. Ao longe vejo a cúpula e os minaretes do Taj Mahal tremeluzindo ao luar dourado. A auréola da lua e a visão do monumento de mármore emprestam até a esses barracos poeirentos e sujos, de um ou dois andares, um toque de ouro.

Os universitários saltam da van e seguem em direção a um aglomerado de prédios pequenos. Eu hesito, mas eles me puxam para acompanhá-los. Vejo agora que o lugar está cheio de gente. Homens mal-encarados, trajando *kurtas*, fazem hora à frente das casas, mastigando folhas de bétel. Vejo moças de várias idades sentadas nos degraus diante das casas apenas de anágua e blusa, cobertas de maquiagem e jóias. Algumas nos chamam com o olhar e fazem gestos obscenos e sugestivos com os dedos. Já entendi o que significa "zona de meretrício". É o lugar onde as prostitutas trabalham. Eu já ouvira falar sobre a Falkland Road em Mumbai e a G. B. Road em Delhi, mas jamais visita-

uma zona de meretrício. E nem sabia que em Agra também havia uma. Realmente, nesta noite estou tendo várias experiências novas.

Os rapazes entram numa casa grande, de dois andares, que parece menos decadente que as outras, e insistem para que eu entre com eles. Vemo-nos num hall de entrada que dá acesso a corredores estreitos, onde se encontram vários cômodos pequenos.

Somos recebidos por um homem. Ele é jovem, tem uma cicatriz no rosto e seus olhos são esquivos. "Bem-vindos. Os senhores vieram para o lugar certo. As nossas moças são as melhores e as mais jovens de Agra", diz ele.

Os rapazes se reúnem com ele, negociando o preço. Um maço de notas troca de mãos. "Estamos pagando por você também, Raju. Vá lá, se divirta às nossas custas", dizem eles, antes de cada um se enfiar num quarto com uma moça. Fico sozinho no hall. Depois de algum tempo, aparece uma velha mastigando *paan* e faz sinal para que eu a acompanhe. Subimos uma escada. Ela se detém diante de uma porta verde e diz que devo entrar. Então, com passos cansados, a velha desce a escada.

Não sei se devo entrar no quarto ou voltar para a van. Uma parte do meu cérebro me diz para ir embora imediatamente. Porém uma outra parte me manda ficar, impelida por uma curiosidade quase enlouquecida. Nos filmes indianos que já vi, a mocinha prostituta é sempre uma moça de bom coração que foi obrigada a viver desse jeito contra a vontade. No final do filme, a prostituta quase sempre se suicida ingerindo veneno. Terei sido trazido até esse prostíbulo com algum objetivo? Haverá uma mocinha esperando por mim do outro lado dessa porta? Serei eu o mocinho dela, destinado a salvá-la? Serei capaz de mudar o final e impedir que ela morra?

Abro a porta e entro no quarto.

É um cômodo pequeno, com uma cama no centro. Por algum motivo, simplesmente não registro os detalhes. Meus olhos se fixam na moça que está sentada na cama, de sári rosa-choque. É escura e muito bonita, com belos olhos realçados por *kohl*, lábios voluptuosos com batom e cabelo negro comprido, trançado com flores brancas perfumadas. Ela usa maquiagem em excesso e ostenta uma abundância de jóias nos braços e no pescoço.

"Oi", diz ela. "Venha ficar comigo aqui na cama." As palavras saem de seus lábios como notas musicais de um piano.

Aproximo-me dela com relutância. Ela percebe minha hesitação e sorri. "Não se preocupe. Eu não mordo."

Sento-me a seu lado na cama. Percebo que o lençol está um tanto sujo, cheio de manchas estranhas.

"Você é novo", diz ela. "Como você se chama?"

"Ram Mohammad Thom... não, não... Raju Sharma", respondo, corrigindo-me em cima da hora.

"Pelo visto, você se esqueceu do próprio nome por um instante."

"Não, nada disso. Como você se chama?"

"Nita."

"Nita do quê?"

"Como assim?"

"Quer dizer, seu nome completo. Você não tem sobrenome?"

Ela ri. "Você está num bordel, *sahib*, e não num cartório. Prostituta não tem sobrenome. Nós só somos chamadas pelos primeiros nomes, como os animais de estimação. Nita, Rita, Asha, Champa, Meena, Leena, você escolhe." Ela diz isso num tom natural, sem nenhum rancor nem pesar.

"Ah, então você é prostituta?"

Ela ri outra vez. "Você é estranho. *Arrey baba*, quem vem a Basai Mohalla só encontra prostitutas. Certamente você não vai achar a sua mãe e suas irmãs neste bairro de Agra!"

"Quantos anos você tem?"

"Bom, essa pergunta já é mais relevante. Tenho dezessete anos. Não vá me dizer que você queria uma mais moça ainda. Para mim, você não deve ter mais de dezesseis."

"Eu também tenho dezessete. Me diga, há quanto tempo você trabalha nisso?"

"E que diferença faz? A única coisa que você precisa saber é se eu sou virgem ou não. Pois não sou. Você teria que pagar quatro vezes o que pagou por mim se quisesse uma virgem. Mas me experimente, eu sou até melhor do que uma virgem. Você não vai se decepcionar."

"Você não tem medo de pegar alguma doença? Tem até um cartaz na entrada falando sobre aids."

Ela ri de novo, um riso forçado, vazio. "Olhe, isso para mim é uma profissão, não é um hobby. É assim que eu consigo comida para mim e para toda a minha família. Se eu não estivesse fazendo isso, toda a minha família já teria morrido de fome há muito tempo. Todas as prostitutas sabem a respeito da aids. Mas é melhor morrer de doença amanhã do que de fome hoje, você não acha? Mas, afinal, você vai ficar só fazendo perguntas ou vai tomar uma iniciativa? Depois não vá pôr a culpa em mim se o seu tempo se esgotar e o Shyam mandar o próximo freguês entrar. Eu sou muito requisitada."

"Quem é Shyam?"

"É o meu cafetão. Você deu o dinheiro a ele. Agora venha, vou tirar meu sári."

"Não. Espere. Quero lhe fazer mais algumas perguntas."

"*Arrey*, você veio aqui para foder ou para falar? Você parece aquele repórter *firang* que veio aqui com gravador e câmera.

Disse que não estava interessado em mim, que estava só fazendo uma pesquisa. Mas assim que abri a minha *choli* ele deixou de lado a tal pesquisa. Os únicos sons que ficaram no gravador foram os gemidos dele. Vamos ver se com você vai ser a mesma coisa."

Ela abre a blusa de repente. Não está usando sutiã. Dois seios perfeitos aparecem, como cúpulas de um Taj Mahal moreno. São perfeitamente redondos e lisos, e os mamilos se destacam como pináculos delicados. Minha boca fica seca. Minha respiração se acelera. Meu coração começa a martelar contra as costelas. A mão dela desliza pelo meu ventre até esbarrar em algo duro. Ela ri. "Vocês, homens, são todos iguais. É só olhar para os peitos de uma mulher que toda a sua moral vai por água abaixo. Venha." Ela me faz penetrá-la, e vivencio um momento de êxtase puro, absoluto. Uma corrente elétrica atravessa meu corpo, porém é menos um choque do que uma emoção. Estremeço de prazer.

Depois, quando estamos deitados lado a lado sob o ventilador de teto barulhento, tendo contribuído com mais uma mancha no lençol sujo, inalo a fragrância das flores em seu cabelo negro como o azeviche e beijo-a desajeitadamente.

"Por que você não me disse que era a sua primeira vez?", ela indaga. "Eu teria sido mais carinhosa. Mas agora vá embora que sua hora já terminou." Ela se levanta de súbito e começa a recolher suas roupas.

Essa rispidez repentina me perturba. Cinco minutos atrás, eu era seu amante, mas agora sou apenas um freguês cujo tempo se esgotou. Dou-me conta então de que o momento de fato passou. A magia evaporou-se, e agora que não estou mais cego de desejo vejo o quarto tal como ele é. Vejo um gravador de cassete velho sobre a mesa-de-cabeceira, ligado à tomada por um fio preto feio. Vejo as paredes cheias de bolor, com a tinta a descascar. Vejo a cortina vermelha rasgada e desbotada na janela. Vejo as manchas no lençol e os rasgos no colchão. Sinto um pouco de coceira, provavelmente dos ácaros que infestam a cama. Sinto o cheiro de mofo e decadência do quarto. Agora tudo me parece sórdido e vil. Deitado na cama suja, sinto-me poluído, conspurcado. Também eu me levanto mais que depressa e começo a juntar minhas roupas.

"E a minha gorjeta?", ela pergunta, vestindo a blusa.

Tiro da carteira uma nota de cinqüenta rupias e entrego-a. Ela a guarda dentro da blusa, com gratidão.

"Você gostou? Vai voltar?", ela pergunta.

Não respondo e saio na mesma hora.

Mais tarde, dentro da van, voltando para a cidade, as perguntas que a mulher me fez voltam à minha mente. Se gostei? Gostei. Se vou voltar? Vou. Uma sensação nova e estranha pulsa em meu coração e me deixa tonto. Será amor?, me pergunto. Não sei a resposta, mas sei uma coisa: entrei na zona de meretrício e corri o risco. Conheci uma puta, tive minha primeira experiência sexual. E agora não quero outra coisa.

A cidade anda assustada com a raiva. Muitas crianças morreram após serem mordidas por cães infectados. O departamento de saúde aconselha os cidadãos a ficar muito atentos e adotar medidas de prevenção. Digo a Shankar: "Cuidado quando sair de casa. Não chegue perto de nenhum cachorro. Entendeu?".

Shankar faz que sim.

Hoje é a vez de Bihari, o sapateiro. É o único que até agora não me pediu dinheiro. "Raju, meu filho Nanhey está muito doente e está internado na clínica particular do doutor Aggarwal.

O médico diz que eu preciso comprar remédios com urgência, mas custa muito dinheiro. Consegui juntar quatrocentas até agora. Seria possível você me emprestar alguma coisa? Por favor."

Dou duzentas rupias a Bihari, sabendo que a dívida jamais será paga. Mas mesmo assim ele não consegue comprar todos os remédios. Dois dias depois, Nanhey, com seis anos, morre na clínica.

Nessa noite Bihari volta para o cortiço com o corpo do filho coberto com um sudário branco. Está visivelmente bêbado e caminha com dificuldade. Coloca o cadáver do filho no meio do pátio, perto da bica municipal, e convoca todos os moradores. Então dá início a um monólogo cheio de acusações confusas. Não acusa ninguém em particular, mas de certo modo ataca a todos. Xinga os ricos, que moram em palácios e não ligam para os pobres que os servem. Xinga os médicos endinheirados, que arrancam dinheiro dos pacientes. Xinga o governo, que faz promessas só no papel. Xinga a todos nós por sermos espectadores passivos. Xinga as crianças por terem nascido. Xinga a si próprio por ainda estar vivo. Xinga Deus por ter criado um mundo injusto. Xinga o mundo, o Taj Mahal, o imperador Chah Jahan. Não poupa nem mesmo a lâmpada pendurada à porta de sua casa, que uma vez deu um choque em Nanhey, nem mesmo a bica municipal. "Sua porcaria, quando a gente precisa, você não nos dá duas gotas de água, mas o meu filho você deixou ficar duas horas brincando na água e pegar pneumonia. Que seja arrancada e vá enferrujar no inferno", ele grita, chutando a bica. Depois, tendo passado meia hora xingando e esbravejando sem parar, desaba no chão e começa a soluçar. Segura o filho morto e geme até suas lágrimas secarem, até sua voz se gastar.

No meu quarto, fico deitado na cama pensando sobre as iniqüidades da vida. Imagens do pequeno Nanhey brincando no cortiço brotam em minha mente. Tenho vontade de chorar, mas as lágrimas se recusam a sair de meus olhos. Já vi cadáveres demais. Assim, cubro a cabeça com o lençol branco e limpo e adormeço. E sonho com o Taj Mahal num tom muito especial de pele morena. Com duas cúpulas de forma muito delicada.

Vou procurar Nita outra vez uma semana depois. Agora sou obrigado a pagar o preço integral a Shyam, o cafetão. Trezentas rupias. Deitado na cama suja, faço amor com ela e ouço-a dizer coisas sujas.

"Então você gosta de ser prostituta?", pergunto depois do amor.

"Por quê? Qual é o problema? É uma profissão como qualquer outra."

"Mas você gosta?"

"Gosto. Gosto de dormir com desconhecidos. Como você, por exemplo. O dinheiro que eu ganho dá para sustentar minha família. Toda sexta-feira vou ver um filme novo no cinema. O que mais que uma garota pode querer?"

Olho bem em seus olhos de corça e percebo que está mentindo. Ela é uma atriz desempenhando um papel. Só que jamais vai ganhar nenhum prêmio, como Neelima Kumari.

Quanto maior o mistério em torno de Nita, mais desesperadamente quero conhecê-la. Ela desperta em mim uma fome diferente de tudo que já senti antes. Tendo penetrado seu corpo, agora quero penetrar sua mente. Assim, começo a visitá-la às segundas-feiras, o dia em que o Taj Mahal não abre. Após quatro ou cinco visitas, consigo por fim dobrar sua resistência.

Ela me conta que nasceu entre os bedia, no distrito de Bhind, em Madhya Pradesh. Os pais ainda são vivos; ela tem um irmão e uma irmã que está bem casada. Na comunidade de que ela faz parte, manda a tradição que em cada família uma moça sirva como prostituta comunal, a *bedni*. Essa moça ganha dinheiro para a família enquanto os homens passam o tempo bebendo álcool e jogando baralho. "É por isso que o nascimento de uma menina é comemorado na nossa comunidade, em vez de causar tristeza. Na verdade, o nascimento de um menino é que é desvantajoso. Você vai encontrar *bednis* da minha aldeia trabalhando em bordéis, paradas de caminhões, hotéis e restaurantes de beira-estrada, todas vendendo o corpo."

"Mas por que motivo a sua mãe escolheu você? Podia ter escolhido a sua irmã."

Nita ri aquele seu riso vazio. "Minha beleza foi a minha desgraça. Minha mãe tinha o direito de escolher qual das duas filhas se casaria e qual se tornaria prostituta. Ela decidiu que eu é que ia ser *bedni*. Se eu fosse feiosa como a minha irmã, talvez não tivessem me mandado para cá. Teria estudado na escola, casado e tido filhos. Agora estou neste bordel. É o preço que tenho de pagar pela beleza. Por isso não diga que sou bonita."

"E há quanto tempo você faz isso?"

"Desde a puberdade. Quando termina a cerimônia de *nathni utherna*, para a retirada do brinco no nariz, e o ritual de *sar dhakwana*, de cobrir a cabeça, a moça passa a ser considerada uma mulher. Assim, aos doze anos, minha virgindade foi leiloada, e depois fui colocada neste prostíbulo."

"Mas é claro que, se você quiser mudar de profissão e se casar, você pode, não é?"

Ela abre as mãos. "Quem é que vai querer se casar com uma prostituta? O que se espera de nós é que trabalhemos até começarmos a envelhecer, ou então até morrermos de doença, o que acontecer primeiro."

"Eu sei que um dia você vai encontrar o seu príncipe", afirmo, com os olhos rasos d'água.

Nesse dia ela não aceita a gorjeta que tento lhe dar.

Mais tarde, penso na minha conversa com Nita e me pergunto por que menti para ela. Na verdade, eu não queria que ela encontrasse nenhum outro príncipe. Sem me dar conta, eu havia me apaixonado por Nita.

Até agora, minha concepção de amor era inteiramente baseada no que eu via no cinema, em que o mocinho e a mocinha se entreolham pela primeira vez e pronto, uma química estranha faz com que seus corações batam mais depressa e suas cordas vocais vibrem, e logo em seguida os dois estão cantando canções em aldeias suíças e shoppings americanos. Eu julgava ter sentido esse lampejo ofuscante de amor quando conheci a garota de *salwar kameez* azul naquele trem. Porém o amor de verdade só chegou naquele inverno em Agra. E mais uma vez me dei conta de que a vida real é muito diferente do cinema. O amor não acontece de repente. Ele vai surgindo aos poucos, e então vira sua vida de pernas para o ar. O amor colore as horas em que você está desperto e preenche todos os seus sonhos. Você começa a andar no ar e a ver a vida em tons novos e brilhantes. Mas ele causa também uma agonia doce, uma tortura deliciosa. Minha vida agora se resumia a ter encontros febris com Nita e sentir sua falta quando não estava com ela. Nita me surgia nos lugares e momentos mais estranhos. Eu imaginava seu lindo rosto mesmo no momento em que estava repetindo minha arenga para uma turista de oitenta anos de idade. Sentia a fragrância de seu cabelo mesmo quando estava na privada. Ficava arrepiado de pensar em nós dois fazendo amor mesmo quando estava comprando batatas e tomates no mercado. E sabia, no fundo do coração, que ela era minha princesa. A maior ambição de minha vida era me casar com ela um dia. A preocupação que me consumia era saber se ela me aceitaria.

Um jipe com uma luz vermelha piscando aparece no cortiço. Dele saltam um inspetor e dois policiais. Meu coração dispara. Um nó gelado de medo se forma no fundo de meu estômago. Meus crimes finalmente vão ser cobrados. É esse o padrão da minha vida. No momento exato em que começo a achar que estou por cima, o destino puxa o tapete sob meus pés. Assim, é de se esperar que justamente agora que estou amando de verdade eu seja levado para uma cadeia onde, tal como o imperador Chah Jahan, ficarei confinado numa solitária, chorando o amor de Nita, minha Mumtaz Mahal.

O inspetor pega no jipe um megafone para fazer um pronunciamento. Imagino que ele vai dizer: "Ram Mohammad Thomas, vulgo Raju Sharma, saia com as mãos para o alto!". Mas em vez disso o que ele diz é: "Moradores do cortiço, saiam do prédio! Houve um assalto ao Bank of Agra, e temos motivos para supor que o ladrão está aqui. Tenho um mandado para realizar uma busca no cortiço". Ao ouvir essas palavras, um peso imenso se dissipa de meu coração. Fico tão feliz que tenho vontade de abraçar o inspetor.

Os policiais entram em todos os quartos e os revistam minuciosamente. Quando chegam ao meu, perguntam meu nome, minha idade e minha profissão, e querem saber se vi algum tipo suspeito nos arredores. Não digo a eles que sou guia não autorizado. Digo que sou estudante universitário e que estou há pouco tempo no cortiço. Eles ficam satisfeitos com essa resposta. Olham debaixo da minha cama. Vasculham a cozinha, batem nas panelas, reviram o colchão e depois passam para o quarto ao lado. O inspetor se junta aos policiais.

Estão agora no quarto de Shankar.

"Como você se chama?", o inspetor pergunta a Shankar com aspereza.

"Zj Hz Rdshn Odsifsk", responde Shankar, um pouco confuso.

"O quê? Pode repetir?"

"Odsifsk."

"Seu moleque, você está debochando de mim?", exclama o inspetor, zangado, erguendo o cassetete para atingir Shankar.

Rapidamente intervenho. "Inspetor *sahib*, o Shankar tem um problema mental. Ele não sabe falar."

"Então por que não me disse antes?" Vira-se para os policiais. "Vamos passar para o próximo quarto. Não vamos tirar nada desse maluco."

Durante as três horas que se seguem, eles investigam os trinta quartos, e terminam encontrando um maço de notas escondido no quarto que pertence a Najmi, o poeta barbudo, que afirmava ser compositor de música de cinema. Todos ficamos pasmos de constatar que nosso jovem poeta também atua nas horas vagas como assaltante de bancos. Para você ver como as aparências enganam. Mas eu também não posso falar. Os *wallahs* do cortiço ficariam igualmente escandalizados se soubessem do meu passado!

Lajwanti vem ao meu quarto para me oferecer alguns *laddoos* fresquinhos que ela trouxe do templo de Durga, próximo ao cortiço. Ela está na maior animação.

"*Arrey*, Lajwanti, para que esses doces? Você teve um aumento de salário?", pergunto.

"Hoje é o dia mais feliz da minha vida. Graças à ajuda da deusa Durga, o funcionário da cana-de-açúcar finalmente aceitou se casar com Lakshmi. Agora minha irmã vai ter uma vida de rainha. Estou preparando uma festa de casamento que vai ser a maior de todas."

"Mas e o dote? A família do noivo não fez nenhuma exigência?"

"Não, nenhuma. É uma família muito boa. Eles não querem dinheiro. Só pediram umas coisinhas muito pequenas."

"Por exemplo?"

"Uma motoneta Bajaj, um liquidificador Sumeet, cinco ternos Raymond e umas jóias de ouro. Mas eu já ia dar isso tudo a Lakshmi, mesmo."

Fico escandalizado. "Mas Lajwanti, isso vai lhe a custar uma fortuna — pelo menos um *lakh* de rupias. Onde é que você vai arranjar esse dinheiro todo?"

"Eu já estava economizando dinheiro para o casamento. Já juntei quase cinqüenta mil rupias. E vou pedir emprestadas mais cinqüenta mil a *rani sahiba*."

"Você tem certeza de que ela vai lhe dar uma quantia como essa?"

"É claro. Eu sou a melhor empregada que ela já teve na vida."

"Bem, então boa sorte."

Continuo a me encontrar com Nita, mas o clima do bordel me sufoca. E detesto ter de lidar com aquele cafetão de olhar esquivo, Shyam. Assim, por sugestão de Nita, passamos a nos encontrar em outro lugar. Todas as sextas-feiras ela vai sozinha ao cinema. Vou com ela. Ela adora pipoca. Compro um saco enorme e ficamos sentados na última fileira do Akash Talkies, um cinema escuro e decadente. Ela come pipoca e ri quando enfio a mão dentro de seu vestido de musselina fina para apalpar seus seios macios. E quando termina a sessão saio do cinema suado, vermelho, sem saber se vi um drama familiar, uma comédia ou um filme de suspense. Porque só tenho olhos para Nita, e espero que nossa história vá se transformando, em ritmo lento mas inexorável, num romance épico.

Shankar entra no meu quarto chorando.

"O que houve?", pergunto.

Ele aponta para o joelho. Está cortado e roxo. Imediatamente fico preocupado. "Como foi que você se machucou, Shankar? Você levou um tombo?"

Ele faz que não com a cabeça. "Jh Rsrdnkkn Hz Hnkazj", explica.

Dessa vez lamento que ele só fale coisas sem nexo. "Desculpe, mas não estou entendendo. Por que você não vai lá fora comigo e me mostra como foi que se machucou?"

Shankar sai comigo e aponta para o lugar onde o pátio do cortiço se abre na rua principal. Há um pequeno parapeito no canto, de onde os garotos do cortiço estão sempre pulando.

"Zopś Yzian Smjzgz Rsrdnkkn? Zgz Hz Hnkazj Smjq", diz Shankar, indicando o joelho.

Meu olhar acompanha a direção em que ele aponta, e faço que sim. Imagino que ele deve ter pulado do parapeito e ralado o joelho. "Venha, Lajwanti tem material de primeiros socorros no quarto dela. Vou fazer um curativo na sua ferida."

Não vejo o cachorro de rua sarnento, com manchas pretas, que está na calçada logo abaixo do parapeito, com baba escorrendo dos dentes brancos afiados.

Um novo ano tem início, trazendo novas esperanças e novos sonhos. Eu e Nita completamos dezoito anos — já temos idade para nos casarmos. Pela primeira vez, começo a pensar no futuro e a acreditar que talvez eu tenha mesmo um futuro. Com Nita a meu lado. Paro de emprestar dinheiro aos moradores do cortiço. Agora preciso de cada centavo que ganho.

Hoje é sexta-feira, e é também noite de lua cheia, uma combinação muito rara. Convenço Nita a não ir ao cinema e proponho uma ida ao Taj Mahal. Ficamos sentados no pedestal de mármore ao cair da tarde, esperando que a lua apareça atrás dos chafarizes e da fileira de ciprestes verde-escuros. Primeiro surge um clarão prateado atrás das árvores altas à nossa direita, e a lua vai aos poucos se desprendendo do aglomerado de prédios baixos e arbustos; então, subitamente, ela aparece majestosa no céu. A cortina da noite se abre e o Taj Mahal se revela em toda a sua glória. Eu e Nita ficamos maravilhados. O monumento parece uma visão do paraíso, uma aparição prateada que se elevou do rio Yamuna. Ficamos de mãos dadas, sem perceber a multidão de turistas estrangeiros que pagaram cinqüenta dólares pelo privilégio de ver o Taj Mahal à luz da lua cheia.

Olho para o monumento, depois olho para Nita. A perfeição estéril do Taj Mahal começa a perder a graça em comparação com a beleza impecável de seu rosto. E lágrimas começam a cair de meus olhos quando todo o amor que contive em meu peito por dezoito longos anos de repente começa a jorrar. Sinto uma explosão emocional semelhante ao romper de uma represa, e pela primeira vez experimento a sensação que Mumtaz Mahal deve ter inspirado no imperador Chah Jahan.

Este é o momento pelo qual venho esperando ao longo de toda a minha vida, e me preparei bem para ele. Najmi, o poeta barbudo, me entregou um livro de poemas em urdu antes de ir para a cadeia, e decorei vários versos românticos. Com uma inspiração súbita, Najmi chegou mesmo a compor, para mim, um gazel original em louvor a Nita. Era mais ou menos assim:

Tua beleza é um elixir,
Que fez um órfão renascer.
Se não quiseres ser minha esposa,
De amor decerto vou morrer.

Relembro também muitas falas imortais de famosas histórias de amor cinematográficas. Porém, sentado do lado de Nita diante do Taj Mahal, ao luar, abro mão do mundo da poesia e do cinema. Olho-a nos olhos e limito-me a perguntar: "Você me ama?". E ela responde com uma única palavra: "Sim". Essa palavra para mim contém mais significado do que todos os livros de poesia e todos os guias turísticos sobre Agra. E, quando a ouço, meu coração dá um salto de felicidade. Meu amor poderoso se liberta da terra, bate asas e ascende ao céu, como uma gaivota. Então, pela primeira vez, o Taj Mahal me parece um lar e não um túmulo impessoal; a lua cheia sobre nossas cabeças vira um satélite pessoal, refletindo uma luz só nossa, e nos sentimos abençoados por sermos banhados nesse brilho celestial, num céu que só pertence a nós.

Shankar entra correndo no meu quarto. "Yzids Azlkzoos. S Gsexsipq Zopś Rdnksian", diz ele, e me leva ao quarto de Lajwanti.

Ela está deitada na cama, chorando. As gotas que caem de seus olhos como pérolas minúsculas e escurecem a colcha impecável parecem deslocadas nesse quarto tão arrumado e espartano. "O que houve, Lajwanti? Por que você está chorando?", pergunto.

"Por causa daquela cachorra da Swapna Devi. Ela se recusa a me emprestar dinheiro. E agora, como é que vou pagar o casamento da minha irmã?", ela diz e recomeça a soluçar.

"Olhe, ninguém aqui neste cortiço tem tanto dinheiro assim. Não dá para você fazer um empréstimo no banco?"

"E qual é o banco que vai emprestar dinheiro para uma empregada pobre como eu? Não, agora só tenho uma alternativa."

"O quê? Cancelar o casamento?"

Seus olhos brilham de raiva. "Não. Isso, nunca. Talvez eu tente fazer o que o nosso poeta Najmi fez. Roubar o dinheiro."

Levanto-me da cadeira de um salto. "Você enlouqueceu, Lajwanti? Nem pense nisso. Você não viu a polícia prendendo Najmi?"

"Isso é porque Najmi era um bobo. Eu tenho um plano perfeito, que vou revelar a você porque para mim você é como um irmão mais moço. Não conte a ninguém, nem mesmo a Shankar. Sabe, eu sei onde fica o cofre onde Swapna guarda todas as preciosidades dela. No quarto há um quadro emoldurado bem grande na parede da esquerda. Atrás do quadro tem um buraco, e é lá que o cofre é embutido. Ela guarda as chaves do cofre debaixo do colchão, no canto esquerdo. Uma vez, escondida, eu a vi abrindo o cofre. Está cheio de dinheiro e jóias. Não vou roubar dinheiro, mas estou pensando em levar um colar. Ela tem tantos dentro daquele cofre que nem perceberia. O que você acha?"

"Lajwanti, Lajwanti, escute o que estou dizendo. Se você me considera seu irmão, ouça o meu conselho. Nem pense nisso. Confie em mim: já tive vários problemas com a polícia, e sei que mais cedo ou mais tarde você terá que pagar pelo crime. E assim, em vez de participar do casamento da sua irmã, vai ficar fazendo trabalhos forçados numa cadeia."

"Ah, vocês, homens, são todos uns frouxos", diz ela, indignada. "Eu não ligo para o que você diz. Vou fazer o que tenho que fazer."

Em desespero, recorro a minha velha moeda. “Olhe aqui, Lajwanti, se você não confia em mim, tudo bem. Mas peço que você acredite no poder desta moeda mágica. Ela nunca me falhou. Vamos ver o que ela diz. Vou jogar cara ou coroa. Se der cara, você não realiza seu plano; se der coroa, você faz o que quiser. Está bem?”

“Está bem.”

Jogo a moeda. Dá cara. Lajwanti suspira. “Pelo visto, até a sorte está contra mim. Está bem, vou para minha aldeia tentar levantar dinheiro com o chefe, que me conhece. Esqueça tudo isso que eu lhe contei.”

Três dias depois, Lajwanti tranca seu quarto, pede uma semana de licença e viaja para sua aldeia.

“Quero que você pare de trabalhar como prostituta”, digo a Nita.

Ela concorda. “Não quero morrer antes dos vinte anos, como Radha. Me leve embora daqui, Raju.”

“É o que vou fazer. Devo conversar com o Shyam sobre isso?”

“Sim, vamos precisar da permissão dele.”

Nessa mesma noite falo com o cafetão. “Olhe, Shyam, estou apaixonado por Nita e quero me casar com ela. Ela não vai mais trabalhar no bordel.”

Shyam me olha de alto a baixo como se eu fosse um inseto. “Quer dizer que você está botando essas bobagens na cabeça dela. Escute aqui, seu veado, ninguém manda a Nita parar de trabalhar. Só eu é que posso decidir. E eu não quero que ela pare de trabalhar. Ela é a galinha dos ovos de ouro. Eu quero que ela continue botando ovos por muitos e muitos anos.”

“Então você nunca vai permitir que ela se case?”

“Eu dou permissão, mas só se for com uma condição. O homem que se casar com ela tem que me compensar pela minha perda de renda.”

“E quanto que você calcula que deve ser essa perda de renda?”

“Vamos ver... quatro *lakhs* de rupias. Você me consegue esse dinheiro?” Ele ri e me despacha.

Nessa noite, verifico minhas economias. Tenho um total de quatrocentas e oitenta rupias. Faltam apenas 399 520.

Fico tão indignado que tenho vontade de estrangular o cafetão. “O Shyam nunca vai deixar você se casar comigo”, digo a Nita no dia seguinte. “A única opção é fugirmos.”

“Não”, diz Nita, temerosa. “O pessoal do bordel vai acabar nos encontrando. Champa tentou fugir com um homem no ano passado. Eles a encontraram, quebraram as pernas do homem e a deixaram passando fome por dez dias.”

“Nesse caso, vou ter que matar Shyam”, retruco com um brilho malévolo nos olhos.

“Não”, diz Nita com veemência. “Prometa que você nunca vai fazer isso.”

Sua reação me surpreende. “Mas por quê?”

“Porque Shyam é meu irmão.”

Um jipe com uma luz vermelha piscando vem ao cortiço. Saltam policiais de dentro dele. Desta vez o inspetor é outro. Todos nós somos chamados. “Seu bando de vagabundos, aconteceu uma coisa muito séria. Alguém roubou um colar de esmeraldas valiosíssimo da casa de Swapna Devi. Estou muito desconfiado de que o ladrão é um de vocês, seus vigaristas. Por isso, estou lhes oferecendo uma oportunidade de confessar; senão, quando eu pegar o ladrão ele vai levar uma surra.”

Na mesma hora fico preocupado com Lajwanti, mas quando vejo que seu quarto está trancado, e me lembro de que ela foi para a aldeia de sua família, suspiro aliviado. Ainda bem que ela desistiu daquele plano ridículo de roubar um colar. Lajwanti achava que Swapna Devi nunca ia dar pela falta, e no entanto a polícia foi acionada na mesma hora.

Um por um, todos nós somos interrogados. Quando chega a vez de Shankar, a cena se repete.

"Nome?", pergunta o inspetor.

"Odsifsk", responde Shankar.

"O que foi que você disse?"

"Zj Aqooz Mjz Hzj Inhz Ź Odsifsk."

"Seu moleque, tentando bancar o espertinho comigo...", diz o inspetor, trincando os dentes. Mais uma vez, dou uma explicação, e o inspetor recua. Ele despacha Shankar com um gesto.

Dessa vez a polícia vai embora de mãos vazias. Sem colar, sem suspeitos.

Na mesma noite, um pequeno cachorro de rua cheio de manchas pretas morre perto do Taj Mahal. Ninguém dá importância ao fato.

Lajwanti volta de sua aldeia no dia seguinte e é presa imediatamente. Um policial suado a arrasta de seu quarto até o jipe com a luz vermelha piscando. Ela chora, inconsolável.

Impotente, assisto à cena. Estou com Abdul, que trabalha como jardineiro no Swapna Palace.

"Abdul, por que é que a polícia está levando Lajwanti? Por que *rani sahiba* não faz nada? Afinal, Lajwanti é a melhor empregada que ela já teve na vida."

Abdul sorri. "Foi a madame que chamou a polícia para prender Lajwanti."

"Mas por quê?"

"Porque foi ela que roubou o colar do cofre. A polícia deu uma busca na casa dela na aldeia e encontrou o colar lá, hoje."

"Mas como foi que Swapna Devi descobriu que quem roubou o colar foi Lajwanti? Ela nem estava aqui quando ocorreu o roubo."

"Porque ela deixou uma pista reveladora. Ela não foi direto para a aldeia. Ficou em Agra aguardando uma oportunidade de entrar na casa sem que ninguém a visse. Quando finalmente entrou no quarto para roubar um colar, a madame estava numa festa. Mas, logo antes de ir para a festa, a madame penteou o cabelo sentada na cama e deixou alguns grampos na colcha de cetim. Quando voltou tarde da noite, encontrou todos os grampos muito bem arrumados na penteadeira. Isso a deixou desconfiada na mesma hora. Ela abriu o cofre e constatou que faltava um colar. Assim, concluiu imediatamente que só podia ter sido Lajwanti."

Dou um tapa na testa. Lajwanti não conseguiu deixar de ser a empregada perfeita, nem mesmo quando cometia um roubo!

Tento interceder junto a Swapna Devi em favor de Lajwanti, mas ela rejeita meu pedido com um desdém frio. "Isto aqui é a minha casa, não é uma instituição de caridade. Por que é que ela inventou de fazer um casamento de milionário para a irmã? Vocês que são pobres não devem nunca querer mais do que podem. Fiquem dentro de seus limites que assim vocês nunca vão ter problemas."

Nesse dia, sinto um ódio genuíno por Swapna Devi. Mas talvez ela tenha razão. Lajwanti cometeu o erro fundamental de tentar cruzar a linha que separa a vida dos ricos da vida dos pobres. Cometeu o erro fatal de sonhar com algo inatingível para ela. Quanto maior o sonho, maior a decepção. É por isso que meus sonhos são pequenos, razoáveis. Por exemplo, me casar com uma prostituta depois de pagar ao irmão dela, um cafetão sem escrúpulos, a pequena quantia de quatrocentas mil rupias. Só isso.

Mal consegui me recuperar da prisão de Lajwanti quando outra tragédia desaba sobre mim.

Shankar entra no meu quarto tossindo e se joga na cama. Parece cansado e se queixa de dor nos braços e nos joelhos. "Zopnj Anzipz", ele diz, agitando as mãos.

Ponho a mão na sua testa e constato que está febril. "Você pegou um resfriado, Shankar", explico. "Vá para o seu quarto e descanse. Daqui a pouco vou lá lhe dar um remédio." Ele se levanta da cama e vai para o quarto na ponta dos pés. Parece inquieto e irritadiço.

À noite, dou a ele um analgésico, porém seu estado piora cada vez mais. No segundo dia, está se tornando violento. Não consegue mexer o braço e grita quando acendem a luz. Com muita dificuldade, consigo tirar sua temperatura e constato, assustado, que está com quarenta graus de febre. Imediatamente, saio para chamar um médico. O que trabalha na clínica do governo se recusa a vir comigo, por isso sou obrigado a procurar um médico particular. Ele me cobra oitenta rupias para vir até o cortiço. Examina Shankar e me pergunta se recentemente percebi algum corte ou machucado nele. Respondo que há algum tempo Shankar ralou o joelho. O médico faz que sim com a cabeça e dá seu diagnóstico. Shankar está com raiva — o mais provável é que tenha sido mordido por um cachorro doente. Ele devia ter tomado uma série de injeções de vacina de célula diplóide humana e globulina humana anti-rábica assim que foi infectado, mas agora é tarde demais. Seu estado é de extrema gravidade. Logo ele sentirá aversão à água. É possível que apresente sinais de agitação e confusão mental, e pode até sofrer alucinações. Talvez tenha espasmos musculares e convulsões. E também pode vir a parar de falar por completo com a paralisação das cordas vocais. Por fim, entrará em coma e sua respiração cessará. Simplificando: ele vai morrer. Tudo isso dentro de quarenta e oito horas.

O médico explica esse catálogo de horrores no seu tom de voz normal. Fico absolutamente devastado. Só de pensar na morte de Shankar meus olhos se enchem de lágrimas. "Doutor, não há mesmo nada que possa ser feito para salvar Shankar?", imploro.

"Bom", o médico hesita. "Não havia nada até um mês atrás, porém me disseram que uma vacina experimental novíssima acabou de chegar dos Estados Unidos. Ela se chama RabCure, e só pode ser encontrada na farmácia Gupta."

"Aquela que fica no Rakab Ganj?"

"É. Mas acho que você não vai ter dinheiro para isso."

"Quanto custa?", pergunto, desanimado.

"Cerca de quatro *lakhs* de rupias."

Reflito sobre a ironia da situação. O tratamento de Shankar custa quatro *lakhs* de rupias, e o cafetão de Nita exigiu exatamente essa quantia. E tudo que tenho no bolso é a pequena fortuna de quatrocentas rupias.

Não sei onde posso obter dinheiro para o tratamento de Shankar, mas sei que ele não deve ficar sozinho, por isso resolvo trazê-lo para meu quarto. Eu o carrego no colo. Embora tenha quase a minha idade, seu corpo parece não ter peso. As mãos e pernas pendem inertes, e tenho a impressão de que não estou carregando uma pessoa viva e sim um saco de batatas. Coloco Shankar na minha cama e me deito no chão, e constato que estamos os dois nas posições exatamente opostas às que ocupamos há quase dois anos, embora tenha a sensação de que se passaram quase vinte.

Shankar se remexe na cama e acorda com freqüência. Também eu passo a noite inquieto, tendo pesadelos sobre cães raivosos e bebês que só pronunciam sílabas sem nexo. Então, de repente, no meio da noite, tenho a impressão de ouvir as palavras "mamãe, mamãe" sendo gritadas. Acordo e vejo que Shankar está dormindo tranqüilamente. Esfrego os olhos e me pergunto se o sonho de Shankar não terá, de um modo inesperado, se intrometido no meu.

No dia seguinte, Shankar não se levanta da cama; está cada vez mais fraco. Sei que ele vai morrer, mas faço de conta que é apenas uma gripe. Fico arrasado quando vejo seu rosto tranqüilo e penso que nunca mais poderei vê-lo. Até suas sílabas desconexas me parecem afirmações profundas que devem ser memorizadas.

Vem a noite e Shankar começa a ter espasmos nos braços. É com dificuldade que ingere líquidos, e come apenas um *chapatti* com lentilhas, seu prato predileto. Sua testa arde de febre. Tiro sua temperatura e constato que ela disparou para quarenta graus e meio. "Zj Iŝn Mjzkn Hnkkzk, Ksej", diz ele, e começa a chorar. Tento confortá-lo o melhor que posso, mas é difícil dar força a uma pessoa quando a gente se sente inteiramente esvaziado por dentro.

Volto a cochilar, atormentado pelos demônios do meu passado. Quando já são quase duas horas da madrugada, ouço um som vindo da cama de Shankar, como se alguém estivesse gemendo. Levanto devagar, ainda bastante desorientado. Olho para o rosto de Shankar. Seus olhos estão fechados, porém seus lábios se movem. Esforço-me para ouvir o que ele está murmurando, e meus olhos quase espocam das órbitas. Porque sou capaz de jurar que Shankar disse: "Por favor, não bata em mim, mamãe".

"Shankar! Shankar!" Corro até a cama. "Você acabou de dizer uma coisa, não foi?"

Porém Shankar não toma o menor conhecimento da minha presença, perdido que está em seu mundo interior. Seus olhos se reviram, e ele sem dúvida está delirando. Seu peito se convulsiona, como se num espasmo, e escorre catarro de sua boca. "Por que você me expulsou, mamãe?", ele murmura. "Desculpe, eu devia ter batido na porta. Como é que eu ia saber que o titio estava lá dentro com você? Eu adoro você, mamãe. Eu faço desenhos de você. Meu diário azul está cheio de desenhos. De você. Eu adoro você, mamãe. Gosto de você demais. Não bata em mim, mamãe. Prometo que não vou contar a ninguém, mamãe, mamãe, mamãe..."

Shankar fala com a voz de uma criança de seis anos. Regrediu a um tempo perdido há muito. O tempo em que ele tinha mãe. O tempo em que sua vida, e suas palavras, faziam sentido. Não sei como consegue de repente falar de modo tão sensato e lúcido, justamente quando o médico previu que ele pararia de falar por completo. Mas não quero descobrir a razão. Não se questiona um milagre.

É tudo que ouço Shankar dizer nessa noite, e quando ele acorda na manhã seguinte volta a ser o mesmo garoto de dezesseis anos que pronuncia sílabas desconexas. Mas lembro que ele falou de um diário azul. Dou uma busca em seu quarto e encontro o diário embaixo da cama.

São folhas soltas de papel para desenho, todas com bonitos desenhos a lápis que representam uma mulher. A representação é perfeita, até o menor detalhe. Porém fico petrificado. Não por causa da excelência dos desenhos, mas por reconhecer a pessoa representada. Pois a mulher que ele desenhou é Swapna Devi.

* * *

"Eu sei o que você escondeu de mim esse tempo todo, Shankar. Sei que Swapna Devi é a sua mãe", digo a Shankar, mostrando-lhe o diário azul.

Seus olhos se arregalam de medo, e ele tenta arrancar o caderno das minhas mãos. "Hz Azyngyz N Hzj Aqśkqn", ele grita.

"Eu sei que é verdade, Shankar. Acho que você descobriu o segredo sujo dela e foi por isso que ela o expulsou de casa. E foi aí que você perdeu a capacidade de falar normalmente. Acho que sua mãe carrega essa culpa a vida toda. Deve ser por isso que ela paga seu aluguel e lhe dá dinheiro. Mas eu vou falar com a sua mãe agora mesmo, para ela pagar o seu tratamento."

"Išn, Išn, Išn, Lnk Bsynk Išn Bsgz Rnh S Hqids Hšz", ele exclama. Mas já parti em direção ao Swapna Palace para ter uma conversa íntima com *rani sahiba*.

De início, ela se recusa a me atender, dizendo que tenho de marcar hora, como todos. Fico acampado à porta da casa dela por duas horas, até que finalmente ela volta atrás.

"Mas, afinal, por que é que você veio me importunar?", pergunta, insolente.

"Eu conheço o seu segredo, Swapna Devi", digo na cara dela. "Descobri que Shankar é seu filho."

Sua máscara imperiosa cai por um momento e ela fica pálida, porém com a mesma rapidez recupera a compostura e a altivez, me paralisando com um olhar cheio de desprezo. "Seu vagabundo, como ousa fazer uma acusação obscena como essa? Não tenho nenhuma relação com Shankar. Só porque demonstrei um pouco de piedade por ele você concluiu que ele é meu filho? Saia daqui agora mesmo, senão você vai ser expulso à força."

“Eu vou embora”, respondo. “Mas só depois que a senhora me der quatro *lakhs* de rupias. Preciso do dinheiro para o tratamento de Shankar. Ele está com raiva.”

“Você enlouqueceu? Acha que eu vou lhe dar quatro *lakhs*?”, ela grita.

“Mas se eu não conseguir o dinheiro, Shankar vai morrer de raiva em vinte e quatro horas.”

“Faça o que quiser, mas não me incomode.” E então diz a coisa mais maligna que já ouvi uma mãe dizer. “Talvez seja melhor mesmo ele morrer. Assim o coitado deixa de sofrer. E nunca mais ouse repetir para ninguém essa mentira de que ele é meu filho.” Ela fecha a porta.

Fico parado diante da porta com lágrimas nos olhos. Pelo menos tive a sorte de ser abandonado por minha mãe ao nascer, mas o pobre Shankar foi expulso pela mãe no meio da vida, e agora ela se recusa a lhe dar qualquer ajuda para impedir sua morte.

Volto para o quarto de Shankar com um peso no coração. As palavras de Swapna Devi ainda ressoam em meus ouvidos com a força de uma martelada. Ela quer que Shankar morra como um cão raivoso. Em nenhum outro momento de minha vida minha pobreza me doeu tanto quanto agora. Lamento não ter podido explicar ao cachorro que mordeu Shankar que antes ele deveria verificar se a pessoa que ele estava atacando teria dinheiro para comprar o antídoto.

No dia seguinte faço algo que há mais de dez anos não tenho feito. Rezo. Vou ao templo de Durga e ofereço flores pela recuperação de Shankar. Vou à igreja de são João e acendo uma vela para Shankar. Vou ao Kali Masjid e abaixo a cabeça diante de Alá, pedindo-lhe piedade para Shankar. Mas nem mesmo o poder da prece é suficiente. O dia inteiro Shankar permanece em agonia, sentido dores em quase todas as partes do corpo. Sua respiração se torna mais irregular.

Anoitece. Não há lua, porém não é essa a impressão que se tem no cortiço, por causa do brilho refletido dos milhares de luzes que iluminam o Swapna Palace como uma vela gigantesca. Está havendo uma festa no palácio. O chefe de polícia está presente, bem como o juiz distrital e uma profusão de comerciantes, socialites, jornalistas e escritores. O som da música suave e dos risos chega até o cortiço. Ouvimos o tinir das taças de vinho, o zumbido das conversas, o tilintar do dinheiro. No meu quarto impera um silêncio sinistro, interrompido apenas pela respiração difícil de Shankar. A cada meia hora, mais ou menos, seu corpo é percorrido por convulsões. Mas o que mais o incomoda é uma constrição na garganta, onde se formou um cuspe viscoso, espesso, que lhe causa muito desconforto. Agora ele entra em espasmos só de ver um copo d'água. A menor corrente de ar produz o mesmo resultado.

Entre as muitas doenças de que se pode morrer, talvez a mais cruel de todas seja a raiva, em que a água, fonte da vida, se torna a causa da morte. Até um canceroso pode ter alguma esperança, mas quem sofre de raiva não tem nenhuma.

Testemunhando a morte lenta de Shankar, penso em como Swapna Devi deve ser absolutamente desprovida de sentimentos, pois é capaz de deixar o filho morrer dessa maneira horrível enquanto dá uma festa em sua casa. Ainda bem que joguei aquele revólver Colt dentro do rio, senão estaria sem dúvida pensando em cometer outro assassinato hoje.

À medida que a noite avança, os espasmos de Shankar se tornam cada vez mais freqüentes; ele grita de agonia e começa a espumar. Sei que o fim está próximo.

Shankar morre à meia-noite e quarenta e sete. Pouco antes de morrer, tem mais um momento de lucidez. Segura minha mão e pronuncia uma única palavra: "Raju". Então aperta o caderno azul e grita "Mamãe, mamãe", e em seguida fecha os olhos para sempre.

* * *

Agora Agra se transformou na cidade da morte. Tenho um cadáver no quarto e um caderno azul nas mãos. Folheio o caderno a esmo, olhando para uns desenhos a lápis que representam uma mulher, uma mãe sem coração. Não, não vou chamá-la de "mãe", porque isso seria um insulto a todas as mães.

Não sei como reagir à morte de Shankar. Eu poderia gritar e urrar como Bihari. Poderia xingar todos os deuses do céu e todos os poderes da terra. Poderia derrubar uma porta, jogar os móveis para os lados, chutar um poste. E em seguida me debulhar em lágrimas. Mas hoje as lágrimas se recusam a vir. Uma raiva lenta ferve nas minhas entranhas. Arranco as páginas do caderno e as rasgo em pedacinhos. Então, de repente, tomo Shankar nos braços e caminho em direção ao palácio iluminado.

Os guardas uniformizados me detêm, mas tão logo vêem o cadáver em minhas mãos abrem o portão mais que depressa. Passo pelo caminho curvo onde estão estacionados os automóveis importados e caros dos convidados, um atrás do outro. Chego à porta imponente e encontro-a aberta para a festa. Atravesso o hall de mármore e entro na sala de jantar, onde estão prestes a servir a sobremesa aos convidados. Todas as conversas se interrompem no momento em que me vêem.

Subo na mesa e delicadamente coloco o corpo de Shankar bem no meio, entre um bolo cremoso de baunilha e uma travessa de *rasagullas*. Os garçons ficam imobilizados como estátuas. Os negociantes bem vestidos tossem e se remexem nas cadeiras, inquietos. As senhoras seguram os colares. O juiz distrital e o chefe de polícia me vigiam com olhares preocupados. Swapna Devi, sentada à cabeceira da mesa, com um sári de seda pesado, coberta de jóias, parece que vai engasgar. Tenta abrir a boca, porém suas cordas vocais estão paralisadas. Encaro-a com todo o desprezo possível e falo.

"Senhora Swapna Devi, se este é o seu palácio e a senhora é a rainha, então reconheça o príncipe. Vim lhe trazer o cadáver de seu filho, Kunwar Shankar Singh Gautam. Ele morreu há meia hora, no cortiço onde a senhora o manteve durante tantos anos. A senhora não pagou seu tratamento. Não cumpriu sua obrigação de mãe. Agora cumpra sua obrigação de proprietária. Por favor, pague o funeral de um morador miserável."

Feito esse discurso, olho para os convidados, que me observam no mais absoluto silêncio, e saio do palácio abafado na noite fresca. Depois fico sabendo que ninguém comeu a sobremesa.

A morte de Shankar me abala muito. Durmo, choro e durmo outra vez. Paro de ir ao Taj Mahal. Paro de sair com Nita. Paro de ir ao cinema. Aperto o botão de *pause* na minha vida. Durante umas duas semanas após a morte de Shankar, perambulo por Agra como um animal enlouquecido. Shakil, o universitário, me encontra uma noite parado diante da porta do quarto de Shankar, olhando fixamente para a tranca da porta como um bêbado olha para uma garrafa de uísque. Bihari, o sapateiro, me encontra sentado ao lado da bica municipal, com água escorrendo de meus olhos e não da bica. Abdul, o jardineiro do Swapna Palace, me surpreende andando na ponta dos pés pelo cortiço, tal como Shankar fazia. No auge do inverno, a cidade se transforma num deserto quente e vazio para mim. Tento me perder na vida anárquica de Agra. Tento me transformar numa sílaba sem sentido naquela conversação incessante, e quase consigo entrar num estado de estupor.

Quando consigo despertar, já é tarde demais. Há uma ligação para mim no telefone público, e Shakil vem correndo me avisar. "Raju, Raju, uma tal de Nita telefonou. Ela quer que você vá ao pronto-socorro do Singhania Hospital agora mesmo."

Com o coração na boca, corro cinco quilômetros até chegar ao hospital. Por um triz não esbarro num médico, quase derrubo uma maca e entro no pronto-socorro como um inspetor de polícia chegando ao local de um assalto a mão armada.

"Onde está Nita?", pergunto a uma enfermeira perplexa.

"Aqui, Raju." A voz de Nita parece fraca. Ela está atrás de uma cortina, deitada numa maca. Olho para ela e quase desmaio de susto. Seu rosto está coberto de contusões lívidas e seus lábios estão retorcidos de modo estranho, como se o maxilar tivesse sido deslocado. Dois dos dentes estão ensangüentados e o olho esquerdo está roxo.

"Quem... quem fez isso com você?", pergunto, com uma voz que eu próprio mal reconheço.

Ela fala com dificuldade. "Foi um homem de Mumbai. Shyam me mandou ir ao quarto dele no Palace Hotel. Ele me agarrou e fez isso tudo comigo. O que ele fez com a minha cara não é nada. Veja o que ele fez com meu corpo."

Nita se vira de lado, e vejo vergões vermelhos profundos em suas costas magras, como se alguém a tivesse chicoteado. Então ela puxa a blusa para cima, e quase morro. Todo o seu peito está coberto de queimaduras de cigarro, que parecem feias marcas de varíola na carne lisa e morena de seus seios. Já vi isso antes.

Meu sangue começa a ferver. "Eu sei quem fez isso com você. Ele disse o nome? Vou matá-lo."

"Não sei o nome dele, mas ele era alto e..."

Shyam entra no recinto neste momento, com um pacote de remédios. Olha para mim e enlouquece. "Seu filho-da-puta", ele grita, me agarrando pelo colarinho. "Como você tem coragem de vir aqui? Foi só por sua causa que isso aconteceu com Nita."

"Você enlouqueceu, Shyam?", exclamo.

"Não, quem enlouqueceu foi você. Você acha que Nita é sua propriedade particular, vive dizendo a ela para abandonar a profissão e não servir mais nenhum cliente. Sabe quanto esse cara de Mumbai pagou a ela? Cinco mil rupias. Mas a minha irmã acreditou em você; ela deve ter resistido a ele e vejam só o que aconteceu. Vou lhe dizer uma coisa. Se você quiser ver Nita outra vez, então me procure com quatro *lakh* de rupias. Se não tem esse dinheiro, então pode se esquecer dela. Se chegar perto do hospital, eu mando matar você, entendeu? Agora, rua."

Nesse exato momento, eu poderia ter matado Shyam, estrangulando-o até não restar mais nenhum ar em seus pulmões, ou então arrancando-lhe os olhos com as unhas. Porém lembrei a promessa que havia feito a Nita, e de algum modo consegui conter a raiva. Era insuportável continuar olhando para o rosto de Nita, e saí do pronto-socorro. Eu só sabia uma coisa. Tinha que dar um jeito de arranjar quatro *lakhs* de rupias. Mas como?

Faço meus planos e aguardo uma oportunidade em que Swapna Devi não esteja em casa. Duas noites depois, vejo *rani sahiba* sendo levada no seu Contessa para mais uma festa na cidade, e invado o terreno do Swapna Palace por um buraco no muro. Lajwanti já havia me explicado em detalhes a topografia da casa, e não é difícil para mim localizar a janela que dá para o quarto de Swapna Devi. Forço a janela e entro no quarto luxuoso. Não tenho tempo para admirar a enorme cama de madeira trabalhada, nem a penteadeira de teca. Só procuro um quadro grande emoldurado, e o encontro na parede da esquerda. É uma pintura de cores vivas que representa cavalos, assinada por um tal de Husain. Rapidamente retiro o quadro do gancho e descubro um buraco quadrado na parede, onde há um cofre de aço. Procuro debaixo do canto esquerdo do colchão, mas vejo que não há nenhuma chave. Por um momento fico desconcertado, porém é com alívio que encontro a chave no canto direito. A chave se encaixa perfeitamente na fechadura e a porta pesada se abre lentamente. Olho dentro do cofre e levo mais um susto. Ele está praticamente vazio. Não há colares de esmeralda. Nenhuma pulseira de ouro. Só há quatro pequenas pilhas de notas, alguns documentos legais e uma foto em preto-e-branco de uma criança pequena. Não preciso olhar com muita atenção para perceber que a foto é de Shankar. Não me sinto nem um pouco constrangido ao roubar esse cofre. Enfio os quatro maços nos bolsos, fecho o cofre, penduro o quadro no lugar, recoloco a chave debaixo do colchão e saio pelo mesmo lugar por onde entrei.

Corro para meu quarto no cortiço, tranco a porta e me sento para contar o dinheiro. As quatro pilhas contêm um total de 399844 rupias. Remexo todos os meus bolsos e encontro 156 rupias. Juntando tudo, dá exatamente quatro *lakhs*. Pelo visto, até a deusa Durga resolveu me abençoar.

Coloco o dinheiro num saco de papel pardo, seguro-o com firmeza na mão direita e vou correndo para o hospital. Quando estou entrando no pronto-socorro, um homem de meia-idade de óculos, descabelado e com barba por fazer, esbarra em mim. Caio no chão ladrilhado e o saco escapa de minha mão. As notas se espalham. O homem vê o dinheiro e um brilho ensandecido surge em seus olhos. Começa a catar as notas como se fosse uma criança excitada. Por um segundo fico paralisado, me perguntando se estou assistindo a uma repetição do assalto ao trem. Mas depois de recolher todas as notas o homem devolve-as a mim e cruza os braços. "Esse dinheiro é seu, mas eu imploro, irmão, por favor, me empreste essa quantia. Salve a vida do meu filho. Ele tem apenas dezesseis anos. Não suporto vê-lo morrer", ele implora, como um mendigo.

Mais que depressa recoloco as notas no saco de papel e tento me livrar dele.

"O que aconteceu com seu filho?"

"Ele foi mordido por um cão raivoso. Agora está com hidrofobia. O médico diz que ele vai morrer hoje, a menos que eu consiga comprar uma vacina chamada RabCure, que só é vendida na farmácia Gupta. Mas ela custa quatro *lakhs* de rupias, e um professor como eu não tem como levantar uma quantia dessas. Sei que você tem esse dinheiro, irmão. Eu imploro, salve a vida do meu único filho que eu me torno seu escravo pelo resto da minha vida." Ele começa a chorar como um bebê.

"Esse dinheiro é necessário para tratar uma pessoa que me é muito cara. Desculpe, mas não posso ajudá-lo", digo, e entro pela porta de vidro.

O homem corre atrás de mim e me segura pelos pés. "Por favor, espere um minuto, irmão. Veja essa foto. É o meu filho. Me diga, como é que posso viver se ele morrer hoje?" Ele me mostra uma fotografia colorida de um garoto bonito. Ele tem olhos negros expressivos e um sorriso simpático nos lábios. Faz-me pensar em Shankar, e mais que depressa desvio a vista. "Eu já lhe disse, desculpe. Por favor, não me atrapalhe", insisto, livrando-me de seus braços.

Não olho para trás para ver se ele continua me seguindo e corro em direção ao leito de Nita. Shyam e outro homem do bordel estão sentados em cadeiras à frente dela, como guardas. Comem *samosas* embrulhadas num jornal engordurado. Nita parece dormir. Seu rosto está cheio de curativos.

"Então?", diz Shyam, mastigando um *samosa*. "Por que é que você veio, seu moleque?"

"Tenho o dinheiro que você pediu. Exatamente quatro *lakhs* de rupias. Olhe." Mostro os maços de notas.

Shyam assobia. "De onde você roubou esse dinheiro todo?"

“Isso não é da sua conta. Vim para levar Nita comigo.”

“Nita não vai a lugar nenhum. Os médicos dizem que ela vai levar quatro meses para se recuperar. E, já que você é o responsável pelos ferimentos dela, é melhor você pagar o tratamento também. Ela vai precisar de cirurgia plástica. É caríssimo, vai me custar quase dois *lakhs*. Então, se realmente quer ficar com Nita, volte com seis *lakhs*, senão o meu amigo aqui vai cuidar de você.”

O homem sentado ao lado de Shyam tira do bolso um canivete e brinca com ele, como um barbeiro que se prepara para raspar a cabeça de um freguês. Com um sorriso mau, exibe os dentes manchados de *paan*.

Neste momento compreendo que Nita jamais será minha. Que Shyam jamais a deixará ir embora. Que, mesmo que eu consiga trazer os seis *lakhs*, Shyam vai aumentar a exigência para dez. Minha mente fica entorpecida e vejo tudo escuro ao meu redor. Tenho um acesso de náusea. Quando me recupero, vejo um jornal engordurado no chão. Nele há um anúncio mostrando o rosto de um homem que sorri e segura várias notas de mil rupias. Debaixo da foto há uma legenda: “Bem-vindo a SRVB — *Sua Resposta Vale um Bilhão*. Nossas linhas telefônicas estão aguardando sua chamada. Ligue agora ou escreva para nós, para ver se você será o próximo vencedor do maior prêmio do mundo!”. Olho para o endereço que aparece no anúncio: “Prem Studios, Khar, Mumbai”. Então decido imediatamente que vou para Mumbai.

Saio do pronto-socorro numa espécie de transe. O cheiro de anti-séptico do hospital não me incomoda mais. O homem de óculos continua no corredor. Olha para mim esperançoso, mas desta vez não tenta me abordar. Talvez já tenha aceitado a idéia de que seu filho vai morrer. Continuo com o saco de papel na mão. Faço um gesto para ele. Ele vem correndo, como um cão que aguarda um osso. "Tome, fique com isso." Entrego o saco ao homem. "Aqui você tem quatro *lakhs* de rupias. Vá salvar a vida de seu filho."

O homem pega o saco, cai a meus pés e começa a chorar. "Você não é um homem, é um deus", diz.

Eu rio. "Se eu fosse Deus, não haveria necessidade de hospitais. Não, eu era só um pequeno guia turístico com sonhos grandes", digo, tentando avançar, mas ele não me deixa seguir. Tira uma carteira de couro gasta do bolso e pega um cartão dentro dela. "O dinheiro que você me deu é uma dívida que contraí com você. Este é o meu cartão. Vou pagar assim que puder, mas a partir deste momento sou seu criado."

"Acho que não vou precisar do senhor. Aliás, acho que não vou precisar de ninguém em Agra. Vou para Mumbai", explico, num tom distraído, e coloco o cartão do bolso da camisa. O homem olha para mim de novo com os olhos marejados de lágrimas, depois sai correndo do hospital em direção ao Rakab Ganj, onde fica a farmácia noite-e-dia Gupta.

Estou quase saindo do hospital quando um jipe com uma luz vermelha piscando freia de súbito, ruidosamente. Um inspetor e dois policiais saltam dele. Mais dois homens saem do banco de trás; eu os reconheço. Um deles é um guarda do Swapna Palace, e o outro é Abdul, o jardineiro. O guarda aponta para mim. "Inspetor *sahib*, esse garoto é Raju. Foi ele quem roubou o dinheiro de *rani sahiba*." O inspetor diz aos policiais: "Como não achamos nada no quarto do sacana, o dinheiro deve estar com ele. Examine seus bolsos". Os policiais apalpam minha camisa e as calças. Encontram um pequeno pacote de goma de mascar, alguns grãos de milho e uma moeda de uma rupia, que não parece mais me dar sorte alguma.

"Ele está limpo, *sahib*. Não tem dinheiro nenhum", diz um dos policiais.

"É mesmo? Mas vamos levá-lo para o interrogatório assim mesmo. Vamos descobrir onde ele estava no final da tarde", diz o inspetor de repente.

"Lzkašn?", retruco, retorcendo os lábios.

"O que foi que você disse? Não entendi", diz o inspetor, um pouco confuso.

"Zj Aqooz Mjz Ynrž Ź Jh Qaqnps."

"Que besteirada é essa?", exclama o inspetor, zangado. "Você está tentando fazer graça comigo, seu moleque? Vou lhe dar uma lição." Levanta o cassetete para me acertar, mas Abdul intervém. "Por favor, não bata nele, inspetor *sahib*. Raju ficou com a cabeça ruim desde que morreu o amigo dele, Shankar. Shankar também falava assim."

"Ah, é? Então por que você achou que ele era suspeito? Não vamos conseguir nada com um maluco. Vamos embora", diz ele, fazendo sinal para os policiais. Então olha para mim. "Desculpe o incômodo. Pode ir para casa."

"Nwkqcsan", respondo. "Hjqpn Nwkqcsan."

Estou sentado na cama de Smita com lágrimas escorrendo dos olhos. Smita segura minha mão na sua e a aperta de leve. Vejo que seus olhos também estão ficando marejados. "Pobre Shankar", diz ela. "Pelo que você me diz, ele deve ter sido uma criança autista. Que morte terrível ele sofreu. Você realmente passou pelo inferno, Thomas. Você não merece todo esse sofrimento."

"Mas o meu inferno ainda é preferível ao de Nita. Imagine só tudo que ela teve que agüentar desde os doze anos."

Smita concorda com a cabeça. "É, imagino, sim. Ela continua em Agra?"

"Deve estar, mas não tenho mais certeza. Não tenho notícia dela há quatro meses. Nem sei se algum dia vou voltar a vê-la."

"Aposto que vai. Agora vamos para a penúltima pergunta."

O letreiro do estúdio diz SILÊNCIO, mas a platéia se recusa a obedecer. Todos apontam para mim e conversam animadamente. Sou o garçom idiota que apostou cem milhões de rupias numa única pergunta.

Prem Kumar olha para a câmara. "Agora passamos para a pergunta número onze, valendo dez *crores*. Falando sério, fico arrepiado só de pensar nisso. Então, senhor Thomas, está nervoso?"

"Não."

"Isso me surpreende. O senhor está apostando os dez milhões de rupias que já ganhou e não está nem um pouco nervoso. Não esqueça: se der a resposta errada, o senhor perde tudo. Mas, se a resposta estiver certa, o senhor ganha cem milhões de rupias. Ninguém jamais ganhou uma quantia dessas, nem mesmo numa loteria. Então vejamos se vamos fazer história aqui e agora. Passemos à pergunta número onze, que tem a ver com..." — Prem Kumar faz uma pausa dramática e em seguida completa a frase — "... literatura inglesa!" O letreiro do estúdio anuncia: APLAUSOS.

"Me diga, senhor Thomas, o senhor sabe alguma coisa sobre literatura inglesa? Já leu algum livro, alguma peça ou poema inglês?"

"Bom, eu sei recitar '*Baa, baa, black sheep*', se é isso que o senhor quer dizer com poesia inglesa."

A platéia ri gostosamente.

"Devo confessar que eu tinha em mente alguma coisa um pouco mais complexa, mas deixe isso para lá. O senhor já deve ter ouvido falar de Shakespeare, não é?"

"*Sheik* de quê?"

"O senhor sabe, o bardo de Avon, o maior dramaturgo da língua inglesa? Ah, que saudade dos meus tempos de faculdade, quando passava o tempo todo atuando em peças de Shakespeare. Algum de vocês se lembra de Hamlet? 'Ser ou não ser, eis a questão. Será mais nobre na consciência render-se aos flechaços da sorte, ou pôr-se em armas contra um mar de infortúnios, e esmagá-los?' Mas chega de falar de mim. É o senhor Thomas que vai ter que responder à próxima pergunta — e lá vem ela, valendo a quantia astronômica de cem milhões de rupias. Em que peça de Shakespeare encontramos o personagem Costard? Será: a) *Rei Lear*, b) *O mercador de Veneza*, c) *Trabalhos de amor perdidos*, ou d) *Otelo*?"

A música inicia. Olho aparvalhado para Prem Kumar.

"Me diga, o senhor tem alguma idéia do que estamos dizendo aqui?"

"Não."

"Não? Então o que o senhor se propõe a fazer? É preciso dar uma resposta, mesmo que seja na base do cara ou coroa. Quem sabe, se continuar tendo sorte, o senhor por acaso consiga dar a resposta certa e ganhar cem milhões de rupias. Então, qual a sua decisão?"

Não faço idéia do que dizer. Sei que finalmente fui derrotado. Penso por trinta segundos e me decido. "Vou querer um Bote Salva-vidas."

Prem Kumar olha para mim sem entender. Tenho a impressão de que ele se esqueceu de que esse jogo possui algo chamado Bote Salva-vidas. Por fim ele desperta. "Bote Salva-vidas? Sim, claro, o senhor ainda dispõe dos seus dois Botes Salva-vidas. Me diga, qual deles o senhor quer usar? O senhor pode me pedir o Meio a Meio ou a Dica Camarada."

Estou confuso mais uma vez. A quem posso recorrer para responder a essa pergunta? Salim ficaria tão perplexo quanto eu. O dono do Bar Jimmy's entende tanto de Shakespeare quanto um bêbado entende de trajetórias retas. E a literatura está tão distante dos moradores de Dharavi quanto a honestidade da polícia. Apenas o padre Timothy poderia ter me ajudado a responder a essa pergunta, mas ele está morto. Devo pedir o Meio a Meio? Enfio os dedos na camisa do bolso para pegar minha moeda da sorte e, com surpresa, encontro um cartão. Tiro-o do bolso. É um cartão de visitas em que se lê: UTPAL CHATTERJEE, PROFESSOR DE INGLÊS, ST. JOHN'S SCHOOL, AGRA, e um número de telefone. De início, não entendo. Não me lembro de ninguém com esse nome, nem sei como esse cartão foi parar no bolso da minha camisa. Então, de repente, lembro-me da cena no hospital: o homem de óculos descabelado, com um filho de dezesseis anos morrendo de hidrofobia. Um grito involuntário escapa de meus lábios.

Prem Kumar o ouve, e me dirige um olhar severo. "Perdão, o que foi que o senhor disse?"

"Eu perguntei se podia ligar para este senhor", respondo, entregando o cartão a Prem Kumar. "Vou usar meu Bote Salva-vidas Dica Camarada."

Prem Kumar revira o cartão entre os dedos. "Sei. Então o senhor conhece alguém que pode ajudá-lo a responder à pergunta." Ele tem uma expressão preocupada no rosto. Troca um olhar rápido com o produtor. O produtor abre os braços com uma expressão de desalento. As palavras BOTE SALVA-VIDAS aparecem no letreiro. Vemos o desenho animado de um barco avançando no mar; um nadador pede socorro e uma bóia vermelha é jogada para ele.

Prem Kumar pega um telefone sem fio embaixo da mesa e o passa para mim. "Tome. Pode perguntar o que quiser, a quem quiser. Mas o senhor só tem dois minutos, contando a partir de..." — ele olha para o relógio — "... agora!"

Pego o telefone e disco o número que está impresso no cartão. Um telefone começa a tocar em Agra. Mas ele toca, toca, toca, e ninguém atende. Passa-se meio minuto. O suspense no estúdio é tão denso que seria possível cortá-lo com uma faca. A platéia me observa, prendendo a respiração. Para eles, sou como um trapezista de circo que caminha na corda bamba sem rede de segurança por baixo. Basta um movimento em falso para que o trapezista despenque do alto e morra. Bastam noventa segundos para que eu perca cem milhões de rupias.

Quando estou prestes a desligar, alguém atende. Agora só me resta um minuto. "Alô?"

"Alô. Posso falar com o senhor Utpal Chatterjee?", digo, falando depressa.

"Sou eu."

"Senhor Chatterjee, é Ram Mohammad Thomas."

"Ram Mohammad... o quê?"

"Thomas. Talvez o senhor não saiba meu nome, mas eu o ajudei no Singhania Hospital quando o seu filho estava internado. O senhor se lembra?"

"Ah, meu Deus." O tom de voz muda por completo. "Tenho procurado você desesperadamente nos últimos quatro meses. Graças a Deus você ligou. Você salvou a vida do meu filho, você nem imagina o quanto eu tentei..."

Eu o interrompo. "Senhor Chatterjee, não tenho muito tempo. Estou participando de um programa de perguntas e respostas e preciso que o senhor me ajude depressa a responder a uma pergunta."

"Uma pergunta? Sim, é claro, estou pronto para fazer o que você quiser."

Agora só me restam trinta segundos. Todos os olhos estão fixos no relógio na parede, onde os segundos se sucedem rapidamente.

"Me diga, bem depressa, em qual das peças de Shakespeare aparece um personagem chamado Costard? É: a) *Rei Lear*, b) *O mercador de Veneza*, c) *Trabalhos de amor perdidos* ou d) *Otelo*?"

Os segundos passam, e Chatterjee continua em silêncio.

"Senhor Chatterjee, o senhor sabe a resposta?"

Só restam quinze segundos quando ele responde: "Não".

Estou estupefato. "O quê?"

"Desculpe, não sei a resposta. Ou melhor, não tenho certeza. Não me lembro desse personagem no *Mercador de Veneza* nem no *Otelo*. Deve ser ou de *Rei Lear* ou de *Trabalhos de amor perdidos*... não tenho certeza qual das duas."

"Mas eu só posso dar uma resposta."

"Então arrisque *Trabalhos de amor perdidos*. Mas, como disse, não tenho certeza. Desculpe se não posso..."

Prem Kumar o interrompe. "Desculpe, senhor Thomas. Seus dois minutos terminaram. Preciso da sua resposta agora."

A música de fundo não parece mais exprimir nenhum suspense. Ela se tornou apavorante. Começo a pensar profundamente.

"O senhor conhece muito bem esse senhor Chatterjee?", pergunta-me Prem Kumar.

"Só o vi uma vez."

"Ele é muito bom como professor de inglês?"

"Não faço idéia."

"Então, o senhor confia na resposta dele ou prefere seguir sua própria intuição?"

Tomo uma decisão. "Vou seguir minha intuição, e minha intuição me manda confiar na resposta dada pelo senhor Chatterjee. A resposta é C. *Trabalhos de amor perdidos*."

"Pense bem. Lembre-se, se o senhor der a resposta errada e não ganhar os cem milhões de rupias, perde também os dez milhões que já ganhou até agora."

"Minha resposta final continua sendo C."

"O senhor tem certeza absoluta?"

"Tenho."

"Vou perguntar mais uma vez. O senhor realmente tem certeza absoluta?"

"Tenho."

Ouve-se um crescendo de tambores. A resposta correta aparece no letreiro.

"Ah, meu Deus, é C. A resposta está absolutamente correta!" Prem Kumar se levanta. "Ram Mohammad Thomas, o senhor é a primeira pessoa a ganhar cem milhões de rupias neste programa. Senhoras e senhores, fizemos história! E agora realmente precisamos de um intervalo!"

A platéia enlouquece. Todos ficam de pé e passam mais de um minuto batendo palmas.

O rosto de Prem Kumar está vermelho. Ele sua profusamente.

"Então, como o senhor se sente?", ele me pergunta.

"Hjqpn Wzh!", respondo.

Prem Kumar parece perplexo. "Perdão, o que foi que o senhor disse?"

"Eu disse que estou me sentindo muito bem", retruco, e olho para cima. Vejo Shankar sorrindo para mim lá do alto. E me parece que a deusa Durga realmente está cuidando de mim hoje.

1000000000 — A décima terceira pergunta

Ainda estamos no intervalo comercial. Prem Kumar está num canto, em conferência com o produtor cabeludo. Olho à minha volta, vejo as paredes do estúdio forradas de belos lambris, os spots, as inúmeras câmeras, o equipamento de som high-tech. Muitos espectadores me observam, talvez tentando entender o que se passa na minha cabeça.

Prem Kumar encerra sua reunião e aproxima-se de mim. Tem no rosto um sorriso sinistro. "Thomas, não sabemos como você conseguiu responder a onze perguntas até agora, mas não há como você conseguir responder à última."

"Vamos ver."

"Não, quem vai ver sou eu. Prepare-se para perder tudo", diz Prem Kumar, e se senta em sua cadeira.

O letreiro do estúdio diz: APLAUSO. Ouve-se o prefixo do programa. A platéia aplaude com entusiasmo.

Prem Kumar olha para a câmera. "Senhoras e senhores, estamos diante de um momento histórico, não apenas para este programa como também, talvez, para a posteridade. Ram Mohammad Thomas, um garçom de dezoito anos de Mumbai, foi mais longe do que qualquer outro participante de nosso programa. Agora ele está prestes a romper mais uma barreira. Se responder corretamente à última pergunta, vai ganhar o maior prêmio da história — um bilhão de rupias. Se não conseguir dar a resposta certa, vai perder a maior quantia já perdida por um indivíduo em sessenta segundos — cem milhões de rupias. De uma maneira ou outra, ele fará história. Assim, por favor, vamos todos nos concentrar e preparar o coração para saudar mais uma vez nosso concorrente de hoje, o senhor Ram Mohammad Thomas!"

O letreiro do estúdio diz: APLAUSO. Todos, até Prem Kumar, se levantam e passam um bom tempo aplaudindo.

Não há como não admirar a tática do *SRVB*. Estou sendo homenageado antes de ser despachado do programa sem um tostão no bolso. Estão me engordando com elogios, como se eu fosse um carneiro, para depois me sacrificar na próxima pergunta. Chegou o momento que estou há tanto tempo esperando, e temendo. Respiro fundo e me preparo para enfrentar meu destino.

"Senhoras e senhores, vou agora revelar a pergunta número doze, a última, valendo um bilhão de rupias, o maior prêmio já oferecido na história do mundo. E lembrem-se de que ainda estamos na modalidade Tudo ou Nada, de modo que as opções são ganhar tudo ou perder tudo. Então, sem mais delongas, vamos à última pergunta para o senhor Thomas, a qual tem a ver com... história! Todos nós sabemos que Mumtaz Mahal era a esposa do imperador Chah Jahan, e que ele construiu o famoso Taj Mahal em memória dela. Mas qual era o nome do pai de Mumtaz Mahal? Essa é a pergunta que vale um bilhão de rupias. Suas opções, senhor Thomas, são: a) Mirza Ali Kuli Beg, b) Sirajuddaulah, c) Asaf Jah, ou d) Abdur Rahim Khan Khanan.

"Pense com cuidado antes de responder, senhor Thomas. Não esqueça que o senhor está diante de uma encruzilhada histórica. Sei que será necessário tempo para pensar sobre a resposta, e para lhe dar uma oportunidade de pensar vamos fazer agora mais um rápido intervalo comercial. Senhoras e senhores, nem pensem em sair do lugar."

O letreiro do estúdio mais uma vez diz APLAUSO. Mais uma vez, ouve-se o prefixo do programa.

Prem Kumar me dirige um sorriso largo. "Desta vez peguei você de calça curta, não é? Só quem tem mestrado em história medieval vai saber responder. Assim, pode dizer adeus aos cem milhões que você já ganhou e se preparar para voltar a trabalhar como garçom. Quem sabe, talvez amanhã eu vá lá no Bar e Restaurante Jimmy's. O que é que você vai me servir? Frango com manteiga e *vindaloo* de cordeiro?" Ele ri.

Eu rio também. "Ha! Não tenho mestrado em história, mas sei a resposta desta pergunta."

"O quê? Você deve estar brincando."

"Não estou, não. A resposta é Asaf Jah."

Prem Kumar fica pasmo. "Mas... como é que você sabe?"

"Sei porque trabalhei dois anos como guia do Taj Mahal."

O rosto de Prem Kumar ficar lívido. Pela primeira vez, olha para mim com sinais de medo. "Você... você está apelando para alguma espécie de magia, não tenho dúvida", diz, e vai correndo ter com o produtor. Os dois trocam cochichos. Prem Kumar gesticula várias vezes, apontando para mim. Então alguém traz um livro grosso, e os dois se põem a lê-lo. Passam-se dez minutos. A platéia começa a ficar inquieta. Por fim, Prem Kumar volta a seu lugar. Tem uma expressão neutra no rosto, mas não tenho dúvida de que por dentro está estrebuchando.

O letreiro do estúdio indica APLAUSO, e o prefixo se faz ouvir mais uma vez.

"Senhoras e senhores, antes do intervalo eu fiz a pergunta: Como se chamava o pai de Mumtaz Mahal? Certamente vocês todos imaginaram que fosse a última pergunta, mas não era."

A platéia fica atônita. Eu também. Estarão inventando mais uma pergunta? A atmosfera fica carregada de tensão.

Prossegue Prem Kumar: "Não apenas não era a última pergunta como nem sequer era uma pergunta. Estávamos apenas gravando um anúncio para o chá Mumtaz, que é um dos patrocinadores deste programa. Por esse motivo, fomos obrigados a introduzir uma pergunta falsa".

Os espectadores começam a cochichar. Alguns contêm o riso. Um deles grita: "O senhor nos enganou direitinho!". A tensão se dissipa. O letreiro volta a indicar APLAUSO.

Sou o único que não está sorrindo. Agora sei que os produtores deste programa são todos corruptos.

O letreiro passa a indicar SILÊNCIO, e o prefixo toca mais uma vez. Prem Kumar dirige-se à câmera. "Senhoras e senhores, vou agora revelar a pergunta de número doze, a pergunta final, no valor de um bilhão de rupias, o maior prêmio já oferecido na história do mundo. E lembrem-se de que ainda estamos na modalidade Tudo ou Nada, de modo que as opções são ganhar tudo ou perder tudo. Então, sem mais delongas, vamos à última pergunta para o senhor Thomas, a qual tem a ver com... música clássica ocidental! A sonata para piano de Beethoven de número 29, opus 106, também conhecida como 'Sonata *Hammerklavier*', é em que tom?: a) si bemol maior, b) sol menor, c) mi bemol maior, ou d) dó menor?

"Pense com cuidado antes de responder, senhor Thomas. Não esqueça que o senhor está diante de um momento histórico. Sei que será necessário tempo para pensar sobre a resposta, e para lhe dar uma oportunidade de pensar vamos fazer agora mais um rápido intervalo comercial. Senhoras e senhores, nem pensem em sair do lugar."

O letreiro do estúdio muda para APLAUSO. Prem Kumar olha para mim com um sorriso irônico. Os espectadores começam a conversar.

Prem Kumar se levanta. “Vou logo ali e já volto.”

Eu também me levanto. “Preciso ir ao banheiro.”

“Então é melhor vir comigo”, diz ele. “Segundo as regras, o participante deve ser acompanhado sempre que vai a algum lugar.”

Estou no banheiro do estúdio. É um lugar limpíssimo, iluminado por lâmpadas fluorescentes. Os azulejos são de um branco reluzente. Há espelhos imensos. E nenhum rabisco nas paredes.

Eu e Prem Kumar somos as únicas pessoas no banheiro. Ele assobia enquanto urina. Então percebe que estou olhando para ele. “Então, não vai fazer nada? Não me diga que esta última pergunta é tão difícil que você não sabe mais nem mesmo esvaziar a bexiga.” Ele joga a cabeça para trás e ri. “É uma pena a coisa ter que terminar assim. Mas, se não fosse a minha ajuda, você já teria perdido há muito tempo, logo na segunda pergunta. Ou seja, você teria ido para casa com apenas mil rupias. Que tal a gente acertar um negócio? Amanhã eu vou ao seu restaurante e prometo lhe dar mil rupias de gorjeta. E pode acreditar em mim, que essa promessa eu vou cumprir.” Sorri para mim, condescendente.

“O senhor não me fez nenhum favor quando me disse a resposta à segunda pergunta. Quem lucrou foi o senhor mesmo”, digo.

Ele me dirige um olhar áspero. “Como assim?”

“O que eu quero dizer, senhor Prem Kumar, é que não vim aqui para ganhar dinheiro. Não, nada disso.” Sacudo a cabeça, num gesto exagerado. "Não, eu vim a esse programa para me vingar."

A mijada de Prem Kumar é interrompida no meio. Mais que depressa ele fecha a braguilha e olha para mim de soslaio. "Vingança? Como assim? Vingar-se de quem?"

"De você", digo em tom de desafio. Dou um passo para trás e tiro uma arma da cintura da calça. É um revólver pequeno, de cano curto, muito compacto, do tamanho de meu punho cerrado. Seguro-o com força e o aponto para ele.

Todo o sangue desaparece do rosto de Prem Kumar. "O senhor... o senhor está cometendo um erro, senhor Thomas. Nós nunca nos vimos", diz ele, quase sussurrando.

"Não, foi *você* que cometeu um erro. Nós nos encontramos uma vez, sim, à porta do apartamento de Neelima Kumari. Era de manhã cedo. Você saiu da casa dela, de jeans e camisa branca, todo cheio de si, com os olhos vermelhos e descabelado. Nas mãos, levava um maço de notas que obrigou Neelima a lhe entregar, e rodava no dedo um chaveiro de carro. Você a arruinou. Mas isso não foi o bastante. Você fez o mesmo com minha querida Nita."

"Nita?" Prem Kumar arqueia as sobrancelhas. "Esse nome não representa nada para mim."

"É a garota que quase morreu em Agra por sua culpa. E agora", continuo, segurando a arma com mais força, "é a sua vez."

Prem Kumar olha para minha mão, nervoso. Tenta ganhar tempo. "Agra? Mas eu não vou lá há meses."

"Vou refrescar sua memória. Quatro meses atrás, você se hospedou no Palace Hotel. Pediu para mandarem uma moça para o seu quarto. Você amarrou essa moça. Em seguida, espancou-a com brutalidade e a queimou com um cigarro aceso, tal como fazia com Neelima."

Vejo que o lábio dele começa a tremer. Depois ele vai se curvando aos poucos.

"Era uma prostituta, pelo amor de Deus. Paguei cinco mil rupias ao cafetão dela. Eu nem sabia como ela se chamava."

"O nome dela é Nita." Levanto a arma.

Ele vira as mãos espalmadas para mim. "Não... não...", choraminga, dando um passo para trás. O pé direito entra num ralo aberto que há atrás dele. "Não atire, largue isso, por favor." Faz uma pausa para tirar o pé do buraco.

Aponto a arma diretamente para seu coração. Vejo que ele está tremendo. "Jurei que ia me vingar da pessoa que machucou Nita. Mas não sabia como encontrar você. Então vi um anúncio no jornal em Agra. Havia uma foto em que você aparecia sorrindo como um macaco, convidando pessoas para participar de um programa de perguntas e respostas em Mumbai. É por isso que estou aqui. Resolvi que ia atirar em você quando você fizesse a primeira pergunta que eu não conseguisse responder, mas milagrosamente respondi a todas até agora. Assim, quando você me ajudou na pergunta número dois, não me fez nenhum favor, apenas prolongou sua vida mais um pouco. Mas agora não há como escapar."

"Escute", implora Prem Kumar. Agora ele está desabando. "É verdade, eu tratei Neelima mal, e também machuquei aquela prostituta em Agra. Mas o que é que você vai ganhar atirando em mim? Você não vai ganhar o dinheiro. Largue essa arma agora e eu prometo que deixo você ganhar o primeiro prêmio. Pense só, você vai ganhar uma fortuna que nenhum garçom jamais sonhou ter."

Eu rio um riso amargo. "E o que é que eu faria com todo esse dinheiro? Tudo que um homem precisa é de dois metros de pano para fazer uma mortalha."

Ele está cada vez mais branco, e estende a mão à sua frente para se defender. "Por favor, não puxe o gatilho. Olhe, assim que você me matar, você vai ser preso. E depois vai ser enforcado. Você também vai morrer."

"E daí? Eu só vivo para me vingar."

"Pense bem, Thomas. Juro a você que se você poupar minha vida eu lhe dou a resposta da última pergunta. Você vai ser o nosso maior vencedor."

"Eu não vou voltar ao programa, nem eu nem você", retruco, e retiro a trava de segurança.

A fanfarronice de Prem Kumar desmoronou. Agora vejo como ele é covarde. Ele se segura à parede atrás de suas costas e fecha os olhos com força. O momento que venho aguardando há quatro meses finalmente chegou. Tenho Prem Kumar à minha frente, e uma arma carregada na mão. A arma é boa. Já dei um tiro para testá-la e constatei que o coice é mínimo. De qualquer modo, jamais erraria um tiro como esse, à queima-roupa.

Aumento a pressão no gatilho, mas, quanto mais tento apertá-lo, maior a resistência que encontro. É quase como se meu dedo estivesse se transformando em pedra.

No cinema, matar um homem é tão fácil quanto estourar um balão. Bang, bang, bang... Nos filmes, as pessoas atiram como se as balas fossem água. Matam gente como quem esmaga formigas. Mesmo quando o protagonista é um rapaz que nunca viu uma arma na vida, ele consegue atirar em dez vilões e matar todos, no covil dos bandidos, a uma distância de cento e cinqüenta metros. Mas na vida real é muito diferente. É fácil pegar uma arma carregada e apontá-la para alguém. Mas quando você sabe que uma bala de verdade vai atingir um coração de verdade, e que o líquido vermelho que vai esguichar é sangue e não ketchup, você é obrigado a pensar duas vezes. Matar um homem não é fácil. Primeiro é preciso desligar o cérebro. Isso se consegue com álcool. Ou com raiva.

Assim, tento sentir o máximo de raiva de que sou capaz. Relembro todos os episódios que me trouxeram até essa situação na minha vida. Imagens de Neelima Kumari e Nita esvoaçam em minha mente. Vejo as marcas negras de queimaduras de cigarro no corpo de Neelima, os vergões vermelhos nas costas de Nita, as contusões em seu rosto, seu olho roxo, seu maxilar deslocado. Porém, em vez de ficar cada vez mais irritado, o que sinto é uma tristeza crescente, e em vez de sair uma bala de meu revólver, saem lágrimas de meus olhos.

Tento encontrar apoio em outros aspectos da minha vida. Penso em todas as indignidades que sofri, todas as mágoas e humilhações que suportei. Vejo o cadáver ensangüentado do padre Timothy, o melhor homem com quem travei contato; vejo o corpo inerte de Shankar, o menino mais doce que conheci. Relembro todos os traficantes de sofrimento que atravessaram minha vida. Imagens de Swapna Devi, Shantaram e Maman surgem em minha lembrança, e tento comprimir todas as emoções nessa fração de segundo em que a bala será disparada. Apesar de todos os meus esforços, porém, não posso culpar o homem à minha frente por todos os meus sofrimentos. Não tenho raiva suficiente para justificar sua morte.

Então me dou conta de que, por mais que tente, não sou capaz de matar um homem a sangue-frio, nem mesmo um verme como Prem Kumar.

Abaixo a arma.

Tudo isso se passa em meio minuto. Prem Kumar fica o tempo todo de olhos bem fechados. Quando não ouve nenhum tiro, abre um dos olhos. Sua como um cão. Olha para mim sem entender nada, vendo-me com a arma na mão e a indecisão estampada no rosto.

Por fim, abre os dois olhos. "Obrigado por poupar minha vida, Thomas", diz ele, arfante. "Em reconhecimento à sua piedade, vou lhe dar a resposta da última pergunta. Você já fez jus ao prêmio. A pergunta sobre Mumtaz Mahal era mesmo a última pergunta, e você sabia respondê-la. Por isso vou lhe dar agora a resposta da nova pergunta."

"E como é que posso ter certeza de que você não vai mudá-la mais uma vez no último instante?"

"Pode ficar com a sua arma. Mas acredite em mim: você não vai precisar usá-la, porque agora quero mesmo que você ganhe o primeiro prêmio. Um bilhão de rupias é um bilhão de rupias. Você vai ser pago em dinheiro vivo."

Pela primeira vez, me sinto tentado pela perspectiva de ganhar todo esse dinheiro. Com um bilhão de rupias, posso fazer muita coisa. Posso comprar a liberdade de Nita. Posso realizar o sonho de Salim de se tornar astro de cinema. Posso iluminar a vida de milhares de órfãos e meninos de rua como eu. Posso comprar uma linda Ferrari vermelha. Tomo a decisão. Vou dizer sim ao bilhão e não ao assassinato.

"Então, qual é a resposta?", pergunto.

"Vou lhe dizer", responde Prem Kumar. Olha para os pés e hesita.

"Qual o problema?", indago.

"Me dei conta de que, se eu lhe der a resposta, vou violar meu contrato e as regras do programa. Seu prêmio pode ser invalidado." Ele sacode a cabeça devagar. "Não, não vou lhe dizer a resposta."

Fico confuso.

Um esboço de sorriso começa a se formar no rosto de Prem. "Eu lhe disse que não posso dar a resposta, mas nada no contrato me impede de dar uma pista. Preste atenção. Eu vou para a estação ferroviária assim que terminar o programa, e lá vou tomar um trem. Fui convidado para visitar quatro amigos em Allahabad, Baroda, Cochin e Delhi, mas só posso visitar um deles. Por isso decidi ir a Allahabad, para lavar todos os meus pecados mergulhando no Sangam. O.k.?"

"O.k.", respondo.

Saímos do banheiro e voltamos aos nossos lugares. Prem Kumar olha para mim, nervoso. Não sei se vai cumprir a palavra. Todos aplaudem quando me sento. Minha arma, colocada no bolso lateral, me incomoda. Pouso a mão sobre ela.

O painel do estúdio diz SILÊNCIO.

Prem Kumar vira-se para mim. "Senhor Ram Mohammad Thomas, antes do nosso último intervalo eu lhe fiz a pergunta final, a pergunta número doze, que vale um bilhão de rupias. Vou repetir a pergunta mais uma vez. A sonata para piano de Beethoven de número 29, opus 106, também conhecida como 'Sonata *Hammerklavier*', é em que tom?: a) si bemol maior, b) sol menor, c) mi bemol maior, ou d) dó menor? O senhor está pronto para responder?"

"Não."

"Não?"

"Quero dizer que não sei qual é a resposta certa."

A câmara dá um close em meu rosto. Interjeições de espanto brotam na platéia.

"Bom, senhor Thomas, como já lhe disse, o senhor está numa encruzilhada histórica. Um caminho leva a uma riqueza inimaginável, mas o outro o leva de volta para o ponto de partida. Então, mesmo para arriscar uma resposta a esmo, é bom ter cuidado. O senhor pode ganhar tudo ou perder tudo. Esta é a decisão mais importante da sua vida."

"Eu gostaria de usar um Bote Salva-vidas."

"Está bem, o senhor ainda tem um Bote Salva-vidas para usar, o Meio a Meio. Assim, vou retirar duas respostas incorretas, deixando a certa e uma errada. Agora o senhor tem cinqüenta por cento de chance de acertar."

A palavra BOTE SALVA-VIDAS aparece no letreiro. Vemos uma animação que representa um barco no mar, um nadador pedindo socorro e uma bóia salva-vidas vermelha sendo lançada para ele. Depois o desenho desaparece e a pergunta se forma outra vez. Em seguida, duas das respostas desaparecem, restando apenas as opções A e C, que piscam no letreiro.

"Pronto", diz Prem Kumar. "Agora é A ou C. Se o senhor optar pela resposta correta, vai se tornar o primeiro homem na história a ganhar um bilhão de rupias. Se der a resposta errada, o senhor vai se tornar o primeiro homem na história a perder cem milhões em menos de um minuto. Qual é a sua decisão?"

Tiro do bolso minha moeda da sorte, uma moeda de uma rupia. "Se der cara, é A; se der coroa, C. Está bem?"

A platéia fica abismada diante de minha audácia. Prem Kumar faz que sim com a cabeça. Seus olhos voltaram a brilhar.

Jogo a moeda.

Todos os olhos estão fixos nela quando ela sobe, quase em câmara lenta. Deve ser a única moeda de uma rupia em toda a história que vai decidir a quantia de um bilhão. Ela cai na mesa, roda mais um pouco e por fim pára. Prem Kumar se abaixa para olhar e anuncia: "Deu cara!".

"Nesse caso, minha resposta é A."

"O senhor tem certeza absoluta, senhor Thomas? Ainda pode escolher C se quiser."

"A moeda decidiu minha resposta. É A."

"O senhor tem certeza absoluta?"

"Tenho certeza absoluta."

Ouve-se um crescendo de tambores. A resposta correta aparece no letreiro pela última vez.

"A resposta é A! Absolutamente, cem por cento correta! Senhor Ram Mohammad Thomas, o senhor entrou para a história ao ganhar o maior prêmio do mundo. Um bilhão de rupias, isso mesmo, um bilhão de rupias agora pertence ao senhor, e essa quantia lhe será paga muito em breve. Senhoras e senhores, uma salva de palmas para o maior vencedor de todos os tempos!"

Começa a cair confete do teto. Spots vermelhos, verdes, azuis e amarelos banham todo o palco. Durante quase dois minutos, todos ficam de pé e aplaudem. Alguns assobiam e gritam. Prem Kumar faz uma mesura, como se fosse um mágico. Então pisca para mim, discretamente. Não retribuo a piscadela.

De repente o produtor se aproxima da plataforma e leva Prem Kumar consigo. Os dois discutem com aspereza.

Houston, acho que temos um problema.

Smita consulta o relógio e se levanta da cama. "Puxa! Que programa, que história, que noite! Então agora sei como foi que você ganhou um bilhão de rupias. Aquele cara ou coroa no final foi só para fazer cena, não foi? Você já sabia que a resposta correta era A."

"É verdade. Mas a senhora decida se eu mereci o primeiro prêmio ou não. Não escondi nada da senhora. Contei todos os meus segredos."

"E acho que é justo que você também saiba os meus. Você deve estar curioso pensando em quem eu sou, por que foi que apareci assim de repente na delegacia."

"É, mas resolvi não questionar um milagre."

"Eu sou Gudiya. Sou a moça que você ajudou no *chawl*. E não manifeste remorso por ter matado meu pai. Ele apenas quebrou a perna, e graças àquele tombo a cabeça dele deu um estalo. Depois desse episódio, ele nunca mais me incomodou. Devo tudo a você. Passei anos tentando encontrá-lo, mas você havia desaparecido. Então ontem vi seu nome no jornal. Dizia que um rapaz chamado Ram Mohammad Thomas havia sido preso pela polícia. Eu sabia que só podia haver um único Ram Mohammad Thomas e vim correndo até a delegacia. Assim, encare o que aconteceu como apenas uma humilde tentativa de retribuir a dívida que contraí com você."

Sou dominado pela emoção. Aperto a mão de Smita, sinto sua carne e seus ossos, e minhas lágrimas começam a escorrer. Eu a abraço. "Que bom que você me encontrou. Agora tenho uma advogada, uma amiga e uma irmã ao mesmo tempo."

"Agora todos os seus problemas são meus, Ram Mohammad Thomas", diz Smita, com uma determinação feroz nos olhos. "Vou lutar por você, tal como você lutou por mim."

Epílogo

Seis meses se passaram desde a noite mais longa da minha vida.

Smita cumpriu o prometido. Lutou por mim como uma mãe luta por um filho. Primeiro enfrentou a polícia. Provou que não havia bases legais para me manterem preso. Descobriu também que ninguém sequer ouvira falar a respeito do *dacoit* que morreu no trem, e que não havia nenhuma investigação em andamento. Assim, o *dacoit* continua sem nome, mesmo depois da morte.

Em seguida, Smita enfrentou a produtora do programa de perguntas e respostas. Eles me ameaçaram, alegando que eu havia usado métodos fraudulentos, porém Smita provou que a gravação em DVD deixava perfeitamente claro que eu vencera de modo legítimo. Depois de quatro meses de lengalenga, a companhia foi obrigada a reconhecer que não havia nenhum motivo para negar o pagamento do primeiro prêmio.

* * *

Não recebi exatamente um bilhão de rupias, e sim um pouco menos. O governo ficou com uma parte. É o chamado "imposto sobre programas de jogos". A produtora do *SRVB* faliu ao ser obrigada a fazer o pagamento. Assim, me tornei o primeiro e último a vencer naquele programa.

Prem Kumar morreu há dois meses. Segundo a polícia, suicidou-se com monóxido de carbono, fechado dentro do carro. Mas alguns jornais afirmam que foi assassinato. Eu, por mim, acho que os malfeitores que financiavam aquele programa resolveram se vingar dele.

Há muitos anos cheguei à conclusão de que os sonhos só têm poder sobre a mente do próprio sonhador; mas o dinheiro nos permite ter poder sobre a mente dos outros. O que descobri depois que recebi o prêmio foi que, com dinheiro, eu tinha poder até sobre a polícia. Assim, acompanhado por um contingente policial respeitável, fui visitar Goregaon no mês passado, chegando àquele enorme prédio caindo aos pedaços num pátio onde havia um pequeno jardim e duas palmeiras. A polícia prendeu cinco pessoas e libertou trinta e cinco crianças defeituosas. Todas elas estão agora sob a responsabilidade de uma conhecida agência internacional que zela pelo bem-estar das crianças.

Também no mês passado foi negociada a libertação de Lajwanti da prisão, e agora ela está comigo em Mumbai. Na verdade, voltou na semana passada de Delhi, onde sua irmã se casou com um funcionário de alto escalão do Serviço Administrativo Indiano. A família do noivo não exigiu dote, mas assim mesmo Lajwanti deu à irmã um Toyota Corolla, uma televisão Sony com tela de trinta e duas polegadas, vinte ternos Raymond e um quilo de jóias de ouro.

Salim conseguiu o papel de um universitário de dezessete anos, tornando-se protagonista de uma comédia dirigida por Chimpu Dhawan, e no momento está filmando nos Mehboob Studios. Está convencido de que o produtor é um homem chamado Mohammad Bhatt, mas na verdade sou eu.

O amor da minha vida veio ficar comigo em Mumbai. Ela agora é minha esposa, com papel passado, sobrenome e tudo. Nita Mohammad Thomas.

Eu e Smita estamos caminhando pela Marine Drive. Há um vento agradável, que de vez em quando traz um pouco de maresia do oceano, onde ondas gigantescas se quebram contra as pedras. O chofer uniformizado nos segue a passo de cágado no Mercedes-Benz, mantendo uma distância respeitosa. No pára-choque traseiro do Mercedes está escrito: MEU OUTRO CARRO É UMA FERRARI.

"Eu estou querendo lhe perguntar uma coisa", digo a Smita.

"Pois pergunte."

"Naquela noite, quando me salvou da polícia, por que você não me disse logo de uma vez que era Gudiya?"

"Porque eu queria saber a sua história e descobrir a verdade. Foi só quando você contou a minha própria história, sem se dar conta de que eu estava bem à sua frente, que me convenci de que estava de fato dizendo a verdade, toda a verdade e nada mais do que a verdade. Foi por isso que lhe disse logo no início que não precisava que você jurasse sobre nenhum livro. Eu era a sua testemunha, tal como você era a minha."

Com a cabeça, expresso minha compreensão.

"Posso fazer uma pergunta também?", indaga Smita.

"Claro."

"Naquela mesma noite, quando levei você para minha casa, antes de me contar as suas histórias, você tirou cara ou coroa. Por quê?"

"Eu não sabia se devia confiar em você. A moeda era meu mecanismo de tomar decisões. Se desse cara, eu lhe contaria tudo. Se desse coroa, eu pularia fora. Deu cara."

"Quer dizer que, se tivesse dado coroa em vez de cara, você não teria me contado sua história?"

"Não era possível que desse coroa."

"Você acredita tanto assim na sorte?"

"Não tem nada a ver com sorte. Tome, dê uma olhada na moeda." Tiro do bolso a moeda de uma rupia e entrego-a a ela.

Smita olha para a moeda e vira-a. Depois vira-a outra vez. "É... é cara dos dois lados!"

"Isso mesmo. É a minha moeda da sorte. Mas, tal como eu disse, a sorte não tem nada a ver com a história."

Pego a moeda em sua mão e jogo-a para o alto. Ela sobe, mais e mais, brilha por um instante contra o céu azul, e depois cai depressa no mar, afundando em suas profundezas cavernosas.

"Por que você jogou fora a sua moeda da sorte?"

"Não preciso mais dela. Porque a sorte vem de dentro."

Agradecimentos

Este livro não teria sido escrito sem a ajuda de Peter Buckman. Sou-lhe grato por sua atuação como amigo, guia e agente, nessa ordem. Agradeço também a Rosemarie e Jessica Buckman, que se esforçaram tanto para que esta minha estréia fosse verdadeiramente internacional.

Gostaria de agradecer à Transworld, por aceitar a publicação deste romance com entusiasmo e por me dar a melhor preparadora de originais que se pode imaginar. Foi uma delícia trabalhar com Jane Lawson, que no decorrer de alguns telefonemas internacionais longuíssimos soube transformar o trabalho de revisão numa atividade colaborativa e divertida.

O brigadeiro S. C. Sharma me deu informações importantes para "A história de um soldado". Gostaria de agradecer também a Navdeep Suri, Humphrey Hawksley, Patrick French, Tejinder Sharma, Maureen Travis, a rede de bibliotecas públicas da Grã-Bretanha e o Google, que me ajudaram de diversas maneiras.

Acima de tudo, este livro se tornou realidade graças à minha esposa Aparna e a meus filhos Aditya e Varun, que me deram espaço para dar início a este projeto e forças para levá-lo a cabo.

Glossário

ALMIRAH. Armário.

ALTO-COMISSÁRIO. Representante do governo de um país-membro da Comunidade Britânica na capital de outro país-membro, com funções semelhantes às de um embaixador.

ANNA. Antiga moeda divisionária que valia 1/16 de uma rupia.

ARREY. Interjeição equivalente a "ah".

BABA. Menino; ou, literalmente, "papai".

BAKSHEESH. Gorjeta.

BANDGALA. Paletó com colarinho alto, usado em ocasiões formais.

BARFEE. Doce feito com farinha de grão-de-bico, amêndoas, pistaches e cardamomo.

BAS. "Basta!"

BEEDI. Cigarro barato sem filtro, com altos teores de nicotina, enrolado em folha de ébano, com sabor de frutas ou chocolate.

BHAI. Literalmente, "irmão".

BHAJAN. Canção religiosa hinduísta ou sique.

BHAKTI. Devoção religiosa.

BHEL PURI. Iguaria à base de arroz, muito consumida nas praias de Mumbai.

BINDI. Pinta aplicada na testa, entre as sobrancelhas, pelas mulheres hindus.

BINGLE. Acidente de carro (gíria australiana).

BIRYANI. Prato à base de arroz, com carne ou legumes, fortemente condimentado.

BOLE SO HINAL, SAT SRI AKAL. "Quem disser [isto] será feliz: eterno é o Sagrado Senhor."

BOLLYWOOD. A indústria cinematográfica de Mumbai (termo derivado de "Hollywood" e "Bombaim", nome antigo de Mumbai).

BREKKIE. Café-da-manhã (gíria australiana).

CHALKIE. Professora primária (gíria australiana).

CHALO CHALO. "Vamos, vamos."

CHAPATTI. Espécie de panqueca de pão ázimo, assada na chapa.

CHAWL. Cortiço.

CHHOLE BHATURE. Espécie de panqueca fermentada frita, servida com grão-de-bico preparado com inúmeros ingredientes.

CHOLI. Blusa curta, que deixa o ventre exposto.

CHOTI. Espécie de broche usado no cabelo.

CHULHA. Pequeno fogão de barro ou tijolo.

CHUNNI. Manto usado por cima do sári ou do *salwar kameez.*

CRORE. A quantia de dez milhões de rupias.

DABBAWALLAH. Entregador de marmitas.

DACOIT. Membro de um bando de criminosos.

DACOITY. Assalto praticado por um bando de *dacoits.*

DARGAH. Santuário sufi.

DHABA. Restaurante popular de beira-estrada.

DHOTI KURTA. Traje masculino que consiste num pano amarrado na cintura (*dhoti*) e uma *kurta.*

DIWALI. O Festival das Luzes, festa religiosa hinduísta celebrada durante cinco dias do mês de Ashwayuja (outubro ou novembro), em que se soltam fogos de artifício.

DOHA. Dístico (estrofe de dois versos).

DOORDARSHAN. A estação de televisão estatal da Índia.

DOSH. Dinheiro (gíria australiana).

DUPATTA. Espécie de mantilha ou véu.

EKTARA. Instrumento musical de uma só corda, feito de uma cabaça.

FILMI. Música popular feita especialmente para o cinema.

FIRANG. Estrangeiro.

G'DAY MAITE, GO TO INDIA GAITE, TONIGHT AT AITE. "Bom-dia, meu chapa, vá a India Gate hoje às oito da noite." Os australianos pronunciam "ai" em vez de "ei", alterando as palavras *mate*, *gate* e *eight*.

G'DAY MAITE, SEE YOU AT AITE AT INDIA GAITE. "Bom-dia, meu chapa, te vejo às oito em India Gate."

G'DAY MATE, I'M GONNA GIVE YOU THE GOOD OIL ABOUT THIS RIP-SNORTER OF A TOMB!. Em inglês coloquial australiano: "Bom-dia, meu chapa, vou te dar umas dicas sobre este túmulo porreta!".

GULAB JAMUN. Bolas de massa com leite fritas, servidas em calda de açúcar com cardamomo ou outros condimentos.

GURCA. Etnia hinduísta de fala indo-européia, originalmente do Nepal, tradicionalmente dedicada à carreira militar.

GURUDWARA. Templo sique.

HAJI ALI DARGAH. Santuário numa ilhota em Mumbai, construído em 1431, que contém uma mesquita e o túmulo de Haji Ali, um santo muçulmano.

HAJJ. A peregrinação a Meca feita por um muçulmano.

HAKIM. Médico que pratica a tradicional medicina herbal muçulmana.

HARE RAM. Aproximadamente, "pelo amor de Deus!".

HAVELI. Mansão, casarão.

HOOROOS, WHACKER, PASH, APPLES, BONZER. Termos de gíria australiana: "adeus", "bobo", "beijo apaixonado", "o.k.", "barato". "Ter cangurus no sótão": ser burro, abobalhado.

JAI HIND. "Vitória para a Índia."

JALEBI. Bolinho doce frito, servido com calda de açúcar.

KABADDI. Esporte muito difundido na Ásia, semelhante ao jogo do pique-bandeira.

KACHORI. Pastel de legumes.

KHADI. Tecido de fio feito em casa, como afirmação de autonomia nacionalista, evitando o uso de tecido industrializado importado.

KOHL. Pó cosmético à base de antimônio e fuligem.

KURTA. Túnica.

KURTI. Espécie de túnica curta.

LADDOO. Qualquer doce de formato redondo, feito de milho ou trigo.

LAKH. Cem mil.

LAKHPATI. Aquele que possui cem mil rupias.

LANCE NAIK. Soldado raso exercendo as funções de cabo, no Exército indiano.

LUNGI. Faixa comprida de algodão que dá voltas em torno do corpo e é amarrada na cintura.

MAAJI. O termo *maa* ("mãe") acrescido do sufixo híndi de polidez *-ji*, equivalente a "senhora".

MARVARI. Etnia indiana, originária do estado de Rajasthan, que fala um idioma próprio e tradicionalmente se dedica ao comércio.

MASTERJI. O termo inglês *master* ("mestre") acrescido do sufixo híndi de polidez *-ji*, equivalente a "senhor".

MEMSAHIB. Senhora.

MOGÓIS. Dinastia de origem muçulmana que reinou na Índia de 1526 a 1858.

MUTTAR PANEER. Prato vegetariano à base de legumes e queijo, temperado com curry.

NARAI TAKBIR — ALLAH O AKBAR. "Vitória para Deus — Deus é grande."

PAAN. Folha de bétel.

PANDITJI. O termo *pandit* ("pândita") acrescido do sufixo híndi de polidez *-ji*, equivalente a "senhor".

PATHAN SUIT. O mesmo que *salwar kameez*; termo usado em Delhi.

PIE. Antiga moeda divisionária que valia 1/192 de uma rupia.

PURI. Bolo frito de trigo.

RANI SAHIBA. *Rani* significa "rainha" ou "princesa", e *sahiba* é o feminino de *sahib*.

RASAGULLA. Doce feito com bolinhas de leite.

SAAB. Variante de *sahib*.

SAHIB. Senhor.

SALWAR KAMEEZ. Traje nacional da Índia, que consiste em túnica longa e calça.

SAMOSA. Pastel frito com recheio de carne ou legume.

SA RE GA MA PA DHA NI SA. Os graus da escala musical diatônica em híndi. *Sa* é a tônica; *re* a nota seguinte, natural ou alterada, e assim por diante. No tom de dó maior, *sa* equivale a dó, *re* a ré, *ga* a mi etc.; já em dó menor, *ga* seria mi bemol.

SARE JAHAN SE ACHCHA HINDUSTAN HAMARA. "Nossa Índia é melhor que o mundo inteiro."

SEEKH KEBAB. Carne de carneiro condimentada assada na brasa.

SENA. Condecoração por bravura.

SHAMMI KEBAB. Pastel de carneiro.

SHERWANI. Casaco.

SIRJEE. O termo inglês *sir* ("senhor") seguido do sufixo híndi de polidez *-jee* (variante de *-ji*).

SKITE. Contar vantagem (gíria australiana).

SPUNK. Pessoa bonita (gíria australiana).

TABEEZ. Amuleto islâmico.

TILAK. Pinta aplicada na testa, entre as sobrancelhas, pelos hinduístas, que denota afiliação religiosa. Quando usado por uma mulher, também se chama *bindi*.

VAISHNO DEVI. Templo em Katra dedicado à deusa Devi.

VINDALOO. Prato de origem portuguesa, com tempero de alho e vinho (o termo vem da expressão "vinha-d'alho").

WALLAH. Aquele que trabalha numa determinada atividade.

YELLOW POTATOES. Batatas fritas inteiras, em fogo médio, temperadas com pimenta e cúrcuma.

ZAMINDAR. Proprietário de terras.

1ª EDIÇÃO [2006] 4 reimpressões
2ª EDIÇÃO [2009] 2 reimpressões

ESTA OBRA FOI COMPOSTA PELO ACQUA ESTÚDIO EM ELECTRA E FOI IMPRESSA PELA GRÁFICA BARTIRA EM OFSETE SOBRE PAPEL PÓLEN SOFT DA SUZANO PAPEL E CELULOSE PARA A EDITORA SCHWARCZ EM MARÇO DE 2009